Senderos

Senderos

Mar Carrión

TERCIOPELO

© Mar Carrión, 2011

Primera edición: julio de 2011

© de esta edición: Libros del Atril, S.L.
Marquès de l'Argentera, 17. Pral.
08003 Barcelona
correo@terciopelo.net
www.terciopelo.net

Impreso por Egedsa
Calle Roís de Corella, 12-16, nave 1
08250 Sabadell (Barcelona)

ISBN: 978-84-92617-92-0
Depósito legal: B. 18.017-2011

Quiero dedicarle esta novela a mi madre,
pues no existe nadie en el mundo
a quien más le enorgullezca
la publicación de mis obras.

Prólogo

Se despertó súbitamente con un grito de angustia que le obstruía la garganta. Parpadeó con furia, intentando fijar la vista en algún lugar que le resultara familiar, pero a su alrededor se cernía una densa e impenetrable oscuridad. Sus pequeñas manos se aferraban como garras a las sábanas, que ella había estirado todo cuanto pudo para taparse hasta la nariz. Se lamió los labios, que estaban salados; las lágrimas le cubrían el rostro y el corazón le latía tan deprisa que parecía que iba a salírsele del pecho.

Oyó que alguien gimoteaba a su lado, pero cuando aquel lloriqueo llegó a sus oídos por segunda vez, supo que salía de sus propios labios y que era el fruto de su miedo y de su dolor. Sintió el cuerpo pegajoso y cubierto de una capa de sudor frío que le adhería el pijama a la piel. Sus sueños solían ser muy vívidos y cuando despertaba se acordaba de casi todos los detalles pero, aquello, aquello no había sido un sueño. Era la primera vez en su corta vida que tenía una pesadilla, y había sido tan real, que le costó un buen rato comprender que nada de lo que había soñado era real.

La abuela seguía viva. Estaba muy enferma porque era muy anciana y sus padres le habían dicho que tenía una dolencia incurable, pero no estaba muerta como su pesadilla le había querido hacer creer. El alivio que sintió reguló los latidos de su corazón.

Sus ojos se estaban acostumbrando a la oscuridad y pudo percibir las formas difusas de los ositos de peluche que decoraban una estantería que había a los pies de la cama. Eso también la tranquilizó, pero sabía que no conseguiría volver a conciliar el sueño hasta asegurarse de que la abuela se encontraba bien.

Seguía teniendo miedo; aun así se hizo la valiente y retiró las mantas de su cuerpo para salir de la cama. Sus pies no llegaron a tocar el suelo porque la abuela Ava se hallaba a su lado.

Estaba de pie junto a la cama, pequeña y vestida de negro, y sus ojos azules la miraban fijamente con una expresión muy apenada. En cambio, sus exangües labios le sonreían con muchísima dulzura. La niña pensó que la abuela la había oído llorar y que había acudido a su dormitorio para ofrecerle consuelo, pero entonces cayó en la cuenta de que eso era totalmente imposible. Ava no podía levantarse de la cama, su enfermedad se lo impedía desde hacía meses. La observó con los ojos muy abiertos y curiosos, su cuerpo menudo y encorvado tenía un resplandor blanquecino muy extraño, como si irradiara luz. Las lágrimas volvieron a agolpársele en los ojos cuando se percató de que podía ver a través de Ava.

La niña alargó el brazo para tocar a su abuela, y se asustó muchísimo cuando su mano la traspasó. En el rostro de la anciana se acentuó su pena y la nieta rompió a llorar porque no comprendía lo que estaba sucediendo.

—No llores mi niña —le dijo la anciana con la voz serena y amorosa—. Estoy aquí para decirte algo muy importante y quiero que me escuches con mucha atención.

La niña dejó de hipar, pero las lágrimas continuaron resbalando por sus suaves mejillas. Ava transmitía tanta tranquilidad y tanto cariño, que dejó de sentir miedo.

—He venido a despedirme de ti, pero solo será una despedida física, porque siempre voy a llevarte en el corazón. —La abuela alargó la mano y rozó la mejilla infantil. La niña sintió un cosquilleo frío, muy frío, y el tacto era inmaterial—. Cuidaré y velaré por ti y por tu hermana desde el lugar al que me marcho. Por eso, no debes estar triste.

Sus miradas conectaron y se mantuvieron durante segundos interminables en los que la niña recibió la avalancha inmensa del amor que su abuela sentía hacia ella. Después, la abuela se desvaneció paulatinamente en el aire. Sin más. La pequeña parpadeó con fuerzza, como queriendo atrapar la imagen de su abuela, y alargó el brazo para tocarla sin entender lo que estaba sucediendo; pero, al cabo de unos segundos, la oscuridad de la noche invadió el lugar que, instantes antes, había ocupado la anciana.

Capítulo 1

*U*n búho ululó y a Erin Mathews se le puso el vello de punta. Retrocedió unos pasos y alzó el rostro hacia las copas de los árboles. Las ramas de una conífera se movieron recortadas contra la luna menguante y entonces lo vio. Era enorme y la observaba con paciencia y tranquilidad, como si esperara el momento oportuno para echársele encima. Erin nunca antes había visto un búho salvo en televisión, pero sabía lo suficiente sobre ellos como para tener la certeza de que no atacaban a las personas. Soltó el aire lentamente por la boca y se abrazó un momento, dándose un tiempo para recuperar la entereza. Pensó que el bosque nocturno no le produciría miedo, pero se había equivocado.

Volvió a mirar a los increíbles ojos amarillos y redondos del búho y el pulso recuperó su ritmo usual. Junto al ulular del animal, se escuchaba un conglomerado de ruidos sibilantes como telón de fondo. El bosque de coníferas era un hervidero de criaturas nocturnas que abandonaban sus guaridas para disfrutar de la noche, pero Erin no estaba disfrutando tanto como había supuesto. La asustaban las serpientes, los roedores y toda clase de bichos que no fueran perros y gatos. Y si no podía verlos porque se deslizaban a oscuras, el miedo se convertía en pánico. Estaba segura de que si alguna de esas alimañas la rozaba, se pondría a chillar.

Nadie entendería que sintiera pavor hacia unos bichos inofensivos y que, por el contrario, estuviera emocionada ante la perspectiva de encontrarse con el fantasma de Susan Weis. Como investigadora de fenómenos paranormales a tiempo parcial, Erin sentía una absoluta fascinación por las ciencias ocultas y su máxima ambición en la vida era conseguir pruebas sólidas que las leyes físicas no pudieran rebatir. De momento, no había hallado ninguna aunque, lejos de desanimarse, su interés y su implicación se hacían más fuertes. Erin necesitaba creer que había algo más allá de lo que los ojos podían ver o las manos podían tocar.

Enfocó a su alrededor con el potente haz de luz de su linterna y tomó asiento en la superficie de una roca en la que crecía el musgo. Hacía una hora que deambulaba por el bosque, siguiendo el camino repleto de pistas que había dejado durante el día. Como temía perderse y no tenía ni idea de cómo funcionaba una brújula, por la mañana había atado cintas rojas en las ramas más bajas de los árboles para que, cuando regresara por la noche, la guiaran hacia el lugar exacto donde los oriundos de Chesterton decían haber visto al fantasma de Susan Weis.

El viento fresco que soplaba del lago Michigan emitió susurros entre los troncos de los árboles y la hizo estremecer de frío. Llevaba una chaqueta verde impermeable porque mayo era un mes lluvioso en esa zona, pero no conseguía mantener el calor. Erin se cruzó de brazos y aguardó a oscuras y en completo silencio.

Nada más llegar por la mañana, Erin reservó una habitación en un motel de Chesterton y se dedicó a hacer preguntas a los habitantes del pueblo. El proceso siempre seguía el mismo patrón: buscaba información en Internet o en la biblioteca municipal, y cuando tenía suficientes datos recopilados, hacía la maleta y se trasladaba al lugar de los hechos para pasar el fin de semana.

El búho volvió a ulular y Erin alzó la vista hasta que sus ojos volvieron a encontrarse con los siniestros y redondos ojos del animal. Se había movido ligeramente sobre las ramas, y el claro que estas formaban sobre su cuerpo mostraba su silueta oscura esculpida sobre la superficie de la luna.

—Apuesto a que esta es la primera vez que pasas la noche junto a una pirada como yo —comentó Erin de buen humor.

Era sábado por la noche y, en lugar de salir a tomar unas copas con sus amigos, allí estaba ella, sola en un bosque de coníferas de un pequeño pueblecito de Indiana situado a orillas del lago Michigan. Bueno, en realidad no estaba sola: se hallaba en compañía de un búho y de una decena de animales sin identificar. Doscientos kilómetros de carretera la separaban de su hogar en Chicago, pero se sentía feliz. Había invertido tres semanas de trabajo en la leyenda de Susan Weis, y por fin estaba en el lugar de los hechos.

Como casi toda leyenda urbana, no existían pruebas de que hubiera sucedido realmente. Por ello, cuando se dedicó a indagar entre la población de Chesterton, se encontró con todo tipo de respuestas y reacciones. Algunos le cerraron la puerta en las narices y otros le ofrecieron versiones tan diferentes que no parecía que estuvieran hablando de la misma historia.

Por la tarde, después de colocar las cintas rojas en las ramas de los árboles para no desorientarse cuando llegara la noche, Erin se encerró en la mugrienta habitación de su motel e hizo una recopilación de todos los datos que disponía.

Era el 16 de mayo de 1972 cuando Susan Weis, una joven de Chesterton que celebraba su decimoséptimo cumpleaños, se reunió con unos amigos en el bosque con el objetivo de invocar a los difuntos. Pero algo fue mal aquella noche y el cadáver de Susan fue encontrado por la policía a la mañana siguiente, flotando sobre las aguas del lago. Cuando se interrogó a sus amigos, todos dieron la misma versión de los hechos: algo como surgido de la nada agarró a Susan y se la llevó consigo en dirección al lago Michigan. Las explicaciones de sus amigos fueron imprecisas porque el bosque estaba muy oscuro y nadie pudo ver lo que sucedió realmente.

Se decía que, desde entonces, cada 16 de mayo, el espectro de Susan Weis regresaba al bosque para llevarse consigo a cualquiera que anduviera fortuitamente por allí, y le daba la misma muerte injusta que había tenido ella.

La verdad es que no era la mejor historia que Erin hubiera escuchado. Habían descrito a la joven envuelta en raso blanco, con el cabello negro cayendo hacia la cintura y la tez tan pálida como el reflejo de la luna. Y además flotaba, no tenía pies y se podía ver a través de ella. Vamos, la típica idea que todo el mundo tenía en la cabeza sobre el supuesto aspecto de un fantasma. Pero aunque esas burdas descripciones que había recolectado en su incursión en el pueblo restaban credibilidad a la historia, Erin se sintió lo suficientemente intrigada como para dedicarle su tiempo.

Y allí estaba ella, desafiando al más allá de nuevo y deseando con todas sus fuerzas que Susan apareciera ante sus ojos, aunque se arriesgaba a que el espectro le tendiera la mano y la arrastrara hacia el lago, sin duda le arrebataría la vida mediante sus poderes sobrenaturales. Sonrió para sus adentros.

Erin recostó la cabeza sobre la dura corteza de un árbol y puso las manos entre las rodillas. Era medianoche, y tenía pensado permanecer allí sentada hasta que despuntara el alba. Estaba segura de que el miedo a los animalillos del bosque sería el mejor antídoto contra el sueño por las largas horas de espera.

El equipo que llevaba consigo ya estaba colocado y funcionando. Un par de cámaras de vídeo, estratégicamente ocultas entre las ramas de los árboles, se encargaban de grabar el escenario en su modalidad de visión nocturna, y había dejado una grabadora sobre la superficie lisa de una roca para captar sonidos que con frecuencia escapaban a la percepción del oído humano.

El búho alzó el vuelo y voló hacia la rama de un árbol vecino. Ahora estaba más cerca y su gran tamaño le resultó intimidante. Se fijó en que tenía las plumas tan negras como la noche. No le quitaba el ojo de encima. La observaba tan fijamente que ni siquiera parpadeaba, pero Erin terminó por acostumbrarse a su presencia.

Sobre las dos de la madrugada los párpados comenzaron a pesarle y, como no quería quedarse dormida, se levantó para estirar los músculos. Tenía el trasero dolorido y las piernas agarrotadas. Erin encendió la linterna y comprobó que las cámaras de vídeo seguían haciendo su trabajo. En casa tenía un estudio con un equipo de última generación que se encargaría de mostrar posibles imágenes que las cámaras hubieran registrado. La cinta de la grabadora continuaba girando desde la roca donde la había dejado.

Erin apagó la linterna y cruzó los brazos para protegerse de una ráfaga de aire que penetró bajo el impermeable haciéndola tiritar de frío. Su amigo el búho se había marchado en algún momento de la noche y las criaturas del bosque estaban ahora más calmadas. Erin alzó la barbilla y observó las ramas más altas de los árboles que formaban una pantalla sobre su cabeza.

La luna menguante trataba de filtrar su luz a través de las ramas, pero las coníferas eran frondosas y Erin estaba prácticamente a oscuras.

—Susan Weis, ¿puedes oírme? —La voz le tembló un poco a causa del frío más que de una posible respuesta—. Manifiéstate. Demuéstrame que no formas parte de una leyenda absurda. —Se movió sobre sus talones y, lentamente, describió un círculo de trescientos sesenta grados—. Vamos, vengo de lejos y no quiero marcharme a casa con las manos vacías. Mucha gente dice haberte visto. Yo quiero verte.

Evidentemente no hubo respuesta, y Erin volvió a tomar asiento sobre la base de la roca. Decidió que cerraría los ojos durante unos segundos, para aliviar el peso que sentía en los párpados, pero cuando los abrió ya había amanecido. Los rayos de luz matinal se filtraban entre las tupidas hojas verdes y disolvían la oscuridad de su alrededor. Erin dio un respingo y se puso de malhumor por haberse quedado dormida.

Al ponerse en pie descubrió que le dolía cada músculo del cuerpo. El frío, la humedad y la postura rígida los había entumecido. Se frotó los ojos y después hizo unos estiramientos. Mataría por una taza de café para dispersar la neblina que le invadía el cerebro, pero tendría que esperar hasta llegar al pueblo.

Mientras recogía el equipo y lo guardaba en su mochila, el desaliento ante otro infructuoso intento por establecer contacto con el más allá anidó en su interior, pero ningún revés ni investigación frustrada conseguiría hacer disminuir su empeño. Erin se cargó la mochila a la espalda y emprendió el camino de regreso a su todoterreno. Siguió el sendero que marcaban las cintas rojas y las fue desatando de los árboles. El coche estaba aparcado junto a la carretera, a un kilómetro del lugar donde había pasado la noche.

Ya al atardecer, cuando conducía de regreso a Chicago por la autopista que discurría paralela al lago Michigan, a Erin la animó pensar en todo el material recopilado. Disponía de las entrevistas que había hecho a los habitantes del pueblo y de una buena colección de fotografías que incluían Chesterton, la casa abandonada donde residió Susan Weis, y varias tomas del bosque y el lago. Todo ello sin contar con las horas de grabación y filmación que aguardaban en su mochila. Le esperaba una semana emocionante.

Nada más llegar a casa, conectó la cámara de fotos al ordenador para descargar las fotografías y, mientras se despojaba de los vaqueros y la camiseta, la bañera se fue llenando de agua caliente. Erin roció el agua con sales de baño con olor a melocotón y vertió un buen chorro de su gel de ducha favorito. Después se recogió el pelo en lo alto de la cabeza con una goma. El agua estaba demasiado caliente, pero le vendría bien después de pasar una noche en el bosque.

Poco después de sumergirse en la fragante espuma, el teléfono fijo sonó desde el salón y saltó el contestador automático. Erin aguzó el oído, pero cuando escuchó la voz de su padre volvió a cerrar los ojos y apoyó la cabeza en el borde de la bañera. Wayne Mathews le preguntaba sobre su fin de semana en Ontario, pues Erin le había dicho que se marchaba con una amiga para visitar las cataratas del Niágara. Curvó los labios y se le formó una sonrisa perezosa. Si su padre llegaba a descubrir a qué se dedicaba su hija cuando se desprendía de las serias ropas que utilizaba en el trabajo, le daría un infarto. Por supuesto, no pensaba decírselo. Nadie en realidad estaba al corriente de que escribía para *Enigmas y leyendas* salvo los compañeros que colaboraban en la revista y su hermana Alice.

Cuando salió del baño, se puso ropa cómoda y le devolvió a su padre la llamada antes de que se le ocurriera presentarse en su casa. Erin había visitado varias veces Ontario, por lo que no tuvo que inventar ningún dato sobre lo fabulosas que eran las cataratas del Niágara. Después rebobinó la cinta del contestador para escuchar el resto de los mensajes mientras se preparaba algo ligero para cenar. Entre ruido de platos y cubiertos, oyó la melodiosa voz de Bonnie Stuart preguntando sobre sus andaduras por Indiana. Bonnie era una colaboradora de la revista y una buena amiga. Además de eso era su cómplice, su coartada perfecta cada vez que salía de la ciudad para llevar a cabo una investigación.

Hablaron por teléfono mientras se comía el plato de pasta con salsa de setas y después telefoneó a Alice. Tras pasar ocho largos años al frente de la delegación de Mathews & Parrish en Londres, su hermana Alice había regresado a Chicago hacía quince días y todavía estaban poniéndose al corriente de sus vidas. Siempre habían mantenido un contacto regular, como mínimo hablaban una vez por semana y siempre se veían en Navidad, pero nunca había sido suficiente. Erin todavía estaba furiosa con su padre por haber enviado a Alice tan lejos, y los motivos por los que lo hizo todavía eran más deleznables.

Vio la televisión un rato, pero la programación era tan aburrida que enseguida se adormeció. Erin tenía la intención de trasnochar para visualizar las cintas de vídeo que había grabado en el bosque, pero estaba rendida y, en su estado, no sabría diferenciar un fantasma del tronco de un árbol. Con los ojos entornados y la mente embotada por el sueño, Erin hizo un rápido cambio de planes y se marchó a la cama. En cuanto se deslizó entre las sábanas limpias y apoyó la cabeza sobre la almohada, cayó en las garras de un sueño profundo.

Nada más amanecer, Erin siguió el ritual de todos los días. Escogió un traje chaqueta de color verde esmeralda y se hizo un recogido formal en el pelo. Cada vez que se miraba al espejo antes de salir al trabajo, no podía sentirse más lejana de la imagen seria y distante que proyectaba. Wayne Mathews seguía una rígida política empresarial, que incluía la forma de vestir de sus empleados. Así, tanto hombres como mujeres debían ir con trajes a medida y los zapatos impolutos. Su padre era excesivamente estricto y conservador y no permitía que nadie se saltara esa norma. En una ocasión despidió a un empleado por acudir a trabajar en vaqueros. Dio igual que Erin le dijera que los vaqueros le sentaban de miedo.

Erin rehuía cualquier tipo de enfrentamiento con su padre desde hacía mucho tiempo, pues las disputas verbales no la conducían más que a callejones sin salida. Mathews & Parrish era su territorio y él era el rey, al igual que lo era en su casa salvo que, afortunadamente, Erin ya no vivía bajo el mismo techo de su padre desde hacía muchos años.

Ya en la calle, Erin hizo un alto en el camino para comprar un bollo recién hecho en su panadería favorita. Normalmente desayunaba en el despacho, pero en los últimos días acudía a Grant Park, junto al lago Michigan, para dar un paseo mientras se comía el bollo junto al zumo de naranja natural que se preparaba en casa.

Mayo suponía para muchos el comienzo de actividades al aire libre, y el lago estaba ya repleto de barcos, veleros, lanchas motoras y pequeñas embarcaciones con remos. Pero no era la fascinante panorámica del lago surcado de barquitos lo que Erin iba a buscar allí todas las mañanas. Había descubierto que Neil Parrish solía correr por Grant Park a las siete y media de la mañana, y que las ropas de deporte le sentaban todavía mejor que los trajes.

Erin dio un sorbo a su zumo de naranja y mordió un trozo de bollo. El azúcar se le quedó adherido al labio superior y se lo lamió mientras observaba disimuladamente a todo aquel que se aproximaba corriendo y se cruzaba con ella. Pensó en qué le diría si se lo encontraba; esperaba no quedarse atascada como la última vez. Cuando se cruzaba con él en las oficinas no se mostraba tan torpe porque siempre había alguna cuestión relativa al trabajo para entablar conversación, pero fuera de los muros de Mathews & Parrish la mente se le quedaba en blanco.

El viernes le había dicho que hacía una buena mañana para correr, y a Erin empezaba a preocuparle su falta de elocuencia con Neil Parrish.

Mientras paseaba y se terminaba el desayuno, procuró encontrar algo inteligente que decirle, algo que le robara la respiración, que lo dejara profundamente fascinado por sus encantos y le hiciera desear acercar posiciones.

Desde que conocía a Neil Parrish, hacía por lo menos la friolera de quince años, nunca se había dado la situación de que ambos estuvieran emocionalmente libres. Unas veces era Neil quien tenía pareja y otras veces era ella quien salía con alguien, aunque era más común lo primero que lo segundo. Luego él se marchó con Alice para ocuparse de la sede de Mathews & Parrish en Londres y las esperanzas de Erin se truncaron de raíz. Neil siempre le había gustado mucho —bueno, muchísimo— y Erin fantaseaba con la idea de que, algún día, ambos tuvieran una feliz historia de amor de las que duraban toda la vida. Y ahora, tras quince años de contratiempos y de recorrer caminos diferentes, por fin las circunstancias eran favorables. Erin no salía con nadie y Neil era un hombre divorciado desde hacía unos meses. Parecía que la situación era perfecta, salvo por un pequeño inconveniente: Erin no tenía ni idea de cómo desprenderse de la imagen que Neil tenía de ella para que comenzara a considerarla como una posible pareja.

«Será mejor que espabiles antes de que aparezca alguna otra y te lo robe delante de las narices», se dijo.

Neil surgió de entre un grupo de patinadores y a Erin se le aceleró el pulso.

Con un brusco y rápido movimiento, Erin soltó el envase vacío sobre una papelera que tenía a su alcance y se frotó las manos para hacer desaparecer el azúcar que tenía adherido a los dedos. No tenía tiempo para echarse un vistazo en su espejo de mano pero, discretamente, se pasó la yema de un dedo por el contorno de los labios para comprobar que todo estaba perfecto. Neil avanzaba imponente, destacando entre la gente que le rodeaba a paso rápido y firme. Con la edad, los rasgos inmaduros que la enamoraron en la juventud se habían vuelto más atractivos y seductores. Su cuerpo también se había ensanchado y era un placer admirarlo bajo las ropas de deporte.

Erin se embelesó unos segundos, pero recuperó el control en cuanto Neil advirtió su presencia. Cuadró los hombros y cerró la mano alrededor de la correa del bolso, y él esbozó una sonrisa y disminuyó el ritmo de sus zancadas. Erin se obligó a mirarle a los ojos ante el empeño de estos por descender y admirar otras partes de él igual de atractivas. Se dijo que no actuaría con torpeza, pero conforme lo miraba las respuestas involuntarias de su cuerpo hicieron acto de presencia y los nervios la asaltaron.

—Buenos días, Erin. —Neil se detuvo ante ella. Su respiración era agitada y su pecho subía y bajaba bajo la camiseta blanca—. Sabía que en cuanto lo probaras, te aficionarías a pasear por Grant Park antes de acudir a la oficina.

—Sí, es relajante. —Sonrió a medias, su mente trabajaba a miles de revoluciones por minuto para decir algo interesante que lo retuviera a su lado—. Y hace un día estupendo.

«¿Pero qué acabas de decir? No puedo creer que hayas vuelto a mencionar el tiempo. Idiota.»

—El viento sopla con demasiada fuerza —la contradijo—. ¿Pero qué le vamos a hacer? Esto es Chicago —añadió con una sonrisa.

A Erin se le evaporó la sonrisa. No solo había hecho un comentario manido, sino también absurdo porque hacía demasiado viento. Para cuando quiso arreglarlo, Neil se adelantó y le dijo que debía seguir corriendo antes de que se le enfriaran los músculos. Erin asintió sin rechistar porque si hablaba se pondría roja de vergüenza.

—Nos vemos en la oficina.

Neil desplegó otra sonrisa cautivadora y se puso en marcha. Erin lo observó mientras se alejaba y la frustración le apretó las entrañas. Luego se desinfló poco a poco.

«Vamos, es pronto para rendirse. Solo hace dos semanas que está aquí.»

Dos semanas no eran nada cuando había esperado tantos años, y con ese pensamiento recuperó el humor. Lo vio desaparecer tras un grupo de mujeres que caminaban a buen ritmo y entonces tuvo una idea que le pareció brillante. Le propondría salir a correr con él. Erin no podía recordar los años que hacía que no corría, pero no era ningún disparate volver a ponerse en forma al tiempo que trataba de seducirlo. A Neil le gustaban las mujeres decididas y sin pelos en la lengua, por lo tanto, tendría que comportarse como tal si quería atraer su atención.

El grupo de mujeres la adelantó y Erin siguió su camino. Tenía la palma de la mano sudada sobre la correa del bolso y miró la esfera de su reloj de pulsera. Todavía era pronto para ir a la oficina, así que caminó hacia la orilla del lago y dejó que el aire puro y fresco le despejara la cabeza.

Las aguas del lago Michigan presentaban una variopinta mezcla de colores. Había ráfagas de azul oscuro al fondo, y el sol del amanecer le arrancaba a la superficie vetas doradas que brillaban y centellaban mecidas por el oleaje. Las embarcaciones levantaban espuma blanca que formaba trazos desordenados y de distinto grosor. Erin había crecido con el viento y no la incomodaba en absoluto. Le habría gustado deshacerse el peinado, estirar los brazos y dejar que el aire revolviera sus cabellos. En lugar de eso, anduvo hacia el embarcadero solitario y observó cómo el agua lamía las tablas de madera bajo sus caros zapatos de tacón. Su mirada vagó hacia un lado y otro del bello paisaje hasta que se detuvo en la pequeña barquita de remos que se estaba hundiendo en el agua como si fuera un pesado pedazo de plomo.

La barquita cobijaba a un tripulante que estaba de espaldas a Erin, con las manos apoyadas en las caderas y los brazos en jarras. El hombre se pasó una mano por el pelo castaño y movió la cabeza en señal de rendición, como si esperara que aquello sucediera.

Erin se acercó con curiosidad hasta el final del embarcadero y se llevó la mano a la frente para hacer de visera. Unos veinte metros la separaban del bote de remos y de su ocupante, y una ráfaga de aire trajo a sus oídos las maldiciones que profería el hombre.

—¡Se está hundiendo! —exclamó Erin.

—¿De verdad? No me había dado cuenta —le contestó con sequedad, sin darse la vuelta.

—¿Quiere que vaya a llamar al guardacostas? El agua debe de estar congelada. Si me dice dónde encontrarlo puedo ir a buscarlo.

Él volvió a mover la cabeza, descartando su ofrecimiento.

—No se moleste. La barca se hundirá antes de que usted consiga llegar a la orilla.

Eso es lo que parecía y eso es lo que sucedió. Pero antes de que la pulida madera desapareciera bajo la superficie aguamarina, el hombre se quitó las botas, dio un salto acrobático y se lanzó de cabeza al lago.

Erin frunció el ceño y se estremeció al pensar en lo fría que debía de estar el agua. Se abrazó instintivamente mientras observaba al náufrago, que se acercaba velozmente al embarcadero braceando con fuerza, como si no le molestaran las ropas ni el frío que seguro sentía. Erin se preparó para socorrerle, aunque no sabía muy bien qué hacer.

Una rápida mirada a su alrededor le mostró la forma en que podía ayudar. La escalerilla confeccionada con gruesa cuerda de esparto yacía sobre las bastas tablas del embarcadero, y Erin se agachó para cogerla y arrojarla al agua. Después aguardó a que llegara.

Con la cabeza sumergida y las extremidades estiradas, él se deslizaba como una rápida anguila. Cada tres brazadas asomaba la cabeza para tomar aire, pero las salpicaduras que levantaban sus brazos no le dejaron verle la cara hasta que llegó al embarcadero. Erin se quedó sin habla cuando una mano grande y morena se aferró a las tablas y emergió a la superficie. Se impulsó con los brazos y subió con agilidad. Sus ropas empapadas formaron un charco sobre la madera y él se tomó un segundo para sacudirse el agua del pelo mientras volvía a blasfemar en voz baja.

El náufrago era Jesse Gardner.

Cuando la miró con sus penetrantes ojos azules Erin supo que la había reconocido de inmediato. Erin no había tenido mucho trato con él, pero sí el suficiente para saber que Jesse Gardner era un hombre muy temperamental. De repente, que su barca se hubiera hundido y él estuviera calado hasta los huesos pareció perder interés para él y todo su malestar se concentró en ella. La taladró con la mirada como si pretendiera exterminarla y Erin se puso tensa como un arco.

—Joder, y yo que pensaba que el día no podía estropearse más.

Tanto sus ojos como su voz expresaron una profunda aversión que la hicieron sentir como si fuera poco menos que una vulgar asesina. Gardner le dio la espalda y emprendió el camino hacia el paseo con la firme intención de ignorarla, y aunque a Erin esa reacción le pareció hasta lógica teniendo en cuenta los antecedentes que los unían, un extraño impulso la llevó a seguir sus largas zancadas hasta que se puso a su altura.

Miró su tenso perfil cubierto de pequeñas gotitas de agua que también pendían de las puntas de su largo cabello. Tenía un atractivo descarado y una sexualidad arrolladora. Precisamente ese aspecto peligroso fue el que hizo suspirar a casi todas las trabajadoras de Mathews & Parrish mientras él trabajó para la compañía aérea. Erin solo lo había visto en dos ocasiones, el día que lo contrató y el que lo despidió, pero era esa clase de hombre al que no se olvida con facilidad.

—Debería cambiarse de ropa inmediatamente o cogerá una pulmonía —dijo con cautela.

—Cuando necesite un consejo, usted será la última persona a la que se lo pida.

Al menos le había dado una respuesta.

—¿Cómo es que se ha hundido su barca?

Jesse Gardner se paró en seco y la miró de frente, con los ojos entornados y encendidos de un furor tan latente que Erin estuvo a punto de retroceder un paso.

—¿De verdad piensa que puede entablar una conversación conmigo como si fuéramos colegas o algo parecido?

—No pretendo ser amiga suya, solo intento ser amable.

—¿Amable? —Gardner arqueó las cejas con sorpresa y luego se rio en su cara.

—La verdad es que no esperaba volver a encontrarme con usted. Chicago es una ciudad inmensa y…

—Al parecer, no lo suficiente —la interrumpió.

Gardner retomó el paso y Erin lo siguió.

—Suelo venir a pasear a Grant Park a estas horas. Es probable que volvamos a vernos aunque le desagrade.

—En ese caso gracias por la información. Trataré de cambiar mis horarios.

Erin suspiró lentamente.

—Aunque no me crea, quiero que sepa que espero que las cosas le estén yendo bien y que pronto consiga rehacer su vida.

—¿Me toma el pelo, señorita Mathews? —Pronunció su nombre con renuencia.

—No, se lo digo en serio. Ya sé que usted piensa que todos los que trabajamos en Mathews & Parrish somos unos delincuentes pero…

—No se equivoque. Hay gente honrada trabajando allí, pero usted en concreto no me lo parece.

—¿Por ser la hija del presidente de la compañía?

—Por eso y por consentir que la mierda siga oculta debajo de la alfombra —le contestó él con tono beligerante—. Y ahora apártese de mi camino.

Erin temió que la empujara al lago si no obedecía, y si la empujaba seguro que caería, porque él era el doble de grande que ella e iba armado con una buena proporción de músculos. Dejó que Gardner se marchara, dando grandes zancadas y cortando el viento con su cuerpo cargado de la rabia que ella le había provocado. Y Erin se quedó pensativa y desalentada.

A lo largo de los años, habían sido muchos los trabajadores y sobre todo las empresas que se habían enfrentado a su padre interponiendo demandas de toda índole, unas veces con razón y otras sin ella, y Erin vivía despreocupada de los procesos judiciales porque para eso estaban los abogados de la empresa. Sin embargo, el que interpuso Jesse Gardner contra la compañía la afectó en particular y lo hizo por dos razones en principio contradictorias. En primer lugar, por la dura acusación que Gardner había formulado contra la empresa y que ponía en tela de juicio el prestigio ganado a lo largo de muchos años de trabajo duro. Erin confiaba a ciegas en la integridad moral y profesional de su padre y sabía que no podían ser ciertas todas esas cosas tan terribles de las que intentaron acusarlo. Y, en segundo lugar, una parte de sí misma no podía evitar apiadarse de Jesse Gardner, pues la sentencia que el juez dictó en su contra lo dejó prácticamente en la calle.

Nadie habría entendido esa compasión hacia el hombre que había tratado de hundir a su padre, pero es que Erin nunca llegó a comprender las especulaciones que todos hacían respecto a Gardner. Se decía que buscaba el dinero fácil y que denunciando a la empresa conseguiría un despido mucho más sustancioso. Pero ¿qué hombre en su sano juicio se atrevería a enfrentarse a un litigio de tamañas dimensiones por unos pocos miles de dólares?

Desde luego, esa forma de proceder no le cuadraba con la imagen que se había forjado de él. No lo conocía mucho, pero en la entrevista que mantuvieron antes de ser contratado le pareció un hombre honrado, y eso mismo también quedó constatado en las referencias que Erin solicitó a las empresas en las que había trabajado previamente, y que fueron todas impecables.

No era asunto suyo y ni siquiera siguió el juicio de cerca, pero Erin seguía pensando que algo no cuadraba en aquella ecuación.

Capítulo 2

$\mathcal{H}$acía unos días que Jesse Gardner había descubierto la razón por la que no conseguía que ninguno de los botes que construía se mantuviera a flote. La solución se llamaba base de flotación. Las cámaras de aire debían ser muy precisas y dependían de las dimensiones y del peso del barco. Hasta la fecha, había dejado poco espacio de flotación y por eso todos los botes se hundían como piedras en el mar. Hizo muchos cálculos sobre hojas de papel para hallar una fórmula que le diera un resultado exacto y pensó que por fin tenía el problema resuelto. Obviamente no era así y tendría que volver a revisar la fórmula. Cuando diera con la solución, podría dedicarse al cien por cien al *Erin*, mientras tanto, tendría que continuar haciendo todas esas pruebas con pequeñas embarcaciones.

Esa mañana Jesse se había levantado temprano y de buen humor porque hacía un día estupendo para navegar y para comprobar sus progresos. Aunque las aguas del lago Michigan andaban algo revueltas bajo la acción del viento que soplaba del norte, el sol lucía espléndido en el cielo carente de nubes; algo insólito para la época del año en la que se encontraban, pues a finales de mayo solían abundar los días lluviosos y grises.

Con el bote cargado en el remolque, condujo hacia el embarcadero más cercano de Grant Park, aprovechando que la mayoría de los aficionados a la navegación solían acudir un poco más tarde de las siete. A esta hora de la mañana las aguas estarían más tranquilas. Ya en el lago, su optimismo se desvaneció cuando comprobó que había errado en los cálculos y que iba a darse un indeseado chapuzón. Este bote, sin embargo, aguantó sobre la superficie varios minutos más que el anterior, y aunque ese dato no le privó de cierta decepción, él no era un experto en construir barcos y decidió que se trataba de un pequeño progreso.

Pero el malestar ante el inminente hundimiento no fue nada comparado con el que sintió en cuanto sus ojos se toparon con los de Erin Mathews. El encontronazo con la mujer le había puesto de un humor de perros y mientras conducía de regreso a casa, rememoró en contra de su voluntad algunos episodios desagradables acaecidos en su paso por Mathews & Parrish.

El menor de los agravios sufridos fue quedarse sin empleo, porque podía encontrar otro y con mejores condiciones en cualquier sitio. Lo que realmente le enfurecía era que le hubieran retirado la licencia para pilotar durante seis meses.

El juicio contra Mathews & Parrish fue un juicio injusto y amañado, y la sentencia favoreció a la parte que tenía más dinero. Su abogada le advirtió que la flota de abogados de Mathews & Parrish le aniquilaría a no ser que contase con pruebas fehacientes; pero la única prueba de la que Jesse disponía era lo que había visto con sus propios ojos. Sin embargo, su sentido del deber no le permitía cerrarlos e ignorar algo tan grave como lo que había descubierto. Jamás dudó que debía denunciarlo y que dar ese paso conllevaría su inminente despido, pero de todas formas, sabiendo lo que sabía, si no le hubieran despedido habría sido él quien se hubiera marchado de la empresa.

Jesse se exasperó y apretó el volante con fuerza cuando entró en Bronzeville. Su abogada estaba preparando la apelación, aunque todavía no sabía de dónde sacaría el dinero para pagarle los honorarios. Las costas judiciales le habían dejado en bancarrota y, sin un empleo a la vista, no tenía ninguna fuente de ingresos segura. Muy pronto su situación comenzaría a ser alarmante, pero él era un hombre de recursos y saldría de esa.

Jesse trataba de no pensar en ello, salvo cuando sentía una necesidad imperiosa de subirse a un avión. Entonces se enfurecía de verdad, se ponía unos guantes de boxeo y descargaba toda su rabia contra el saco de arena que tenía colgado en el garaje.

Todavía no había decidido qué hacer mientras su licencia para pilotar continuara en suspenso. Aún debía esperar cuatro meses más, no era mucho tiempo, pero la demora se le hacía insoportable. Había pensado en largarse de Chicago durante una temporada, pero fuera donde fuera estaba jodido, porque su licencia abarcaba todo el territorio de Estados Unidos.

Algunos compañeros de trabajo le sugirieron que disfrutara de aquellas vacaciones forzosas, pero el problema era que odiaba disponer de tantas horas ociosas.

Al menos tenía al *Erin*, el velero en el que trabajaba diariamente desde que se quedara sin empleo. De momento no era más que un proyecto, pues solo había construido el armazón del barco, pero a ese ritmo de trabajo pronto podría salir a navegar en él.

Si daba con las medidas de las bases de flotación.

Erin le parecía el nombre ideal para bautizar a su velero, porque el barco que tenía su padre cuando él era niño se llamaba así. Razones sentimentales le empujaban a hacer un pequeño homenaje a Robert Gardner, que había muerto hacía unos años en Beaufort y cuya pasión por navegar había heredado. Sin embargo, en ese preciso instante el nombre le desagradó profundamente, porque le recordó a la mujer que acababa de encontrarse en Grant Park.

Tras meter el coche en el garaje, miró la hora en su reloj de pulsera y decidió que aún disponía de un par de horas para trabajar antes de reunirse con Chad.

El tiempo corría deprisa entre tablones de madera, sierras eléctricas, barnices y diversas herramientas de carpintería. Jesse pasó casi dos horas serrando y puliendo madera y acabó empapado en sudor. Pese a que la mañana de mayo era fresca, cuando terminó parecía recién salido de una sauna.

Se limpió las manos con un trapo sucio que dejó arrugado sobre un banco de madera y contempló con orgullo el esqueleto del *Erin*. Después subió de dos en dos las escaleras que conducían hacia la planta de arriba, sin preocuparse de que sus pies descalzos y sucios fueran dejando un rastro poco atractivo sobre la madera. Fue entonces cuando reparó en que no se había quitado las ropas mojadas tras el chapuzón. Tendría suerte si no pescaba un buen resfriado.

Junto al toallero encontró un sujetador de color frambuesa y Jesse frunció las cejas. Sabía de quién era, pero no conseguía recordar su nombre. Lo tomó por el tirante y lo echó a la cesta de la ropa sucia. Si su propietaria lo reclamaba se lo devolvería, pero prefería que la guapa morena con la que se había tomado unas copas la noche anterior, no lo hiciera. Tenía una regla que seguía a rajatabla en cuestión de mujeres, y es que no repetía con la misma mujer dos veces seguidas.

Jesse se metió en la ducha y el agua fresca dejó su mente en blanco, alejando los sinsabores que la estirada señorita Mathews había traído de regreso a su cabeza. Cuando se puso los vaqueros limpios y la camiseta, Jesse ya pensaba en su amigo Chad y en las noticias suculentas que traía consigo. Chad se había negado a adelantárselo por teléfono cuando lo llamó la noche anterior desde su casa en Beaufort, y Jesse detestaba que su amigo se pusiera en plan misterioso. Por regla general, esa actitud implicaba que se había producido algún giro inesperado en su vida que, por añadidura, también a él le salpicaría.

Chad Macklin era su mejor amigo. Se conocían desde que llevaban pañales, y aunque Jesse no había regresado a Beaufort en los últimos años, Chad viajaba con frecuencia a Chicago. Nunca perdieron el contacto a pesar de las circunstancias.

La cafetería donde había quedado con Chad estaba cerca de su casa e hizo el camino a pie. Desde que no tenía que desplazarse al aeropuerto O'Hare, y salvo que tuviera que acudir al centro de la ciudad, iba a todos sitios caminando.

Vivía en una modesta casita residencial de Bronzeville, a cinco minutos del lago Michigan. No era gran cosa, pero nunca había necesitado lujos ni grandes espacios, salvo cuando volaba. En la planta baja estaba el garaje, que albergaba su coche y una amplia zona que él había convertido en su lugar de trabajo. En la planta de arriba estaba la casa, sesenta metros cuadrados de terreno perfectamente aprovechados. No necesitaba más que un comedor, un baño y dos dormitorios, uno de los cuales utilizaba de estudio. Lo que más le gustaba de esa vivienda era la terraza, que estaba orientada hacia el lago Michigan. La inmensidad de sus perfiles azules le recordaba la costa del Atlántico y Beaufort. El cielo de su pueblo natal era inmenso. Si volvías la cabeza hacia el oeste, aquel acababa allí donde despuntaban los perfiles redondeados de las montañas

Blue Ridge, y si mirabas hacia el este, finalizaba en un punto donde era imposible distinguirlo de las agitadas aguas del océano Atlántico. A veces lo echaba de menos, y sabía que tarde o temprano regresaría. No se quedaría a vivir allí, pues Beaufort no era tan grande como para albergarles a ambos, a él y a June, pero la nostalgia sí era lo suficientemente fuerte como para obligarle a ir de visita. Algún día.

Poco antes de llegar a la cafetería donde había quedado con Chad, se detuvo en el quiosco para comprar el último número de la revista *Sailing*, que ese mes incluía un suplemento muy ilustrativo sobre las mejores marcas de barnices y siliconas que existían en el mercado para los acabados de los barcos.

Cuando entró en la cafetería, Chad todavía no había llegado. Jesse tomó asiento en la barra, desplegó la revista sobre el mostrador y le pidió a Pete un café bien cargado. Era la hora del almuerzo y el pequeño local era una bulliciosa aglomeración de voces, ruidos de cubiertos y música ambiental. Jesse solía ir más temprano para evitar la hora punta, pero Chad había tomado un avión de madrugada y se negó rotundamente a levantarse antes de las once.

Se hallaba inmerso en la lectura sobre el taponamiento de juntas, cuando sintió un afectuoso apretón en el hombro.

Chad lucía un aspecto bronceado y saludable a pesar del cansancio del vuelo, y una sonrisa igualmente vigorosa que sin duda estaba relacionada con aquello que tenía que decirle. Aunque iba a Chicago con frecuencia, hubo unas cuantas palmaditas en la espalda y apretones de manos antes de que Chad tomara asiento. Pidió otro café para él e hizo un comentario jocoso sobre la nueva afición de Jesse, que estaba desplegada sobre la barra.

—No es nueva, sabes que siempre quise construir mi propio barco. Ahora me sobra el tiempo. —Jesse cerró la revista y la dejó a un lado—. Desembucha. ¿Qué ha hecho que muevas el culo en plena noche desde Beaufort hasta aquí?

Y Chad se lo dijo sin rodeos, aun a sabiendas de que a Jesse podría ocasionarle un ataque al corazón.

Primero Jesse se echó a reír a carcajadas, como si Chad estuviera tomándole el pelo. Pero cuando comprobó que el rictus de Chad no variaba, a Jesse se le congeló la sonrisa y su expresión se volvió indescifrable. Los ojos castaños de Chad estaban serenos, y halló en ellos una especie de luz que Jesse nunca antes había visto en ellos.

—¿Así que no estás bromeando?

Chad movió la cabeza lentamente y las comisuras de sus labios se alzaron.

Un estado de conmoción debía de ser lo más parecido a lo que Jesse experimentó en ese instante. Su aturdimiento era tan espeso, que se volvió hacia el camarero y le pidió que le sirviera un whisky bien cargado. Solo con una buena dosis de alcohol en las venas sería capaz de asimilar una noticia tan espeluznante como la próxima boda de Chad.

No estaba seguro de qué le sorprendía más, si la boda o la mujer con la que iba a casarse. Linda McKenzy había sido la empollona de la escuela, la chica menos popular del colegio con la que ningún chico, incluido Chad, quería salir. Ahora Chad le contaba que Linda había regresado al pueblo después de quince años perdida en algún lugar de Kansas, y le aseguraba que ya no quedaba nada en ella que pudiera utilizarse para establecer relación con la antigua Linda.

Cuando el camarero abrió la botella de Jack Daniel's, Chad le indicó que se ahorrara el whisky y acogió la reacción de su amigo con humor. El desconcierto de Jesse alcanzó entonces su cota más elevada.

—Hablamos de la misma Linda, ¿verdad? Gafas de culo de vaso, dientes prominentes… —le recordó, como si Chad se hubiera vuelto loco de remate—. La hiciste llorar cuando en segundo introdujiste un ratón en el interior de su mochila.

Chad hizo un gesto con la mano.

—Ahora lleva lentillas y durante años utilizó un corrector para los dientes. Tiene una sonrisa preciosa.

—¿Qué te ha pasado desde la última vez que viniste? ¿Has estado metido en alguna secta? —Jesse cabeceó—. Tú no eres de los que se casan, y menos con la *Bugs Bunny*.

En el instituto la llamaban así por sus dientes de conejo.

—Supongo que he madurado. Y te aseguro que cuando veas a Linda quedarás impresionado. —Chad apoyó una mano en su hombro, le miró directamente a los ojos y le habló desde la supuesta madurez que proclamaba—. Tengo treinta y ocho años y he disfrutado de la vida tanto como he podido. Pero a todo hombre le llega el momento de sentar la cabeza.

—Te recuerdo, por si lo has olvidado, que durante muchos años mi cabeza estuvo bien sentada. ¿Y total para qué? Todo ese tiempo desperdiciado.

—No todas las mujeres son iguales. Yo confío en Linda.

—Yo también confiaba en June.

Chad sabía que esa conversación no iba a conducirles a ninguna parte. Jesse estaba profundamente resentido con las mujeres y no quería oír hablar de relaciones serias. En cierta manera le entendía, aunque no era justo que las juzgara a todas por el mismo rasero.

—La boda se celebrará en Beaufort —anunció Chad.

Jesse tomó un sorbo de café, pues pasada la sorpresa inicial, ya podía tragarlo sin atragantarse.

—¿Cuándo fue la última vez que nos vimos? ¿Hace un mes, dos meses? —le preguntó a su amigo.

—Hace un mes y medio.

—Vaya, mes y medio. —Jesse resopló con teatralidad—. Es poco tiempo para tener que recordarte lo que sucedió.

—No es necesario que me lo repitas —dijo con parsimonia—. Estaba un poco borracho pero lo recuerdo todo perfectamente. Salimos de fiesta, nos enrollamos con unas tías impresionantes y yo acabé en la habitación de mi hotel con una rubia guapísima.

Jesse asentía a cada palabra que decía.

—Antes de subirte al avión me dijiste que te soltara un puñetazo si alguna vez te dejabas atrapar por una mujer.

—En un mes y medio pueden suceder muchas cosas. —Se encogió de hombros y le hizo ver que nada de lo que dijera le haría cambiar de idea—. La boda es dentro de una semana, por lo tanto te agradecería que no me golpearas en la cara.

A Jesse se le escapó una risa cansina que era el reflejo de su enorme desconcierto. A duras penas podía creerse que fuera su amigo Chad Macklin quien le estuviera hablando de matrimonio y de amor eterno. Precisamente Chad, al que solo le había faltado ponerse de rodillas para suplicarle que jamás se casara con June. Y sus súplicas no obedecían a que Chad tuviera poderes adivinatorios respecto a la mujer que lo había dejado plantado por otro, sino a que Chad tenía una pésima concepción sobre el matrimonio. Siempre se había proclamado alérgico a las relaciones sentimentales.

—No voy a ir a la boda. No quiero ver cómo te pones la soga en el cuello.

—Por supuesto que irás. No puede haber una boda sin padrino.

—Búscate a otro, el pueblo está lleno de catetos que también creen en toda esa parafernalia del matrimonio y el amor eterno —dijo con sarcasmo.

Chad volvió a reír y agarró su café para hacer desaparecer la risa. Después de un trago prosiguió con la que ya sabía que sería una trabajosa tarea. Pero conocía a Jesse y sus puntos flacos, y deliberadamente tocó donde más podía dolerle.

—Tú problema no es que no quieras ir a la boda. Lo que sucede es que no quieres ir a Beaufort para no tener que encontrarte con June y con Keith. Pero todo el mundo se ha olvidado ya de ese incidente. En el pueblo ya nadie te recuerda como el capullo que dejaba sola a June durante largas temporadas que fueron aprovechas por el bueno de Keith Sloan para robártela.

—Gracias por lo de capullo —replicó, curvando los labios en una sonrisa torcida.

—¿Acaso continúas enamorado de ella? —le preguntó con provocación.

—No me hagas reír. Me ofende que lo preguntes. Me humilló delante de todo el pueblo, ¿cómo puedo continuar queriéndola?

—El corazón tiene razones que la razón no entiende.

Jesse no lo podía creer. Su mejor amigo, aquel que prefería cortarse un dedo antes que caer en las redes del matrimonio, no solo iba a casarse, sino que además se había convertido en todo un sentimental. Jesse no estaba seguro de si echarse a reír o llorar.

—Jamás he escuchado nada tan cursi.

—Pero es cierto —asintió Chad.

—No estoy enamorado de June —dijo secamente.

—Lo que tu digas. —Chad alzó la manos—. Su matrimonio está en crisis. Ya no viven bajo el mismo techo.

Jesse alzó una ceja, pero enseguida decidió que no quería mostrar sorpresa. No deseaba demostrar ninguna emoción respecto a June, aunque algo indefinido agitó su interior.

—No me extraña; Keith sí que es un capullo.

—¿Me vas a decir que no te importa?

—Ni lo más mínimo.

—Bien. —Chad sonrió y apuró su café—. Entonces no existe excusa posible para que no te compres un traje y acudas a mi boda.

Jesse lo miró con irritación. Desde el principio supo que no había salida, que si Chad se casaba él estaría en la ceremonia. No podía ser de otra forma. Eran amigos desde el colegio y habían pasado juntos por todas las etapas de la vida. Para Jesse, Chad era como un hermano y no podía fallarle en un acontecimiento tan importante. Sentía el deber moral de estar allí, por mucho que aborreciera la idea de volver a encontrarse con determinadas personas.

—¿Sabes? Creo que deberías demostrarle a June que ya no te importa un carajo. No has aparecido por allí en los últimos cinco años. ¿Qué crees que puede pensar ella?

—Me trae sin cuidado lo que piense.

—A mí sí que me importa. Quiero que se le remuevan las entrañas cuando te vea con otra mujer. Por su culpa tengo que recorrerme medio país cada vez que quiero estar con mi amigo, así que me lo debes —sentenció.

—¿De qué mujer hablas?

—Nadie va solo a una boda.

Por toda respuesta, Jesse exhaló lentamente y recuperó su café.

—Invita a una de tus amigas. Seguro que tienes a un montón de candidatas.

A Jesse no se le ocurría ninguna con la que le apeteciera pasar unos días en Beaufort. Su relación con las mujeres se limitaba a tener sexo sin complicaciones, y no solía repetir con la misma mujer para evitar el riesgo de encariñarse con alguna. Por otra parte, aquellas con las que no se acostaba no encajaban en los cánones de belleza precisamente. No podía invitar a Tammy Abbot, la dependienta de la tienda de bricolaje. Tammy era un encanto, pero pesaba alrededor de cien kilos más que él. También descartó a Sally Mcpherson, su casera, que todavía no había descubierto que la crema depilatoria existía.

—Lo pensaré, aunque ya sabes que no conservo la amistad con ninguna de las mujeres con las que me acuesto.

—Tienes una semana para encontrar a alguna, pero procura que además de guapa sea inteligente. Para ti es pan comido.

Chad alzó la taza de café esperando a que Jesse se decidiera a brindar con él. Tardó unos segundos pero, finalmente, Jesse le secundó y la hizo chocar contra la de su amigo.

Erin cruzó rauda el inmenso vestíbulo para alcanzar el ascensor. Había tanto movimiento en la torre Sears que, a pesar de sus diez ascensores internos, si dejabas escapar la oportunidad de subirte a uno, era fácil que hubiera que esperar más de diez minutos para conseguir el siguiente. Erin ocupó el único hueco disponible que había junto a un hombre con traje y corbata, cuya barriga era tan inmensa que ocupaba el espacio de dos personas. Erin se volvió de cara a la puerta y estrechó su cartera de piel contra el pecho. Si las oficinas no estuvieran en el piso número cien, Erin no utilizaría los ascensores.

Sacó la agenda de su cartera de piel y la extendió sobre la mesa de su despacho. Tenía tres entrevistas de trabajo con tres pilotos profesionales y una para cubrir el puesto de la secretaria del jefe de contabilidad y finanzas. Hernest Spencer era el mayor mamarracho que trabajaba en Mathews & Parrish. Se habían contratado sus servicios hacía dos años y durante ese tiempo siete secretarias diferentes habían pasado por el puesto. Se rumoreaba que las relaciones que entablaba con ellas iban más allá de lo profesional. En esta ocasión, Erin iba a asegurarse de que eso no volviera a suceder y sonrió con malicia mientras apilaba en un montoncito los currículos seleccionados.

Después, decidió ir a ver a su hermana.

Alice tenía la nariz enterrada entre expedientes judiciales, denuncias, demandas, multas de tráfico y contenciosos en curso. Con el ceño fruncido, daba golpecitos con la punta de un lápiz sobre los papeles y balanceaba un pie bajo la mesa.

Cuando Erin supo que su hermana volvía a Chicago para quedarse de forma permanente, pensó que regresar al hogar tras largos años de destierro en Londres le sentaría bien, pero a Alice se la veía igual de agobiada e infeliz que en las largas conversaciones telefónicas que mantenían cuando las separaba el océano Atlántico.

Alice soltó el lápiz y enterró la cara entre las manos, frotándose los ojos con las yemas de los dedos.

—¿Va todo bien? —le preguntó Erin desde la puerta.

Alice retiró las manos de la cara y esbozó una sonrisa forzada. Luego cerró el expediente con un golpe seco y lo arrojó al fondo de la mesa, donde había otros muchos acumulados.

—Ahora mucho mejor.

—Trabajas demasiado. —Erin cruzó el elegante despacho de Alice, que estaba decorado en tonos blancos y marfil, y tomó asiento en una silla reclinable tapizada en cuero.

—Díselo al señor Mathews. Se cree que soy una abogada excepcional y delega en mí la mayoría del trabajo.

Alice siempre se dirigía a su padre como el señor Mathews. Erin creía que era una forma de mantener las distancias.

—Eres una abogada excepcional.

—No, no lo soy. Trabajo duro, que es diferente. —Contempló su mesa abarrotada de expedientes, donde no había ni un hueco libre sobre la superficie para adivinar su color, y puso una mueca de aversión—. Estoy cansada de esto. Cada día más aburrida, estresada y harta.

No era la primera vez que lo decía, pero la frustración de la que adolecían sus palabras era cada vez más evidente. Para alguien como Alice, que era una persona muy independiente y siempre había tenido un carácter rebelde e inquieto, ocho años viviendo bajo el yugo laboral que le imponía Wayne Mathews eran demasiados. Erin temía que toda esa contención explotara en cualquier momento y Alice lo mandara todo al infierno.

—Lo mirarás con otros ojos cuando pasen unos días, ya lo verás —dijo Erin con esperanza, pero se topó de lleno con la incredulidad que reflejaban los ojos de su hermana. No obstante, prosiguió argumentando—: El ritmo de Chicago es completamente diferente al de Londres, y William Parrish es mucho más flexible y permisivo que papá, pero pronto te adaptarás.

—William Parrish, el padre de Neil, era el socio fundador de la empresa. Cuando inauguraron la filial en Londres, Parrish se trasladó allí para ocuparse personalmente de los negocios de la sede británica—. Y en cuanto a papá… bueno, ahora merodea constantemente a tu alrededor, pero es la novedad, pronto se dedicará a sus asuntos y te dejará en paz.

—No me resultas nada convincente. Sobre todo en lo que respecta al señor Mathews.

Las mentiras piadosas de Erin nunca sonaban persuasivas, por eso casi nunca mentía.

—Sabes que yo estoy siempre de tu parte, pero creo que deberías aprender a tratar con papá. Si te enfrentas a él continuamente jamás conseguirás salirte con la tuya.

—Erin, yo no soy como tú. No puedo permanecer impasible mientras él ordena, impone y avasalla. No me da la gana. No pienso obedecer cada vez que él abra la boca, así que, no me pidas que negocie con él, no tengo la capacidad que tú tienes para echártelo todo a las espaldas.

Erin suspiró lentamente y observó cómo a mientras se levantaba de su asiento y cruzaba el despacho hacia el ventanal orientado hacia el norte. Sí, definitivamente Alice estaba a punto de explotar. La rabia que sentía hacia su padre era más patente ahora que había regresado y tenía que tratar con él todos los días. Mucho se temía Erin que los problemas de Alice no se solucionarían dejando pasar el tiempo, sino todo lo contrario, se agudizarían hasta que ya fuera imposible coexistir bajo el mismo techo.

Su hermana y su padre nunca se habían llevado bien. Ambos eran personas de mucho carácter y ninguno podía doblegar la voluntad del otro, de tal manera que la relación entre ambos siempre había sido un pulso constante. Durante la infancia y la adolescencia las cosas funcionaron más o menos bien, pero si la convivencia era relativamente pacífica se debía a que, desde pequeñas, Alice y Erin habían estudiado en colegios privados de Chicago, en régimen de internado. Como solo acudían a casa durante los fines de semana y su padre siempre estaba tan ocupado con los negocios, no había demasiado tiempo para que saltaran las chispas, aunque tampoco para estrechar lazos afectivos con ninguno de sus progenitores.

Sin embargo, hubo un punto de inflexión en la vida de Alice que cambió definitivamente la relación con su padre. Ese punto de no retorno se llamaba Jake Mancini, la razón principal por la que, probablemente, Alice odiaría a su padre durante el resto de su vida.

—No me echo las cosas a las espaldas. Simplemente, decido ser tolerante. Me gustaría que él fuera de otra manera pero papá es como es y jamás cambiará. —Erin acudió a su lado y miró el tenso perfil de Alice, que tenía los ojos azules perdidos en algún punto de la ciudad. Posó una mano en el antebrazo de Alice y lo apretó con gesto cariñoso—. No permitas que el rencor dirija tu vida. ¿No crees que ya es hora de olvidar y de seguir adelante?

Alice negó con la cabeza, tenía la mirada triste.

—Eso no sucederá mientras trabaje para él. En Londres podía soportarlo, solo nos veíamos tres veces al año y esquivaba sus llamadas de teléfono cuando me convenía. Pero ahora es diferente, Erin. Lo miro a los ojos y siento que las viejas heridas vuelven a abrirse. Le detesto por el daño que me hizo. —Apoyó una mano sobre la de Erin y la miró a los ojos con ternura—. Y lo que más me duele es que él lo sabe y prefiere morirse a disculparse.

—No estoy segura de que lo sepa. Papá siempre cree que tiene razón —dijo con pesar—. Si tanto daño te hace estar aquí, entonces ¿por qué has regresado a Chicago? Sabías lo que te encontrarías si aceptabas el traslado.

Alice fue categórica.

—Por ti. Ocho años sin ver a mi hermana salvo por Navidad y Acción de Gracias era demasiado tiempo. —Como Alice era un poco más alta que Erin, se inclinó ligeramente y la besó en la cabeza—. Te he echado muchísimo de menos.

Erin le dio un abrazo, otro más que añadir a la larga procesión de demostraciones afectivas que le había prodigado a su hermana desde que había aterrizado en el aeropuerto de Chicago. Alice era más recelosa a la hora de expresar sus sentimientos, pero Erin era todo lo contrario. Le gustaba abrazar y besar a la gente a la que quería. Alice le decía que era todo corazón.

Alice cambió repentinamente el tono y la miró con los ojos muy abiertos.

—¿Has conseguido captar alguna imagen escalofriante en tu aventura por Indiana?

Erin sonrió y negó con la cabeza.

—No he tenido tiempo de revisar las cintas. Quise hacerlo anoche, ya sabes lo impaciente que soy con mis investigaciones, pero después de hablar contigo me quedé dormida —le explicó.

—Pues no parece que hayas dormido lo suficiente. Tienes un aspecto desastroso. —Alice tomó un mechón rizado del cabello castaño de Erin que se había soltado de una horquilla, y volvió a ponerlo en su sitio—. ¿No te has peinado esta mañana?

—Estuve paseando por Grant Park. Allí sopla mucho el viento.

—¿Paseas por Grant Park antes de acudir a la oficina?

—Sí, estar en contacto con la naturaleza me despeja la mente.

Alice esbozó una mueca misteriosa y la interrogó con la mirada.

—¿Qué? ¿Te parece extraño?

—No me lo parecería si no supiera que Neil Parrish corre por allí todas las mañanas.

Erin se encogió de hombros y sonrió.

—Está guapísimo con ropa de deporte.

—Así que estás dispuesta a salirte con la tuya —comentó Alice, a quien no le gustaba Neil como pareja para Erin.

—Digamos que esta vez voy a poner toda la carne en el asador. Ya sé que consideras que es un miserable porque le fue infiel a su exmujer, pero no es justo juzgar a una persona sin conocer con detalle las razones que lo llevaron a hacerlo.

Alice acercó sus ojos azules a los suyos.

—Yo te diré las razones: una chica guapísima de veinte años a la que contrató como secretaria particular.

—Su matrimonio ya estaba acabado cuando eso sucedió.

—Eso es lo que dice él, pero no lo que dice Jane.

Jane Barstow era la ex de Neil, una mujer tan fría como un témpano de hielo de la que se decía que jamás sonreía para que no se le formaran arrugas gestuales. No habían sido muchas las ocasiones en las que Erin había coincidido con ella, pero las suficientes para hacerse una idea de que Neil no podía ser feliz junto a una mujer así. El tiempo se encargó de darle la razón.

—¿Desde cuando otorgas credibilidad a las palabras de Jane Barstow? —preguntó Erin con tono aburrido. Alice no respondió a eso—. Neil es un buen tipo y lo sabes.

—Como compañero de trabajo está bien, pero como pareja sentimental lo pondría en cuarentena.

Erin sonrió, pero nada de lo que Alice le dijera cambiaría sus emociones con respecto a Neil, y su hermana lo sabía.

—Él me hace sentir algo que por ningún otro hombre he sentido jamás. No sabría definirlo, es una especie de hormigueo que me recorre de los pies a la cabeza. El estómago se me encoge, el corazón se me acelera y tengo pensamientos eróticos con tan solo una mirada suya —confesó. Alice hizo una mueca—. Ha sido así desde siempre y ahora se me presenta una oportunidad que no pienso dejar escapar. Tú mejor que nadie entiendes a lo que me refiero, Alice. Sabes lo que significa estar colgada de un hombre a lo largo de los años y a través de las circunstancias.

Alice se puso tensa y apartó los ojos de su hermana.

—No es lo mismo.

Pero aunque Alice lo viera diferente, sus argumentos para disuadir a Erin llegaron a un punto muerto en cuanto Erin hizo alusión a Jake Mancini. Alice sintió que la invadía una profunda tristeza, acentuada por la desazón que sentía al verse atrapada en un trabajo que nunca le había aportado ninguna satisfacción personal.

Alice se cruzó de brazos, que apretó sobre su cuerpo rígido, y volvió a clavar la vista en los tejados de los edificios cercanos a la torre Sears. Erin percibió su cambio de humor y se sintió culpable por haber hecho referencia a Jake, pues nombrarlo había quedado terminantemente prohibido una vez que Alice hubo marchado a Londres. Erin sabía que la reserva de su hermana y su absoluta oposición a hablar de Jake, era el peor remedio de cuantos existían para superar su dolor, pero Alice era así de rotunda, un poco parecida a su padre en ese aspecto. No solo como hermana sino también como psicóloga, Erin intentó hablar muchas veces con ella, por supuesto, usando subterfugios y tretas varias para que no fuera tan evidente que trataba de hacer terapia con ella. Pero Alice no quería hablar de Jake Mancini. Punto.

Erin pasó los brazos alrededor del cuerpo de su hermana y asomó la cabeza por encima de su hombro. La observó en el reflejo proyectado sobre el cristal del ventanal.

—¿Sabes lo que necesitamos? —inquirió Erin—. Una visita rápida al piso ciento tres, para subirnos la adrenalina.

Alice soltó una risita.

—¿Quieres que sufra un ataque al corazón? Me dan pánico los balcones acristalados.

—¿Cómo lo sabes si ni siquiera te has asomado? —Erin tomó a Alice de la muñeca y la arrastró consigo—. Vamos, verás como después te sientes muchísimo mejor.

Capítulo 3

A los balcones transparentes de la torre Sears se les llamaba The Ledge —la cornisa— y era una manera de ver la ciudad de Chicago a vista de pájaro, aunque no era un lugar que se aconsejara visitar a las personas que sufrían vértigo. Todas sus paredes eran acristaladas así como el suelo, de tal manera que uno tenía la sensación de que estaba suspendido en el aire a más de cuatrocientos metros de altura. En cuanto Alice puso sus pies en él, no le hizo ninguna gracia percibir la vibración del edificio a consecuencia del viento, pero la experiencia resultó más divertida y emocionante de lo esperado.

Erin se tumbó sobre el suelo acristalado sin preocuparse por arrugar su traje de chaqueta, e instó a Alice a que hiciera lo mismo.

—No mires abajo —la aconsejó Erin—. Es impresionante tumbarse aquí durante un ratito.

No sin ciertas reticencias y con el cuerpo algo tembloroso, Alice claudicó y acudió a su lado. Eso sí, cerró los ojos y apretó los dientes, y Erin enlazó la mano a la de Alice para infundirle tranquilidad. Ella también cerró los ojos y pensó en lo feliz que le hacía tenerla de vuelta en casa.

Al cabo de unos minutos, un sonido irrumpió el reconfortante silencio que reinaba entre las dos. No fue un inesperado golpe de viento que sacudiera la estructura acristalada del balcón el que las hizo abrir los ojos repentinamente, sino la voz ronca de Wayne Mathews que rugió como la de un león en el estrecho habitáculo. Erin se puso en tensión y apretó la mano de Alice en un acto reflejo, pero esta no se alteró lo más mínimo y miró a su padre desde el suelo con una mezcla de provocación y desafío.

—¿Qué diablos estáis haciendo aquí? Os he buscado por todas partes —rugió, con su característica voz enronquecida por el tabaco y la edad.

Wayne Mathews tenía sesenta y cinco años, pero todavía era un hombre imponente cuya poderosa presencia reclamaba respeto y obediencia. Todo el mundo le tenía miedo y Erin no conocía a nadie que hubiera tenido el valor de enfrentarse a él personalmente excepto Jesse Gardner, cuyas visitas al despacho de su padre para reclamar lo que por derecho creía que le correspondía habían sido muy comentadas entre los empleados de la empresa, aunque nunca se había salido con la suya.

Los trabajadores se lo pensaban dos veces antes de solicitar un aumento de sueldo o pedir unas horas libres y, para tales menesteres, acudían a William Parrish, cofundador de la compañía y padre de Neil. Parrish tenía un trato mucho más cordial con los empleados, pero ambos socios tenían un pacto que seguían a rajatabla: Wayne Mathews se encargaba de dirigir todo lo referente a la plantilla de Chicago sin que se produjeran interferencias de su socio y, a su vez, Parrish tenía absoluta potestad para administrar a la que trabajaba bajo su tutela en Londres.

Las relaciones entre ambos socios eran fluidas y funcionaban adecuadamente bajo ese compromiso, aunque los trabajadores de Chicago siempre eran los que salían perjudicados.

—Traje a Alice aquí para que contemplara las vistas. —Erin se defendió de la acusadora mirada de su padre, aunque sin mucho éxito. Se incorporó inmediatamente y tiró de la mano de Alice.

—¿En horas de trabajo? Debería daros vergüenza, os comportáis como niñas —las increpó.

—Será porque nunca disfrutamos de una auténtica niñez —replicó Alice con tono ácido.

Tras las palabras que Alice lanzó a su padre como armas arrojadizas, los ojos azules de Wayne se cubrieron de una pátina de furor que los hizo brillar de forma peligrosa. Erin intercedió rápidamente entre ambos.

—Tan solo llevamos aquí cinco minutos y ya nos disponíamos a bajar. —Erin se alisó la falda y se tocó el cabello para comprobar que estaba en orden. Alice tenía las facciones tensas, a punto de saltar como a su padre le se ocurriera volver a juzgarlas—. Vamos Alice.

Wayne Mathews, afortunadamente, no lo hizo, pero le recordó a su hija menor sus obligaciones profesionales con tono severo.

—La reunión con los abogados de J & J Publicity se ha adelantado una hora. Te espero en la sala de reuniones en cinco minutos.

Wayne Mathews, ataviado con un elegante traje a medida de corte clásico y color oscuro, abrió el camino hacia el ascensor con un impetuoso andar que ponía de manifiesto lo inapropiada que consideraba la actitud de sus hijas. Aprovechando que estaba de espaldas a él y que su voz quedaría enmascarada bajo el ruido de los tacones de ambas, Alice masculló una palabrota que dirigió a su padre.

—¡Alice! —la censuró Erin.

En realidad, Alice era más parecida a su padre de lo que ella deseaba admitir. Físicamente había heredado sus rasgos; el cabello negro y liso —aunque Wayne ya lo tenía prácticamente blanco—, los ojos azules, la complexión delgada y esbelta, e incluso la manera de entornar los ojos y fruncir el ceño cuando se perdía en sus pensamientos. De belleza clásica, casi aristocrática, los ángulos de sus facciones guardaban una armonía y equilibrio rayanos a la perfección. La nariz recta, los pómulos altos, los labios sensuales… Erin, por el contrario, era el vivo retrato de su madre. Su cabello, al igual que sus ojos rasgados, era de un intenso color castaño y caía formando una cascada de ondas suaves hasta la mitad de su espalda. Tenía la boca generosa y el óvalo de la cara redondeado, lo que le daba un aspecto dulzón y bondadoso. Erin también era delgada pero, mientras que Alice no tenía que hacer ningún esfuerzo por mantenerse en forma, Erin tenía que cuidar la dieta para vigilar sus curvas.

Los tres subieron al ascensor y Wayne Mathews pulsó el botón con innecesaria rudeza. En el descenso, Erin se limitó a mirarse la punta de los zapatos rogando para que ninguno de los dos dijera nada. Su hermana era una persona honesta y justa, mientras que su padre era déspota y despiadado, pero pese a ser diferentes en esos aspectos, en cuanto alguno de los dos abría la boca era mejor hallarse lejos del fuego cruzado, y Erin no quería quedarse atrapada con ambos en un ascensor si se enzarzaban en una discusión. Tenía la desagradable sensación de que cada nueva disputa entre los dos era una razón más que añadir al extenso listado de motivos por los que Alice estaría dispuesta a abandonar la empresa.

La tensión era tan densa que se podía respirar, pero Alice mantenía los labios sellados, la cabeza alta y los brazos cruzados. Por el modo en que cerraba los puños, Erin sabía que estaba haciendo un ejercicio exhaustivo de autocontrol. Con sigilo, estudió el semblante de su padre, cuya mirada estaba clavada en el panel de mandos. Wayne Mathews era un hombre alto y esbelto, que aparentaba menos edad de la que indicaba su documento de identidad. Los mechones plateados de su cabello estaban pulcramente peinados y recortados, ni siquiera se despeinaba cuando se enfadaba y hacía aspavientos. Sus ojos azules, tan parecidos a los de Alice, estaban entrecerrados y expresaban decepción. Tenía las mandíbulas apretadas y una vena palpitaba en su sien. Era muy sencillo defraudar a Wayne Mathews: un pelo fuera de su sitio podía causarle una profunda irritabilidad.

Era avanzada la tarde cuando el sonido de los teléfonos y el murmullo proveniente de la oficina principal, donde trabajaban administrativos y secretarias, se extinguieron por completo y todo quedó sumido en un maravilloso silencio. Por regla general, Erin solía quedarse en el despacho hasta más tarde de las seis, atendiendo algún asunto de última hora que su padre había calificado como urgente. Ese día, sin embargo, andaba ocupado en la reunión con los abogados de J & J Publicity y no pasaría por su despacho con la intención de importunarla; pero, en lugar de marcharse, Erin cerró la base de datos del personal de la empresa y puso sobre la mesa las anotaciones que había tomado durante el fin de semana en Chesterton. Si regresaba a casa tan temprano sabía que su impaciencia la llevaría a visualizar las cintas antes de preparar su artículo para la revista, y no le gustaba comenzar la casa por el tejado.

Erin siempre seguía el mismo procedimiento. Primero emprendía una tarea de investigación que consistía en recabar cuanta información pudiese encontrar en libros e Internet.

Había historias muy bien documentadas a las que había que dedicar menos tiempo y otras sobre las que apenas existían referencias escritas y se prestaban a llevar a cabo una investigación más exhaustiva. Una vez que absorbía la información y se familiarizaba con la leyenda en cuestión, Erin procedía con la segunda fase, es decir, se trasladaba al lugar en el que habían ocurrido los hechos para dar comienzo a la labor más dinámica, que era recopilar pruebas físicas. Viajar no siempre era posible, sobre todo si la leyenda provenía de algún lugar muy alejado para el que tuviera que emplear más de dos días de su tiempo, pues solo podía ausentarse de Chicago durante los fines de semana.

Antes de comenzar a revisar sus notas se puso cómoda. Erin se descalzó y se deshizo el recogido que llevaba en el pelo. Una a una, dejó las horquillas sobre la mesa y deslizó los dedos entre el cabello hasta que sus rizos volvieron a su lugar de origen. También se quitó los pendientes de pinza de las orejas y se frotó la nuca para aliviar la tensión. Luego se levantó de la silla y cruzó el despacho hacia la nevera portátil que tenía junto al equipo de música y la televisión panorámica. Como directora general de recursos humanos, era un capricho que tanto ella como otros altos ejecutivos de Mathews & Parrish podían permitirse. Erin sacó un refresco de limón y se deslizó hacia la pared acristalada.

Atardecía lentamente en Chicago y la ciudad estaba bañada por una capa dorada que teñía edificios, coloreaba calles y avenidas, y arrancaba destellos luminosos a los cristales de las ventanas, dotándola de una singular belleza que a Erin le gustaba contemplar cada vez que se tomaba un respiro. Las aguas del río, que llevaba el nombre de la ciudad y atravesaban las calles más transitadas, habían perdido el tono azul verdoso y ahora estaban tintadas por los colores cálidos del ocaso. Las vistas eran impresionantes. Elegir despacho, junto con la nevera y la televisión, era uno de los pocos beneficios que había obtenido por ser la hija del jefe.

Erin dio un sorbo al refresco y se tomó un momento para ordenar las ideas y para hacer un rápido repaso a los acontecimientos del día. Su humor se había visto acribillado por diferentes circunstancias. El insípido encuentro con Neil y el posterior altercado con Jesse Gardner ya parecían vaticinar que ese no iba a ser un gran día. Quiso hablar con Alice a la hora de la comida, pero no había tenido oportunidad ya que su padre había secuestrado a su hermana y todavía la tenía retenida en su despacho. Tampoco pudo hablar con Neil para proponerle salir a correr con él porque su secretaria le dijo que había salido a una reunión de negocios y que no regresaría en todo el día. Y las entrevistas de trabajo tampoco habían ido bien, porque no halló entre los entrevistados a nadie que cumpliera el perfil que estaba buscando con exactitud. Trató de recordar si quizás había sido su pie izquierdo el primero que había hecho contacto con el suelo al levantarse esa mañana de la cama.

Erin se había licenciado en Psicología por la Universidad de Loyola porque le gustaba escuchar los problemas de las personas y encontrar la manera de ayudarlas a solucionarlos. Con los años, sus deseos de tener una consulta privada se habían visto desvirtuados al diferir con los planes que su padre tenía preparados para ella. Ahora escuchaba los problemas de los pilotos, pero esa tarea solo ocupaba el cinco por ciento de su tiempo, porque sus cometidos principales eran la selección de personal y establecer las bases por las que se regía la política salarial de la empresa. Y todo ello, bajo la supervisión de su padre. Erin tenía la misma autonomía en la toma de decisiones que un pájaro enjaulado.

Como no le gustaba compadecerse y los hechos de ese día la empujaban a ello, Erin seccionó el hilo de sus pensamientos y volvió a su mesa.

Se puso cómoda mientras tomaba la grabadora de su bolso. En ella estaban reflejados todos sus comentarios y las entrevistas hechas a la gente de Chesterton. Como eran parcos en palabras, la introducción a la leyenda tendría que basarse en gran medida en sus propias impresiones más que en la información suministrada por los habitantes del pueblo.

Siempre comprometida con su trabajo para *Enigmas y leyendas*, esperaba que el material que había traído de Chesterton le salvara el día. Sin embargo, Bonnie Stuart fue quien se encargó de eso cuando la telefoneó poco después de adentrarse en la historia del fantasma de Susan Weis.

Bonnie le habló de «los amantes de la luna llena», una leyenda romántica que había llegado a sus oídos de forma casual a través de una amiga. Al principio, y dada la lejanía histórica de la leyenda en cuestión, Erin pensó que le estaba tomando el pelo, pero Bonnie nunca bromeaba con un posible trabajo, era una profesional seria aunque tenía un sentido del humor que rayaba en lo siniestro. Era comprensible, llevaba quince años persiguiendo ovnis y fantasmas.

Con enorme escepticismo, Erin escuchó el habitual tono efectista de Bonnie mientras la ponía en antecedentes y, pese a que todo le sonó insólito, tomó notas en un papel.

La historia de amor acaeció en la guerra de Secesión, en una población de Carolina del Norte cuyo nombre tuvo que deletrearle para que Erin lo apuntara correctamente. Él era un soldado del norte y ella era una dama sureña que se habían conocido cuando él cayó herido en una de las múltiples batallas de la guerra civil.

—Ella lo encontró y lo llevó a su casa, donde permaneció oculto durante varios meses hasta que se repuso de las heridas. Los dos se enamoraron —comentó Bonnie—. Pero su situación era muy comprometida, pues si el ejército del sur lo encontraba lo condenaría a muerte, así que tuvo que marcharse y separarse de ella. Una noche, la joven lo ayudó a escapar en el barco de su padre y él le prometió que volvería cuando terminara la guerra. Parece ser que nunca regresó. Tal vez fue abatido por el ejército del sur.

—Bonnie…

—Déjame terminar, ahora viene lo mejor. —A Erin le llegó su sonrisa a través del auricular—. Algunas personas afirman haber visto el espíritu de la mujer en las noches de luna llena, vagando en su mansión. —Su voz adquirió un tinte mucho más teatral—. Dicen que la han visto asomada a la ventana desde la que vio partir al soldado, aguardando su regreso.

Esas últimas palabras provocaron en Erin el efecto deseado. El gusanillo de la emoción revoloteó en su estómago y se vio invadida por el familiar entusiasmo que la empujaba a saber más. No obstante, expresó sus dudas.

—Las leyendas que abordo en mis investigaciones siempre se basan en hechos verídicos, y mucho me temo que esta…

—Lo es. Es verídica —la atajó Bonnie—. No puedo darte más datos históricos, los desconozco, pero me han asegurado que los personajes son reales y que los hechos acontecidos también lo son. Supongo que en cualquier biblioteca de Carolina del Norte todo estará debidamente documentado.

—Aun así…. Dios mío. —Suspiró, llevándose una mano a la frente para masajearse la sien derecha—. Ha transcurrido siglo y medio desde la guerra y Carolina del Norte está a más de mil kilómetros de distancia. ¿Cómo voy a ir hasta allí? —Aquello era más una reflexión que una queja.

—Seguro que encuentras la manera de solicitar unas vacaciones anticipadas.

¿Solicitar vacaciones anticipadas a Wayne Mathews? Aquello era para atragantarse de la risa. En Mathews & Parrish nunca se concedían días de descanso a descontar de las vacaciones, y aunque Erin tenía una posición privilegiada por ser la hija del presidente, esta solo le servía para tener su propio despacho. Hasta la fecha, y salvo en los periodos vacacionales de rigor, sus viajes clandestinos se habían limitado a poblaciones cercanas a Chicago para no levantar sospechas de sus ausencias. Pero desaparecer durante el fin de semana para hacer un viaje tan largo tampoco era una opción aceptable; o hacía bien su trabajo, o no lo hacía.

Después de colgar, trató inútilmente de concentrarse en Susan Weis, pero estaba atrapada por el relato de Bonnie y no avanzó porque sus pensamientos estaban muy lejos de Chesterton. Estudiar una leyenda transcurrida en una época tan lejana en el tiempo representaba todo un desafío para ella. La guerra de Secesión americana, un espíritu que se aparecía en una de esas grandiosas mansiones sureñas, una historia de amor truncada… Cuanto más intentaba convencerse de que era una misión imposible, más se empeñaban su cerebro y su corazón en tirar en dirección contraria.

Erin dio el primer paso hacia la perdición cuando hizo una búsqueda impulsiva en Internet, y aunque no halló ni una sola mención a la leyenda de «los amantes de la luna llena», era imposible resistirse a la golosina que Bonnie le había puesto en los labios. La escasez de información no suponía un inconveniente, más bien actuó de acicate para su incisiva curiosidad.

Maldición. Lo más sensato era olvidarse de todo y proseguir con su relato sobre Susan Weis, pero se conocía, era tan terca como una mula y cuando se le metía algo en la cabeza no cejaba hasta lograrlo.

Cuando el sol cayó tras los edificios que había como telón de fondo y las sombras cubrieron el despacho, el familiar brote de entusiasmo ya había arribado y tomado posesión de su cuerpo. Su cabeza, asaltada por un exceso de adrenalina, se puso a trabajar a un ritmo apresurado.

Erin mandó imprimir un mapa de Carolina del Norte y luego estudió la situación geográfica de ese pueblo que estaba ubicado en el condado de Carteret junto a la costa del Atlántico. Por algún extraño motivo, el nombre de Beaufort —el pueblo donde tuvieron lugar los hechos— le resultaba vagamente familiar, pero la razón debía de estar muy oculta en su memoria porque no conseguía traerla al presente. Conforme transcurrieron los segundos esa sensación se hizo más persistente y entonces tuvo una idea.

Erin volvió a abrir la base de datos del personal de la empresa y tecleó el nombre del pueblo en el campo de la búsqueda. No esperaba encontrar nada allí, pero tampoco perdía nada por intentarlo. Sin embargo, y para su sorpresa, la búsqueda obtuvo un enlace que la llevó directamente a la ficha de un trabajador de Mathews & Parrish que era natural de Beaufort.

La casualidad quiso que Erin conociera al empleado en cuestión, pues las bases de datos contenían un registro de todos los trabajadores de la compañía desde que su padre y William Parrish la fundaron cuando Erin tenía cuatro años. En aquella época no existían los ordenadores, pero las secretarias habían hecho un trabajo formidable al digitalizar todos los expedientes que durante décadas se habían guardado en los armarios.

Erin parpadeó y deseó hacer desaparecer ese nombre y apellido, cuya visión tuvo para ella el mismo efecto que si se hubiera estampado contra un muro de sólido hormigón. El nombre la llevaba a un callejón sin salida y su entusiasmo menguó. Conocía personalmente al hombre que procedía de Beaufort, pero antes que contactar con él prefería contarle a su padre su afición secreta, aunque le arrancara las uñas una a una. Erin observó la foto tamaño carné y esbozó una mueca de disgusto.

De haberse tratado de cualquier otra persona, incluso de alguna que hubiera trabajado en la empresa cuando Erin todavía no formaba parte de ella, habría contado con un arma muy útil para acercarse a la historia de amor entre la dama del sur y el soldado del norte. Un autóctono de Beaufort conocería la leyenda, incluso aquel individuo, pero ¿cómo iba a presentarse en su casa para preguntarle al respecto? Recordó la mirada de desprecio que le había dirigido en el embarcadero y su mano se tensó sobre el ratón.

Mathews & Parrish había sido fundada hacía treinta años, y en todo ese tiempo habían pasado por la empresa en torno a cinco mil empleados. Y tenía que ser Jesse Gardner quien la mirara fijamente desde la pantalla del ordenador con esa media sonrisa suya que encandilaba. Maldita la casualidad.

Esa misma noche en casa, aunque Erin creía que ya había tomado una decisión firme respecto a no abordar a Jesse Gardner ni aunque de ello dependiera su vida, se sorprendió a sí misma recordando cuáles fueron sus impresiones la primera vez que lo vio. Para definirlo con pocas palabras, fue como si una antorcha crepitante en forma de hombre exageradamente atractivo hubiera tomado posesión de su despacho. La intensidad que emanaba de él fluía por todos lados. Estaba en su manera de caminar, en su forma de mirar, en su modo de sonreír y gesticular... y por si todo eso no fuera suficiente, Jesse Gardner era de esos tipos que con su amena oratoria y su fuerte carisma se metía a todo el mundo en el bolsillo sin el menor esfuerzo. Pero esa arrolladora personalidad, que también quedó expuesta cuando se definió a sí mismo como una persona a la que no le gustaban las normas rígidas ni los formalismos, no iba a encajar en Mathews & Parrish, donde precisamente no había otra cosa más que reglas y más reglas. Cumplirlas y someterse a ellas era condición sine qua non para formar parte de la compañía.

Los comentarios de Gardner en contra de los convencionalismos fueron la razón principal por la que Erin, antes incluso de desarrollar en profundidad la entrevista, ya había tomado la decisión de no contratarlo a no ser que quisiera echarse a su padre encima. Se suponía que ella tenía autoridad e independencia suficientes para decidir a quién contratar y a quién no, pero eso no se ajustaba mucho a la realidad, pues la última palabra siempre la tenía Wayne Mathews.

Aun así, Erin hizo su trabajo con la misma eficiencia y rigor de siempre pero, hacia la mitad de la entrevista, cuando la personalidad de Gardner ya la había cautivado por completo, comenzó a tener dudas respecto a si estaba siendo ecuánime en su decisión y decidió que no. Jesse Gardner era un piloto profesional con más de quince años de experiencia en compañías aéreas de transporte de mercancías tan serias y respetables como Mathews & Parrish. Su currículo profesional habría sido suficiente para entregarle un contrato y un bolígrafo sin necesidad de conocer a otros candidatos al puesto. Erin sabía que si lo rechazaba por motivos estrictamente personales, tales como evitar un posible enfrentamiento con su padre, después sentiría que no había sido justa y que no había hecho su trabajo como debía, con absoluta imparcialidad. Pero tan imparcial quiso ser que, sin darse cuenta, se vio posicionada justo en el otro extremo. ¿Su actitud fue un acto de rebeldía contra su padre? ¿Acaso había sucumbido a los encantos masculinos de Gardner? Tal vez fue una mezcla de ambas cosas. Fuera como fuese, justo después de concluir la entrevista, Erin le pidió a su secretaria que preparara el contrato.

Aquel acto de espontaneidad no implicó necesariamente que su intuición con respecto a Gardner fuese errónea, pues seis meses después, la compañía aérea se enfrentó al litigio más escandaloso de cuantos se había visto envuelta. Pese a las consecuencias, Erin nunca se arrepintió de haberlo contratado, pues Gardner desempeñó el trabajo para el que había sido contratado con absoluta diligencia y profesionalidad. Nadie esperaba que pocos meses después Wayne la telefoneara una mañana temprano y le dijera que prepara el finiquito de Gardner. No le dio más explicaciones en ese momento, y tampoco se las dio Gardner cuando subió a su despacho hecho una furia y firmó los papeles como si al hacerlo rompiera un pacto con el diablo. Erin, alarmada por la visión de su ojo morado y brecha en su labio inferior, le preguntó por lo sucedido, pero Gardner se limitó a decirle que cualquier cosa que tuviera que decir, se la diría a su abogado.

Tampoco obtuvo ninguna explicación por parte de su padre, que siempre acallaba sus preguntas diciéndole que determinados asuntos no eran de su incumbencia. Wayne Mathews la mantuvo tan alejada como pudo del círculo mediático de los tribunales, y a Erin solo le llegó información a través de la prensa escrita, los informativos de televisión o los cotilleos que circulaban por la oficina.

Erin tenía la sensación de que todo el mundo sabía más que ella. Alice le decía que su padre tan solo quería protegerla y mantenerla al margen de sus chanchullos —su hermana no estaba tan segura como ella de que él fuera una persona íntegra y honrada—, pero Erin tendía a pensar que su padre no la consideraba lo suficientemente competente y por eso prefería mantenerla aislada en una burbuja.

Fuera como fuese, ninguna de las dos explicaciones la satisfacía; pero sí lo hacía, por el contrario, el asunto que tenía entre manos. Erin volvió a coger el mapa de Carolina del Norte y leyó en voz alta las anotaciones que había tomado de su conversación telefónica con Bonnie.

Siguió pensando en el tema.

Capítulo 4

*E*n lo alto del armario ropero guardaba una caja de cartón con algunas pertenencias que había traído consigo desde Beaufort. Jesse no era un hombre materialista y no solía establecer lazos emocionales con objetos, pero había uno en particular al que guardaba un enorme cariño. No había abierto la caja de cartón desde que la colocó en el estante superior de su armario, pero recordaba perfectamente que la maqueta de madera que reproducía el barco de su padre estaba dentro de la caja.

Jesse la construyó con la ayuda de su padre cuando tenía diez años. Todas las tardes después de salir del colegio, Jesse arrojaba la mochila sobre la cama y hacía los deberes con increíble rapidez para reunirse cuanto antes con su padre, que le esperaba en el cuarto de herramientas contiguo al garaje que él había transformado en su lugar de trabajo. Robert Gardner era carpintero y había contagiado a su hijo, desde muy temprana edad, la pasión por trabajar con la madera. Jesse había aprendido de él todo cuanto ahora sabía. Primero le enseñó a fabricar maquetas y, más tarde, durante la adolescencia, Jesse le echaba una mano con los pedidos que le encargaban las empresas de muebles y así se ganaba unos dólares.

Robert Gardner fabricaba sillas, mesas, recibidores y muebles variados que suministraba a una empresa fuerte de Beaufort que, a su vez, los vendía por toda Carolina del Norte e incluso en algunos estados vecinos.

El negocio siempre fue rentable y su padre quiso que Jesse se ocupara de él, pero para el muchacho la carpintería solo era una afición que desempeñaba en sus ratos libres. Él siempre tuvo claro que quería volar y que deseaba hacer de ello su medio de vida.

Jesse tiró de la pequeña cadena que encendía la bombilla del armario y tomó la caja. Una capa de polvo del grosor de una moneda cubría la cubierta superior de tal manera que ya no se adivinaba su color ni se veían las figuras geométricas que la decoraban.

Fue con ella hacia la cocina, la depositó sobre la mesa y levantó la tapa. Allí dentro había más objetos de los que recordaba y los fue sacando uno a uno sin hacer de aquello un acto ceremonioso. Dejó a un lado el bate y el guante de béisbol que le regaló su padre cuando cumplió siete años y que, junto a la maqueta del *Erin,* eran los objetos de mayor valor sentimental de cuantos conservaba. Podría haberse dedicado a jugar al béisbol si desde pequeño no hubiera tenido tan claro que quería ser piloto de aviones. Era el mejor bateador de su equipo del instituto y su potente lanzamiento los llevó a ganar la gran mayoría de los partidos locales. Su padre nunca lo reconoció, pero Jesse sabía que para Robert Gardner, el hecho de que su hijo no quisiera ser carpintero ni tampoco convertirse en jugador de béisbol profesional como segunda opción había supuesto una gran decepción.

Jesse también retiró las maquetas de aviones que hizo en la escuela para la clase de ciencias. Cuando sus compañeros fabricaban poleas y molinillos de viento, él se atrevía con sofisticados aviones de combate. Prosiguió con su incursión en el pasado y halló la maqueta del barco de su padre envuelta en una bolsa de plástico transparente.

Jesse la sacó de la bolsa, la cogió cuidadosamente entre las manos y la expuso ante sus ojos repletos de orgullo y un poco de añoranza. Durante muchos años, su lugar estuvo sobre el televisor, presidiendo el salón de la casa; pero tras la mudanza a Chicago y el cambio de aires, Jesse tuvo la cabeza centrada en otras cosas y no encontró el momento de recuperarla. Y ahora que estaba trabajando afanosamente en su nuevo barco, sentía la necesidad de volver a otorgarle un lugar donde pudiera contemplarla a diario.

La dejó sobre la mesa y se dispuso a colocar el bate y el guante de béisbol en su lugar, pero de repente, le asaltó la curiosidad por conocer el resto del contenido de la caja, y aunque no le apetecía especialmente hurgar en el pasado, terminó por echar un rápido vistazo.

Halló un fajo de entradas de partidos de béisbol atadas con una cinta negra, una bufanda de lana de color azul oscuro hecha a mano por su madre —Gertrude Gardner tenía como afición tejer bufandas para todo el mundo— y un marco de plata con una foto de él y Maddie el día de la graduación de esta. El reloj de pulsera más feo que había visto en su vida estaba en el fondo de la caja. Siempre se preguntó por qué diablos June le habría regalado un reloj con la esfera de color verde y la correa en un degradado en tonos violetas que hacía daño a la vista. El día que se lo entregó, ella bromeó y puso la excusa de que con ese reloj en la muñeca las mujeres no se le acercarían y, por supuesto, Jesse jamás llegó a estrenarlo. Como tampoco la corbata amarilla que había junto al reloj y que, por lo visto, June también le regaló con la misma finalidad. Todavía conservaba la etiqueta y no estaba seguro de la razón por la que había traído esos objetos consigo. Los dejó a un lado y continuó con su inspección. Un sobre grande contenía un buen puñado de fotografías que Jesse extrajo de su interior. La afición de June por la fotografía siempre le había parecido un incordio que sufría constantemente en sus propias carnes porque ella no iba a ningún lugar sin su cámara de fotos, una de esas pequeñitas que guardaba en su bolso y que sacaba a la mínima ocasión.

Jesse cogió una fotografía al azar, una en la que aparecían ambos en la boda de una amiga de June. Él la estrechaba contra su cuerpo y ella sonreía con la cabeza apoyada sobre su hombro. June llevaba un vestido rojo muy escotado que le había regalado él, y su larga melena rubia, esa que siempre olía a champú de fresas, se arremolinaba sobre sus pechos formando suaves tirabuzones de oro. Hacía más de quince años que se había tomado esa fotografía. Él todavía llevaba el pelo largo hasta los hombros y aún tenía esa mirada repleta de sueños y esperanzas. Algunos de esos sueños se habían cumplido y los que no, le habían hecho la persona que era hoy.

Jesse observó los ojos azules de June, esos preciosos ojos que hacía cinco años que no miraba, y esperó a que afluyeran emociones todavía no olvidadas. No eran muchos los pensamientos que le había dedicado a June en todo ese tiempo: los tenía encerrados con llave en un lugar oscuro y recóndito. A veces hacían ruido, pero él se daba media vuelta y los ignoraba, y entonces volvían a quedar en silencio.

Tal y como esperaba, las emociones, atenuadas aunque no extinguidas, hicieron acto de presencia y le obligaron a tomar conciencia de que, por mucho que le fastidiara admitirlo, una parte de sí mismo continuaba ligada al pasado. Jesse dejó caer la fotografía y observó otras que le arrancaron los mismos sentimientos. Y eso no le hizo ninguna gracia. En unos días viajaría por primera vez a Beaufort tras cinco largos años de destierro y, probablemente, la volvería a ver en el pueblo y en la boda de Chad; por lo tanto, no podía permitir bajo ningún concepto que ella le desequilibrara.

Jesse hizo lo que debió hacer cinco años atrás. Ahora que todo ese material ya no era lo suficientemente importante como para conservarlo, lanzó la fotografía junto a la corbata hortera y el reloj afeminado, y procedió a separar en un montón diferente todas las instantáneas en las que aparecía June, que eran la gran mayoría. Una vez estuvieron seleccionadas, Jesse las agarró de un puñado, asió con la otra mano los regalos sin estrenar y salió de la casa tomando las escaleras que descendían desde la cocina al jardín. Estaba disgustado por su anterior muestra de debilidad, por eso agarró la tapa del cubo de la basura y lo arrojó todo al interior como si fuera una bolsa de desperdicios. Luego dejó caer la tapa con tanta virulencia que produjo un gran estruendo.

Listo. Jesse se quedó mirando el cubo y se sintió muchísimo mejor, como más liviano. Sin saberlo, esos recuerdos que ahora reposaban en el fondo del cubo de la basura eran un lastre que había cargado sobre sus espaldas.

Jesse olió el aire húmedo del Atlántico que venía impregnado del aroma de la tierra mojada y miró hacia el cielo cubierto de plomizas nubes grises. Las primeras gotas de lluvia le refrescaron la cara; el viento agitó las hojas de los árboles y arrastró las que habían caído de las ramas y yacían sobre las aceras. Por el grado de humedad y el cariz que estaba tomando el día, parecía que se avecinaba una de esas tormentas primaverales tan frecuentes en Chicago. Jesse ascendió las escaleras de dos en dos y se refugió en casa justo cuando sonaba el teléfono supletorio que tenía en la cocina.

No le dio tiempo a responder cuando la voz de su hermana le hizo una pregunta inimaginable, saltándose así el saludo inicial.

—¿Es que no pensabas contárnoslo ni a mamá ni a mí?

—Hola, Maddie, ¿cómo va todo? Yo también me alegro de hablar contigo —dijo en tono jocoso—. ¿Contaros el qué?

—No me tomes el pelo. ¿Cómo que el qué?

O se le estaba pasando algo de una obviedad aplastante, o Maddie pretendía que le leyera la mente. Puesto que no era muy hábil adivinando los pensamientos de las mujeres, debía de tratarse de lo primero, pero que él supiera, no había omitido información importante a las mujeres de su familia.

—Será mejor que te expliques porque no tengo ni idea de lo que hablas.

A lo lejos, enmascarado bajo el resoplido que escapaba de labios de Maddie, Jesse escuchó la voz de su madre pronunciando la palabra «novia» y entonces lo comprendió todo. Jesse movió la cabeza y masculló una palabrota. Debería haber imaginado que la conversación que mantuvo con Chad hacía unos días no iba a quedar entre ambos. Pero eso no iba a quedar así. Chad se las pagaría, planearía una venganza en los días que restaban para ir a Beaufort.

—Chad nos ha dicho que tienes novia —dijo Maddie con indignación—. ¿Ibas a mantenerlo en secreto hasta que vinieras a la boda?

Jesse agarraba con fuerza el teléfono y apretaba las mandíbulas. Si Chad hubiera estado delante de él le habría atizado con el teléfono en la cabeza y luego le habría rodeado el cuello con el cable hasta que se hubiera puesto morado.

—¿No vas a decir nada? —insistió Maddie.

—¿Qué es lo que Chad os ha contado exactamente?

—Que vendrás a su boda acompañado de tu novia con la que sales desde hace… ¿cuánto tiempo dijo, mamá?

—¡Tres meses! —exclamó Gertrude Gardner desde lejos.

Probablemente su madre se hallaba en el salón, sentada en su sillón favorito bajo la ventana por la que entraba la luz de la bahía a raudales, tejiendo una de esas bufandas tan largas y coloridas que luego vendía entre la gente del pueblo cuando se acercaban los duros inviernos de Beaufort. Evocar a su madre aligeró un poco su mal humor. Maddie había ido de visita a Chicago hacía un mes, pero hacía cuatro que no veía a su madre y la añoraba.

—Tres meses. —Maddie repitió las palabras de Gertrude—. ¿Cómo has podido ocultárnoslo?

Jesse aspiró ruidosamente y se apretó el puente de la nariz. Sabía que era imposible salir de aquel atolladero y que su única opción era seguirle la corriente a Chad. El problema era que no sabía hasta dónde se había inventado su amigo y hasta dónde podía inventarse él. La solución más factible era dar el menor número de detalles posible para no entrar en contradicciones. Jesse apoyó la espalda en la pared y cruzó los tobillos.

—Pensé enviar una nota de prensa al *Chicago Tribune* pero me arrepentí en el último momento —bromeó—. Chad exagera. Solo es una buena amiga.

—Yo tengo buenos amigos y no me acuesto con ellos —repuso Maddie.

—Quizá deberías empezar a cambiar tus hábitos.

—¡Jesse James Gardner! —exclamó su madre al fondo—. No le hables así a tu hermana.

—Eres un majadero —susurró Maddie, pero su tono de reproche cambió y se volvió más pícaro—. Vamos, reconócelo, tío duro. Por fin te han echado el guante.

—Agradezco tu interés, pero no deberías tragarte al pie de la letra todo lo que Chad suelta por esa bocaza suya. Ya lo conoces.

—Bueno, si una chica ha conseguido atrapar a Chad, ¿por qué a ti no?

—Porque soy más listo que él.

—Pues mamá acaba de decir que eres idiota.

—Dile que yo también la quiero.

Se produjo un silencio acogedor entre los dos, síntoma de que a pesar de sus contiendas verbales se echaban irremediablemente de menos.

—¿Cuándo vendrás? Con o sin novia estamos deseando que vengas al pueblo.

—Dentro de un par de días. Dile a mamá que prepare su famoso estofado de carne.

La fuerza del viento abrió de par en par la endeble puerta

de la cocina —que chocó estrepitosamente contra el frigorífico— y se coló en su casa. Con el auricular todavía pegado a la oreja, Jesse contempló cómo el aire removía las fotografías que había esparcidas sobre la mesa y las arrojaba al suelo, alzándolas después como si fueran plumas. Fuera, en el jardin, los arbustos estaban siendo fustigados violentamente por la ventisca, de mayor magnitud ahora que cuando salió a la calle hacía unos minutos, y la rama más baja de un árbol azotaba sin piedad el cubo de basura haciéndolo tambalear sobre su eje.

—Mierda.

Jesse soltó el teléfono que quedó colgando del cable e intentó anticiparse al desastre que se avecinaba. Salió a la calle sin más refugio que el que le proporcionaba la fina camiseta de algodón, que enseguida quedó empapada por la lluvia, y bajó las escaleras rápidamente hacia el cubo de basura. Pese a que corrió más rápido que el viento, Jesse no llegó a tiempo de evitar la catástrofe, y sus ojos atónitos contemplaron con estupor como la rama del árbol descargaba sobre el cubo un último y mortífero golpe que lo levantó del suelo, lo hizo girar por los aires y arrojó su contenido a la intemperie.

Como si fueran las hojas secas de un árbol, el viento alzó las fotografías y las arrastró en diversas direcciones, imposibilitando cualquier intento de recuperarlas. Jesse se abalanzó sobre el cubo de la basura y trató de rescatar las que todavía no habían emprendido el vuelo, pero el viento ya se había encargado de dispersar la mayor parte de ellas, como si fueran pájaros que corrieran a refugiarse de la tormenta. Se agachó para recoger las que todavía revoloteaban entre sus pies, y emprendió una rápida carrera para hacerse con las que cruzaban la calle en estampida, pero las había por todas partes y la lluvia dificultaba en gran medida su misión, por lo que terminó por rendirse.

De pie junto a la acera, Jesse se llevó una mano a la cabeza y soltó una retahíla de improperios mientras observaba con impotencia cómo sus fotografías con June se disponían a empapelar todo el vecindario. Menos mal que las imágenes no eran comprometidas o habría tenido que mudarse de casa.

Jesse dejó caer los brazos y posó las manos sobre las caderas. Frías ráfagas de viento le azotaron el rostro y la lluvia que arrastraba consigo le aguijoneó la piel como si se la atravesaran con millares de agujas. Movió la cabeza lentamente y afloró una sonrisa a sus labios. La sonrisa se convirtió en una ronca carcajada y a la primera le siguieron otras que derivaron en un ataque de risa. Cualquiera que le hubiera visto en esos momentos habría pensado que estaba loco, pero no podía desdeñar lo irónico de la situación.

En un puño cerrado, todavía asía las fotografías que había conseguido recoger del suelo, pero su brazo se movió por inercia y se alzó hacia el cielo encapotado, arrojándolas a la intemperie. Estas volaron muy alto, y el viento se las llevó consigo girando en un remolino que desapareció calle abajo.

Al fin y al cabo, no podía darle a June mejor despedida que aquella.

—Esa, es justo esa imagen de ahí —señaló Erin—. ¿Qué crees que es?

Bonnie se ajustó las gafas sobre el puente de la nariz y acercó la cara al monitor del ordenador de Erin.

—Creo que es la rama de un árbol. —Inclinó el rostro en otro ángulo diferente y entornó los ojos—. Sí, sin duda alguna es un árbol.

—¿Un árbol? ¿Estás segura? —preguntó con tono de frustración.

—Lo siento mucho Erin, pero no veo fantasmas en ninguna de estas imágenes. Me gustaría verlos tanto o más que a ti, pero me temo que la leyenda de Susan Weis no es más que otra patraña.

—Pasa a la siguiente. —Una fotografía oscura como la noche ocupó toda la pantalla del ordenador. Bonnie distinguió un entramado de ramas de árboles y un juego de luces grises y sombrías sobre un fondo negro. No vio nada más—. ¿Qué es eso? —Erin señaló con la punta del dedo índice unos extraños puntos amarillos que parecían envueltos en una especie de bruma oscura.

Bonnie arqueó las cejas y acercó la cara al monitor.

—Me temo que tus ansias por ver fantasmas te están haciendo perder la objetividad. —Bonnie la miró y se encogió de hombros—. Ese es tu búho, Erin.

—¿El búho? El búho no estaba en esa posición.

—Es el búho —insistió Bonnie con paciencia—. ¿Ves esto de aquí? —Señaló el aura brumosa que envolvían los puntos ambarinos—. Es el plumaje.

—¿Te estás quedando conmigo? —Le parecía increíble no haber caído en semejante obviedad.

Bonnie le cedió el ratón para que lo comprobara por sí misma y Erin amplió la imagen y ajustó la resolución. Ese mismo procedimiento ya lo había hecho unas cuantas veces, pero en esta ocasión vio lo que no quiso ver con anterioridad.

—Es verdad, es el búho. —Puso un gesto de derrota y blasfemó en voz baja—. Vale, la cámara de vídeo no captó ninguna imagen, pero es posible que la grabadora sí que recogiera algún sonido extraño. Escucha.

Erin puso en marcha el programa informático que reproducía los sonidos que fueron grabados durante la noche en el bosque, e indicó a Bonnie cuáles eran los cortes exactos en los que a ella le había parecido escuchar la voz susurrante de una joven. Tras un primer examen por parte de Bonnie de la supuesta psicofonía, pasó a realizar otro examen mucho más exhaustivo, pero no llegó a ninguna conclusión determinante y decidió llevarse consigo la cinta para que fuera analizada por un equipo especializado.

—Podría tratarse del sonido del viento o de alguna criatura del bosque —comentó Bonnie, sin demasiadas esperanzas de que esos sonidos metálicos se correspondieran con la voz de un espíritu que quisiera contactar con el mundo de los vivos—. Te diré algo en cuanto sea analizada.

Bonnie Stuart se levantó de la silla y al mirar a Erin, se identificó con su rostro decepcionado. Entendía su frustración porque aquella no era una labor de la que se obtuvieran demasiadas recompensas. El motor que movía a todos los que se dedicaban a investigar los fenómenos paranormales era el entusiasmo por su trabajo; sin él, continuar en la brecha carecía de sentido.

Bonnie apretó el hombro de Erin y con la mirada le envió un mensaje esperanzador que Erin acogió con cierto agrado.

—Reconócelo, era una leyenda absurda y carecía de credibilidad.

—Lo sé —admitió Erin—. Pero aun así tenía esperanzas.

—Siempre hay que tenerlas, de lo contrario nos quedaríamos en casa.

Bonnie cogió su bolso, que había dejado sobre el escritorio de Erin, y juntas salieron al recibidor.

Unas horas atrás, una vez que Erin hubo repasado concienzudamente todo el material que había traído de Chesterton, telefoneó a Bonnie para tener una segunda visión. Bonnie Stuart siempre estaba dispuesta a echarle una mano y acudió a su casa a media tarde, cuando la tormenta que se había desencadenado ese día amainó y la noche se cubrió finalmente de serenidad. Pese a que Bonnie creía fervientemente en la existencia del más allá, tenía un ojo clínico y muy crítico a la hora de diferenciar lo que eran imágenes o sonidos espectrales, de meras figuras o ruidos ambientales. Erin confiaba en ella y en su buen juicio; muchos años de experiencia en el campo paranormal la avalaban.

—¿No te quedas a tomar un té?

Bonnie miró la esfera de su reloj y negó con la cabeza.

—Son más de las ocho y le prometí a David que esta noche cenaríamos juntos.

Erin no insistió, pues sabía lo importante que era para Bonnie cenar con su marido. Su compañera estaba dedicada en cuerpo y alma a sus investigaciones parapsicológicas ya que no tenía un trabajo adicional como Erin, para quien, estudiar leyendas era al fin y al cabo una afición. Eso suponía para Bonnie pasar poco tiempo en casa, pues la mayor parte de su trabajo transcurría fuera de ella. Sin embargo, y a pesar de las frecuentes ausencias, Erin nunca había visto un matrimonio tan enamorado y compenetrado como el de Bonnie y David. Llevaban juntos más de veinte años, pero Erin tenía la impresión de que vivían en una continua luna de miel.

—Saluda a David de mi parte.

—Lo haré —sonrió.

Bonnie se pasó los dedos por el corto cabello oscuro y se dirigió al ascensor, pero antes de que Erin cerrara la puerta Bonnie se dio la vuelta y le hizo una pregunta que no supo cómo responder.

—¿Has pensado en *los amantes de la luna llena*?

—Pues… algo.

—¿Y eso qué significa exactamente?

—Significa que no he pensado mucho en ello —mintió.

Bonnie reaccionó con asombro y sus ojos negros se abrieron desmesuradamente.

—¿No te interesa?

—Bueno —Erin se mordió la comisura del labio—, no es que no me interese, pero tengo que pensar más en ello. Ya sabes.

—No pienses demasiado y haz las maletas. Desde que me dedico a esto he visto de todo, principalmente farsas y farsantes, pero he desarrollado un fuerte instinto que me orienta sobre cuándo indagar en una fuente. —Bonnie metió las manos en los bolsillos de su chaqueta de color verde oliva y se ajustó el bolso—. Mi consejo profesional es que indagues en esta.

—Si dependiera solamente de mí lo haría, pero ya conoces los problemas a los que me enfrento si le digo a mi padre que voy a marcharme de viaje entre semana. ¿Has visto el ciclo lunar? Es luna llena el jueves que viene. Eso significa que tendría que marcharme el miércoles y regresar el viernes. Tendría que ausentarme tres días, Bonnie. Mi padre no lo permitirá.

—Tu padre puede poner cuantas objeciones quiera, pero si se lo planteas no tendrá más remedio que aceptarlo. Eres su hija y además eres indispensable en la empresa.

Erin asintió y no añadió nada más. Sabía que la relación con su padre era un tema que causaba fricción entre ambas y que nada de lo que Erin arguyera en su defensa tendría la capacidad de convencer a Bonnie.

Erin se apoyó en el marco de la puerta y se cruzó de brazos.

—Pensaré en ello —asintió sin emoción.

Su falta de entusiasmo no se debía exclusivamente a las trabas que interpondría Wayne Mathews. Erin también estaba desilusionada porque se había topado con una fuente de información vetada. Saber que existía y que no podía usarla la frustraba de tal manera que casi era preferible olvidarse del tema. Decidió guardar silencio al respecto, porque si Bonnie se enteraba trataría de persuadirla con mil argumentos distintos, pero su compañera la conocía bien y ya había detectado la existencia de otros conflictos.

—¿Qué más hay?

—Nada más —dijo sin mucha convicción—. Es una historia atrayente, pero no sé si merece la pena investigarla.

—No te creo, claro que merece la pena y lo sabes. —Bonnie entornó los ojos y la observó con atención—. Cuéntame qué sucede. Te conozco y sé que esta historia te gusta lo suficiente como para pasar por encima de tu padre y de quien haga falta.

Sí, desde luego Bonnie la conocía bien, y era una pérdida de tiempo hacerle creer lo contrario. Erin hizo una mueca.

—Está bien, te lo contaré si me prometes que no insistirás.

—Sabes que no puedo prometerte tal cosa, pero seré comprensiva.

Erin se mordió el interior de la mejilla y la miró con los ojos entornados.

—Conozco a una persona que nació en Beaufort y que es posible que tenga muchos datos sobre la leyenda.

—Entonces, ¿cuál es el problema? —se anticipó Bonnie.

—Que esa persona es Jesse Gardner.

Con semejante contestación, Erin esperaba no tener que insistir más en lo inoportuno que era seguir adelante, pero también se equivocó en eso.

—¿El hombre que llevó a la compañía aérea de tu padre a los tribunales acusándola de…?

No terminó la frase, pues sabía que a Erin no le gustaba hablar de ello, pero tamaña sorpresa hizo que sus ojos negros se abrieran desmesuradamente mientras Erin asentía con la cabeza.

—Menuda coincidencia. —Emitió un silbido—. Aunque… pensándolo bien, eso no impide que trates de contactar con él.

—¿Que no lo impide? —Ahora la sorprendida era Erin—. Pero si el otro día nos cruzamos en el embarcadero de Grant Park y estuvo a punto de empujarme al agua. Créeme, Bonnie, esa vía de estudio está completamente descartada.

—Pero tú no estuviste implicada en el proceso judicial. ¡Si ni siquiera fuiste a los juzgados mientras duró el pleito!

—Jesse Gardner no hace distinciones. Para él soy tan culpable como mi padre. Él mismo se encargó de decírmelo.

—Aun así, no pierdes nada por intentarlo. —Erin comenzó a arrepentirse de no haberse mordido la lengua a tiempo—. Y en cualquier caso, ese tal Gardner no es imprescindible. Puedes desplazarte a Carolina del Norte igualmente.

—¿Para qué? ¿Para toparme con un montón de puertas cerradas? Para eso no necesito desplazarme hasta tan lejos.

—No puedo creer que estés diciéndome esto. ¿Dónde está la verdadera Erin? ¿Dónde está la mujer que se enfrenta a todas sus investigaciones con tanta entrega y determinación? Quiero que me devuelvas a la Erin que prepara su maleta en cinco minutos y se marcha a donde tenga que ir para desempeñar un trabajo que le fascina.

Eso la hizo apretar los labios y replantearse sus preguntas en silencio. La verdad es que las palabras de Bonnie era justo lo que necesitaba escuchar para recuperar la ilusión que se había ido diluyendo con el transcurso de las horas.

Con la promesa de que pensaría en ello, Erin se despidió de Bonnie y regresó a su estudio. Recogió todo el material alusivo a Susan Weis, lo introdujo en un archivador y lo guardó en el armario que utilizaba para almacenar todo lo relativo a sus investigaciones. El artículo estaba inconcluso y a la espera de que Bonnie ratificara sus dudas con respecto al material auditivo. Probablemente, tendría una respuesta de su compañera por la mañana, y Erin encontraría un hueco libre entre las entrevistas de trabajo que tenía programadas para terminarlo.

En la cocina, mientras preparaba la cena, Erin continuó pensando en la leyenda de *los amantes de la luna llena*, en la manera más sutil de abordar a su padre y en si tenía valor suficiente para contactar con Jesse Gardner. De momento eran preguntas sin respuesta, pero pronto tendría que tomar una decisión al respecto.

Se comió los macarrones con tomate frente al televisor de la cocina, que en ese momento estaba emitiendo un documental sobre el papel que representó Jefferson Davis en la guerra de Secesión. Erin no daba crédito. Con el tenedor de camino a la boca se preguntó si el televisor le estaba lanzando alguna clase de mensaje subliminal, pero como había decidido que por aquel día no volvería a pensar en soldados del norte heridos en la guerra civil ni en damas sureñas enamoradas, tomó el mando a distancia y cambió rápidamente de canal.

Después de la cena no faltó a su ritual de todos los jueves por la noche. Nada especial, una película alquilada, *El diario de Noa*, y un cuenco de palomitas antes de meterse en la cama.

Erin apagó las luces principales y dejó encendida la de la lamparilla de mesa que había junto a la ventana. Después se arrellanó en el sofá y colocó el cuenco con las palomitas sobre sus piernas. Había recuperado el buen humor perdido por la carencia de pruebas del caso Weis, pero hacia la mitad de la película se vio paulatinamente invadida por un tornado de emociones tal que hasta hubo de enjugarse los ojos con una servilleta que tenía a mano. Ya había pasado mucho tiempo desde su última relación sentimental, y aunque Erin pensaba que el estado ideal de una persona era estar enamorada, se había sentido bien en su soledad.

Hasta ahora.

Desde que Neil había regresado a su vida para quedarse en ella, no podía pensar en otra cosa más que en estar con él.

La película era tan bonita y romántica que cuando los créditos aparecieron en pantalla, Erin tenía los sentimientos a flor de piel. Fue en ellos donde halló el empuje que necesitaba para enfrentarse a Neil Parrish y a esa situación que quería provocar y que tanto la paralizaba.

Erin cogió el móvil y buscó a Neil en la agenda. Sus dedos se movieron sobre los botones del teléfono como si tuvieran vida propia y Erin se dejó llevar por ese acto de valentía tan poco usual en ella. Cuando el móvil dio señal de llamada, Erin se lo acercó a la oreja y su cuerpo se puso en tensión. Como siempre le sucedía.

Él contestó con tono agradable y ella tartamudeó tontamente mientras trataba de colocar en orden sus pensamientos. No controlaba lo más mínimo el juego de la seducción. Los hombres que se habían interesado en ella siempre habían dado el primer paso, pero en el siglo XXI las cosas habían cambiado bastante y ahora las mujeres también tomaban la iniciativa.

—Hola, Neil. Seguro que te preguntarás por qué te llamo a estas horas. La verdad es que pensaba decírtelo mañana por la mañana pero… bueno, iba a poner la alarma del móvil, vi tu número y… y pensé que quizás todavía estuvieras despierto.

—¿Te ocurre algo?

—Oh no, no me pasa nada, es solo que… —Hizo una pausa y se frotó el ceño con el dedo índice, antes de lanzarse—. Quiero ponerme en forma. Sí, eso es. Me he pasado la tarde mirando algunos gimnasios, pero en realidad, lo que me apetece es hacer *footing*. El problema es que no tengo ni idea de cómo prepararme, y como tú pareces un experto corredor, he pensado que podrías ayudarme.

Erin apretó las mandíbulas y aguantó la respiración mientras esperaba su respuesta.

—Bueno, no soy tan experto, aunque sí podría ayudarte. —Neil sonrió al otro lado de la línea y Erin se estremeció—. ¿Cuándo quieres comenzar?

—Pues… ¿qué te parece mañana mismo?

«Tranquila, Erin, modera tu entusiasmo. Pareces desesperada», se reprendió.

—Por mí perfecto. ¿Tienes equipo?

—Bueno, tengo un chándal y unas zapatillas de deporte, supongo que es suficiente.

—En principio sí, aunque no todas las zapatillas son adecuadas para correr. —Él se mantuvo en silencio unos segundos y Erin se mordió los labios—. Si te parece bien te espero a las siete de la mañana en la entrada de Harbor Point.

Harbor Point era un centro comercial y residencial ubicado a orillas del lago Michigan, en el lugar donde nacía Grant Park. Erin recuperó la capacidad para respirar y le contestó con presteza.

—Estaré allí a las siete en punto.

—Trazaremos un plan de entrenamiento, algo ligero para comenzar, y poco a poco iremos alargando los tiempos.

Neil le explicó que dedicarían un buen rato a calentar y hacer estiramientos, y cuando su cuerpo estuviera preparado, entonces correrían. Él solía hacerlo durante cuarenta minutos al día, pero para una principiante como Erin, no era conveniente que empezara por más.

Erin no podía creer que Neil se estuviera tomando aquello

tan en serio. No esperaba que se opusiera, claro, pero tampoco imaginaba que fuera a demostrar tanta iniciativa.

—Estupendo, Neil. Muchas gracias.

Se sentía exultantemente feliz, y cuando cortó la comunicación, de su garganta escapó un pequeño gritito de júbilo.

Capítulo 5

Según la base de datos de la empresa, Jesse Gardner vivía en la avenida Vernon, en Bronzeville. Mientras Erin conducía por las amplias calles residenciales entre bonitas casas de dos plantas de fachadas estucadas y jardines olorosos, volvió a tomar la ficha con los datos personales que había imprimido en su despacho, para cerciorarse de que había tomado la dirección correcta, pues desconocía por completo aquella zona de Chicago.

Una señal verde horizontal le indicó que para entrar en la avenida Vernon tenía que girar hacia la derecha, donde el tránsito de los coches era casi inexistente. Erin tenía un bonito apartamento en la ciudad a menos de diez minutos en coche de la torre Sears, pero tenía la intención de comprarse una de esas encantadoras casas en Gold Cost. El barrio donde Gardner residía no era suntuoso como Gold Cost, pero se asemejaban en la tranquilidad de sus calles y en los espacios amplios que se abrían al cielo.

Erin detuvo el coche frente a una edificación de pequeños chalés de dos plantas que habían sido construidos en una amplia porción de terreno muy bien aprovechada. La mañana era nublada y corría el viento, y Erin se estremeció bajo su chaqueta de lana cuando abandonó el coche. El cielo estaba cargado de nubes grisáceas y parecía haberse fusionado con el lago. El aire movía las copas de los árboles y mecía los rosales de los jardines, embriagando la atmósfera de un agradable olor a rosas.

Erin se retiró el cabello que el viento traía a sus ojos y caminó con la mirada fija en el bloque de chalés, buscando el número 8. Era probable que Jesse Gardner ya no viviera allí, en cuyo caso, se lo tomaría como una señal de que debía abandonar su cometido. Si la casa estaba abandonada u ocupada por otros habitantes, desistiría y se largaría a Beaufort sin más, y no trataría de localizarlo ni de seguirle la pista. Pero siempre que existiera la posibilidad de hablar con él, por remota que fuese, no se perdonaría a sí misma si la dejaba pasar de largo.

—Lo que tiene que hacer una por conseguir una buena historia —murmuró.

El encuentro que había tenido con Neil esa misma mañana en Grant Park había contribuido considerablemente a sacudirle de encima el miedo a encontrarse con Gardner y a afrontar esa tarea con valentía.

Había sido perfecto. Él la había enseñado a calentar los músculos con unos ejercicios preparatorios muy básicos y sencillos que Erin realizó tal y como Neil le mostraba. Juntos los repitieron una y otra vez durante diez minutos porque Neil consideraba sumamente importante afinar el cuerpo de Erin antes de lanzarse a la carrera para evitar posibles calambres. Y también le enseñó a respirar para incrementar el aguante físico y aumentar la capacidad pulmonar. Después del entrenamiento preliminar, cuando consideró que ya estaba lista, corrieron al trote junto a la orilla del lago y Neil adecuó sus largas zancadas a las suyas.

Desde que se conocían, el trato que siempre habían tenido había sido cordial aunque distante, pero algunas barreras se rompieron esa mañana cuando Erin, pese al calentamiento, sufrió un calambre en la pierna izquierda un poco antes de que concluyeran los diez minutos que se había marcado como reto. Neil se encargó rápidamente de la situación. Primero le subió la tela del chándal a la altura de la rodilla y luego masajeó el músculo dolorido con una pericia asombrosa, hasta que deshizo el nudo que se le había formado en el gemelo. Sentir el tacto de sus manos grandes y masculinas sobre su cuerpo fue el mejor momento de la mañana y, de alguna manera, Erin percibió que había servido para acortar distancias.

Neil había sido un profesor estupendo y atento, y aunque no entablaron excesiva conversación porque él estaba más pendiente de ella y de su ritmo, Erin sabía que en los próximos días habría muchas oportunidades para hacerlo.

Erin cruzó el jardín comunitario donde crecían arbustos

sin aparente orden y se ajustó la chaqueta. En los últimos días las temperaturas habían descendido y el aire se filtraba a través de la fina lana y le erizaba el vello. Chicago tenía tantas variaciones de clima que incluso en verano era conveniente salir con una chaqueta a mano. Entonces divisó el número 8 y una imagen bastante detallada de la reacción que sufriría Gardner en cuanto la viera desfiló por su cabeza, arrancándola de los agradables recuerdos sobre Neil. Seguro que le cerraba la puerta en las narices y que la miraría con gesto desagradable y hostil. No le daría opción a explicarle lo que necesitaba de él y tendría que volverse a casa con las orejas gachas pero con la satisfacción de haberlo intentado al menos. De cualquier manera, si conseguía vencer esa primera dificultad y Gardner le permitía proponerle el jugoso plan que había ideado, tal vez no pudiera resistirse. Pero tenía que jugar bien sus cartas.

Atrapado entre las ramas bajas de un arbusto junto al que pasó, Erin vio un objeto colorido que parecía una fotografía o el recorte de un periódico y que, por alguna extraña razón, le llamó la atención. Erin se detuvo un momento y se inclinó ligeramente para examinarlo de cerca, y cuando se cercioró de que no mordía, apartó las ramas todavía húmedas por la tormenta del día anterior y lo cogió. Era una fotografía en la que aparecía un hombre al que reconoció de inmediato, pese a que habían transcurrido varios años entre esa imagen y la actual.

Jesse Gardner no había cambiado mucho a excepción de su cabello castaño, que había sido mucho más largo en el pasado. En el resto de su fisonomía —la mirada magnética, la sonrisa irresistible, los hombros anchos y los brazos musculosos…— no halló variaciones de ningún tipo. Sentada a su lado había una chica rubia de grandes ojos azules que llevaba puesto un bonito vestido rojo y que tenía la cabeza apoyada en el hombro de Gardner. Era muy atractiva y tenía los dedos enlazados a los de él, con las manos unidas por encima de la mesa.

¿Cómo habría llegado esa fotografía hasta allí? Supuso que Jesse Gardner la habría perdido y que lo mismo hasta se mostraba agradecido con ella si se hallaba en casa y Erin tenía la oportunidad de devolvérsela.

La guardó en el bolsillo trasero de sus vaqueros y continuó su camino. Erin sorteó una fuente de piedra en cuya base flotaban nenúfares con vistosas flores de color rosa y blanco, y se acercó a la puerta blanca de la casa de Gardner, situada bajo unas escaleras que conducían a una planta superior. Bajo el hueco de la escalera encontró el timbre que pulsó hasta tres veces sin que se produjera respuesta alguna. ¿Estaría Gardner al otro lado de la puerta observándola a través de la mirilla? Había una ventana justo al lado pero la cubría una persiana plegada de varillas que le impedía atisbar en el interior.

Erin retrocedió unos pasos para mirar hacia la planta de arriba cuando un sonido extraño interrumpió su escrutinio. Erin se quedó muy quieta junto a la puerta, aguzó el oído y centró la atención en ese ruido constante e impreciso. Le pareció que procedía del garaje, exactamente de la puerta gris metálica que había al otro lado de las escaleras. Erin las rodeó y caminó hacia allí con paso cauteloso.

La pesada puerta del garaje se abría desde el lado izquierdo y estaba tres palmos separada de la pared. El sonido había cesado mientras se aproximaba, pero cuando ya estaba lo suficientemente cerca, este volvió a producirse. Parecía una sierra eléctrica, como si alguien estuviera cortando tablones de madera. Mal asunto, pensó. Si era Jesse Gardner quien tenía una sierra en las manos, el índice de peligrosidad de esa visita aumentaba considerablemente.

Dentro estaba sombrío y Erin se aventuró a asomar la cabeza. Cuando la vista se le acostumbró a la oscuridad, distinguió perfectamente la silueta de un hombre que, de espaldas a la puerta, sujetaba por el mango una sierra eléctrica con la que cortaba en dos trozos una gruesa madera. Aquel lugar, más que un garaje para guardar el coche, parecía el taller de un carpintero.

Justo en el centro del habitáculo, un robusto banco de cuatro patas unidas entre sí por travesaños ensamblados hacía de soporte para el tablero de grandes dimensiones que estaba cortando. Dicho tablero estaba sujeto firmemente con un tornillo de fijación que atravesaba el banco en la parte derecha. Colgando de la pared del fondo, había diversas estanterías repletas de herramientas de medir y marcar, herramientas de serrar, herramientas de cepillar, de lijar, raspar y alisar, así como herramientas auxiliares cuyo uso Erin ignoraba.

En la parte izquierda del garaje había un remolque enganchado a una desvencijada camioneta blanca. En la derecha, el esqueleto de lo que parecía el armazón de un barco de mayores dimensiones que las de la barquichuela que se había hundido en el lago tenía toda la pinta de ser el objeto en el que Gardner trabajaba tan afanosamente, porque el individuo que seguía de espaldas a ella y que todavía no se había hecho eco de su presencia era indiscutiblemente Jesse Gardner.

Ahora comprendía qué estaba haciendo él hacía unos días sobre la pequeña barca que se había hundido en el lago Michigan. Gardner construía barcos, aunque Erin suponía que aquella labor no era más que una afición con la que mataba el tiempo hasta que recuperara su licencia para pilotar.

Antes de descubrir su posición, Erin dedicó unos segundos a observar al hombre al que tendría que enfrentarse. No tenía ningún tipo de interés en él que no fuera el que necesitaba para su investigación, pero además de profesional era mujer, y cuando una contemplaba a Gardner de cerca era imposible no embobarse con su atractivo físico.

Una sencilla camiseta blanca de manga corta se ceñía a sus corpulentos hombros y a unos bíceps que, en ese instante, y puesto que estaba inmerso en un trabajo que requería de cierta fuerza, estaban contraídos y lucían en todo su esplendor. A medida que su torso se estrechaba hacia la cintura, la camiseta le quedaba más suelta, pero los vaqueros desteñidos que enfundaban sus piernas fuertes y robustas parecían hechos a medida. Su trasero se advertía duro y musculoso y llenaba los vaqueros de una manera totalmente provocativa.

Tenía un cuerpo de infarto y Erin demoró su examen visual tanto como pudo. Con un suave carraspeo, finalmente se aclaró la garganta y lo abordó.

—¿Jesse Gardner? —Acompañó la pregunta con unos golpecitos en la puerta metálica.

El sonido de la sierra eléctrica cesó y Gardner se volvió ligeramente para mirar por encima de su hombro. Llevaba unas gafas de plástico para cubrirse los ojos del polvillo y las posibles astillas que saltaban de la madera, así que se las quitó y entornó los ojos.

La claridad del exterior dificultaba distinguir los rasgos de la mujer que había al otro lado de la puerta, que no era más que una silueta oscura y recortada colocada a contraluz. Jesse dejó la sierra sobre el banco y miró a la mujer.

—¿Quién quiere saberlo?

—¿Puedo pasar?

Jesse vaciló. A raíz de su paso por Mathews & Parrish, las visitas no esperadas solían estar relacionadas con citaciones judiciales y cuestiones del estilo. Además le pareció reconocer la voz de la mujer, aunque de momento no supo dónde ubicarla. No le permitió el paso tal y como ella pedía, sino que fue él quien se dirigió hacia la puerta. Cuando estuvo a su altura la abrió un poco más y salió al exterior.

En cuanto Erin lo tuvo frente a frente experimentó una vez más esa especie de inquietud que la asaltaba cuando la miraba a los ojos. Tragó saliva ante su expresión de desagrado. La mirada del hombre se endureció y Erin intentó esbozar una sonrisa, aunque solo le salió una mueca. Él tenía algo que la alteraba, más aún después del encuentro en el embarcadero, pero no podía consentir que esos temores la doblegaran. Tenía que mostrarse más segura de sí misma o él enseguida se daría cuenta de que vacilaba y la mandaría a paseo.

Erin respiró hondo sin que se notara, de tal manera que el olor a madera y a barniz adherido a las ropas de Gardner le anegó las fosas nasales.

—Sé que soy una imprudente por personarme en tu casa, pero necesito hablar contigo.

Erin alzó la barbilla y a duras penas mantuvo el contacto visual. Él la examinó con la mirada, sus pupilas se movieron por su rostro y luego las volvió a clavar en las suyas de manera fulminante.

—Estoy de acuerdo en lo primero.

Si Jesse reconoció a Erin Mathews fue por el cálido sonido de su voz y por aquellos ojos grandes y rasgados que eran del color del chocolate con leche, pues el resto de su aspecto físico acusaba grandes diferencias. Siempre la había visto con el pelo recogido en un aburrido moño bajo y vestida con sobrios trajes de chaqueta que no la favorecían especialmente. Ahora llevaba el cabello suelto, que era largo y oscuro, formando suaves rizos que parecían naturales, e iba vestida con unos vaqueros ceñidos, una blusa blanca de corte moderno y una chaqueta negra de lana con la que se resguardaba del frío. También parecía más bajita porque no llevaba tacones, sino unas botas planas de color marrón oscuro.

—Quisiera hablar contigo de un tema personal, de algo que no tiene nada que ver con Mathews & Parrish sino con el pueblo en el que naciste. Sé que suena extraño. —Esbozó una sonrisa nerviosa. El silencio de Gardner y la forma en la que entornaba los ojos le resultaban intimidantes—. El caso es que estoy investigando un asunto de vital importancia para mí y, mientras recopilaba información, el nombre de Beaufort apareció de repente. Realicé unas cuantas pesquisas y el pueblo me llevó a ti.

«Por favor, di algo, lo que sea.»

—A ver si lo he entendido bien. ¿Quieres hacerme preguntas sobre Beaufort?

—Así es —respondió, enfatizando su afirmación con la cabeza—. Te lo explicaré si me concedes dos minutos de tu tiempo.

—¿Y por qué tendría que escucharte? Me sorprende que todavía no hayas captado que no hago tratos con gente de tu calaña.

Un brillo de satisfacción asomó a la mirada de Gardner en cuanto percibió que sus palabras la habían lastimado, y es que la coraza con la que Erin se cubría de las críticas ofensivas era tan ligera que todas la traspasaban. Sin embargo, las palabras crueles tan injustamente recibidas no la hicieron flaquear, y Erin insistió pese a que estaba convencida de que Gardner no iba a concederle ese favor.

—Tengo una oferta que podría resultarte atractiva. No pierdes nada por escucharme, y si después decides que no te interesa, me marcharé y no volverás a verme. —Intentó sonar persuasiva—. No tienes nada que perder.

Jesse la evaluó un poco más mientras ella se esforzaba por mantener los ojos castaños fijos en los suyos. Un repentino golpe de viento despeinó su larga melena ondulada y ella aprovechó ese momento para retirarse el cabello de la cara e interrumpir el contacto visual.

—Lárgate —dijo sin más, señalando con la cabeza la dirección que debía seguir. No me interesa escuchar ninguna oferta que provenga de ti.

—Pues tendrás que hacerlo, porque no pienso moverme de aquí a menos que seas tú quien me eche de tu propiedad —dijo con obstinación.

«Vaya, así que doña Estiradilla tiene caracter.»

—Está bien. —Se encogió de hombros—. Si eso es lo que quieres…

Gardner se acercó a ella peligrosamente con el propósito de responder a su provocación, pero Erin alzó las manos y retrocedió un paso.

—Estaba hablando de forma metafórica, no es necesario que recurramos a la violencia.

Él no parecía pensar lo mismo, porque siguió aproximándose hasta que Erin no tuvo más remedio que apoyar las palmas de las manos contra su pecho para detener su avance.

—Escucha, no sé qué es lo que quieres de mí, pero si crees que puedes venir hasta mi casa para contarme una historia tan ridícula y esperar que pierda el tiempo escuchándote, es que no me conoces en absoluto.

Erin retrocedió un paso; tenía las manos fuertemente apoyadas contra su pecho, que era tan duro y musculoso como parecía. Debido al esfuerzo físico que Gardner había estado haciendo serrando maderas, su camiseta estaba húmeda y su cuerpo despedía mucho calor. Ahora que estaba tan cerca de ella, Erin también observó que pequeñas gotitas de sudor asomaban en su frente, en el nacimiento de su cabello castaño.

Durante unos instantes se le fue la cabeza con esos pensamientos y tardó en reaccionar. Cuando lo hizo, Erin apartó las manos de su pecho, pero no se movió ni un milímetro; si él continuaba avanzando tendría que arrastrarla consigo.

—En mi tiempo libre me dedico a estudiar historias sobre espíritus, fantasmas y casas encantadas, y hace unos días llegó a mis manos la leyenda de *los amantes de la luna llena*. Se trata de un hecho que aconteció en Beaufort hace siglo y medio, durante la guerra de Secesión, y puesto que tú naciste allí, pensé que podrías contestar a algunas preguntas —le explicó a grandes rasgos, ignorando en la medida de lo posible el estupor con que él la miraba, más o menos como si estuviera en presencia de una loca—. Seguro que no imaginabas que la historia pudiera ser tan ridícula —dijo, incluyendo así una nota de humor que no fue ni mal ni bien recibida, pues Gardner parecía centrado en descifrar si acaso sería adicta a determinadas sustancias ilegales.

—¿Me tomas el pelo?

—No se me ocurriría. Investigar fenómenos paranormales ya es objeto de bastantes burlas por parte de la gente como para que los estudiosos también bromeemos sobre ello.

Contarle a Gardner su afición secreta no respondía a un acto de espontaneidad, pues había estudiado minuciosamente las consecuencias de esa acción y no contempló ninguna clase de problema. Gardner no tenía ninguna relación con el círculo en el que Erin se movía, vivía tan ajeno a su vida como cualquier persona anónima, así que no había peligro de que llegara a oídos de su padre, que era quien Erin más temía que se enterara.

—¿Investigadora de fenómenos paranormales? Creía que eras una psicóloga de pacotilla que trabajaba en una empresa corrupta. ¿Ahora resulta que también eres algo así como una especie de cazafantasmas? —Su voz sonó entre despectiva y burlona, y sus palabras poseían todos los trazos para ser hirientes—. No me hagas reír.

Incrédulo, Jesse hizo ademán de regresar al interior del garaje con el propósito de dejarla allí plantada, pero Erin reaccionó con rapidez e interpuso su cuerpo entre la puerta y él. Gardner podría haberla apartado de su camino tan solo moviendo un dedo, pero se abstuvo de hacerlo y, en lugar de eso, la miró con una creciente curiosidad.

—Para mí no es irrisorio, es muy serio.

Jesse la creyó, realmente parecía un tema de vital importancia para ella, y eso lo hacía todavía más gracioso.

—Si has tenido la desfachatez de venir hasta aquí es que debe serlo.

—Al menos podrías escuchar mi oferta. —Sus bonitos ojos castaños lo miraron suplicantes.

—No voy a hacerlo, pero te daré un consejo. —Sus atractivos labios se curvaron ligeramente, esbozando una media sonrisa jocosa—. Emplea tu tiempo libre en buscarte un empleo más digno y deja de perseguir fantasmas.

Jesse le propinó un leve empujoncito para apartarla de la entrada del garaje y desapareció en su interior. Ella murmuró algo a sus espaldas, pero Jesse hizo caso omiso. Aquello era chistoso, lo más gracioso que le había sucedido en días. Movió la cabeza mientras regresaba al banco de trabajo. Esperaba que se largara por sí misma, no le apetecía tener que echarla de su jardín aunque, pensándolo fríamente, sería divertido ponerla de patitas en la calle.

Jesse cogió la sierra eléctrica y la puso en marcha. De cualquier forma, reconocía que la estirada señorita Mathews tenía agallas, porque a nadie que trabajara en esa compañía y que estuviera en su sano juicio, se le ocurriría presentarse en su casa para pedirle un favor.

Apoyó el filo de la sierra en el madero y continuó serrando como si nada hubiera sucedido, pero su labor se vio nuevamente interrumpida al atisbar movimiento por el rabillo del ojo. Ella se había atrevido a cruzar los límites de su propiedad, y tenía un pie puesto en su garaje. Jesse se volvió hacia ella.

—Largo —le dijo con acritud.

Ella se detuvo en seco pero no le obedeció.

—Tan solo quiero saber si conoces la leyenda de *los amantes de la luna llena*.

Podría haberle dicho que no para sacársela de encima, pero Jesse le dijo la verdad. Era más satisfactorio que ella supiera que podía ayudarle pero que no lo haría.

—La conozco —dijo secamente, con la paciencia llegando a su límite—. Pero entiende de una vez que no voy a contarte nada sobre ella.

—Te recompensaré adecuadamente por tu ayuda —insistió—. Te pagaré.

Jesse depositó la sierra eléctrica sobre el banco sin ninguna delicadeza, se arrancó las gafas protectoras de plástico de la cabeza y se aproximó a Erin en dos zancadas, con las manos apoyadas en las caderas. Parecía que había despertado a la bestia que Gardner llevaba dentro, porque sus ademanes se volvieron bruscos y su mirada mucho más fiera. Erin sacó el pie al exterior pero ese fue el único movimiento que hizo.

—¿Ahora pretendes sobornarme?

—No es ningún soborno, es un intercambio de dinero por un poco de información.

Cada palabra que salía de sus labios rojos le sorprendía un poco más que la anterior.

—¿De verdad crees que puedes plantarte en mi casa para pedirme ayuda y esperar que vaya a concedértela a cambio de dinero? —Ella sostuvo la barbilla en alto, con gesto obstinado—. Ya veo que sí.

Erin debería haber imaginado que una propuesta económica le resultaría extremadamente ofensiva, aunque todavía no había escuchado la cifra que estaba dispuesta a pagarle. Mantuvo la mirada fija en sus fulminantes ojos azules, poniendo los cinco sentidos en aparentar que se sentía segura cuando por dentro se sentía como si fuera de mantequilla. Debería darse media vuelta y largarse por donde había venido, pero algo inexplicable la mantenía con los pies clavados en la tierra. Convencer a Jesse Gardner dejó de ser un mero trámite formal y se convirtió en todo un reto.

—Mil dólares. Quinientos ahora y quinientos después. Si aceptas prepararé un cheque y podrás cobrarlo mañana mismo.

—Por lo visto estás dispuesta a hacer lo que sea por esa absurda historia. —Jesse apoyó un hombro en la pared de hormigón y relajó su pose.

—Casi todo —asintió. Erin tragó saliva y continuó sacándose ases de la manga—. Vamos, es un trato justo y tú sales beneficiado. Tan solo tienes que responder a unas preguntas muy escuetas y… —ahora venía la parte más complicada—… allanarme un poco el camino con los habitantes de Beaufort. Suelo desplazarme unos días al lugar de los hechos, pero siempre me encuentro con que los oriundos son poco dados a cooperar y eso limita muchísimo mi trabajo. Supongo que a ti te conocen y que si hablaras con ellos me apoyarían en la investigación. Tengo entendido que residiste en Beaufort hasta no hace mucho tiempo.

—¿Piensas ir allí? —Los propósitos de la mujer le parecieron tan surrealistas que necesitó asegurarse.

—Sí. Iré con o sin tu ayuda —contestó, aunque todavía no

estuviera convencida al cien por cien—. Es la historia más fascinante que he escuchado nunca y sin duda merece todo mi empeño.

Sus ojos oscuros brillaron con entusiasmo y Jesse supo entonces que sus amenazas con echarla de allí por la fuerza no supondrían más que un remedio temporal a corto plazo. Tuvo la sensación de que la señorita Mathews tenía una fe ciega en esas tonterías que investigaba, y que no cejaría en darle la lata hasta salirse con la suya. Por lo visto, necesitaba algo más que palabras intimidatorias para desaparecer de su vista.

—No quiero tu sucio dinero. —Jesse hizo una pausa premeditada y deslizó la mirada por su anatomía femenina. Las vistas eran muy buenas. Tenía las piernas largas, la cintura estrecha, los pechos plenos… y era guapa. Ella no le caía bien y prefería no tener que volver a verla en su vida, pero eso no era obstáculo para reconocer que Erin Mathews era muy atractiva—. Pero quizás sí que haya algo que puedas hacer por mí.

A Erin le llevó unos segundos reconocer la mirada sugerente y el mensaje que ocultaban sus palabras. Su respuesta la sorprendió tanto que sus labios se quedaron abiertos sin que de ellos surgiera réplica alguna. Gardner sonrió levemente, satisfecho de haberla hecho callar.

—Todo tiene un límite, Jesse Gardner, y ese no pienso traspasarlo —contestó ofendida cuando recuperó el habla.

Él sonrió entre dientes y ella intuyó que solo le estaba tomando el pelo.

—Tranquila, no te pondría un dedo encima ni aunque fueras la última mujer sobre la faz de la tierra —dijo muy ufano—. Conozco a todo el mundo en Beaufort. He oído hablar de esa estúpida leyenda e incluso podría darte el nombre y apellidos de alguien que la conoce como la palma de la mano. Podría ayudarte si me diera la gana, pero resulta que no es así.

Erin se puso tensa de indignación pero no arrojó la toalla.

—Mil quinientos.

—No.

—Dos mil. Y es mi última oferta.

Gardner negó con la cabeza. Ahora parecía que se estaba divirtiendo con la situación. Erin apretó las mandíbulas para contener las palabras que deseaba decirle. Contó hasta tres para serenarse e intentó apelar a la conciencia de Gardner, aunque parecía carecer de ella.

—Me acusas de estar implicada en esos hechos tan terribles por los que demandaste a la compañía y que, por supuesto, no creo que sean ciertos. Pero, aunque lo fueran, yo no tengo ni la más remota idea de cuáles son los negocios de mi padre. Me limito a hacer mi trabajo, que consiste en realizar entrevistas, programar vuelos y hacer los cálculos de las nóminas de los trabajadores. —Erin defendió su postura con énfasis—. Mi trabajo es tan digno como el tuyo y no pienso tolerar ningún desprecio más por tu parte, por lo tanto, con tu ayuda o sin ella, seguiré adelante con esto.

Lamentablemente, su firme diatriba no causó ninguna reacción favorable en él, más bien todo lo contrario.

—Escúchame bien, doña Estiradilla, porque no pienso repetirlo dos veces. —Su diversión fue efímera y finalizó bruscamente—. Tú y tu padre me habéis dejado en la calle, y no me refiero a esa mierda de trabajo que me ofrecisteis, sino al coche que tuve que vender y al dinero que saqué de mi cuenta corriente para pagar las malditas costas judiciales. Además me arrebatasteis lo más importante que tengo en la vida, porque sin mi licencia para pilotar no puedo recuperar ninguna de mis posesiones. Por lo tanto, no te consiento que vengas a mi casa y te hagas la ofendida por negarme a prestarte ayuda. ¿Queda claro? —le espetó desde las alturas.

—Hay una sentencia dictada por un juez —dijo Erin, con la voz queda.

—Tu padre es un maldito traficante de drogas y me importa un carajo lo que fallara el juez.

La rabia de Gardner era ciega e intensa, y cada una de sus palabras golpeó a Erin hasta dejarla sin respiración. Le dolía que acusara a su padre cuando no había sido probado ante un tribunal, pero Gardner se defendía de forma tan vehemente que ese asunto siempre la dejaba totalmente desconcertada.

Llegados a ese punto tan crítico, Erin no tenía nada más que agregar.

—Gracias por tu tiempo —dijo, de forma cordial.

Erin dio media vuelta y enfiló el camino de regreso a su coche sumida en una fuerte sensación de fracaso y desilusión. El resultado de la visita había sido el previsto pero, aun así, el enfrentamiento con Gardner había sido más desagradable de lo imaginado.

Justo hacia la mitad del camino, recordó que tenía algo guardado en el bolsillo trasero de sus vaqueros que pertenecía a Gardner. Durante unos segundos, acarició la idea de no devolverle la fotografía, pero se echó atrás en el último momento sin entender a qué obedecía su altruismo. Erin deshizo el camino andado y se acercó a él, que todavía aguardaba junto a la puerta, por lo visto para asegurarse de que en esta ocasión ella desaparecía.

Erin tomó la imagen y se la entregó.

—La encontré entre las ramas de ese arbusto. Supuse que la habrías perdido.

Gardner la cogió pero no demostró alivio ni agradecimiento por haberla recuperado, aunque Erin tampoco esperaba que le diera las gracias.

Erin Mathews se marchó en silencio y Jesse sostuvo la fotografía entre los dedos, inmerso en una sensación poco plancentera. No creía en señales ni en premoniciones de ningún tipo, pero se sintió como si aquel retrato hubiera regresado a su vida para recordarle que jamás podría desprenderse de June.

Aunque eso estaba por ver.

Al tiempo que el Jeep Patriot de Erin Mathews pasaba por delante de su jardín, Jesse se dirigió con paso implacable hacia el cubo de la basura, apartó la tapa, levantó la bolsa que había depositado allí por la mañana temprano, y la dejó caer al fondo por segunda vez.

Capítulo 6

Carol Mathews disponía de todo el tiempo del mundo para tener ese aspecto tan fresco y juvenil. Su única ocupación en la vida era salir de compras hasta agotar su tarjeta de crédito, y acudía puntualmente a un centro de belleza donde se ponía en manos de los mejores estilistas de Chicago. Tenía sesenta años recién cumplidos, pero su piel todavía era tersa y se mantenía delgada y esbelta, por lo que aparentaba unos cuantos años menos.

Uno de sus mayores defectos, al menos a Erin se lo parecía, era que hablaba sin control. Su madre podía pasarse horas y más horas parloteando sobre cualquier cosa, en especial sobre moda y belleza, temas que a Erin no le interesaban para mantener una conversación extensa. A Alice tampoco le importaban pero, al contrario que Erin, le daba igual que su madre percibiera que no la escuchaba.

Alice lanzaba furtivas miradas a su reloj de pulsera, y movía la pierna bajo la mesa haciendo que el mantel floreado del restaurante donde comían se moviera sin cesar alterando los nervios de Erin. Le lanzó una mirada inquisitiva para que se comportara adecuadamente durante el tiempo que durara la comida, pero Alice no solo la ignoró, sino que su aburrimiento fue mucho más patente en cuanto Carol se dirigió a ella:

—¿Has probado el champú que te recomendé, cariño? —Carol tomó un mechón del pelo de Alice entre sus dedos huesudos y lo acarició con las yemas—. Tienes las puntas secas y sin brillo.

—No, no lo he probado. Me gusta el que utilizo siempre —dijo secamente, clavando una mirada insolente en los ojos castaños de su madre.

—Pues no es muy efectivo, a juzgar por tu aspecto —la censuró.

—Mamá, el pelo de Alice está perfecto. Tiene un cabello precioso —intercedió Erin, mientras pinchaba un trocito de ensalada con el tenedor.

—El tuyo está en mejor estado, se nota que sigues mis consejos —comentó Carol, molesta por la contestación cortante de su hija menor—. Tengo dos invitaciones para unas sesiones de aromaterapia mañana por la tarde. Quiero que vengáis conmigo.

Alice puso una mueca de rechazo y Erin se apresuró a darle una pequeña patadita por debajo de la mesa para que no se le ocurriera volver a protestar.

—Iremos. —La sonrisa de Erin fue fugaz pero complació a Carol—. ¿Por qué no nos cuentas qué compraste el otro día en la subasta de antigüedades a la que fuiste?

Erin hizo la pregunta indicada para que su madre hablara sin pausa durante los siguientes quince minutos. De todas formas, su madre no escuchaba cuando hablaban los demás, por lo tanto, ¿para qué perder el tiempo proponiendo un tema común? Erin hizo como que escuchaba con interés la narración de Carol y trató de seguirle la corriente elogiando su buen criterio a la hora de comprar aquellas antiguallas que tanto le gustaban, pero Alice se perdió en sus pensamientos y comió su estofado de carne a un ritmo apresurado. Cuando Erin no había hecho más que empezar con su plato, Alice ya estaba apurando el suyo.

Alice se levantó de la mesa un minuto después, se alisó la elegante falda de color blanco e inventó una excusa.

—Siento abandonar esta charla tan interesante, pero tengo mucho trabajo pendiente.

Erin alzó la cabeza para encontrarse con la expresión sardónica de su hermana.

—Todavía no nos han servido los postres.

—Estoy llena. —Se dio unos golpecitos en el estómago con las yemas de los dedos y cogió su chaqueta del respaldo de la silla—. Que aproveche. Erin, nos vemos arriba.

Alice se marchó del restaurante de la torre Sears dejando a Erin y a su madre suspendidas en el silencio. Carol torció los labios, visiblemente disgustada, y Erin se limitó a tomar la carta de los postres y a sugerir a su madre que probara la tarta de pacana, pero Carol tenía la mirada fija en la puerta de acceso al restaurante por la que había salido su hija.

El rencor que Alice sentía hacia su padre también se hacía extensible a su madre. Carol Mathews no había tomado partido en los hechos acaecidos en el pasado, sino que se mantuvo al margen y permitió que su esposo arruinara la vida de su hija. Según el punto de vista de Alice, Carol era una mujer de personalidad débil que vivía para satisfacer a su marido, aunque eso implicara enemistarse con sus dos hijas. Erin estaba de acuerdo con eso aunque, como todo lo que tenía relación con su familia, había terminado por aceptarlo.

Durante mucho tiempo, Erin intentó hacer de mediadora entre los integrantes de su familia, quería que acercaran posiciones y que fueran lo suficientemente razonables como para resolver sus conflictos de manera adulta. Pero toda su buena fe no fue más que una auténtica pérdida de tiempo. Acabó por desistir y se limitó a estar en buena sintonía con todos ellos. Eso sí, jamás dudaría en ponerse de parte de Alice si las circunstancias se lo exigieran.

—¿Qué le pasa a Alice? Es muy desagradecida —dijo con tono circunspecto.

Su madre jamás entendería el mal que le había hecho, lo cual era muy frustrante.

—Tiene mucho trabajo, mamá.

Erin pidió los postres y habló con su madre sobre esa sesión de aromaterapia a la que no le apetecía nada ir.

Solían comer juntas una vez a la semana y Carol aprovechaba esos encuentros para planear un montón de actividades que no tenían ningún interés para Erin. Como a casi toda mujer, a Erin le gustaba ir de compras y visitar los centros de estética, pero lo hacía con moderación, mientras que su madre derrochaba el dinero en tales menesteres de manera compulsiva. Aduciendo que tenía un montón de trabajo, Erin se excusaba cordialmente con su madre y rechazaba la mayoría de sus propuestas. Como no se veía capaz de refutarlas todas, accedía a acompañarla una vez por semana.

Como siempre que se reunía con Carol, cuando Erin terminó de comer tenía una sensación de opresión en la frente que se extendía de una sien a otra.

El silencio del ascensor le resultó muy reconfortante y, poco a poco, el zumbido en los oídos que le había provocado la estridente voz de Carol fue remitiendo paulatinamente. Erin quería a sus padres y, pese a sus enormes defectos, haría lo que fuera por ellos. Pero no soportaba a ninguno de los dos más de cinco minutos seguidos.

Alice la estaba esperando en su despacho cuando Erin abrió la puerta. Había una sonrisa pérfida en los labios de su hermana y Erin sonrió con una mueca de desgana.

—Tienes mucho morro —le dijo—. No vuelvas a dejarme sola con mamá, ahora el peso de su compañía debemos repartirlo entre las dos.

—Tu cerebro ya está acostumbrado a aguantar sus aburridas arengas y sus soporíferos monólogos, pero el mío no. Un minuto más y podría haber sufrido un colapso nervioso.

Erin rio entre dientes y cruzó el despacho hacia su mesa. Se quitó la chaqueta y la dejó colgada en la percha que había en un rincón. Al alzar los brazos le dolieron los costados, no existía ni un solo lugar de su cuerpo que fuera inmune a las agujetas. Neil ya le había advertido que las tendría los primeros días, pero no le dijo que dolerían hasta el extremo de no poder hacer ningún movimiento. Deseaba con vehemencia que llegara la hora de marcharse para poder quitarse los zapatos y arrojarlos lejos, pues el principal foco de dolor eran las piernas.

Alice ya sabía que había salido a correr con Neil Parrish esa mañana temprano. Erin se vio obligada a decírselo durante la comida, cuando la servilleta de Carol se cayó al suelo y hubo de inclinarse para recogerla. Al agacharse creyó que ya no podría volver a incorporarse y descubrió que sus riñones eran también pasto del dolor. Con su madre presente, Erin no dio explicaciones detalladas de las razones por las que tenía que caminar como si se hubiera tragado una estaca, pero sabía que en cuanto se quedara a solas con Alice, esta la sometería a un tercer grado.

—Así que has corrido con Neil.

—Sí. Hoy ha sido la segunda vez

—¿Cuándo lo decidiste?

—Hace días que pienso en ello, pero se lo propuse hace un par de noches.

—¿Y cuándo pensabas contármelo?

Erin se encogió de hombros y se dejó caer sobre su cómoda silla acolchada.

—Ya te lo estoy contando.

—Menos mal que la lengua es el único órgano de tu cuerpo que no te duele.

Erin sonrió.

—Hacía tiempo que no ejercitaba los músculos, pero Neil me ha dicho que el dolor disminuirá a partir del quinto día.

—O sea, que lo vais a convertir en una costumbre.

—Algo así. Neil se lo ha tomado más en serio que yo e incluso ha ideado un plan de entrenamiento para mí. Y me da masajes cuando sufro un calambre. —Sonrió con aire pícaro, pendiente de la expresión de Alice.

Sin embargo, en lugar de retomar la conversación que nunca concluía y aconsejarle una vez más que no debía fiarse de Neil, su hermana rodeó la mesa y se situó a su espalda.

Alice colocó las manos sobre sus hombros doloridos e inició un masaje lento y reconfortante que hizo las delicias de Erin.

—Quiero que sepas que estaré a tu lado cuando Neil rompa tu corazón y necesites refugiarte en alguien que te quiera.

—Gracias, tu optimismo me emociona.

Alice se inclinó ligeramente para besar a Erin en la mejilla.

—Sabes que quiero lo mejor para ti, ¿verdad?

Erin alzó la mano y dio unos golpecitos afectuosos sobre la de Alice que descansaba en su hombro.

—Lo sé, pero no te preocupes. Sé cuidar de mí misma.

—Como te haga daño, lo mataré.

—No me cabe la menor duda —dijo Erin con una sonrisa—. Y ahora cállate y continúa con lo que estabas haciendo.

Alice tenía unas manos prodigiosas para deshacer la tensión y Erin pasó los siguientes minutos en un estado cercano al éxtasis. La mente se le quedó en blanco y el cuerpo laxo, y no emergió de su profundo relax hasta que Alice acabó el masaje tan lentamente como lo había comenzado.

—Tengo una reunión con papá dentro de diez minutos —anunció Alice con desgana.

—¿Cómo está hoy de humor?

—¿Acaso suele estar de otra forma que no sea desagradable y hostil? —Alice recogió su chaqueta.

—Tengo que hablar con él y no encuentro el momento. Quiero marcharme unos días a Carolina del Norte —le confió.

Erin ya le había hablado de la leyenda y de lo mucho que había despertado su curiosidad, aunque todavía no había tenido tiempo de mencionarle la infausta conversación que había mantenido con Gardner la tarde anterior.

—¿Así que te has decidido a ir? —La felicitó con la mirada.

—Sí, no puedo pensar en otra cosa desde que Bonnie me contó la historia. No es como el caso de Susan Weis o tantos otros que he investigado con cierto escepticismo. Con este tengo una especie de corazonada, ¿sabes?

—Entonces díselo cuanto antes —la animó desde la puerta—. Se enfadará, despotricará y lo pagará durante días con todos nosotros, pero tú ya estarás lejos cuando eso suceda. Me voy a esa maldita reunión.

—Alice —la llamó, antes de que cerrara la puerta.

—Dime.

—Gracias por el masaje.

Erin dedicó el resto de la tarde a establecer las directrices por las que se regirían los ascensos de los empleados a partir del segundo semestre del año, pero había dos cosas muy diferentes entre sí que la desconcentraban constantemente. Una era la ilusión permanente en la que vivía desde que salió a correr por primera vez con Neil. La otra, las preocupaciones que acarreaba su inminente viaje a Beaufort. Quería decírselo a su padre ese mismo día. Pasaría por su despacho antes de marcharse a casa y terminaría con aquello de una vez por todas.

Cuando la luz natural que entraba en su despacho comenzó a desvanecerse y los rincones se cubrieron de sombras purpúreas, Erin cerró todas las aplicaciones informáticas con las que trabajaba y dedicó los últimos minutos de su jornada laboral a terminar su artículo sobre Susan Weis.

Bonnie Stuart la había telefoneado por la mañana, poco antes de salir a comer, y le había comunicado que los sonidos extraños que grabó en Chesterton no eran voces fantasmagóricas, sino ruidos y murmullos propios de la vida nocturna en el bosque. Erin no esperaba que fueran otra cosa, pero una siempre guardaba la esperanza hasta que los técnicos se encargaban de destruirla.

No mucho después de terminar su artículo y enviárselo por correo electrónico al director de la revista, su secretaria, Anne Parker, le comentó que tenía en espera la llamada de un tal Vincent Grange que decía haberse reunido con ella hacía unos días en su despacho, aunque a Erin ese nombre no le sonaba de nada.

—Está bien, pásamela —le dijo.

Al momento, alguien la saludó desde el otro lado de la línea y Erin reconoció la voz al instante. Su tono era grave y seductor, muy masculino. Era una voz de hombre con un timbre sumamente agradable, aunque no podía decir lo mismo de su propietario. No pertenecía a ningún Vincent Grange, desde luego, sino a Jesse Gardner que, para beneficio de ambos, había tenido la astucia de llamar a la compañía con un nombre falso. Su secretaria no era una mujer chismosa, pero un descuido podía tenerlo cualquiera.

—¿En qué puedo ayudarte? —preguntó Erin.

—¿Acostumbras a coger las llamadas de los desconocidos?

—Supongo que tuve un pálpito con esta.

Erin escuchó la sonrisa de Gardner al otro lado de la línea y arqueó las cejas con gesto interrogante.

—Quiero hablar contigo —le dijo él.

Erin pasó de la interrogación al asombro. Si bien su llamada ya era totalmente inesperada, que quisiera hablar con ella lo era todavía más.

—¿Sobre qué?

—Sobre nuestra última conversación.

—Creía que había quedado zanjada.

—Eso fue ayer. Hoy tengo algo más que añadir.

Su enigmática voz la llenó de desconfianza.

—Bien. Habla, te escucho.

El potente silbido de la sirena de una ambulancia cortó la comunicación durante unos segundos. Gardner debía de encontrarse en la calle, donde el ruido del tráfico de la hora punta se dejaba oír como telón de fondo. Él esperó a que la ambulancia se alejara y dijo:

—Es mejor que nos veamos en algún sitio. No me gusta hablar de ciertos temas por teléfono.

La desconfianza de Erin fue en aumento. Se puso en pie y cruzó el despacho hacia los amplios ventanales que ya mostraban la noche de Chicago. Miró hacia abajo, donde las calles parecían ríos de coches que teñían su curso con el color ámbar de las luces de sus faros. ¿Acaso esperaba verle allí? Los peatones parecían hormigas.

—¿Cuándo? —preguntó con recelo.

—Ahora.

—¿Ahora?

—Sí, a menos que tengas algo primordial que hacer.

Gardner habló con la misma seguridad con la que lo decía todo, como si esperara que nadie le negara nada. Pese a que a Erin le parecía una encerrona, la curiosidad era demasiado fuerte para esquivarla.

—¿Dónde?

Jesse ya había contado con su predisposición y le complació profundamente la impaciencia que denotaba su voz. El cuento absurdo de la mansión Truscott debía de ser de vital importancia para ella, a juzgar por su indeleble empeño en llegar hasta él.

—Estoy a una manzana de tu trabajo, en un bar que se llama Franklin Tap. ¿Lo conoces?

—Sé dónde está.

Era un bar de copas en el que nunca había estado. Erin era más de cafeterías tranquilas que de pubs.

—Te espero aquí dentro de… —Jesse echó un vistazo a su reloj de pulsera—. ¿Un cuarto de hora bastará?

—Eh… sí, será suficiente.

Con gesto confuso Erin cortó la comunicación y regresó a su mesa de trabajo. Apagó el ordenador y tomó unos documentos que estaban esparcidos por la mesa para apilarlos de forma ordenada. Mientras lo recogía todo con presteza, intentó no hacer elucubraciones respecto a la llamada de Gardner. No podía imaginarse los motivos que había detrás, pero un hálito de esperanza prendió en su interior.

Por primera vez a lo largo del día, dejó de sentir las agujetas que sufría al mínimo movimiento, y consiguió ponerse otra vez los zapatos sin atender a las protestas que le lanzaron los músculos de sus pantorrillas.

Por último, Erin cogió la chaqueta y el bolso y abandonó su despacho. La mayor parte de los empleados ya se habían marchado a casa, y Erin cruzó la oficina sin detenerse. En el ascensor revisó su aspecto clásico y remilgado e hizo una mueca. Jamás se vestía así fuera del trabajo, y menos para ir a un bar, pero no tenía tiempo de regresar a casa para cambiarse de ropa. Intentó hacer lo que pudo con su aspecto y con el peinado mientras el ascensor descendía. Dejó el bolso y la chaqueta en el suelo y se quitó todas las horquillas hasta que el cabello cayó libre y sin ataduras más allá de sus hombros. Luego se retocó los labios, se sacó la blusa por fuera de la falda y se desabrochó un botón.

Mucho mejor.

Cuando se plantó frente al letrero de neón azul del Franklin Tap, un guardia de seguridad invitaba a salir fuera del establecimiento a un par de hombres que estaban tan borrachos como cubas. Eran jóvenes, no tenían más de treinta años, pero se tambaleaban como si fueran ancianos. Erin volvió a mirar el rótulo del local por si se había equivocado de sitio. ¿Qué clase de bar era ese en el que la gente ya estaba borracha a las siete de la tarde?

Erin aguardó un segundo más frente a la puerta y sus oídos captaron la música potente que sonaba en el interior. Ese lugar tenía más de garito donde se reunían los camorristas y los borrachos que de bar convencional donde poder conversar. ¿Por qué diablos la habría citado Gardner en un sitio así cuando la calle Wacker estaba repleta de bares tranquilos?

Erin tomo aire y luego se armó de valor.

El sonido de la música rock provenía de las guitarras y la batería de un grupo que tocaba en directo. Fue lo primero que vio en cuanto abrió la puerta y puso un pie en el interior. No eran muy buenos, y el cantante entonaba como si tuviera una pelota de tenis atravesada en la garganta, pero hacían ruido y eso era lo que parecía importar en aquel tugurio.

La atmósfera estaba tan cargada que podría haberla cortado en dos con un cuchillo. Una nube de humo de cigarrillo flotaba por encima de las cabezas de la gente y restaba potencia al alumbrado anaranjado del techo. El fuerte olor a tabaco y a alcohol torturó la nariz de Erin mientras se abría paso hacia el interior, buscando a Gardner con la mirada. Todos los allí congregados clavaron sus ojos en ella, como si hubiera aterrizado en un planeta diferente. ¿Tanto desentonaba? Miró a las mujeres que había a su alrededor y supuso que sí: allí solo había minifaldas, escotes vertiginosos y mucho maquillaje.

Gardner se hallaba en la barra, y Erin lo reconoció por el contorno de sus anchas espaldas y por el corte irregular de sus cabellos que descendían hacia su nuca. Como si él la hubiera presentido, se dio la vuelta en el instante en que Erin cruzaba los escasos metros que todavía la separaban de él. Llevaba una chaqueta de cuero negro que le hacía parecer un poco más rebelde de lo que ya era, y sus ojos azules la miraron como complacido por la inmediata respuesta de Erin a su llamada. La saludó con un gesto pero no dijo nada, y a ella no le quedó más remedio que esperar a que él terminara la conversación que mantenía con una rubia y despampanante camarera que estaba situada al otro lado de la barra. Erin se cruzó de brazos y trató de comprender de qué iba todo aquello, mientras observaba cómo la chica cogía la mano de Gardner para apuntar algo en el dorso con un bolígrafo de color negro.

Después, unos clientes que se hallaban sentados en el lado opuesto llamaron a la camarera, y Gardner por fin se dignó prestarle atención.

La tomó por encima del codo y le mostró el camino hacia la zona más alejada del escenario, donde se podía hablar sin necesidad de desgañitarse. Allí la nube de humo no era tan espesa y la gente estaba algo más dispersa que en la entrada. Tampoco el sonido de los altavoces era tan abrumador y eso permitió a Erin relajarse un poco.

Le indicó que tomaran asiento en unos taburetes altos de color teja y un camarero puso sobre la pequeña mesa circular un par de Coors que Gardner debía de haber pedido a la camarera de la barra. Él no se molestó en preguntarle si le gustaba o no la cerveza, de lo contrario Erin habría pedido otra cosa.

—¿Por qué diablos me has citado en un bar de ligue?

—Porque me gusta este antro.

Gardner se despojó de su chaqueta de cuero negro, que

dejó colgada de una percha que había a su izquierda. Cuando ocupó de nuevo su asiento, apoyó los antebrazos sobre la mesa y Erin prestó atención a cómo se ceñía la camisa blanca a sus músculos. Vio entonces lo que la camarera había apuntado en su mano hacía unos instantes: su número de teléfono. Conocía el éxito que Gardner tenía entre las mujeres. Durante la etapa en la que trabajó para la compañía de su padre, circularon muchos rumores entre las trabajadoras, aunque a Erin solo le llegaban de lejos.

—He meditado en frío todo cuanto dijiste ayer y creo que podríamos llegar a un acuerdo —comenzó Gardner—. No voy a engañarte, no me apetece hacer tratos contigo a menos que de algún modo pueda beneficiarme con ello.

—Y supongo que has encontrado la manera de hacerlo.

—Así es.

—Te dije que te pagaría mil dólares, yo creo que saldrías bastante beneficiado a cambio de hacer unas cuantas llamadas —apuntó Erin.

—Dijiste dos mil —la rectificó—. Y aunque es un buen reclamo, me temo que no es suficiente.

—Entonces, ¿qué es lo que quieres?

—No seas tan impaciente. —Y la amonestó con la mirada—. Creo que en primer lugar deberías saber lo que puedo hacer por ti. ¿No te parece?

Erin entornó los ojos con suspicacia, el derrotero que tomaba la conversación no le olía demasiado bien.

—Escucho lo que tengas que decir.

—Estoy convencido de que esto te va a gustar. —Gardner bebió un trago de su cerveza y alargó el tiempo adrede. La tensión de Erin fue en aumento—. Mi hermana es profesora de historia en el colegio público de Beaufort y da clases a sus chicos sobre la guerra civil americana. Conoce la leyenda de la mansión Truscott al pie de la letra y estoy seguro de que le encantaría conocer a alguien que tenga el mismo interés que ella —la tentó.

El corazón de Erin aleteó de excitación y su imaginación la hizo volar muy alto. Sabía que era un error demostrar excesivo fervor porque Gardner le haría pagar un precio desorbitado a cambio de su concesión, pero no pudo evitarlo.

—¿Has dicho Truscott?

—Mary Truscott. El espíritu de la mujer que unos cuantos trastornados dicen haber visto vagando por la mansión.

Erin ignoró su comentario frívolo.

—Supongo que es una leyenda muy popular entre la gente de Beaufort.

Gardner asintió.

—Entre los ancianos sobre todo. A la gran mayoría nos parece una grandísima estupidez, un cuento absurdo que algún chiflado inventó porque no tenía otra cosa mejor que hacer, y que ha ido pasando de boca en boca y de generación en generación a lo largo de los años. —Jesse movió la cabeza—. Hace más o menos una década la leyenda estuvo de moda y a Beaufort solía acudir gente extraña que se apostaba frente a la mansión con sus aparatitos para grabar sonidos e imágenes, y luego hacían preguntas por el pueblo. —Torció el gesto con desagrado—. Pero hacía mucho tiempo que no sabía de nadie que volviera a mostrar interés en esa historia.

—No es gente extraña, son parapsicólogos —le aclaró.

—Para la mayoría de la gente, entre la cual me incluyo, viene a ser lo mismo.

Erin asintió. Si intentaba provocarla le iba a salir el tiro por la culata. Los estudiosos de temas paranormales siempre eran denostados y desacreditados por los escépticos y, por ese motivo, Erin había aprendido a guarecerse de los comentarios ofensivos.

—¿Conoces personalmente a alguien que la haya visto? ¿Tu hermana, por ejemplo?

—¿Maddie? No, su interés es exclusivamente histórico, pero puede ser que ella conozca a alguien que diga haberla visto. —Gardner vaciló mientras acariciaba con la yema de los dedos el cuello de la botella de cerveza. Lugo subió la mirada hacia Erin—. Maddie te enseñará la mansión si se lo pido.

Jesse dejó claro que tenía la sartén por el mango y Erin se obligó a refrenar su ilusión y a escucharle con recelo. No se fiaba de él, pero ella era tan transparente que intuyó que Gardner ya sabía que estaba dispuesta a pagar el precio que él le pidiera a cambio de su ayuda. Pero algo le decía que este no iba a ser exclusivamente monetario.

Mientras fingía que reflexionaba, Erin estudió los rasgos fisonómicos de Gardner en busca de pistas. El ángulo marcado de su mandíbula indicaba que era obstinado y tenaz, y las finas arrugas que se le formaban en el ceño revelaban que la suya era una personalidad intensa, como Erin ya había tenido ocasión de comprobar. Sin embargo, sus ojos azules, aunque cristalinos bajo la incidencia anaranjada de la luz, eran inescrutables. Él solo le dejaba ver lo que le interesaba que viera.

Erin concluyó en que Gardner no se estaba inventado esa información.

—¿Has terminado ya con el examen visual?

—Me gano la vida con ello —repuso Erin.

—¿Y he pasado la prueba?

—Eso depende del contexto en el que nos movamos —respondió con seriedad—. Ahora quiero escuchar en qué consiste el trato.

Erin Mathews camuflaba como podía su inmensa expectación, pero su respiración se había visto ligeramente alterada desde que Jesse nombrara a su hermana. La joven sabía jugar sus cartas dada la imposible relación que los unía, y trataba de aparentar que la situación estaba bajo su absoluto control. Pero la delataba su denodado interés en la ridícula leyenda de Beaufort, ese que hacía que sus manos se movieran con nerviosismo sobre su regazo y que sus ojos castaños expresaran incertidumbre en lugar de seguridad. Ella era maleable y Jesse sabía sin necesidad de que ella lo expresara en voz alta que estaba dispuesta a llegar tan lejos como a él se le antojara.

No se había equivocado en sus apreciaciones, sabía que disfrutaría de cada segundo de esa conversación.

—Vas a venir conmigo —le dijo Gardner.

—¿Qué? —Sus ojos se abrieron repletos de asombro.

—Haremos juntos el viaje. Yo también tengo que ir a Beaufort dentro de unos días.

Erin vaciló mientras su mente asimilaba que aquello no era una alternativa.

—¿Por qué tenemos que viajar juntos?

—Porque un amigo me ha hecho una jugarreta, y ahí es precisamente donde tú puedes ayudarme a mí.

Deliberadamente, Gardner se inclinó un poco más hacia

delante, de tal manera, que invadió la burbuja protectora de Erin. Ella pegó la espalda contra el respaldo del asiento y sacó pecho ante su actitud invasiva, y a él le pareció un conejillo asustado. Jesse no entendía cómo una mujer que ocupaba un puesto directivo en un multinacional adolecía de tanta inseguridad. Esperaba encontrar en ella una réplica más agresiva, como la mujer de negocios que se suponía que era, pero Erin Mathews era cándida y se azoró cuando le miró los pechos. La postura impuesta por su asedio le llamó la atención sobre la firmeza de sus senos y Jesse no pudo evitar admirarlos.

Erin se aclaró la garganta para darle a entender que era consciente de su escrutinio, entonces Gardner alzó la vista. Su mirada se volvió tan profunda que Erin creyó que se ahogaría en ella.

—Chad se casa dentro de unos días en Beaufort y tengo que ir a su boda con pareja. —Jesse le contó el bulo que Chad había hecho circular por todo el pueblo y de que su familia también estaba enterada—. Chad es así, le gusta gastar bromas pesadas y se supone que tengo una relación más o menos estable.

La mandíbula de Erin se crispó y parecía que había dejado de respirar. Sus ojos castaños le miraron repletos de estupor e incomprensión.

—Bebe. —Gardner le acercó la cerveza, pero ella la rehusó.

—¿Pretendes que sea yo esa mujer?

—Después de analizar los pros y los contras, sí, lo pretendo —dijo sin más.

—¿Por qué? ¿Por qué yo?

—Acabo de decírtelo. Tú haces algo por mí y yo hago algo por ti.

—Pero hacerme pasar por tu novia… —Movió la cabeza, todavía aturdida por la solicitud—. Eso es ir demasiado lejos, además de ser completamente descabellado. He prometido pagarte dos mil dólares, con eso debería ser suficiente.

—Pero no lo es. Y aquí soy yo quién decide los términos del acuerdo. —Jesse se arrellanó en su taburete y volvió a cederle el espacio que le había robado, hecho que a ella le hizo recuperar cierta serenidad—. O lo tomas o lo dejas.

Su mirada era insolente y sus palabras tan determinantes

que excluían cualquier tipo de negociación al respecto. Gardner expresó su satisfacción al percibir que Erin había entendido esa parte.

—Cualquier chica estaría encantada de hacer ese paripé contigo. —Erin señaló el teléfono que tenía él apuntado en la mano—. Y sin duda alguna la interpretación sería mucho más verosímil que la mía.

—Por eso precisamente te he elegido a ti. No quiero a mi lado a una mujer que se tome su papel demasiado en serio y que mi familia pueda encariñarse o simpatizar con ella. Quiero a mi lado a una mujer fría y altiva, que sepa guardar las distancias. Tú eres perfecta para el papel.

Erin entrelazó los dedos y los apretó con fuerza. Ella no era ninguna de esas cosas que acababa de mencionar, pero dejó que él lo creyera.

—Me sigue pareciendo un auténtico disparate.

—No estás obligada a aceptarlo. —Se encogió de hombros con fingida indiferencia—. Pero te advierto que la gente de Beaufort no va a recibirte con mucho agrado. No les gusta que los parapsicólogos, como tú los llamas, vayan por allí haciendo preguntas sobre fantasmas y casas encantadas. Ya quedaron escarmentados la última vez, y seguro que te cerrarán la puerta en las narices —dijo con tranquilidad, pero retándola con la mirada.

La joven se mordió el interior de la mejilla y meditó en silencio bajo su intenso escrutinio. Dudaba, y a Jesse no le quedó más remedio que presionarla un poco más para ayudarla a decidirse. Así, se levantó de su sitio e hizo ademán de coger su chaqueta, pero la mano de Erin se alzó y lo agarró de la muñeca.

—Espera. Estoy pensándolo.

—No tengo toda la noche. Es tan sencillo como tomarlo o dejarlo.

El aire provocador de Jesse Gardner ocasionó que a Erin le brillaran los ojos en una especie de furor contenido. Apretó los dientes, él la conminaba con la mirada a que respondiera de forma inmediata y ella lo hizo, aunque más desde el reto que él le planteaba que desde el sentido común.

—Está bien. Acepto —dijo, irguiendo la barbilla y mirándolo de forma desafiante—. Pero con una condición.

—Adelante.

—No pienso besarte ni hacer nada de lo que haría en el caso de que fuera tu novia.

Las facciones de Jesse se distendieron hasta que se le formó una sonrisa en los labios.

—No te preocupes por eso. No llevaremos la farsa hasta tales extremos —le prometió con una entonación que a Erin le pareció enigmática—. Nos marchamos pasado mañana. Durante el viaje nos pondremos al día e inventaremos algo que suene creíble.

Erin tenía pensado partir hacia Beuafort en tres días, así que salir uno antes tampoco alteraba mucho sus planes inciales. Entonces se sintió ansiosa y notó que el estómago se le encogía. El bar parecía como si se hiciera más pequeño.

Cuanto más lejos llegaba con ese descabellado plan, más atrapada se sentía en aquella especie de laberinto sin salida. Era como hacer un pacto con el diablo, un diablo muy atractivo del que no se fiaba un pelo. Su forma de comportarse con respecto a sus dos anteriores encuentros era tan distinta que no parecía la misma persona que la había increpado en el embarcadero o en el garaje de su casa. Erin no podía evitar pensar que había intereses ocultos en su propuesta, pero ansiaba tanto investigar aquella leyenda que necesitaba llegar hasta el final.

—¿Te ocupas tú de los billetes de avión?

—No vamos a ir en avión.

—¿Ah, no? ¿Cómo entonces?

—En coche. No viajo en avión a menos que pilote yo.

Erin se pasó reiteradamente el cabello detrás de las orejas y desvió la atención hacia una pareja que se besaba sin tregua en el asiento de al lado. Necesitaba escapar un momento de la presión que ejercía sobre ella la mirada persistente de Gardner, pero contemplar cómo aquellos dos se comían a besos tampoco la ayudaba a centrar sus ideas.

Finalmente, apoyó los codos sobre la mesa y refugió la cara contra las palmas de las manos. En la oscuridad no encontró nada que le sirviera para negociar con él, ni lo encontraría en ninguna otra parte. La solución era sencilla: o aceptaba punto por punto las exigencias de Gardner o no tendría historia que contar.

Cuando Erin descubrió el rostro del cobijo que le ofrecían sus manos, clavó los ojos en los de él, que la miraban reflejando toda esa seguridad en sí mismo que a Erin comenzaba a exasperarla.

Aunque ella no pareciera dispuesta a expresarlo en voz alta, Jesse sabía perfectamente cuál era el motivo principal por el que doña Estiradilla parecía estar al borde del colapso. Ese no era otro que Wayne Matthews. Al viejo decrépito le daría un infarto si llegaba a enterarse del embrollo en el que su querida hija estaba a punto de meterse y con quién. Pero se equivocó, y justo cuando la voz del cantante gritaba al micrófono «ella es una chica peligrosa», Erin Mathews se inclinó hacia él, con los mechones de cabello rizado rozando la mesa, y con la voz seca y tirante le dijo:

—Imagino que no es necesario advertirte de que todo cuanto acabamos de hablar y todo cuanto nos disponemos a hacer debe quedar entre los dos.

—Tranquila. A mí tampoco me conviene que me relacionen contigo —dijo con frialdad—. Te recogeré a las siete de la mañana. Dime dónde tengo que ir.

—¿En qué coche iremos?

—En mi camioneta.

—¿La que había en tu garaje?

—¿Acaso es demasiado vulgar para la señorita?

—No se trata de eso —repuso ofendida—. Es que no creo que ese trasto consiga llevarnos a Carolina del Norte

—Yo tampoco lo creo, pero lo comprobaremos.

—No pienso arriesgarme a quedarme tirada en medio de ninguna parte porque a ti no te dé la gana de subir en un avión. Iremos en mi coche.

—Bien.

—¿Bien? ¿Así de sencillo? —inquirió contrariada.

—Sí. Iremos más cómodos en el tuyo, sin duda.

Jesse abandonó el Franklin Tap una hora después de que lo hiciera ella, y anduvo hacia su camioneta con las manos metidas en los bolsillos de su chaqueta de cuero mientras reflexionaba sobre la conversación mantenida con Erin Mathews, en la suerte que tenía y en lo divertido que podía resultar todo aquello.

La mañana anterior, cuando de forma tan inesperada ella llamó a su puerta, su obcecación le cegó y no le permitió ver que tenía al alcance de la mano el instrumento idóneo para resarcirse del agravio sufrido. Lo comprendió un rato después, mientras descargaba adrenalina contra el saco de boxeo que colgaba del techo de su garaje.

Erin Mathews era ese instrumento, la forma de llegar a Wayne Mathews saltándose a toda su legión de abogados y las salas de los tribunales. Todavía no había pensado en el uso que le daría a esa herramienta como caída del cielo, pero ya se le ocurriría algo, de eso estaba seguro.

Por supuesto, sus planes debían quedar en secreto hasta que se iniciara el proceso de apelación. No podía dejarse ver con un miembro de la parte contraria. Había pensado en ello y no existía ningún problema al respecto, pues Beaufort estaba a cientos de kilómetros de Chicago y allí nadie conocía la relación real que existía entre ambos.

Animado, se subió a la camioneta y enfiló el camino de regreso a casa. Estaba deseando que llegara pasado mañana.

Capítulo 7

Wayne Mathews hablaba por teléfono con actitud airada y Erin estuvo a punto de volverse sobre sus talones para regresar en otro momento más oportuno. Sin embargo, no se movió del umbral de la puerta, donde se había detenido, porque sabía que no encontraría otro momento mejor para hablar con su padre. Él siempre estaba de mal humor salvo cuando se repartían los beneficios de la empresa a finales de año, entonces y solo entonces sonreía de oreja a oreja y organizaba una cena de Navidad. Aunque la alegría tan solo le duraba un par de días; inmediatamente después, regresaba a su estado natural.

Las cejas blancas se le habían unido en el centro y tenía los labios apretados, formando una dura línea recta sobre la superficie de su cara, que parecía esculpida en granito. Alzó los fríos ojos azules hacia ella y Erin cerró la mano fuertemente sobre el picaporte de la puerta y tragó saliva. Estuvo a punto de retroceder, pero Wayne levantó una mano y le dijo que esperara.

Finalizó la conversación con un exabrupto y colgó el teléfono de un golpe, murmurando algo entre dientes que Erin prefirió no escuchar.

—Bastardos —masculló elevando el tono—. Atajo de impresentables y de incompetentes, eso es lo que son. —Wayne Mathews se levantó de su sillón y anduvo con paso recto hacia el mueble bar. De allí cogió una botella de bourbon y vertió un par de dedos en un vaso con hielo. Se dio la vuelta y bebió un trago, con la vista clavada en Erin—. Esto te atañe a ti. De ahora en adelante, vamos a ser mucho más exigentes con los vagos a los que contratamos.

—¿Por qué? ¿Qué es lo que sucede?

—Algunos de los pilotos se están tomando más días de los necesarios para hacer la ruta estipulada. ¿Qué te parece? —rugió—. Aún no sé nombres ni apellidos, pero cuando los sepa los voy a poner de patitas en la calle. Esta gentuza no sabe lo que es trabajar duro. Yo he levantado esta empresa con mis propias manos y no pienso permitir que un puñado de gandules vengan aquí para reírse en mi cara. —Soltó el vaso de bourbon sobre la barra de su mueble bar con tal ímpetu, que arrojó fuera parte de su contenido. Erin dio un respingo y deseó echar a correr—. Nos reuniremos en un par de días, cuando tenga la lista con los nombres y apellidos. Quiero que seas dura cuando te reúnas con ellos para entregarles la carta de despido, yo mismo estaré presente.

Wayne volvió a su asiento con el vaso de whisky y le dijo a Erin que pasara.

—¿Querías decirme algo?

Sí, quería decirle que solo había pasado a saludarle y que ya se iba porque, de todos los momentos que tenía un día, había escogido el peor para decirle que se marchaba unos días de vacaciones. Se le formó un nudo enorme en el estómago y el miedo a enfrentarse con su padre la paralizó de pies y manos. Intentó pensar en lo que siempre le repetía Alice cuando tenía que hablar de algún tema serio con su padre: «No le temas, Erin, eres una mujer adulta, él no va a hacer que te sientes sobre sus rodillas para darte una azotaina. Lo peor que puede pasarte es que te despida, aunque, pensándolo fríamente, eso sería una bendición».

Erin lo repitió mentalmente dos, tres y hasta cuatro veces seguidas.

—No podré ocuparme de ese asunto.

—¿Cómo dices? ¿Por qué no?

Erin entró en el despacho y cerró la puerta tras de sí. Se quedó donde estaba porque le temblaban las rodillas y no quería que Wayne se percatara de lo nerviosa que estaba.

—Porque no estaré aquí.

—¿Y dónde estarás?

—Fuera de Chicago, voy a cogerme unos días de vacaciones. —Erin apretó los dientes, preparándose para la tormenta que se iba a desencadenar allí dentro.

—¿De vacaciones? Supongo que estarás bromeando —le espetó, esperando que ella reconociera el chiste.

—No bromeo, va en serio. —Entrelazó las manos por delante y apretó los dedos—. Bonnie y su marido me han invitado a pasar unos días en su casa de Carpenter Falls y he aceptado.

—Pues tendrás que desbaratar tus planes. No es momento de vacaciones con todo el trabajo que tenemos por delante. Ya las tomarás en verano, cuando todo el mundo. ¿Para eso has venido?

Erin expulsó el aire lentamente.

—Voy a ir con Bonnie y David, papá. Ya lo he hablado con ellos y cuentan conmigo. No voy a modificar mis planes.

Erin percibió el asombro que embistió a su padre. Wayne Mathews no estaba acostumbrado a que nadie le llevara la contraria, y mucho menos ella, que siempre acataba sus órdenes sin cuestionarlas.

Wayne entrecerró los ojos y la miró con una crudeza atroz.

—Esto es cosa de Alice, ¿verdad?

—¿De Alice? ¿A qué te refieres?

—Quiere que te enfrentes a mí, ¿no es así? Debería haberlo previsto cuando supe que Alice regresaba a Chicago. Te advierto que adoptar una actitud de protesta no va a servirte de nada y también puedes decírselo a ella. Aquí soy yo quien da las órdenes y así seguirá siendo mientras me quede vida.

—Papá, esto no tiene nada que ver con Alice —dijo con serenidad, para no sulfurarle más de lo que ya estaba—. Y no se trata de lo que tú dices. Yo no tengo ninguna intención de volverme reivindicativa. Solo pido lo que es justo y lo que me pertenece.

—Aquí soy yo quien decide lo que es justo y lo que no. Y te digo que no puedes tomarte esos días ahora, cuando tienes trabajo importante que hacer y que no puede demorarse.

Su padre se estaba poniendo rojo de ira pero, muy al contrario de lo que Erin había esperado, cuanto más crecía su cólera, más se plantaba ella en su sitio.

—Soy responsable con mi trabajo y, previendo que haría este viaje, he cerrado todo cuanto tenía pendiente. No tengo temas retrasados y tampoco he dejado nada por resolver salvo los despidos que tienes planeados para pasado mañana y de los que tú mismo puedes ocuparte. —Los ojos de su padre se abrieron desmesuradamente dando la impresión de que se le iban a salir de las órbitas. No esperaba encontrar en ella una resistencia tan firme—. Voy a tomarme esos días porque trabajo duro y porque me los merezco. Quería contar con tu consentimiento porque no quiero estar peleada ni enfadada contigo, ni quiero que tú lo estés conmigo, pero cuente o no con él, me marcharé de todas formas.

A pesar de que les separaba una distancia de varios metros, pues Erin se había quedado junto a la puerta, pudo ver con total claridad la vena que palpitaba en la frente de su padre, señal inequívoca de que estaba a punto de soltar un puñetazo sobre la mesa y ponerse a lanzar imprecaciones.

—No puedo creer que todos estos años enseñándote de cerca el negocio no hayan servido para que te impliques en él al cien por cien. Es vergonzoso que rehuyas tus obligaciones para darte un absurdo carpricho —bramó, con las aletas de la nariz ensanchadas y la mandíbula tan tensa, que parecía que fuera a rompérsele—. Esta no es la actitud que espero de mi primogénita.

Erin iba a decirle que tampoco era la actitud que ella esperaba de él, pero se mordió la lengua.

—Siento si te he defraudado, pero desde mi punto de vista, no tienes motivo alguno para sentirte así. Si quieres, lo hablamos cuando regrese, cuando ambos estemos más tranquilos.

No quería permanecer allí ni un segundo más, no podía soportar ver en los ojos de su padre tanta decepción y tanta ira a punto de explotar. Se dirigió a la puerta con las piernas temblorosas y el pulso acelerado, pero los gritos de su padre la hicieron parar en seco.

—¡Por supuesto que hablaremos! ¡No te quepa la menor duda! —la increpó a sus espaldas—. Tu conducta es intolerable y no pienso permitir que se me hable así en mi empresa. ¡Ni mi propia hija, ni nadie!

—Lo… lo siento, papá. —Erin abrió la puerta de un tirón y huyó al exterior.

De camino a su despacho, mientras cruzaba el área de los

administrativos y secretarias, el corazón le golpeaba tan fuerte contra las costillas que no oía nada de lo que se hablaba a su alrededor. Recorrió el espacio a toda prisa, para ponerse a salvo del aluvión de emociones que le bombardeaban el cerebro.

Erin bloqueó la puerta de su despacho y corrió hacia su silla para hacerle frente al inminente ataque de ansiedad que se avecinaba.

«Vamos, Erin, contrólate.»

Lo intentó con todas sus fuerzas, trató de aferrarse una vez más a las palabras que siempre le decía Alice, pero esta vez no sirvieron de nada porque aquello había sido peor que recibir una azotaina. Alice era Alice, estaba inmunizada contra cualquier confrontación personal con su padre porque hacía muchos años que se había encargado de destruir cualquier lazo emocional que la vinculara a él. Pero ella era diferente, Erin le quería con toda su alma y tenía una necesidad que rayaba lo obsesivo por no defraudarle, por ser la hija perfecta para él.

Pero nunca lo sería, por mucho que se esforzara y empeñara su vida entera en complacerle, jamás estaría a la altura de sus exigencias.

¿Por qué no podía acceder a su interior? ¿Por qué le costaba tanto penetrar en esa fría y dura coraza suya para remover un poco sus sentimientos? Erin se negaba a acariciar la posibilidad de que careciera de ellos, necesitaba creer que existía un camino para llegar a su padre, aunque todavía no hubiera hallado la manera de encontrarlo.

Erin se dejó caer sobre la silla y echó la cabeza hacia atrás. Cerró los ojos, porque todos los objetos que había a su alrededor parecían girar, y luego se ocupó de recuperar la calma haciendo unas inspiraciones profundas.

Discutir tan violentamente con su padre fue mucho peor de lo que esperaba, pero, aunque todavía temblaba como una hoja, no se arrepentía de haber defendido sus intereses con uñas y dientes.

A Erin le gustaba el contacto físico, tanto para expresar las alegrías como las tristezas, por eso, cuando Alice llegó a su casa pasadas las ocho de la tarde, abrió los brazos y la acogió entre ellos amorosamente. Por fortuna, Erin no estaba tan hundida como por la mañana, cuando la llamó al móvil justo después de su bronca monumental con el señor Dictador Mathews, y le contó lo sucedido con dificultad, pues todavía tenía los nervios a flor de piel.

Alice había estado fuera de las oficinas todo el día por motivos laborales, pero le faltó muy poco para dejar colgados a los abogados de J & J Publicity y acudir al rescate de su hermana. Erin le pidió que no lo hiciera porque no quería más enfrentamientos familiares, y menos todavía si estaban originados por su causa. A Alice la sangre le hirvió en las venas y el estómago se le contrajo de impotencia, pero respetó a Erin y no abandonó su reunión, aunque no le prometió que fuera a morderse la lengua cuando volviera a las oficinas y tuviera que mirar a su padre a la cara.

Lo detestaba. Era doloroso tener ese sentimiento hacia su propio padre, pero hacía mucho tiempo que Alice había asumido que solo unos genes la ligaban a él. Nada más.

—¿Cómo estás? —Alice le frotó la espalda.

—Ahora estoy bien. —La hizo pasar y cerró la puerta—. Perdona por haberte llamado en ese estado, no quería preocuparte.

—No digas tonterías, has hecho lo correcto.

—Es que no quiero que por mi culpa te enemistes más con papá, pero estaba tan nerviosa esta mañana que no sabía qué hacer.

—Estate tranquila. Hace ocho años que mi enemistad con él alcanzó el nivel más alto. Tú no puedes hacer nada por empeorarlo —le aseguró—. Lo que no pienso tolerar es que vuelva a hablarte como lo ha hecho hoy. ¿Quién se cree que es para despreciar e insultar a todo aquel que no cumple a rajatabla sus órdenes dictatoriales y arcaicas?

Alice estaba profundamente indignada y Erin apretó suavemente su brazo para pedirle que se tranquilizara. No deseaba por nada del mundo hacer que Alice reviviera su propio tormento.

—Ya está, cariño. No vale la pena alterarse por esto —le dijo con la voz serena—. ¿Me ayudas con el equipaje?

Entraron en su dormitorio, donde había un par de maletas a medio hacer sobre la cama. Las puertas de los armarios estaban abiertas de par en par y había cajas de zapatos apiladas en el suelo formando una torre. Sobre una mesa de escritorio ya estaba listo el ordenador portátil y el maletín con todos los artilugios con los que trabajaba en sus leyendas.

Erin recuperó una chaqueta de color blanco y procedió a doblarla.

—En ese armario guardo los vestidos de fiesta. A ver si encuentras alguno que te guste para la boda, yo estoy algo indecisa.

Alice envidiaba el carácter equilibrado de Erin y la facilidad que tenía para adueñarse de las situaciones críticas y someterlas a un proceso de análisis bajo la acción directa de esa increíble templanza que poseía. Podría parecer que era conformismo, o que Erin no tenía carácter y por eso vivía bajo el yugo de su padre, pero no era así. Sencillamente, Erin creía en la condición humana y pensaba que podía llegar a las cualidades y virtudes de las personas —por muy ocultas que estas estuvieran— manteniendo siempre una conducta asertiva. Alice no compartía la teoría de que todo el mundo fuera noble por naturaleza, para ella existía gente rastrera y miserable sin la mínima conciencia. Como su padre, por ejemplo.

De todas formas, y conociendo a su hermana como la conocía, Alice debía de haberse perdido algún capítulo de las últimas horas de la vida de Erin porque, si bien era asertiva y juiciosa, también era extremadamente emotiva y sensible, y no parecía muy afectada por las nauseabundas palabras que le había dedicado su padre. Sospechaba que había algo más que Erin no le había dicho todavía y que, probablemente, esa cosa era la causante de que sus ojos tuvieran un brillo especial.

Alice cogió el vestido rojo de Valentino que su padre le regaló a Erin hacía unos años, cuando cumplió treinta, y se lo enseñó como si hubiera hallado la solución a todos sus problemas. Erin hizo un gesto negativo con la cabeza y Alice volvió a dejarlo en su sitio a regañadientes. Era un maravilloso diseño y Erin estaba preciosa con él, pero alegó que tenía demasiado escote y que quería algo mucho más discreto para esa boda a la que iba a asistir en Carolina del Norte.

—Échale un vistazo al de Ralph Lauren, el de color platea-do. —Erin señaló el área del armario donde se encontraba colgado para que Alice lo localizara.

—Es elegante pero muy serio. —Alice lo tomó de la percha y lo estudió detenidamente.

—A mí me parece el vestido perfecto para la ocasión. Beaufort en un pueblo humilde y no quiero desentonar ni llamar la atención. Esa boda es simplemente algo anecdótico.

Alice lo dejó sobre la cama, junto a la maleta abierta que Erin iba llenando con la ropa más informal que tenía y que era la que normalmente usaba fuera de las oficinas. Después se sentó sobre la cama y estudió la expresión de Erin, a la espera de conocer qué era exactamente lo que estaba sintiendo por dentro. Erin se dio cuenta de ello y retomó el tema. Alice necesitaba que la convenciera de que estaba bien.

—Lo que más me ha dolido de la discusión con papá no es que me haya acusado de no haberme esforzado lo suficiente por la empresa cuando él sabe que me he dejado la piel. Al fin y al cabo, ese es el mismo argumento que esgrime hacia todo aquel que se rebela contra él, por lo que no se lo voy a tener en cuenta. —Hizo una mueca de resignación—. Tampoco estoy excesivamente preocupada por las represalias, que sé que las habrá en cuanto regrese a Chicago. Esta tarde me he cruzado con él un par de veces por los pasillos y me ha retirado la mirada. Creo que ya debe de estar maquinando una reunión con sus abogados para rehacer su testamento con el propósito de desheredarme —agregó con una nota de humor mientras se debatía entre elegir unas botas altas de color negro u otras un poco más bajas de color marrón.

—Si se le ocurre hacer tal cosa me solidarizaré contigo y renunciaré a mi parte —bromeó Alice, segura de que su padre jamás llegaría tan lejos.

—Aunque si se entera de que no voy de viaje a Carpenter Falls con Bonnie y David, sino a Carolina del Norte con Jesse Gardner porque trabajo en una revista sobre fenómenos paranormales, no hará falta que me desherede, porque me matará directamente. —Arrojó las botas negras en el interior de la maleta y abrió el cajón de la ropa interior.

—Eso no sucederá. No tiene por qué saberlo —dijo Alice—.

Si encajas sus críticas y no le tienes miedo a las represalias, ¿qué es entonces lo que más te preocupa?

—El sentimiento de frustración que me invade cada vez que hablo con él. Eso es lo peor —dijo sin vacilar—. Me esfuerzo denodadamente por arañar alguna de sus fibras, pero sus sentimientos deben de estar hechos de acero, porque no consigo llegar a ellos. —Alice percibió que los ojos de Erin se empañaban.

—Erin, te he oído decir en cientos de ocasiones que Wayne Mathews es como es y que nada ni nadie va a hacerle cambiar.

—Lo sé, y creía que lo tenía asumido —asintió, mientras sus dedos acariciaban un bonito conjunto de lencería de color azul pálido—. Pero supongo que todavía albergo la esperanza de que algún día nos demuestre con algo más que con caros regalos —señaló el vestido de Valentino que colgaba del armario— que realmente nos quiere.

Erin calló y apretó los dientes. No quería echarse a llorar en ese momento.

—Lamento que te sientas así. Supongo que, después de todo, es más fácil odiarle que quererle. —Erin asintió y Alice llegó a la conclusión de que su hermana no quería continuar hablando de aquello—. ¿Tienes algo más que contarme?

Erin la miró a los ojos un tanto sorprendida.

—¿Es una pregunta meramente retórica o…?

—No tiene nada de retórica. Cuando me has abierto la puerta me ha dado la sensación de que te ha sucedido algo bueno esta tarde.

«Asúmelo, Erin, eres completamente transparente», se dijo.

A Erin se le formó una leve sonrisa en los labios.

—Neil me ha invitado a pasar el fin de semana en una cabaña cerca de Traverse. Me ha dicho que quiere conocerme mejor.

Hacía un par de horas, cuando ya estaba algo más tranquila y era capaz de valorar la situación desde fuera, Neil Parrish dio unos golpecitos en la puerta de su despacho y apareció alto e imponente, vestido con un caro traje de Armani azul oscuro que le sentaba como si se lo hubieran hecho a medida.

Fue verle y olvidarse de todos sus problemas. Él tenía un efecto sedante muy potente sobre ella, pues lo único que tenía sentido cuando estaba a su lado era su antiguo deseo por estrechar lazos con Neil. A Erin le gustaba más que nunca, más que cuando era adolescente y lo consideraba una especie de amor platónico, y también le gustaba más que cuando lo veía dos veces al año con su mujer agarrada de su brazo. Y creía que ella también le gustaba a él.

Esa mañana cuando corrían por Grant Park, Neil había coqueteado con ella de un modo directo. Le había dicho que ojalá su padre la hubiera enviado a ella a Londres en lugar de a Alice:

—Tu hermana me cae bien, pero no me interesa más allá del trabajo. Tú y yo hubiéramos hecho mejor equipo en todos los sentidos.

Ese «en todos los sentidos» le había quitado el sentido literalmente, y se quedó muda durante unos instantes. Luego tuvo el acierto de elevar la cabeza hacia él y de decirle entre jadeos:

—Yo también lo creo.

Y por la tarde él acudió a su despacho, desplegando esa sonrisa encantadora que se alejaba de cualquier asunto que tuviera que ver con los negocios.

—¿Trabajando hasta tan tarde? Creí que ya te habrías marchado a casa —comentó Neil.

—Tenía unos asuntos urgentes que atender, pero estaba a punto de irme.

Sus ojos castaños la miraron sonrientes y a ella se le alegró el corazón.

—¿Qué tal tus agujetas?

—Mucho mejor, gracias. El primer día no podía ni moverme pero hoy me encuentro muy bien. Incluso puedo caminar con tacones. —Sonrió.

Había llegado el momento de decirle que se marchaba de viaje. Por la mañana no había tenido ocasión de hacerlo porque estaba demasiado nerviosa pensando en la forma de afrontar a su padre, pero ya no podía demorarlo más. Como no podía ir contando por ahí versiones diferentes de su pequeña escapada, tendría que mentirle también a él precisamente ahora que sus vidas convergían y se estaban conociendo más íntimamente. Odiaba tener que hacerlo, pero no existía otra alternativa. Más adelante se lo explicaría.

Neil cruzó su despacho y Erin lo observó dirigirse hacia el dispensador de agua mineral. Llenó un vaso y bebió un trago largo hasta apurar el contenido. Después lo arrojó a la papelera y Erin observó sus labios húmedos antes de que él recogiera las gotas con la punta de la lengua.

—No sabía que fueras una mujer tan tenaz y decidida. Me pregunto cuántas más facetas tuyas desconozco.

«Algunas te dejarían de piedra», pensó Erin.

Se preguntó si también le agradaría saber que era capaz de pasarse la noche entera en las profundidades de un bosque y sin más compañía que un búho espeluznante, con el fin de obtener pruebas sobre la existencia de fantasmas. Neil parecía un hombre de mente abierta, pero no podía imaginar su reacción. De cualquier forma, se lo diría muy pronto.

—Espero que muchas. Apenas nos hemos visto en los últimos ocho años y han cambiado muchas cosas desde entonces.

Erin agarró lo primero que encontró sobre la mesa, un bolígrafo con una especie de borla pomposa enganchada a la parte superior, porque necesitaba tener las manos ocupadas con algo.

—Estoy deseando descubrirlas. —Erin detectó un nuevo brillo en su mirada—. Me pregunto si te apetecería venir conmigo y unos amigos a pasar el fin de semana en una cabaña que hay cerca del lago, en la zona de Traverse.

Erin estaba segura de que en ese instante se le detuvo el corazón. El lápiz se le cayó de las manos y sus ojos se abrieron expresando sin disimulo su sorpresa.

—¿Te…. te refieres a este fin de semana? —Tanteó con los dedos sobre la mesa y recuperó el lápiz. Los ojos los tenía clavados en él.

—Sé que es algo precipitado, pero acaban de decírmelo. Me haría especial ilusión que me acompañaras.

El destino era cruel, muy cruel. ¿Cuántas veces a lo largo de esos quince años Erin había imaginado que esas palabras surgían de sus labios? Demasiadas como para recordarlas, pero las suficientes como para convertirse en una especie de obsesión. Y ahora, cuando por fin sus deseos se cumplían, ella no podía decirle que sí. Habría desbaratado cualquier plan por importante que fuese, con tal de ir con él a esa cabaña, pero no podía desorganizar lo que ya había acordado. Ya era demasiado tarde para cancelarlo todo y tampoco estaba segura de querer hacerlo de haber tenido la oportunidad.

Pesarosa, deseó darse cabezazos contra la mesa.

—Me encantaría ir contigo pero… no puedo. Me marcho con una amiga y su marido a Carpenter Falls. De haber sabido que tú querías que yo… fuera contigo, no habría hecho otros planes.

—¿A Carpenter Falls, Nueva York?

—Sí. Allí tienen una casa. —Su pesar iba en aumento porque además se veía obligada a mentirle—. No esperaba que me lo propusieras.

—Sinceramente, yo tampoco. —Una sonrisa perezosa perfiló sus labios, aunque en sus ojos castaños asomaba un atisbo de decepción—. Algo ha sucedido en los últimos días, desde que corremos juntos. Me he dado cuenta de que no te conocía, de que tenía una imagen de ti que no se adecuaba a la realidad. —Puso sus grandes y elegantes manos sobre el respaldo de la silla que Erin tenía enfrente—. Es ahora cuando realmente empiezo a conocerte y he descubierto que me gusta estar a tu lado. Quiero conocerte mejor.

Erin tragó saliva, y el movimiento de su garganta fue la única señal de que seguía con vida. La felicidad más estrepitosa asoló su cuerpo, como si dentro de sí misma estallaran fuegos artificiales. Quería levantarse de la silla, quería reír y saltar, y quería echarle los brazos al cuello y besarle. Dios, ¡cómo deseaba besarle! Por supuesto, no lo hizo. Erin era muy consecuente consigo misma y una reacción tan desmesurada habría segado de raíz el interés que, por fin, había despertado en Neil.

Adoptó una postura prudente y permaneció en su sitio, aunque le regaló una sonrisa para dejarle ver que sus palabras la habían encandilado.

—A mí también me gusta estar a tu lado —le confesó—. Y por supuesto, también quiero conocerte mejor.

—Aunque no podrá ser este fin de semana —dijo él con tono de frustración.

—Pero habrá otros, ¿verdad?

—Ya lo creo que sí. —Neil la miró a los labios y el corazón de Erin se puso a aletear de emoción.

No iba a besarla ni allí ni en ese momento, pero ahora tenía la certeza de que lo haría y pronto. Muy pronto.

—Vaya, Neil no ha tardado mucho en desempolvar sus armas de seducción.

Erin regresó a la realidad, topándose con la mirada recelosa de Alice.

—No te imaginas lo que me ha fastidiado que su invitación coincidiera con este viaje. De haberse tratado de cualquier otra cosa lo habría mandado todo al diablo y me habría ido con él. —Suspiró—. Aunque no es tan calamitoso. Lo más importante es que le gusto y que a partir de ahora tendremos muchas ocasiones de estar juntos. —Alice también era transparente, y ahora parecía como si tuviera calambres en el estómago—. No quiero comentarios jocosos, ni advertencias ni sermones —dijo.

Alice alzó las palmas de las manos.

—De acuerdo —dijo con tono cariñoso.

Alice se levantó de la cama y encendió la luz del dormitorio. Erin estaba tan enfrascada en su tarea y tan sumida en sus pensamientos que trasteaba por la habitación casi a oscuras.

A Erin le apasionaban las historias que provenían del lado oscuro, pero no había nada de tenebroso en ella ni en su gusto por la decoración. Su dormitorio era blanco y luminoso, y los toques de color se hallaban en la colcha de florecillas azules, en la alfombra del mismo color, y en los dos cuadros que decoraban las paredes.

Alice los había pintado durante su estancia en Londres y eran dos de sus mejores creaciones, por eso había decidido regalárselos a Erin. El que había colgado sobre el mueble aparador era un hermoso retrato de ambas, que recreaba la imagen de una vieja fotografía que Carol Mathews tomó hacía nueve años, poco antes de que Alice se marchara a Nueva York para hacer las prácticas en el bufete de abogados de un amigo de su padre.

Estaban sentadas en el balancín que había en el porche de la casa de campo de sus padres, con las manos unidas y los rostros sonrientes, compartiendo alguna confidencia y ajenas a la intrusión de la cámara de su madre. Nunca disfrutaron del amor de Wayne y de Carol, pero siempre se tuvieron la una a la otra, y eso era más de lo que mucha gente tenía.

Alice se había llevado la fotografía a su destierro en Londres, y allí le compró un bonito marco de plata y la colocó sobre la mesilla de noche de su apartamento. Esa imagen y lo que representaba se convirtió en la única razón por la que continuó luchando para que sus días sin Jake fueran soportables. Le infundía calor y consuelo en una época en la que solo sentía frío y una profunda y amarga soledad.

A su debido momento, tomó un lienzo en blanco y la pintó. Durante aquel largo periodo de su vida, Alice solo hallaba un efímero consuelo a su desdicha cuando se rodeaba de lienzos, pinceles y colores y, por ello, los trazos siempre eran enérgicos y precisos, vivos y brillantes, ajenos a la oscuridad en la que habitaba su alma.

Un poco abrumada por los recuerdos que se desprendían de esa imagen, Alice desvió la mirada hacia el otro cuadro. Este retrataba un bello paisaje otoñal en el que un angosto sendero discurría entre árboles frondosos que ya acusaban la caída de la hoja. Al fondo, se bifurcaba en dos direcciones opuestas y ese detalle era el que más gustaba a Erin, que siempre decía que la vida no era más que un camino repleto de disyuntivas y elecciones en el que algunas veces elegíamos bien y otras no.

—Son dos cuadros preciosos. —Esta vez fue Erin quien la devolvió al presente—. ¿Has pintado algo nuevo desde que regresaste a Chicago?

—Todavía no he tenido tiempo, pero me rondan algunas ideas interesantes. Ayer recogí todos los cuadros que almacené en el trastero de Burnside, alquilé un camión de mudanzas y me los llevé a casa.

Antes de marcharse a Londres, Alice había embalado todos sus cuadros, alquiló un trastero y los almacenó allí para que nadie pudiera tocarlos en su ausencia. Desconfiaba sobre todo de Wayne Mathews, al que consideraba capaz de destruirlos porque siempre temió que ella renunciara a la abogacía para dedicarse a «esa estupidez de la pintura», según palabras textuales.

Y no iba desencaminado, porque Alice jamás quiso estudiar Derecho y, menos todavía, ejercer la profesión.

—¿Cuándo vas a empezar a moverlos por las galerías de arte?

Erin tenía una fe ciega en las cualidades de Alice como artista. Su hermana tenía un don muy valioso, pintaba con el alma y con el corazón, y las pocas personas que habían tenido el privilegio de admirar sus creaciones habían quedado muy impresionadas. Erin sabía que podía ganarse la vida con ello, aunque eso implicara renunciar a su trabajo y a su padre.

—Pronto —dijo escuetamente. No le gustaba hablar de ese tema. Le tenía pánico al fracaso y a una vida entera dedicada a lo que ahora hacía. Por eso prefería mantener en secreto sus pequeños progresos hasta que no se convirtieran en algo real—. ¿Qué tal es Jesse Gardner?

Con el nuevo giro de la conversación, Alice se mostró mucho más animada. Erin, por el contrario, emitió un suspiro bastante significativo.

—Es un hombre muy peculiar, un tanto desconcertante e impredecible. —De manera muy concisa, Erin ya la había puesto al corriente del trato que había hecho con Gardner, aunque omitió decirle que él se había ofrecido a ayudarla previo pago—. Como es lógico, le tiene un profundo odio a papá y, aunque perdió el juicio por falta de pruebas, mantiene que en la compañía se llevan a cabo operaciones clandestinas y no tiene ningún pudor en admitir que yo también tengo conocimiento de ello y lo consiento y oculto. —Movió la cabeza y sonrió para liberar su frustración—. Va a resultar una experiencia muy interesante.

—Me preocupa que quiera hacerte daño de alguna manera como venganza personal hacia el señor Dictador Mathews.

Erin negó con la cabeza.

—Aunque está lleno de odio es un hombre honrado y me ha dado su palabra de que esto no saldrá de nosotros dos. Estate tranquila, sé cómo manejarlo.

Alice puso en duda esa afirmación. Erin no era capaz de manipular a nadie ni aunque recibiera un curso intensivo.

Erin le encomendó la tarea de escoger unos zapatos de tacón que combinaran con el vestido plateado de Ralph Lauren y Alice se puso en ello.

—He oído los rumores que circulan por la oficina sobre Jesse Gardner —comentó Alice, abriendo y cerrando las cajas de cartón que formaban una torre y que contenían los zapatos que Erin utilizaba en muy raras ocasiones—. ¿Es tan atractivo como dicen? Lo he visto en fotografías, pero supongo que gana mucho más al natural.

Erin vaciló.

—Sí, es muy atractivo.

«Y tiene un cuerpo de infarto.»

—Y por lo visto, a todas las deja muy satisfechas en la cama —la pinchó Alice—. Se lo escuché decir a Joyce Harrison hace unos días. Joyce es la secretaria del director técnico del departamento de calidad.

—Sé quién es y me importa un pimiento si Gardner es o no bueno en la cama.

Interesante, Erin se ponía a la defensiva.

Alice esbozó una sonrisa irónica al tiempo que hallaba los zapatos plateados perfectos para el vestido. Luego continuó pinchándola.

—Se supone que vas a ser su novia durante los próximos días. No está de más que estés al corriente de sus artes amatorias, ¿no crees?

—¿Te estás quedando conmigo? —Erin alzó la cabeza y se encontró con la sonrisa pícara de su hermana. Sí, se estaba divirtiendo a su costa, pero tendrían que pasar mil años antes de que Erin pudiera enfadarse con ella. Le hacía tan feliz que estuviera a su lado que podría perdonarle cualquier cosa. Sonrió por primera vez desde que Neil la invitara a acompañarle en aquella tentadora escapadita a la que había tenido que renunciar—. Lo hemos dejado todo muy claro. Yo temía que nos viéramos obligados a… tener alguna especie de contacto físico cuando estuviéramos en público, ya sabes, para darle mayor realismo a nuestra supuesta relación amorosa. —Hizo una mueca graciosa—. Pero Gardner me ha prometido que eso no será necesario.

—Pues es una pena.

Erin arqueó las cejas.

—Olvidaba que Jesse Gardner es tu tipo de hombre.

—También he oído decir que ninguna mujer escapa a su

influjo de macho seductor. ¿De verdad crees que estarás a salvo de él?

—Claro que sí —contestó con rotundidad—. Dijo que no me pondría un dedo encima ni aunque fuera la última mujer sobre la faz de la Tierra.

Erin dobló un par de camisetas más, tomó los zapatos de tacón que le tendió Alice y dio por concluida su labor.

—¿Y él está a salvo de ti? —preguntó Alice con entonación traviesa.

Capítulo 8

*E*rin despertó de un sueño inquieto cuando todavía no había amanecido. La oscuridad se cernía a su alrededor y, bajo el denso aturdimiento del sueño, sus oídos captaron el sonido de la lluvia. Le gustaba escuchar el clamor que producía sobre las calles y el repiqueteo sobre los cristales de las ventanas y el tejado del edificio. Le gustaba desperezarse entre las sábanas cálidas y permanecer arrebujada y somnolienta mientras se hacía la hora de levantarse. Pero su cálido bienestar duró tan solo unos segundos, el tiempo que tardó en despejarse por completo y tomar conciencia de que le aguardaba un largo viaje. No le gustaba conducir trayectos largos cuando llovía, pero eso no era lo peor. El nudo de ansiedad que tenía en el estómago y que no toleraría más desayuno que un simple café se lo provocaba aquella comedia que se veía obligada a interpretar.

Se puso más nerviosa al pensarlo y Erin lanzó lejos las sábanas. Se puso en pie inmediatamente y corrió a la ducha. Todavía faltaba hora y media para encontrarse con él, pero no podía quedarse en la cama de brazos cruzados mientras era pasto de la ansiedad.

Cuarenta minutos después ya estaba lista y con las maletas preparadas en la entrada. No sabía qué hacer con el tiempo que le sobraba, así que se puso a barrer el suelo de la cocina y a sacudir las alfombras del salón. Apuró tanto el tiempo que cuando quiso darse cuenta eran las siete de la mañana, por lo que tuvo que acelerar de camino a Bronzeville. Llegó sin aliento pasadas las siete y cuarto, pero la carrera por llegar a la casa de Gardner fue completamente inútil, porque él no la estaba esperando en la puerta tal y como habían acordado. Su impuntualidad la puso de malhumor, aunque no se atrevería a echárselo en cara porque tampoco ella podía vanagloriarse de haber llegado a su hora.

Con una pequeña bolsa de viaje cargada al hombro, Gardner abandonó su casa cuando Erin tenía la palma de la mano apoyada contra el claxon de su coche. Un segundo más y se habría puesto a lanzar bocinazos sin importarle que pudiera despertar a los vecinos más dormilones. Pero Gardner parecía tener el don de la oportunidad y salió a su encuentro antes de que Erin pudiera desahogarse de alguna manera.

Ahora llovía a cántaros, pero Gardner no tenía ningún problema porque no se apresuró en ponerse a cubierto. Erin le hizo un gesto con la mano para que dejara su escaso equipaje en el maletero del coche. A través del espejo retrovisor interno, Erin le vio hacer una mueca nada más reparar en sus voluminosas maletas.

Él tenía un aspecto fresco y atractivo a pesar de que había olvidado pasarse la cuchilla de afeitar por las mejillas y el peine por el pelo. Pero Gardner no opinaba lo mismo de ella a juzgar por su comentario malintencionado que hizo nada más subirse al coche.

—¿No has dormido bien esta noche? —Se sacudió las gotas de lluvia de su cazadora de piel.

Ella lo miró sin contestarle y movió la cabeza.

—Todavía no puedo creer que esté haciendo esto. —Arrancó el motor y puso en marcha el limpiaparabrisas—. Mi humor está tan negro como el día.

—Mejorará a medida que nos acerquemos al sur. —Gardner inspeccionó el interior del vehículo con rapidez y detuvo la mirada en el GPS que llevaba incorporado en el salpicadero. Le dio unos golpecitos con los dedos—. Nunca he viajado con un cacharro de estos, prefiero los mapas de carretera.

—Parece mentira que un piloto diga eso —comentó Erin.

—Bueno, soy un romántico y me gustan las cosas a la vieja usanza.

Erin arqueó las cejas pero no dijo nada. Se concentró en incorporarse a la circulación y en seguir las indicaciones de su GPS para llegar a la primera entrada a la autopista.

—Tienes un buen coche, nunca te habría imaginado en posesión de un Jeep Patriot.

—Bueno, este es el coche que utilizo para mis escapadas fantasmagóricas —dijo con aire siniestro y burlón—. Por la ciudad me desplazo con mi Mercedes descapotable.

Jesse supo que bromeaba sin necesidad de mirarla a la cara.

—Creía que para esas escapadas utilizabas una escoba.

—He tenido que dejarla en el armario porque no permite llevar a más de un pasajero.

Erin se mordió los labios porque le afloró un golpe de risa. Gardner, por el contrario, no se reprimió y soltó una carcajada que agradó los oídos de Erin. Su timbre de voz, fuerte y masculino, tenía algo magnético. Eso se le había olvidado comentárselo a Alice.

Gardner se quitó la cazadora de piel y la arrojó al asiento trasero. Debajo llevaba un jersey de algodón fino, pero la calefacción estaba encendida y también se despojó de él, quedando en camiseta interior. No hacía frío, aunque sí aire y humedad a consecuencia de la lluvia, pero Erin estaba destemplada y tenía las manos frías y entumecidas. Supuso que se debía a la falta de sueño y a los nervios.

—¿Alguna vez has hecho este viaje en coche? —le preguntó Erin.

—No. Hace cinco años que no voy a Beaufort.

—¿Ah, no?

—No.

—¿Por qué no?

Jesse observó su perfil casi oculto entre los largos mechones de cabello castaño y reparó en que Erin Mathews era una mujer a la que le gustaba indagar en los asuntos personales de la gente. Claro, era psicóloga y cotilla por naturaleza, pero daba la casualidad de que a él no le gustaba dar explicaciones de ningún tipo, y menos todavía dárselas a ella.

—Eso es algo que no necesitas saber.

Erin accedió a la I-90 y se incorporó al denso tráfico de los que abandonaban la ciudad para ir a trabajar a las afueras. La circulación era lenta y caótica como consecuencia de la fuerte lluvia que teñía de gris todo el paisaje que le alcanzaba la vista. El embotellamiento se disolvería en cuanto tomaran el primer desvío hacia Indiana, mientras tanto, las circunstancias los obligaban a circular a una marcha muy reducida.

—Cuando acepté hacer este viaje en coche no tenía ni idea de que tardaríamos más de diez horas en llegar a Beaufort. Si todo sale bien, no estaremos allí antes de las siete de esta tarde —dijo en tono crítico.

—No te preocupes por eso. Nos turnaremos cada dos o tres horas.

Erin suponía que podía cederle el volante de su coche con plena confianza. Él era piloto de aviones y hasta podía manejar un barco. Seguro que también era un conductor excelente.

Durante los siguientes minutos guardaron silencio. Gardner se arrellanó en su asiento y cruzó los brazos sobre el pecho. Como a Erin le pareció que se había acomodado para dar una cabezada, apartó un momento la vista de la carretera para confirmarlo. Dispuesto o no a dormir, Gardner había cerrado los ojos y tenía la cabeza apoyada en el hueco que había entre el reposacabezas y la ventanilla.

Desde el preciso instante en el que Jesse Gardner atravesó la puerta de su despacho para realizar la entrevista de trabajo, él despertó en ella una curiosidad bastante atípica que todavía persistía y que no sabía cómo calificar. Quizá se debía a su modo de actuar y pensar, pues era un hombre bastante impredecible, y a Erin siempre le habían resultado muy atractivas las personas que destacaban del resto.

Sí, probablemente ahí es donde residía su principal magnetismo que, en su caso, se veía agravado por un físico bastante imponente.

Erin lo volvió a mirar y envidió su actitud despreocupada. Se comportaba como si se fuera de excursión al parque más cercano, cuando ella, por el contrario, estaba tensa como las cuerdas de un arpa.

El tránsito por la autopista fue tedioso durante la siguiente hora y Gardner no ayudó a que los minutos se sucedieran de forma más amena. Finalmente se había dormido, porque su respiración se volvió más pesada. Tenían todo el día para ponerse al corriente de sus vidas, a fin de planear la historia que contarían a la familia de Gardner sobre su supuesta relación sentimental, pero Erin ya mostraba síntomas de impaciencia por entablar esa conversación. No obstante, Gardner durmió la siguiente hora como un bebé, y despertó cuando Erin ya había tomado el desvío hacia Indiana y circulaba a una velocidad decente.

Cuando Jesse abrió los ojos todavía llovía con relativa fuerza. No sabía el tiempo que había pasado durmiendo, pero por la escasa luz ambiental calculó que todavía debía de ser temprano. El paisaje era anodino y muy llano por esa zona. Nada excepto hectáreas y más hectáreas de terreno verdísimo flanqueaban la autopista, bastante descongestionada de tráfico. Jesse estiró las largas piernas todo cuanto pudo y alzó los brazos, entrelazando las manos detrás de la nuca. Se había acostado tarde y se había despertado antes de que amaneciera, pero tenía la facilidad de dormir en cualquier sitio, y el coche de Erin era bastante cómodo.

Desvió la mirada hacia ella, que conducía abstraída en sus pensamientos.

—¿Estás cansada?

Ella también le miró, y descubrió que los ojos de Gardner adquirían una tonalidad diferente bajo el gris encapotado del cielo. El azul de su iris era más oscuro, como las agitadas aguas del océano.

—Todavía no, solo llevamos una hora de camino. —Volvió a fijar la vista en la carretera—. Deberíamos hablar sobre... lo nuestro.

No se le ocurrió otra manera de denominarlo.

—Tranquila, aún queda mucho día por delante. —Gardner se pasó las manos por el pelo y luego se sacó un plano de carretera del bolsillo trasero de los pantalones que extendió sobre sus piernas. Erin advirtió que había hecho unas marcas con un rotulador rojo—. Hay un área de servicio a unos quince kilómetros de aquí. Nos detendremos para tomar un café y para cambiar posiciones.

—No estoy cansada —insistió Erin.

—Te vendrá bien dar una cabezada. Tienes ojeras.

—¿Las tengo? —Erin se echó un rápido vistazo en el espejo retrovisor y las vio. Había dormido cinco horas muy poco tiempo teniendo en cuenta que solía dormir siete u ocho horas diarias—. De acuerdo.

Los quince kilómetros de los que Gardner hablaba se le hicieron interminables y le preguntó un par de veces si no se habría equivocado. Estaba más cansada de lo que deseaba admitir y necesitaba que Gardner tomara el relevo al volante. De repente, una señal horizontal apareció entre la densa capa de lluvia indicando que el área de servicio se encontraba a dos kilómetros de distancia, y Erin tomó el siguiente carril de deceleración para abandonar la autopista.

El autoservicio era una fea construcción de perfiles grises junto a una gasolinera donde había unos cuantos vehículos repostando. Erin detuvo el suyo en el aparcamiento y echó a correr bajo la lluvia hacia el interior de la edificación mientras Gardner se lo tomaba con mayor parsimonia.

El suculento aroma a café y a bollos recién hechos inundaba el interior de la cafetería, pero Erin no tenía apetito; todavía tenía una sensación extraña asentada en su estómago que no parecía compatible con los bollos ni con cualquier otro alimento sólido, por bien que oliera.

Jesse entró detrás de ella sacudiéndose la lluvia de los brazos. La boca se le hizo agua y acudió junto a la barra, donde una camarera joven y rolliza servía unas tazas de café a la escasa clientela. Erin observó el rastro de agua que las botas de Gardner habían dejado sobre el suelo de linóleo a cuadros marrones y grises, y lo siguió hasta el área de la cafetería.

—¿Qué vas a tomar? —le preguntó él.

—Un zumo de naranja.

—¿Y de comer?

—Nada, no tengo hambre. Te espero en aquella mesa de allí.

Erin tomó asiento en una rudimentaria mesa de madera y se entretuvo en observar la caída de la lluvia a través del ventanal que tenía enfrente. La situación en la que se veía envuelta, aparte de causarle ansiedad y preocupación por el miedo que sentía a que su padre lo descubriera todo, también tenía una apariencia de total irrealidad, como si estuviera sumergida en las densas profundidades de un sueño del que no iba a despertar.

Gardner regresó a la mesa con su zumo de naranja, un bocadillo y un café, y Erin lo observó mientras repartía todo sobre la mesa. Él rezumaba energía y a Erin le habría gustado poder contagiarse un poco de su vitalidad. Tomó asiento frente a ella y con la cucharilla dio vueltas a su café sin apartar los ojos de los de Erin.

—¿Quieres probarlo?

Gardner señaló su humeante sándwich de beicon y queso con la cabeza, pero Erin hizo un gesto negativo y bebió un sorbo de su zumo de naranja.

—¿No comes mucho?

—Sí, normalmente tengo buen apetito.

—Pues espero que lo recuperes pronto, porque mi madre hace unos guisos muy abundantes y llena los platos hasta arriba. —Gardner apretó el sándwich con los dedos y le dio un enorme bocado en uno de los bordes. Comía como si tuviera un apetito voraz y Erin también quiso contagiarse de eso.

—Estupendo, regresaré a Chicago con tres kilos más.

Jesse no entendió su deje de protesta. Bajo su punto de vista, Erin tenía un cuerpo muy femenino, no era excesivamente voluptuosa pero tampoco estaba escuálida, tenía las curvas donde debía tenerlas. Pero no pensaba halagarla al respecto; si creía que estaba gorda dejaría que continuara pensándolo.

—¿Dónde nos alojaremos? —preguntó Erin.

Gardner se limpió las comisuras de los labios con una servilleta de papel y bebió de su taza de café.

—Tengo una casa de mi propiedad en los límites del pueblo, frente al estrecho de Pamlico.

—He visto fotografías por Internet y el enclave del pueblo es fascinante. Las marismas, las islas arenosas, los acantilados en la parte norte... —recitó evocando las fotografías—. Me pareció un lugar privilegiado, muy hermoso.

—Lo es. Es el mejor lugar del mundo para crecer. Pero no deja de ser un pueblo y allí las opciones profesionales son muy escasas. Ante todo es un pueblo pesquero —le explicó.

—¿Tu familia se dedica a la pesca?

—No. Mi padre era carpintero, un buen carpintero. Murió hace unos años.

—Lo siento.

Gardner descendió la mirada hacia su taza de café. Su voz acusó la tristeza de esa pérdida y Erin tuvo la impresión de que el dolor todavía estaba fresco.

—Mi hermana Maddie vive con mi madre. Ella es profesora, y mi madre cocina de maravilla y teje bufandas. Probablemente te regale una. —Bebió otro sorbo de café y la miró por encima de la taza. Su mirada había vuelto a endurecerse—. Y eso es todo cuanto necesitas saber de momento. Bébete el zumo, nos marchamos en tres minutos.

Como era de esperar, en cuanto la conversación derivó hacia terrenos más personales que dejarían entrever que Gardner tenía emociones y sentimientos, él la cortó de golpe. Durante un momento, a Erin se le había olvidado que él la consideraba su enemiga, y que al enemigo nunca se le mostraban los puntos débiles. Se quedó con la sensación de querer saber más, pero se limitó a hacer lo que él le pedía.

Gardner terminó su sándwich con una rapidez asombrosa y exactamente en tres minutos regresaron al coche. Erin ocupó el asiento de copiloto y Gardner se situó detrás del volante. Erin no le quitó los ojos de encima mientras salían del aparcamiento, estuvo muy atenta a su modo de agarrar el volante, de cambiar las marchas y de pisar los pedales. Parecía un conductor habilidoso, pues se plantó en la autopista con un par de maniobras, pero no podía evitar estar alerta porque nadie antes había conducido su Jeep Patriot.

—¿Vas a pasarte todo el trayecto con los ojos clavados en cada movimiento que haga? Aprendí a conducir la vieja camioneta de mi padre cuando tenía diez años, prácticamente me salieron los dientes de leche detrás de un volante. —La miró y ella le creyó—. Relájate y duerme un rato. Prometo despertarte si necesito saber dónde está el freno.

—Está bien, supongo que puedo confiar en ti.

Erin se arrebujó en su asiento y se movió hacia un lado y otro hasta encontrar la posición más cómoda. Estaba muerta de cansancio y le escocían los ojos como si tuviera arena dentro de ellos, pero no estaba muy segura de poder dormir porque su mente era un hervidero constante. Unas veces sentía emoción, otras veces miedo y otras auténtico pavor, y todo ello se mezclaba y se agitaba en su cabeza como si fueran los ingredientes de un cóctel explosivo.

Observó el monótono movimiento del limpiaparabrisas sobre la luna delantera, y escuchó el lánguido golpeteo de la lluvia sobre su cabeza. Y luego miró las manos de Gardner, que se cerraban en torno al volante, fuertes y expertas, y tanto si era una sensación engañosa como si no, la invitaban a relajarse y a poner su destino en ellas.

El sueño tiró de Erin y los párpados comenzaron a pesarle toneladas.

Cuando despertó y consiguió enfocar la vista, las llanuras adyacentes a la autopista eran campos de trigo de color dorado. El limpiaparabrisas estaba detenido, ya no llovía, aunque el cielo continuaba encapotado, veteado con diferentes tonalidades de gris.

Erin se incorporó perezosamente y miró al hombre que tenía al lado. Jesse le devolvió la mirada y la halló mucho más recuperada después del sueño. Las ojeras habían desaparecido y su piel inmaculada tenía mejor color.

Erin miró su reloj de pulsera.

—He dormido dos horas. —Estaba sorprendida—. ¿Por dónde vamos?

—Acabamos de dejar atrás Indianápolis.

—¿Tan pronto? —Erin miró el velocímetro y vio que Gardner se mantenía en el límite máximo—. ¿Cuándo ha parado de llover?

—Hace un buen rato, aunque es posible que caiga otro chaparrón. —Se inclinó ligeramente hacia delante, para observar las grises profundidades del cielo—. Según el parte meteorológico que dieron esta mañana en la radio, lloverá hasta llegar a Carolina.

Erin se estremeció en su asiento y cruzó los brazos por encima del pecho, enterrando las manos bajo los puños de su chaqueta.

—¿Tienes frío?

—Me he quedado un poco destemplada después del sueño —contestó.

—Puedes ponerte mi suéter o la cazadora —dijo, señalando el asiento trasero.

Erin no esperaba su amable ofrecimiento que, por supuesto, aceptó agradecida.

Tomó el suéter de Gardner, que olía de maravilla, y se lo echó por encima, cubriéndose con él los brazos y los hombros. El inmediato calor que le proporcionó el delgado algodón y el

descanso de las dos horas de sueño ininterrumpido la ayudaron a ver las cosas desde otra panorámica mucho más entusiasta.

—Por cierto, espero que hayas traído el cheque. Mil dólares ahora y mil cuando regresemos a Chicago.

Una de cal y otra de arena, así era Gardner.

—Por supuesto. Siempre cumplo mis tratos —respondió
con sequedad.

Aunque él le dijo que no era necesario que se lo diera justo en aquel momento, Erin tomó su bolso del asiento de atrás
y se lo entregó, orgullosa. Gardner lo dobló en dos y lo introdujo en el bolsillo trasero de sus pantalones sin hacer más comentarios al respecto.

Muy al contrario de lo esperado, el tráfico de la I-65 continuaba siendo disperso. Erin había traído consigo un par de novelas para matar el tiempo muerto, pero las tenía en una de las
maletas y estaba segura de que Gardner jamás accedería a detener el coche para que ella tuviera algo con lo que entretener-
se. Con el fin de que las horas transcurrieran con mayor rapidez, también habría sido una buena opción entablar cualquier
tipo de conversación, pero era evidente que él no tenía el mismo interés que ella y, por eso, volvió a arrebujarse bajo el oloroso suéter de Gardner y se mantuvo a la espera.

Al cabo de unos minutos, Erin emergió repentinamente de
su estado meditabundo cuando sus ojos hicieron contacto con
una forma borrosa situada al fondo de la autopista, en la parte
derecha del arcén. Se inclinó ligeramente hacia delante y entornó los ojos para enfocar la vista, pero la distancia todavía
era excesiva como para distinguir lo que era. Desde luego, no
parecía una señal o un arbusto solitario; Erin juraría que se
trataba de una persona.

—¿Qué es aquello?

—Supongo que un autoestopista.

Erin se irguió por completo y se acercó a la luna delantera
todo cuanto le permitió el cinturón de seguridad. A medida
que los neumáticos quemaron metros de asfalto, el bulto borroso fue cobrando nitidez y apariencia humana. Gardner estaba en lo cierto: había una persona apostada en el arcén de la
carretera, un hombre mayor y encorvado que vestía completa-

mente de negro, y que extendió el brazo con el dedo pulgar alzado hacia el cielo un poco antes de que el vehículo pasara por su lado.

Jesse lo sobrepasó y continuó su camino sin atender al lenguaje corporal de su compañera de viaje, que parecía algo inquieta.

—¿Es que no piensas detenerte?

—Por supuesto que no.

—Pero… es un anciano, no podemos dejarlo ahí tirado.

—Claro que podemos, y eso es lo que vamos a hacer —dijo con tono categórico.

Ella le miró indignada.

—¿No tienes ni pizca de compasión?

—No seas demagógica. ¿Acaso tus padres no te enseñaron que no se debe hacer autoestop ni recoger a quienes lo hacen? No hace falta que me contestes. Supongo que tu padre estaba demasiado ocupado amasando una fortuna como para perder el tiempo inculcándote ideas razonables.

—Te aseguro que soy una persona muy sensata; por eso mismo no podemos dejar a ese hombre tirado en la carretera y en mitad de la nada. ¿A cuantos kilómetros está el pueblo más cercano? Se le hará de noche antes de llegar a algún sitio.

—Joder, es increíble que esté manteniendo esta conversación —masculló con irritación—. ¿Acaso crees que ese tío no sabía lo que hacía cuando se echó a la carretera? Está ahí por propia elección.

—A lo mejor no tiene otra. —Ella también estaba sulfurada—. Y por eso te exijo que detengas el coche ahora mismo.

En los segundos que sucedieron, hubo un duelo de miradas del que Erin se erigió en vencedora.

A ella no le cabía la menor duda de que Gardner jamás habría parado el coche de haber viajado en su camioneta, pero eso era irrelevante; lo importante es que acató sus órdenes, eso sí, a regañadientes y murmurando palabras malsonantes. Le pareció escuchar algo así como «jodida samaritana».

De un brusco volantazo, Jesse retiró el coche de la calzada y lo detuvo en el amplio arcén. Por el espejo retrovisor, advirtió que el paso tambaleante del hombre adquiría cierto vigor, pues se acercó al coche con repentina agilidad. Jesse se pasó los dedos por los despeinados cabellos castaños y movió la cabeza lentamente. Erin odiaba que hiciera aquello cada dos por tres, pues era peor contemplar cómo la consideraba estúpida sin despegar los labios que si se lo decía directamente a la cara.

Cuando el autoestopista estuvo lo suficientemente cerca como para ver su aspecto en el espejo retrovisor exterior, Jesse se volvió hacia Erin y le dijo:

—Enhorabuena, acabas de ofrecerte a llevar a un mendigo —la informó de buen humor.

La puerta trasera se abrió y el hombre subió al coche. Erin se dio la vuelta y asomó la cabeza entre los asientos delanteros para saludarle, pero el saludo de bienvenida se le congeló en los labios, que quedaron mudos de impresión. La imagen era atroz, grotesca, como salida de sus peores pesadillas. Bajo un conjunto de harapos mugrientos y malolientes, a Erin le costó distinguir a la persona que ocultaban. Se quedó bloqueada mientras un par de ojos oscuros y diminutos, hundidos en un rostro desaseado y surcado de profundas arrugas gestuales, la miraban con extraña viveza. Tenía el cabello largo y negro, al igual que la barba apelmazada que descendía por su pecho hasta el ombligo. Sus ropas podrían haber sido fabricadas antes de que Erin naciera, y principalmente eran oscuras porque estaban llenas de porquería y de grandes manchas grasientas.

Erin se aclaró la garganta y recuperó la capacidad de reacción.

—Buenos días, ¿hacia dónde se dirige?

—Hacia cualquier lugar en el que vendan alcohol.

Su voz también procedía de las mismísimas profundidades del infierno. Era cavernosa y estaba gravemente erosionada por el alcohol y el tabaco. Entonces sonrió, mostrando unas oscuras encías desdentadas.

—Bien —dijo Erin de forma cortés, antes de volverse en su asiento para escapar de aquella visión terrorífica.

Jesse la miró con gesto humorístico pero Erin no admitió su equivocación ante él. Al contrario, hizo desaparecer las señales de su profundo desagrado distendiendo sus facciones y recuperando un porte muy digno sobre su asiento. Jesse tuvo ganas de reír, pero no lo hizo por deferencia al hombre que ocupaba el asiento trasero. El hecho de que no supiera de la existencia del agua y del jabón, no lo convertía en un estúpido. Jesse había cruzado un par de miradas con él a través del espejo retrovisor interior, y esos ojos pequeños y sagaces tenían una mirada muy astuta.

Antes de regresar a la carretera, Jesse bajó unos centímetros todas las ventanillas del coche, pues el rancio olor corporal del hombre se había expandido con suma rapidez en el pequeño habitáculo, ocasionando que el oxígeno se hiciera irrespirable.

Cuando el aire exterior comenzó a circular en el interior del coche, Erin dejó de aguantar la respiración aunque, el hedor a sudor y orines era tan intenso que, de vez en cuando, le llegaban fuertes vaharadas que le revolvieron el estómago.

Aparentemente, no parecía que el pernicioso olor estuviera causando estragos en Gardner porque lucía una perenne sonrisa en los labios. La situación le divertía y Erin estaba convencida de que se regodearía todo cuanto pudiera en cuanto se deshicieran del mendigo.

Asumía que había sido un poco incauta, y no era la primera vez que su afán por ayudar a los demás la había colocado en algún que otro aprieto. Debería haberse fijado un poco mejor en el aspecto de la persona a la que quería socorrer, y así se habría dado cuenta de que no se trataba de un anciano desvalido, aunque eso no fue posible porque Gardner conducía demasiado deprisa. De cualquier manera, y aunque el hediondo olor le estuviera provocando dolor de cabeza, no se arrepentía de sus acciones. Le gustaba ir por la vida con la conciencia tranquila.

Capítulo 9

Un par de horas después estacionaron en el aparcadero de un restaurante de carretera en el estado de Tenesse. Era la hora de comer, aunque Erin no se veía capaz de probar bocado. Tenía el estómago revuelto. El mendigo, que había arruinado la flamante tapicería de su coche y su apetito, fue el primero en abandonar el vehículo para dirigirse al restaurante, y dijo estar hambriento como un oso. Estupendo, ahora no tendrían más remedio que invitarlo a comer con ellos en la misma mesa. Erin contuvo una arcada al pensarlo.

—Déjame las llaves del coche. Necesito revisar mi correo electrónico —le dijo a Gardner, tendiendo la mano hacia él con la palma vuelta hacia arriba.

Jesse se las entregó y Erin salió del coche, encaminando sus pasos hacia el maletero. Después de dos largas horas respirando el aire viciado del coche, agradecía el soplo del viento fresco de Tenesse, que alborotaba sus cabellos y penetraba en sus maltrechos pulmones llevándose consigo el apestoso olor que tenía agarrado a la nariz. Hizo unas inspiraciones profundas mientras sacaba del maletero su maletín con el portátil y se lo colgaba del hombro.

Gardner apareció a su lado colocándose el suéter por encima de los hombros. Luego la ayudó a bajar la puerta del maletero.

—Supongo que estarás de acuerdo en que le invitamos a comer y después lo dejamos aquí. Aunque, si lo prefieres, podemos dejarlo en un motel de carretera que viene señalizado en el mapa a unos ocho kilómetros. —Jesse entornó los ojos y ella captó su mofa—. O mejor todavía, ¿por qué no le preguntamos a él? Lo mismo le apetece venir con nosotros a Carolina del Norte.

—De acuerdo, ya está bien. No es preciso que continúes —le respondió con seriedad—. Dijo que lo lleváramos a cualquier lugar donde vendieran alcohol. Y aquí lo venden. —Erin abrió el paso hacia el restaurante.

—¿Estás segura? Porque este sitio está perdido en medio de la nada, y si se le hace de noche, ¿dónde encontrará un lugar en el que dormir?

—He dicho que ya basta. Y para tu información, no estoy arrepentida de haberlo socorrido.

Gardner abrió la pesada puerta del restaurante y Erin accedió al interior.

—Veremos si continúas pensando igual cuando tengas que desparasitar el coche. Reconoce que has tenido una idea excelente, doña Estiradilla —le dijo muy cerca del oído.

Ella se volvió para hablarle y su nariz estuvo a punto de rozar la de él.

—¿Sabes? Se me está ocurriendo una idea mejor. Tal vez os deje aquí a los dos.

—Aunque te gusten las historias de fantasmas, ni tú ni tus amenazas dais ningún miedo —murmuró—. Tú amigo nos espera en aquella mesa de allí.

Cruzaron el interior del restaurante hacia la mesa que ya ocupaba el mendigo, cuyo nombre no se habían molestado en preguntar.

El interior del restaurante tenía mejor aspecto que otros bares de carretera en los que Jesse había estado. El suelo estaba limpio y los cristales de los ventanales también. Las mesas eran de madera, al igual que las sillas, y sobre las primeras había manteles de plástico a cuadros rojos y blancos.

Gardner se sentó junto al mendigo y Erin lo hizo frente a Gardner para no tener que mirar al hombre mientras comían. Una joven camarera de ojos verdes, cabello oscuro y tez morena les trajo tres cartas plastificadas con los posibles menús y, aunque trató de disimular su curiosidad, sus ojos mostraron una inevitable sorpresa ante el hecho de que dos personas de apariencia normal compartieran la mesa con un vagabundo harapiento.

Gardner se pidió huevos fritos con beicon, patatas fritas y una cerveza; el mendigo pidió el mismo menú y una jarra de

SENDEROS

vino, y Erin se conformó con un sándwich vegetal que no sabría si podría comerse. Gardner, por el contrario, debía de tener un estómago a prueba de bombas si pensaba comerse todo eso a pesar del olor que flotaba en el aire.

Durante el trayecto en coche y tras el saludo inicial de Erin, ninguno de los dos se había vuelto a dirigir a su maloliente invitado, pero ahora que estaban a la mesa, Gardner quiso entablar algo de conversación.

—Y bien, amigo, ¿cómo se llama?

—Neil —contestó el hombre, cuyos labios quedaban ocultos por aquella impresionante mata de pelo sucia y desgreñada. Sus pequeños ojos también estaban hundidos bajo sus pobladas cejas negras, y los clavó en Erin. Ella rompió rápidamente el contacto visual.

Y encima se llamaba Neil.

La camarera apareció enseguida con los platos y las bebidas. Antes de probar bocado, el mendigo dio buena cuenta de su jarra de vino y le pidió a la camarera que le sirviera otra. Luego comió con los dedos y Erin retuvo las arcadas como pudo. Gardner también comió a buen ritmo, pero Erin prefirió esperar a que el plato de Neil estuviera vacío para tratar de probar su sándwich. A fin de escapar del grotesco espectáculo, sacó el portátil de su funda y lo colocó sobre la mesa, orientándolo de tal manera que el mendigo desapareció detrás de la pantalla del ordenador. Luego revisó su correo.

Con el último trago de su jarra de vino y el plato rebañado, Neil eructó ruidosamente y después se puso en pie, dándose unos golpecitos en el estómago.

—Voy a mear.

El mendigo desapareció de la vista.

Con una mueca de asco en la cara, Erin procedió a envolver su sándwich intacto en un par de servilletas de papel.

—No sé si podré volver a comer algún día.

El buen aspecto que lucía Erin tras las dos horas de sueño había sido reemplazado por un cutis pálido y demacrado. Parecía que fuera a vomitar en cualquier momento y esa fue la primera ocasión en la que Jesse experimentó un atisbo de compasión hacia ella, aunque solo porque demostró tener buen corazón.

133

—Mírale el lado bueno, estoy seguro de que de ahora en adelante te lo pensarás dos veces antes de recoger a alguien de la carretera.

—Pensaba que se trataba de un anciano, conducías demasiado deprisa y no me dio tiempo a verle con claridad.

—Claro, ahora la culpa es mía. —Jesse se llevó el último trozo de beicon a la boca y lo masticó—. Nos levantamos, pagamos y nos largamos. Ese es el plan.

—¿Y qué le diremos si se empeña en seguir el camino con nosotros?

—No tenemos que ofrecerle ninguna explicación. Por si no te has dado cuenta, es bastante parco en palabras.

—De acuerdo —asintió.

En el exterior del restaurante, el potente rugido que emitió el motor de un coche cambió radicalmente sus planes. Erin se alarmó en cuanto vio la expresión estupefacta de Gardner y siguió su mirada a través de los ventanales. El corazón se le desbocó cuando descubrió que su Jeep Patriot estaba en movimiento y que la persona que había sentada tras el volante era Neil, el mendigo.

En un margen de escasos segundos, los hechos se sucedieron de forma vertiginosa.

Gardner se levantó con tal ímpetu y ligereza que la silla en la que estaba sentado volcó golpeando el suelo estrepitosamente, y luego dirigió sus rápidas zancadas hacia la puerta que abrió de un tirón, dando la sensación de que la había arrancado de los goznes. Erin siguió sus pasos sin vacilar, con la mente bloqueada por el pánico pero con el cuerpo reaccionando a la torrencial carga de adrenalina que invadió sus venas.

Gardner corrió detrás del coche como si se lo llevaran los demonios, al tiempo que golpeaba la luna trasera con la palma de la mano y lanzaba toda clase de improperios contra Neil el mendigo, pero su rápida y enardecida reacción fue insuficiente, pues el harapiento ladrón aceleró bruscamente y tomó el camino de regreso a la autopista, haciendo que las ruedas rechinaran y derraparan sobre la tierra batida del camino. Estas levantaron una tupida polvoreda que se tragó a Jesse Gardner durante el tiempo que Erin permaneció con las palmas de las manos apretadas contra la boca.

Cuando la nube de polvo se asentó, Erin vio a Gardner en la lejanía junto a la orilla del camino que accedía a la autopista. Estaba de espaldas a ella y tenía las manos apoyadas en las caderas, observando impotente cómo el Jeep se alejaba como un cohete y se convertía en un punto cada vez más y más pequeño.

—¡Mierda! —exclamó ella, con la voz desencajada por la desesperación.

Erin volvió a entrar en el restaurante y corrió hacia su mesa. Del interior de su bolso que había dejado colgado en el respaldo de una silla, tomó su móvil y marcó el número de la policía que le dio la camarera. Tras dos minutos interminables de espera, Erin dio los datos del lugar donde se hallaba y de la matrícula del Jeep Patriot a la mujer que contestó al teléfono. Le dijeron que el *sheriff* ya estaba en camino.

Cuando Erin volvió a salir al exterior, Gardner ya regresaba sacudiéndose el polvo adherido a sus ropas. Su pecho todavía se agitaba tras la vigorosa carrera y Erin pudo descifrar con total claridad y sin necesidad de que despegara los labios lo que decía su mirada desde la lejanía: «Ya te lo advertí». Erin se sintió rematadamente inútil, pues fue su imprudencia y su absoluta falta de visión las que los había colocado en esa situación tan caótica. Erin se cruzó de brazos varias veces y se colocó el pelo detrás de las orejas otras tantas mientras Gardner acortaba distancias.

—Tu borracho acaba de robarte el coche —le dijo con la voz jadeante, como si ella no se hubiera dado cuenta—. Espero que hayas hecho algo más a parte de permanecer aquí plantada como una estatua.

—He llamado al *sheriff*, está de camino.

—Bien, aunque ese jodido bastardo sabe cómo pisar el acelerador. Probablemente no lo encuentren hasta que esté en otro estado. —Jesse la sobrepasó pero se detuvo cuando escuchó la voz plañidera de doña Estiradilla a sus espaldas.

—Dios mío —balbució Erin, como si acabara de tomar verdadera conciencia de las dimensiones de aquel desastre—. Las maletas estaban en el coche. Mi vestido de Ralph Lauren, los pendientes de plata que me regaló mi madre cuando me gradué, toda mi ropa y... Oh, Dios mío.

—Al menos sacaste a tiempo el portátil y tus aparatitos para cazar fantasmas —le dijo Jesse desde la puerta.

Su tono de voz, entre jocoso y acusador, sofocó su repentina angustia pero avivó su rabia.

—Supongo que esto para ti tiene mucha gracia y que vas a continuar mofándote durante todo el maldito viaje —le espetó—. Admito que he metido la pata, pero deja ya de restregármelo por las narices. No es tu coche ni tus enseres personales los que acaban de robar.

—Por si lo has olvidado, mi bolsa de equipaje también estaba en el maletero. —Aunque ese era un mal menor para Jesse porque no viajaba con nada de valor, todo era perfectamente reemplazable—. Y ahora deja de compadecerte y usa la cabecita para pensar en cómo vamos a salir de aquí.

Erin no se estaba compadeciendo y que él lo creyera la enfureció un poco más. Apretó los puños y lo miró con desaire.

—¿Qué hiciste con las llaves del coche? ¿Cómo es posible que las dejaras a su alcance?

—¿Te refieres a las llaves que te entregué cuando abriste la puerta del maletero? ¿A esas llaves que guardaste en el bolsillo de la chaqueta que dejaste colgada en la silla del restaurante? —Jesse vio su mirada de derrota y se sintió satisfecho. Hacía un rato, mientras comían y ella palidecía hasta dar la impresión de que se iba a desmayar sobre su asiento, consiguió durante una fracción de segundo que se apiadara de ella. Sin embargo, Jesse no había puesto en marcha ese plan para que Erin despertara su simpatía precisamente. Era la hija de Wayne Mathews, se obligó a recordar, el hombre que le había robado todo cuanto tenía. Ni un Jeep Patriot ni un maldito vestido de Ralph Lauren podían compararse al menoscabo que había sufrido su vida a manos del miserable de su padre—. Si lo que de verdad pretendes es que deje de tomarme esto con humor, entonces deja de hacer preguntas estúpidas y ayúdame a encontrar una manera de largarnos de aquí.

Con las facciones tensas y convincentes, Gardner abrió la puerta y Erin, cabizbaja y sin argumentos, decidió tragarse su amor propio para seguir sus indicaciones.

El *sheriff* se personó en el restaurante con asombrosa prontitud cuando Erin recogía el portátil y lo guardaba en el

SENDEROS

interior del maletín. Se presentó como el *sheriff* Connor y volvió a formular las mismas preguntas que Erin ya había contestado por teléfono. Gardner tomó la voz cantante mientras ella estudiaba el aspecto singular del agente de la ley. Había algo en su físico enjuto, en su uniforme gris y en sus prominentes cejas plateadas que le recordaba al *sheriff* malo de *La matanza de Texas*. No era una comparación agradable, como tampoco lo fue el hecho de que el *sheriff* sonriera con humor a las explicaciones de Gardner sobre la presencia de Neil el mendigo en el restaurante. Erin tuvo la sensación de que en cualquier momento se echaría a reír.

Recopilados todos los datos necesarios para darle alcance al ladrón, el *sheriff* apuntó los datos personales de Erin, incluido su teléfono móvil, y le dijo que se pondría en contacto con ella tan pronto como tuvieran noticias sobre el robo.

—¿Cuánto cree que puede demorarse? —preguntó Erin.

—Avisaré a mis compañeros ahora mismo, pero no creo que tengamos noticias antes de la noche.

—¿Y qué vamos a hacer mientras tanto? —Erin dirigió la pregunta a Gardner pero contestó el *sheriff*.

—Pueden venir conmigo si lo desean. A ocho kilómetros de aquí hay un motel en el que pueden descansar mientras arreglamos este asunto.

Erin miró a Gardner, por si él tenía un plan mejor.

—Gracias por su ofrecimiento, pero nos quedamos aquí —intervino Jesse.

—¿Ah, sí? —inquirió Erin.

—Sí.

—Como quieran.

El *sheriff* Connor se ajustó el sombrero sobre la cabeza y abandonó el restaurante con la firme promesa de que les llamaría en cuanto tuvieran una pista. Erin lo vio alejarse en su coche con la sensación de que deberían haberse marchado con él, pero Gardner parecía tener otros planes porque se dirigió hacia la camarera con aire resuelto. Esta, que se hallaba detrás de la barra colocando unas jarras de cristal en su sitio, se atusó el cabello mientras Gardner le preguntaba acerca de un coche que había aparcado en la parte posterior del restaurante. Erin se mantuvo cerca.

—Es del propietario del local, pero hace años que no lo utiliza. Se compró un coche parecido al de la señorita —miró hacia Erin— y el viejo sedán quedó en desuso.

—¿Dónde está el propietario? —preguntó Jesse, animado por las buenas noticias.

—En su oficina de la planta superior.

—Quisiera hablar con él. ¿Podrías decirle que bajara un momento?

—Me temo que eso no es posible, siempre anda muy ocupado y tiene órdenes estrictas de que no se le moleste.

«¿Tanto trabajo producía el pequeño restaurante perdido en la autopista?»

Jesse la miró fijamente a los bonitos ojos verdes y relajó la pose.

—¿Cómo te llamas?

Erin detectó de inmediato que Gardner desplegaba sus armas seductoras y que la camarera respondía a ellas. Solo le había preguntado por su nombre, pero ella sacó pecho y sonrió con coquetería.

—Meredith.

—Qué nombre tan bonito. —Erin puso los ojos en blanco y la camarera volvió a sonreír—. Escucha, Meredith, necesito que nos ayudes. Mi hermana y yo nos dirigimos a Carolina del Norte para asistir a la boda de un buen amigo que se casa dentro de cuatro horas —improvisó—. Yo soy el padrino de esa boda y todo el mundo está pendiente de nuestra llegada, porque no se puede celebrar una boda sin padrino. Imagínate lo que sucederá si Erin y yo no llegamos a tiempo. —El dramatismo con que narraba los hechos hizo mella en Meredith y Erin pudo ver cómo su corazón se ablandaba—. Ayúdanos a salir de esta situación tan desesperada y te prometo que te estaré eternamente agradecido.

Meredith se mordió el labio inferior y sus ojos verdes miraron a Gardner de forma insinuante.

—¿Y cómo piensas agradecérmelo?

Él respondió a su flirteo.

—Ahora mismo se me ocurren muchas formas de hacerlo. —Jesse apoyó las manos sobre la barra e inclinó su fornido cuerpo hacia la camarera, acortando distancias. Erin dejó de distinguir el límite entre la atracción real o la mera ficción—. Dentro de cuatro o cinco días volveré a pasar por aquí con más tiempo y algo concreto que ofrecerte. —Él sonrió.

—Voy a hablar con mi jefe.

La joven camarera se quitó el delantal con suma rapidez y se encaminó hacia una puerta que había al fondo del restaurante, junto a los baños.

—Muy convincente. Hasta yo me lo he creído —comentó Erin.

—No estaba fingiendo. Esa chica es una preciosidad.

Erin no tenía ninguna razón por la que sentirse molesta, pero lo estaba. Debería estarle muy agradecida a Gardner en el caso de que su burdo y poco estiloso coqueteo con aquella mujer los sacara del aprieto. Pero no era así. Y esa sensación no tenía mucho sentido para ella.

—¿Qué coche es ese? —le preguntó con tirantez.

—Estuve inspeccionando los alrededores mientras tú recogías tus cosas. Encontré el viejo sedán en la parte de atrás, junto a un chamizo que parecía un garaje. Si todavía funciona y el dueño nos lo presta, será la mejor solución para salir de aquí.

—¿Y crees que nos lo va a prestar sin más?

—No.

—¿Entonces?

—Deja de hacer preguntas para las que no tengo respuesta. En el caso de que no podamos conseguir el sedán, ya se me ocurrirá otra cosa.

Jesse Gardner era una caja de sorpresas para Erin.

A la suma de todos los talentos naturales que poseía y que algunos ya habían quedado lo suficientemente demostrados, Erin añadió ahora su habilidad para hacer tratos. Con las mujeres lo tenía fácil porque conseguía seducirlas y envolverlas en su tela de araña sin el menor esfuerzo. Pero con los hombres también era bastante convincente y negociador. La breve conversación que mantuvo con el propietario del sedán, un hombre de fornido corpachón que arrastraba una cojera en su pierna izquierda y que respondía al nombre de Rod, los sacó del atolladero. Al principio, el hombre se mostró muy reticente a desprenderse de su coche pero, tras varios y persuasivos regateos, Gardner consiguió que se lo vendiera por un módico precio. Evidentemente, fue Erin quien tuvo que pagar con su tarjeta de crédito.

Recorridos los primeros kilómetros, llegaron rápidamente a la conclusión de que el dueño del sedán se había visto enormemente favorecido con el trato. Ese coche no valía los quinientos dólares que Erin había pagado por él, pero era la única vía de escape para continuar con el viaje.

El ruido que hacía el motor del sedán era espantoso y ni el velocímetro ni el indicador del nivel de aceite funcionaban. La tapicería marrón de los asientos estaba desgarrada y, a través de sus aberturas, se salía la espuma amarilla del interior.

Antes de partir, adecentaron el sedán arrojando un par de cubos de agua sobre la carrocería para retirar la suciedad acumulada, y con un trapo sucio que les dejó el dueño del coche, Erin hizo lo que pudo con el interior. No estaba segura de que a aquel trasto le quedara vida suficiente para llegar hasta Beaufort y Gardner también lo ponía en duda, aunque él estaba más tranquilo, como si tuviera un plan para cada contratiempo.

Sumidos en un agradable silencio tan solo interrumpido por los quejidos que producía el motor, Gardner conducía por la carretera que surcaba la zona montañosa del oeste de Virginia. El paisaje que ofrecían las montañas Blue Ridge de los montes Apalaches era fascinante. Cuando se contemplaban desde la distancia, como era el caso, sus perfiles adquirían un intenso color azul como consecuencia de la ligera neblina celeste que cubría sus cumbres y, más arriba en el horizonte, la bruma azul plateada se fundía con el ocre candente del crepúsculo.

Bajo el cielo del atardecer y a los pies de la grandiosa cordillera, las plantaciones de tabaco y cacahuete que eran el principal medio de vida agrícola de Virginia, tomaban posesión del terreno y se extendían mucho más allá de donde alcanzaba la vista.

Los sentidos de Erin se impregnaron de la hermosura de aquellas tierras y se le alegró un poco el espíritu, algo que ya no creía posible en lo que restaba de día.

El anochecer se les echó encima cuando todavía faltaban tres horas para llegar a Beaufort. El altercado con Neil el mendigo y la velocidad irrisoria a la que viajaban —muy inferior a la que alcanzaba el Jeep Patriot— les había hecho perder un tiempo valioso.

Erin emergió de su estado meditabundo cuando escuchó el repentino juramento que Gardner lanzó en voz baja. Lo vio accionar reiteradamente la palanca de las luces del vehículo pero ninguna lucecita se encendió en el cuadro de mandos.

—¿Qué sucede?

—Las bombillas de los faros deben de estar fundidas. No tenemos luz.

La preocupación que Erin detectó en su voz fue la que realmente la alarmó.

—¿Estás de broma?

Se inclinó sobre Gardner para comprobar por sí misma que la palanca de las luces no cumplía con su función, y la accionó tantas veces y con tan rabioso y creciente ahínco, que a punto estuvo de arrancarla de su sitio. En su desesperación, Erin no fue consciente de que su seno izquierdo se frotaba reiteradamente contra el brazo de Gardner, sino que fue la mirada traviesa de sus ojos azules clavados en los suyos quienes la pusieron en conocimiento de lo que estaba sucediendo. Se quedó paralizada durante un instante en el que su vergüenza fue latente, luego retrocedió y regresó a su asiento.

No era la primera vez que Jesse se fijaba en los pechos generosos de Erin Mathews, cualquier hombre con ojos en la cara lo haría. Ella era una mujer discreta que no sacaba especial partido de sus armas femeninas, pero aunque vistiera con una sencilla blusa azul con más botones abrochados de lo necesario, las golosas redondeces de su busto llamaban la atención de manera inevitable. Si mirarlos era agradable, sentirlos rozándose contra su brazo desnudo al tiempo que el fragante aroma de su cabello se le metía en la nariz, despertó en él sensaciones mucho más intensas. No tenía previsto desear a Erin Mathews, pero durante ese breve instante de estimulante contacto carnal, las reacciones confluyeron en su entrepierna y Jesse sintió el familiar impulso sexual.

Ella le sorprendió disfrutando de ese contacto sin el menor atisbo de disimulo, y entonces volvió a replegarse en su asiento, con las mejillas levemente ruborizadas y la mirada desenfocada.

—Tenemos un serio problema —comentó Erin, tras aclararse la garganta—. Sin luces no podemos seguir circulando y la noche está a punto de caernos encima.

Jesse sacó la conclusión de que Erin tenía muy poco rodaje en cuestión de hombres. Nunca antes había conocido a una mujer que se sonrojara por mirarle los pechos.

Jesse sacó el mapa del bolsillo trasero de sus pantalones y se lo tendió a Erin.

—¿Sabes cómo interpretarlo o no puedes ni cruzar la calle sin tu GPS? —preguntó con tono cáustico, una vez la sangre volvió a circularle por el cerebro.

Erin desplegó el mapa sobre sus muslos e ignoró el impulso de hacer una bola con él para metérselo a Gardner en la boca.

Tardó diez segundos en contestarle.

—Nos hallamos aproximadamente a unos cincuenta kilómetros de distancia del siguiente pueblo. Se llama Farmville y está cerca de Richmond. —Erin pasó el pulgar por el trazo que señalizaba la carretera por la que circulaban—. No hay ningún motel de carretera en el camino, nada salvo terreno agreste. —Erin volvió a doblar el mapa con precisión y se lo devolvió a su arrogante propietario—. Tendremos que pasar la noche en el coche a menos que a ti, que eres el cerebro de la operación, se te ocurra una idea mejor.

—Me temo que esta vez tendré que darte la razón.

Ella pareció decepcionada. Realmente esperaba que él le ofreciera otra salida.

Eran cerca de las nueve de la noche cuando conducir sin luz en los faros se convirtió en una tarea imprudente y temeraria. Habían llegado hasta donde habían podido, pero los márgenes de la carretera se difuminaban a pasos agigantados, y ya no quedaba más remedio que encontrar un lugar adecuado en el que detenerse para pasar el resto de la noche.

Buscaron el siguiente desvío de la carretera principal y tomaron un camino que descendía suavemente hacia una hondonada repleta de coníferas. Un riachuelo con un cauce muy estrecho serpenteaba a través de los campos plagados de margaritas y otras flores silvestres y cruzaron un puente de madera para atravesarlo. Gardner detuvo el coche bajo la cubierta protectora de las copas frondosas de las coníferas. Los árboles formaban una especie de refugio a su alrededor que los protegería un poco del viento que soplaba desde las montañas.

Erin fue la primera en apearse del coche. Necesitaba estirar los músculos y respirar un poco de aquel aire tan puro que silbaba entre las ramas de los árboles. Durante el día las temperaturas eran cálidas, pero ahora que había oscurecido, habían descendido vertiginosamente.

Jesse Gardner se dirigió a la parte delantera del vehículo con una caja de herramientas oxidada en la mano y Erin se agachó a su lado para observar de cerca la tarea que se disponía a realizar. Tal vez la solución era tan sencilla como encontrar unas bombillas de repuesto para reemplazar las que estaban fundidas aunque, tal y como les había ido el día, Erin no tenía muchas esperanzas de correr esa suerte.

—Ten, sostén la linterna y enfoca el faro. Es increíble que la pila todavía funcione.

Erin hizo lo que le pedía mientras las manos de Gardner hacían maniobrar las herramientas con impresionante habilidad. Al cabo de un par de minutos de minuciosa inspección, le dijo:

—Las bombillas no están fundidas, así que debe de tratarse de un fallo del sistema eléctrico. Pero aquí no tengo las herramientas apropiadas para arreglarlo.

—Ya me temía algo así —dijo con un suspiro.

Lo recogieron todo y Jesse volvió a guardar la caja de herramientas en el maletero del coche, junto al ordenador de Erin.

—Voy a explorar la zona.

—Yo me quedo aquí trabajando con el portátil.

A Erin también le apetecía dar un paseo por los alrededores para oxigenar la mente de todas las adversidades sufridas y aprovechar para estirar las piernas, pero como no quería verse en la obligación de ir con él, se inventó esa excusa. Entre los dos siempre existía un pulso constante de fuerzas y voluntades, y Erin necesitaba estar un rato a solas para recuperar la perspectiva.

Gardner desapareció de su vista como si la noche se lo hubiera tragado y Erin suspiró aliviada. Echó un vistazo a la pan-

talla azulada de su móvil, consciente de que su familia esperaba su llamada ya que, supuestamente, a esas horas ya debería
de haber llegado a su destino, pero en aquel páramo perdido no
había cobertura. Además, sin cobertura el *sheriff* Connor tampoco podría ponerse en contacto con ella, aunque no creía que
lo hiciera durante la noche.

Dejó caer el móvil en el interior del bolsillo de su chaqueta y se cruzó de brazos mientras contemplaba el cielo nocturn-
no. No había estrellas en el firmamento, pues las cubrían las
grandes acumulaciones de nubes que de forma permanente
invadían el cielo desde que partieran de Chicago. Sin embargo,
la luna creciente desprendía una luz tan intensa y plateada,
que conseguía hacerse paso a través de ellas.

Erin aspiró profundamente el aire impregnado del olor húmedo de la tierra y el sonido de las inquietas aguas del arroyo
también llegó hasta sus oídos. La noche le enviaba una sugerente invitación a adentrarse en ella, y Erin echó a andar en
sentido opuesto al camino que había tomado Gardner.

El clima de Virginia era cálido pese a que las tierras sobre
las que pisaba todavía estaban húmedas por la lluvia, pero
cuando Jesse metió la mano en las inescrutables aguas del
arroyo renunció a darse un baño. Estaba helada y a buen seguro que pillaría un resfriado si se metía en ellas. Además, no tenía nada con lo que secarse.

Permaneció un rato agachado junto a la orilla, abstraído en
la contemplación de las oscuras aguas mientras experimentaba un amago de excitación ante su regreso a Beaufort. Había
caras que deseaba volver a ver y cuerpos que quería volver a
abrazar, pero el repentino entusiasmo decreció en cuanto pensó en June. Conforme se acercaba a su destino, sentía que ciertas emociones revivían y que existía la posibilidad de que las
murallas que había alzado en torno a los dos se rompieran en
cuanto sus ojos se encontraran. Eso le asustaba de veras. Tal
vez los cinco años transcurridos no fueran suficientes para borrar los quince años inmediatamente anteriores, pensó con
aprensión.

Jesse se sentó sobre la densa alfombra de hierba húmeda
y se rodeó las piernas flexionadas con los brazos. Luego trató
de sacudirse de encima aquellos agitados pensamientos para

devolverlos al lugar recóndito de su cerebro que había fabricado para ellos y de donde no deberían volver a salir.

Frente a él y en la lejanía, una franja rosada de cielo todavía bordeaba los perfiles escarpados de las montañas, pero la noche ya era tan cerrada en el este que no veía más allá de la hilera de árboles que tenía a sus espaldas. En un lugar como aquel, donde la mano del hombre todavía no había causado estragos y la naturaleza se manifestaba exuberante, uno podía sentir que sus problemas eran simples futilidades. Le sucedía lo mismo cuando volaba o navegaba. Estaba impaciente por recuperar su licencia y por surcar las aguas a bordo del *Erin*.

El nombre de su barco le trajo a Erin Mathews de regreso a su cabeza y eso desencadenó que tuviera una serie de pensamientos reflexivos sobre ella.

Fuera de todo pronóstico, la joven había soportado con mucha entereza el robo de su coche y de sus enseres personales, y solía salir bastante airosa de los enfrentamientos dialécticos que cruzaban y del trato poco amable que Jesse le dispensaba. Por eso había llegado a la conclusión de que su aparente fragilidad era simplemente eso, aparente. Erin Mathews era una mujer inteligente y decidida, y esas dos virtudes no estaban necesariamente reñidas con esa aura de ingenuidad tan desconcertante que la envolvía, y que no parecía provenir de otra cosa más que de su absurda creencia de que todo el mundo era bondadoso. Todavía estaba por ver si consideraba bondadoso al mafioso de su padre o si solo lo defendía porque era carne de su carne.

De cualquier manera y aunque le molestara reconocerlo, Erin comenzaba a causarle cierta simpatía.

Permaneció allí sentado hasta que la franja rosada se tornó violeta y, más tarde, negra como la noche que asolaba los campos que le rodeaban. En algún momento impreciso, al alegre murmullo de las aguas del arroyo se sumó un sonido diferente que al principio irrumpió con sutileza para cobrar vigor en cuestión de segundos. Estaba lloviendo.

Capítulo 10

*J*esse se levantó del suelo cuando la lluvia comenzó a arreciar, aunque caminó sin prisas de regreso al coche. Erin Mathews estaba sentada en el asiento del copiloto con el portátil abierto sobre las piernas. El color verde de la pantalla iluminaba su perfil aniñado y estaba muy concentrada en lo que fuera que estuviera haciendo. Jesse se quitó la cazadora, que dejó en el asiento trasero y entonces descubrió cuál era su fuente de entretenimiento. Ella tenía abierto un programa informático para editar sonidos, y en él aparecía un gráfico en el que una línea blanca continua trazaba subidas y bajadas sobre un fondo verde esmeralda. Jesse escuchó un ruido indeterminado, como una ráfaga de aire colándose en el interior de unos altavoces, y luego el murmullo que haría un animal invertebrado al arrastrarse por el suelo.

—¿Qué escuchas?

—Lo que podría haber sido una psicofonía, salvo que no lo es —contestó Erin mientras Gardner se acomodaba en su asiento y cerraba la puerta del sedán—. La grabé hace unos días en Chesterton, un pueblecito de Indiana. Pasé una noche en el bosque para grabar estos sonidos, pero los técnicos descartaron que se tratara de otra cosa diferente al sonido del viento.

La supuesta psicofonía llegó a su fin y Erin volvió a reproducirla. Cuando terminó, volvió la cabeza hacia él y le preguntó al respecto aunque en su expresión ya podía leerse su respuesta.

—¿Qué te parece?

—Me parece que hay que tener una imaginación desbordante para que esos ruidos tan poco enigmáticos te parezcan voces del más allá.

Erin esbozó una sonrisa.

—Los que nos dedicamos a esto tenemos el oído entrenado para detectar sutilezas que a otras personas les pasarían desapercibidas. Esta grabación es bastante confusa y por eso requirió del análisis concienzudo de los expertos, pero en algunas ocasiones las grabaciones que se obtienen son tan evidentes que hasta a ti te pondrían los pelos de punta.

Jesse la miró con ironía.

—Siento defraudarte, pero soy de la opinión de que es a los vivos y no a los muertos a quienes hay que temerl.

—En eso tienes razón —admitió.

Erin cerró el programa informático y luego se dispuso a apagar su ordenador portátil.

—¿Así que pasaste una noche en el bosque?

—Sola y a la intemperie, sin más compañía que la de un búho siniestro y unos cuantos animalillos del bosque que no se dejaron ver. —Cerró la tapa del portátil y lo metió en su funda de cuero—. Viajé hasta Chesterton para estudiar la leyenda de Susan Weis. —Erin se la explicó un poco por encima porque parecía que había captado su interés—. Se suponía que esa noche su espíritu se materializaría en el lugar donde yo me encontraba y las cámaras de vídeo captarían las imágenes que probarían su existencia. Pero me temo que esa leyenda era otra patraña más.

—¿Y tus otras investigaciones han sido tan fructíferas como esta?

—Me temo que sí. —Se encogió de hombros, asumiendo sus derrotas—. Aunque no voy a desistir en mi empeño. Hay muchas personalidades importantes en el mundo de las ciencias ocultas que han conseguido pruebas sólidas. Es cuestión de tiempo el que yo también las consiga.

—¿Y de dónde nace ese interés tuyo? No te ofendas, pero no pareces precisamente la clase de persona a la que le gusten esos cuentos.

Alice y Bonnie eran las dos únicas personas en el mundo que sabían de dónde provenía su interés y, de momento, Erin no estaba dispuesta añadir a nadie más en esa lista.

Se encogió de hombros.

—Surgió sin más cuando era pequeña. No hay más misterio.

—Claro. —Jesse alzó las cejas rápidamente con increduli-dad y luego cogió la linterna que había dejado en el asiento de atrás—. Supongo que debería llamarte doña Oscuridad en lu-gar de doña Estiradilla.

—Prefiero que me llames Erin.

—Como quieras, aunque doña Oscuridad suena bien.

—Mejor que doña Estiradilla. —Sonrió.

Erin tenía una sonrisa muy bonita que rezumaba franque-za y confianza, y sus ojos oscuros como dos cavernas siempre expresaban todo lo que sentía. Sus impresiones sobre Erin Mathews comenzaban a ser contradictorias y cuanto más tiempo pasaba a su lado más le costaba ver en ella a la mujer fría y manipuladora que había pensado que era. ¡Si hasta reco-gía a autoestopistas borrachos de la carretera!

No le agradaba quedarse atrapado con Erin en el coche por-que no deseaba simpatizar con ella ni que le cayera bien. No quería mirarle los pechos, ni volver a sentir el incipiente cos-quilleo sexual que ya había experimentado hacía un rato cuan-do ella había rozado su pecho contra su brazo. No deseaba nin-guna de esas cosas porque se salían del plan. Y ahora estaba atrapado con ella en un viejo sedán destartalado, obligado a pa-sar más tiempo del necesario a su lado y sin posibilidad algu-na de poner distancia entre los dos para no sentirse deslum-brado por esa sonrisa tan cálida.

Se dijo que se daría media vuelta y trataría de dormir para no tener que relacionarse con ella, pero el tema del que habla-ban había despertado su curiosidad y en lugar de hacer lo que le parecía más sensato, Jesse apagó la luz del interior del coche para no gastar la batería y encendió la linterna, que iluminó suavemente el oscuro interior del coche. La depositó en el asiento de atrás, de tal manera, que iluminó sus perfiles y la zona del salpicadero.

—Tengo la impresión de que nadie sabe lo que haces en tu tiempo libre. Por fortuna no conozco a tu padre a nivel perso-nal, pero me parece que es la clase de persona que jamás acep-taría que su hija tuviera aficiones de este estilo.

—No te equivocas —asintió Erin—. Él no tiene ni idea de todo esto.

—¿Y cómo te las apañas para mantenerlo en secreto?

—Intento que mis escapadas coincidan con los fines de semana, así todo el mundo se piensa que salgo de la ciudad para hacer un viaje de placer. Mi compañera de la revista, Bonnie Stuart, siempre me cubre las espaldas.

—¿Así que escribes para una revista?

—Para *Enigmas y leyendas*.

—No me suena de nada.

—Es una publicación bimestral que lleva poco tiempo en el mercado, pero el número de seguidores y compradores ha ido creciendo paulatinamente.

—Supongo que no firmarás los artículos con tu nombre.

—Utilizo un pseudónimo. Prefiero diferenciar ambas facetas de mi vida.

Erin lanzó esa afirmación sin sentirse especialmente orgullosa de ello, por lo que Jesse interpretó que si usaba un pseudónimo no era por esa razón, sino para que nadie pudiera establecer relaciones entre la seria directora que estaba al frente del departamento de recursos humanos de la colosal empresa Mathews & Parrish, y la mujer apasionada por la parapsicológica que escribía artículos en una revista de temática paranormal.

La seguridad con la que Erin habló en todo momento disminuyó justo en ese punto. Se sintió un poco ridícula por la imagen que proyectaba de sí misma, como si fuera una niña ocultándoles a sus padres alguna fechoría infantil.

—¿Y tienes pensado silenciarlo eternamente?

«Por desgracia sí», pensó Erin. Cada vez tenía más claro que jamás se lo diría a su padre.

—No lo sé —dijo en cambio—. Cuando sienta la necesidad de decírselo, lo haré. No es algo que me quite el sueño —mintió.

Jesse se dio cuenta de que se sentía avergonzada. No era de extrañar. ¿Cuántos años tendría? Treinta y pocos, y ocultaba cosas importantes a su familia por miedo a que la juzgaran y no la aceptaran tal y como era. Seguro que Erin Mathews era de esas personas que se esforzaba denodadamente por complacer a sus exigentes progenitores, aunque para ello tuviera que prescindir de sus propios deseos e intereses.

Ahora llovía con una fuerza inaudita. Durante unos breves

instantes las enormes gotas de lluvia golpearon con furia la carrocería del coche y el parabrisas delantero. El ruido era atronador, como si les lanzaran piedras desde todos los ángulos y direcciones posibles. Luego aminoró y volvió a su ser, pero en el interior del coche había disminuido la temperatura al menos un par de grados. Erin se cruzó la chaqueta de lana sobre la blusa azul y contuvo un escalofrío. Menos mal que se había calzado las botas marrones de piel y tenía los pies calientes.

—¿Tienes hambre? —le preguntó Jesse.

—Mataría por un poco de comida. Me olvidé el sándwich en la mesa del restaurante. No he comido nada en todo el día.

Jesse se volvió para coger su cazadora y a Erin se le hizo la boca agua cuando sacó unas cuantas barritas energéticas y chocolatinas del bolsillo delantero.

—¿De dónde has sacado eso?

—De la máquina expendedora del restaurante.

Jesse las fue dejando sobre el salpicadero y Erin no les quitó el ojo de encima. El estómago le rugió como si Gardner expusiera ante sus ojos el manjar más exquisito que hubiera probado nunca. Pasados los nervios de la mañana y la repulsión que Neil el mendigo le había provocado y que había logrado encoger su estómago como un acordeón, Erin volvía a tener un hambre voraz y se le hizo la boca agua.

—Te agradecería que no te las comieras delante de mí. Podría matar por una de esas.

—No soy tan miserable. Pensaba compartirlas contigo. —Erin murmuró un sincero gracias con los labios—. Además, ¿cómo piensas gobernártelas para matar a nadie? Eres pequeña y tienes los huesos delgados. Antes de que consiguieras tocarme te tendría debajo de mí. —Le tendió cinco de las diez que tenía, y su generosidad la emocionó—. Vamos a ver si encontramos algo para rebajarlas, los tíos como Rod suelen guardar alcohol en la guantera del coche. —Jesse se inclinó para accionar la palanca y abrió el pequeño compartimento. Introdujo la mano y tanteó en el revuelto interior hasta que sus dedos acariciaron el vidrio—. Hoy es nuestro día de suerte —dijo sonriendo a Erin.

—¿Qué has encontrado? —Erin ya abría el envoltorio de una de las chocolatinas.

—Lo que supuse que encontraría.

Jesse extrajo una botella casi llena de licor. El halo de luz enfocó el líquido amarillento y Erin frunció el ceño.

—¿Whisky?

—No, licor de avellanas —contestó tras leer la etiqueta—. Esto servirá.

Jesse desenroscó el tapón y acercó la nariz a la boca de la botella. Puso un gesto de conformidad y luego se la llevó a los labios. Dio un largo trago mientras Erin observaba cómo se movía su nuez al tragar. Se secó los labios con el dorso de la mano y luego le tendió la botella pero Erin se mostró renuente.

—Vamos, esto no te matará. Te ayudará a entrar en calor.

Antes de contestar, Erin tragó el chocolate que tenía en la boca.

—No es saludable beber con el estómago vacío.

—El licor de avellanas apenas lleva alcohol. Sabe como si fuera zumo.

Erin tomó la botella y la miró como si le tendiera un objeto extraño y nocivo. Gardner la miraba a su vez con insistencia, y se vio casi obligada a hacerlo. Erin limpió la boca de la botella con la mano y luego bebió un sorbo. Paladeó el líquido después de tragarlo y decidió que sabía bien. No estaba tan fuerte como había supuesto, aunque desde luego tampoco sabía como si fuera zumo.

—Está bueno —asintió, devolviéndole la botella.

Sin limpiarla, Gardner dio otro trago y Erin volvió a observarlo a hurtadillas mientras sus dedos se peleaban con el envoltorio plateado de una barrita de cereales con miel. Había algo muy erótico en su forma de beber, o quizás esa apreciación suya se debía a que beber de la misma botella era un gesto demasiado íntimo para que lo compartieran dos extraños. Fuera lo que fuese, Erin se sintió turbada, y esa sensación fue en aumento conforme se pasaron la botella de unas manos a las otras. Erin terminó por beber sin borrar los rastros de Gardner y conforme el alcohol les calentaba el estómago, el clima del interior del coche ascendió unos grados.

—¿Ya has pensado qué quieres ser? —le preguntó Jesse de repente.

Él apoyó un brazo sobre el asiento sin reposacabezas y se volvió ligeramente hacia ella.

—¿A qué te refieres?

—A que tienes la opción de elegir una profesión durante los próximos días. Para evitar que puedan relacionarte de alguna forma con Mathews & Parrish, es mejor que les digamos que te dedicas a otra cosa completamente distinta.

—Hay cientos de directivas de recursos humanos en grandes empresas de Chicago, no creo que vayan a relacionarme con Mathews & Parrish.

—Te apellidas Mathews —dijo señalando la obviedad—. Es más sencillo que cambies de trabajo que de apellido.

Ella lo meditó mientras mordisqueaba una de sus barritas energéticas.

—En realidad me gustaría dedicarme a la parapsicología a tiempo completo, pero una cosa es que tu familia sepa que tengo esa afición y otra muy distinta es que les diga que me dedico a ello como profesional. Les parecerá horrible.

—De eso se trata, de que deseen que me libre de ti cuanto antes.

Erin asintió lentamente, no entendía cómo no había reparado en ello.

—Entonces seré parapsicóloga —sentenció con mucha convicción. No la avergonzaba expresarlo en voz alta porque se sentía muy orgullosa de su trabajo—. ¿No te remuerde la conciencia mentirles?

—Solo serán unos días, esta pantomima no va a tener graves repercusiones. —Jesse apoyó la cabeza en su mano y buscó una postura más cómoda sobre su asiento—. ¿Cómo nos conocimos? Lo dejo en tus manos, creo que eres una mujer con mucha imaginación.

La mirada de Gardner parecía más profunda ahora que la observaba entre las suaves tinieblas que envolvían el interior del coche. La luz ocre de la linterna iluminaba su perfil y dejaba el otro oculto entre las sombras. A veces se sentía tan abrumada por su atractivo y por su forma intensa de mirar, que se veía obligada a apartar la mirada.

Jesse le volvió a tender la botella y Erin dio un trago largo que achispó sus ojos y sonrojó sus mejillas. Ya se habían bebido más de la mitad. A Jesse le gustaba observar cómo sus labios carnosos rodeaban la abertura de la botella y luego se lamía las gotas adheridas a los mismos con la punta de la lengua. Jesse se remangó la camiseta hasta los codos, empezaba a hacer calor allí dentro.

—Pues… —Volvió a mirarlo—. Una mañana temprano de marzo, tú estabas navegando a bordo de un pequeño bote en el lago Michigan. Yo paseaba por Grant Park saboreando uno de esos bollos exquisitos con azúcar glaseada que hornean en la panadería que hay cerca de mi casa. Suelo hacerlo todos los días antes de acudir a mi trabajo… por cierto, soy la directora de la revista. —Matizó su fantasía, y Jesse sonrió—. Entonces te vi, algo en ti captó mi curiosidad y me acerqué hasta el muelle.

—¿Qué fue lo que captó tu curiosidad? Aparte de que me estaba hundiendo, claro.

—Bueno… tú estabas de pie en ese barquito tan pequeño, rodeado de toda esa cantidad de agua y sin apenas inmutarte porque te hundías. Supongo que me pareciste… —entornó los ojos— …poderoso.

—¿Eso es lo que realmente pensaste? —preguntó con interés.

Erin estuvo a punto de decirle que sí pero se echó hacia atrás en el último momento.

—Claro que no, me lo estoy inventando para darle más emoción a la historia —respondió como si fuera evidente—. Entonces recorrí el embarcadero y te pregunté si podía echarte una mano. Tú por supuesto la rehusaste y…

—¿Por qué la rehusé? —la interrumpió.

—Pues… porque querías impresionarme.

—¿Quería impresionarte? —Arqueó una ceja.

—Sí. —Ella defendió la visión particular de su historia incidiendo en ese punto—. Te volviste, me viste y decidiste que querías hacerte el valiente. Así que te quitaste las botas y te lanzaste al agua de cabeza.

Jesse soltó una carcajada, no la había juzgado mal al pensar que era muy imaginativa. Su pecho se agitó con su risa y Erin no pudo remediar que sus amplios pectorales atrajeran toda su atención. Los había tocado una vez y le gustó su tacto duro y consistente. Jamás había tocado unos pectorales así y estaba convencida de que el resto de su cuerpo debía de ser igual. Apartó la vista y achacó esos pensamientos al efecto de la bebida.

—¿Qué más? —inquirió, ya más calmado.

—Braceaste hasta la orilla, subiste al embarcadero, nos miramos a los ojos y… entonces sucedió.

—¿Qué es lo que sucedió? ¿Me enamoré de ti nada más mirarte?

Su tono era escéptico y ligeramente burlón, por lo que Erin se puso un poco a la defensiva.

—Es una buena historia.

—Quizá como argumento de una película romántica no esté mal, pero yo no soy la clase de hombre que se enamora a primera vista. Puedes contar que nos metimos en la cama nada más conocernos y eso sí se lo creerán.

—Pues si tú no eres esa clase de hombre, yo tampoco soy esa clase de mujer, y la gente lo notará en cuanto crucen unas cuantas palabras conmigo. De todas formas, les contaremos lo que a ti te parezca mejor. Al fin y al cabo son tus amigos y tus familiares a los que vamos a mentir —comentó, mientras tragaba un trocito de su última chocolatina—. Lo importante es que nos pongamos de acuerdo para contar la misma versión.

Jesse Gardner la estaba mirando directamente a los labios y enseguida supo por qué. Erin se quedó paralizada cuando él acercó la mano a su cara y con la yema del dedo índice capturó un trocito de chocolate que, por lo visto, se había quedado prendido bajo su labio inferior.

—Lo del embarcadero puede servir. —Jesse se llevó el dedo índice a la boca y lo chupó como si tal cosa. Erin observó casi aturdida cómo sus atractivos labios masculinos formaban un anillo carnoso alrededor de su dedo y aunque quiso apartar la mirada de ese punto, no pudo—. Sin embargo, nos quedaremos con la versión del sexo. Es la que todos creerán y, al contrario de lo que piensas, tú tienes tu puntillo morboso. Todo saldrá bien si no entramos en detalles.

Como si le costara asimilar sus palabras y sus actos, Erin se quedó mirándolo sin despegar los labios mientras su cerebro procesaba la información. Luego bajó la cabeza repentinamente y se aclaró la garganta.

—Como prefieras. —Erin guardó silencio mientras se comía su última chocolatina y escuchaba la caída de la lluvia. Gardner la había puesto nerviosa y Erin no estaba segura de si lo había hecho adrede o de forma inconsciente. Él era tan imprevisible que la desorientaba, la obligaba a estar todo el tiempo alerta y con la mente bien despierta, y eso era algo que el cansancio del viaje y el sopor de la bebida ya no le permitían hacer—. Ha sido un día muy largo y estoy cansadísima. Creo que deberíamos dormir. —Erin tanteó los bajos del asiento en busca de la palanca que lo regulaba pero no consiguió encontrarla—. ¿Cómo se inclina el respaldo?

Jesse inspeccionó su propio asiento y cuando averiguó el mecanismo, se inclinó sobre ella para mostrárselo. Erin quedó encajada entre el asiento y su cuerpo y, mientras él estuvo allí, no se atrevió a moverse ni un milímetro. Como ya le había sucedido con anterioridad, sus sentidos se afinaron y captaron tanto el calor que desprendía su cuerpo como el agradable olor a jabón maculino que emanaba de su piel. Erin aspiró su aroma hasta que se le llenaron los pulmones y luego lo soltó lentamente. Cuando Gardner la miró de frente, a tan solo unos centímetros de su cara, Erin necesitó volver a coger aire de nuevo.

—Si presionas hacia la izquierda, el respaldo se eleva. Hacia la derecha, se reclina.

—Gracias.

Erin esbozó una sonrisa un tanto forzada y Jesse se retiró a su asiento.

—Que tengas dulces sueños —le dijo él.

—Igualmente.

Jesse devolvió la botella vacía a la guantera y luego apagó la linterna. El interior del sedán se cubrió de espesas tinieblas. Escuchó el sonido que produjo el asiento de Erin al deslizarlo hacia atrás y cómo rechinaron los muelles mientras buscaba una postura que le permitiera dormir.

Jesse sonrió para sus adentros mientras la secundaba. Aunque todavía no tenía claro de qué forma iba a beneficiarse de Erin Mathews, era bueno saber que era una presa fácil a la que podría manejar sin demasiado esfuerzo. No obstante, esa inocencia que estaba descubriendo también tenía su lado negativo, y es que la imagen de la mujer fría y altiva que tenía de ella se estaba resquebrajando a pasos agigantados. Se preguntó si no habría errado de lleno al elegirla como supuesta novia. Erin Mathews iba a tener que desempolvar sus dotes interpretativas o, de lo contrario, a su madre le iba a encantar.

Se puso cómodo. Cruzó los brazos por encima del pecho, cerró los ojos y escuchó el sonido de la lluvia a la espera de que acudiera el sueño.

Erin estaba algo aturdida por la forma en que había reaccionado ante la cercanía de Jesse Gardner, pero no le cabía la menor duda de que era el alcohol el que había potenciado sus instintos femeninos. Por la mañana, después de unas cuantas horas de sueño, todo volvería a adquirir una apariencia de normalidad. Al menos en lo referente a la inesperada atracción que había sentido hacia él, porque el resto de cosas que le estaban sucediendo no podrían calificarse de normales.

Estaba cansada, pero su cabeza se negaba a dejar de funcionar. Repasaba una y otra vez todo lo acontecido durante el día, desmenuzando cada detalle y analizando cada minúscula porción hasta que se sorprendía a sí misma apretando los dientes y cerrando los ojos con fuerza. Tenía un montón de problemas encima, y aunque sabía que no era el momento de ponerse a pensar en ellos, no podía evitar hacerlo. Erin era una de esas personas que necesitaban irse a la cama con los conflictos resueltos, y no con un montón de frentes abiertos.

Suspiró suavemente y volvió a removerse en su asiento hasta quedar boca arriba. Los muelles se le hincaron en los glúteos y la cabeza le quedó colgando porque el asiento no tenía reposacabezas. Se giró un poco y volvió a apoyarse contra la fría carrocería del coche. Estaba completamente desvelada y no tenía ni idea de cuánto tiempo habría transcurrido desde que habían apagado la luz, pero le pareció que una eternidad la separaba de ese momento.

Escuchó la respiración acompasada de Gardner y se preguntó si ya se habría dormido o si estaría analizando como ella los pormenores de aquel aciago día. No parecía la clase de persona a la que los problemas le quitaran el sueño, así que, con toda probabilidad, estaría profundamente dormido.

Decidida a averiguarlo, Erin deslizó la mano sobre el asiento de atrás y buscó a tientas la linterna, procurando no hacer ruido. Sus dedos toparon con la cazadora de Gardner y tanteó en la otra dirección hasta encontrarla. Buscó el botoncito de encendido y lo apretó, y luego enfocó a su compañero de viaje con la plena confianza de que dormía. Erin se llevó un pequeño sobresalto al comprobar que sus ojos estaban abiertos y que la miraban fijamente.

—Aparta eso de mi cara.

—Lo siento, creía que dormías.

—Lo intento, pero me está resultando difícil con el ruido que haces cada vez que mueves el trasero. ¿Qué es lo que pasa? Dijiste que estabas cansada y que necesitabas dormir.

—Y es cierto, pero no dejo de pensar en todo lo que nos ha sucedido hoy. —Erin no apagó la linterna, la dejó entre los dos asientos y volvió a acomodarse de cara a Gardner. Él tenía los brazos cruzados sobre el pecho y las piernas estiradas cuan largo era. Y no pareció recibir de buen agrado las intenciones de Erin de entablar conversación—. ¿Crees que encontrarán mi coche?

—¿Eso es lo que te quita el sueño?

—Entre otras cosas.

Jesse la miró a los ojos desvelados y decidió ser clemente con ella para que recuperara el sueño y le dejara a él conciliar el suyo.

—El *sheriff* Connor no parecía una lumbrera, pero Neil el mendigo tampoco, así que supongo que lo encontrarán.

—Lo compré hace año y medio e invertí en él una buena parte de mis ahorros —comentó con la voz apagada por la poca confianza que le despertaban las autoridades de aquel lugar—. ¿Para qué querrá un coche alguien como Neil? Ni siquiera tiene dinero para llenar el depósito una vez que se acabe la gasolina.

—Quizás no le gustó el vino que le sirvieron en la comida y se ha ido en busca de otro bar en el que sí le guste —opinó jocoso.

—Te mofas porque no es tu coche.

—Qué perspicaz. —Erin entornó los ojos y le digirió una mirada helada—. Deja de lloriquear por él, yo tuve que vender el mío y el mundo no se acaba por eso. Y en el peor de los casos, siempre puedes comprarte una camioneta como la mía. Yo te ayudaré a conseguir una a buen precio.

Erin movió la cabeza lentamente y contuvo una sonrisa.

«Si no puedes con tu enemigo, únete a él.»

—Eres un cretino.

—Sí, lo soy.

Erin observó su perfil y paseó los ojos por los contornos fuertes de su mandíbula, donde la barba le había crecido a lo largo del día. Estaba convencida de que bajo aquel aspecto tan férreo y resistente, había un lugar para los sentimientos. Decidida a llegar un poco más lejos, Erin se incorporó sobre el asiento y apoyó el peso en un brazo. A su manera, ella también sabía ponerle a prueba.

—Nuestros encuentros en Chicago han sido tan accidentados que pensé que sería una clase de tortura hacer este viaje contigo. Con eso no quiero decir que todo vaya como la seda, porque sé que no soy de tu agrado y que la mayor parte del tiempo no me soportas, pero antes de que te duermas, quería agradecerte los gestos amables que has tenido conmigo a lo largo del día.

Jesse la miró con gesto interrogante.

—No logro recordar cuándo los he tenido. Si te refieres a que he compartido las chocolatinas contigo, la otra opción era dejarte morir de hambre, y no quiero tener tu muerte sobre mi conciencia. Creo que has confundido la amabilidad con la compasión.

Erin no esperaba que lo reconociera, pero tampoco que su voz sonara tan fría. Creyó que se pondría a la defensiva como hacía la mayoría de las personas cuando alguien trataba de arañar en sus barreras. Él estaba demasiado seguro de sí mismo como para hacerle reaccionar con un simple comentario pero, aun así, no se arrepentía de habérselo dicho.

Sus ojos quedaron conectados en una mirada larga y silenciosa. La de él parecía retarla a que argumentara qué era aquella tontería de los gestos amables, y la de ella era serena y un tanto desconcertante. A Jesse le hubiera gustado saber qué era lo que le pasaba en esos momentos por la cabeza.

Erin volvió a quedar tumbada sobre el asiento y se cruzó la

chaqueta por encima de los pechos. Sabía cuándo debía retirarse y ese era el momento.

—Te lo agradezco de todas formas —dijo en un tono que a Jesse le pareció exasperantemente sincero—. ¿Por qué no me hablas de tus amigos y conocidos de Beaufort? Me gustaría saber algo de ellos antes de que me los presentes. Ya sabes, quisiera poder decir eso de «oh, Jesse me ha hablado mucho de ti».

Jesse no sabía qué era lo que tenía Erin Mathews que le hacía sentir como si fuera un miserable mientras ella quedaba como una mujer cándida y abnegada. Se le daba bien invertir los papeles y darle la vuelta a la tortilla en su beneficio. Y era mucho más inteligente de lo que parecía. Le convenía no perder ese detalle de vista.

En ese instante no le apetecía lo más mínimo hablarle de sus amigos, pero si con eso conseguía que se durmiera y se callara, lo haría gustoso. Comenzó por hablarle de Chad y de Linda McKenzy, la chica menos popular del instituto con la que ahora su amigo iba a contraer matrimonio. Pero no llegó a hablarle de Chase, ni de Sarah, ni de Miranda y Dan porque, por fortuna, Erin se quedó dormida. Jesse se dio cuenta de que estaba hablando solo cuando ella dejó de hacer preguntas. Tenía los ojos cerrados, la expresión relajada y su respiración se había vuelto un poco más pesada. Y tenía los pezones erguidos.

¿Sería por el frío? Las temperaturas habían descendido y en el interior del sedán no debía de haber más de dieciséis grados. Le tocó una de las manos, que tenía cruzadas sobre su regazo, y la halló fría. Titubeó mientras la observaba dormir. No le gustaba nada lo que había dicho hacía un momento, porque él no estaba haciendo nada del otro mundo para que ella se mostrara agradecida. Cualquiera en su situación habría compartido el único alimento que tenía con ella o la habría tapado para que no cogiera una pulmonía. Además, ella dormía y no se enteraría. Jesse cogió su cazadora de piel y le cubrió el cuerpo destemplado con ella. Erin se removió complacida y emitió un susurro ininteligible, pero no se despertó.

Luego volvió a su sitio, apagó la linterna y continuó escuchando la caída de la lluvia.

Y

El contorno impreciso de una silueta humana aguardaba al fondo del largo y oscuro pasillo. Resplandecía en medio de la oscuridad, como si tuviera luz propia, y Erin podía ver a través de su transparencia y de sus difusas formas de mujer. Aquellos luminosos ojos azules que como dos faros en la noche la guiaban en el camino la miraban fijamente y le pedían que no tuviera miedo. Entonces sus blanquísimos brazos se alzaron y Erin avanzó hacia ellos, sin temor ni dudas, movida por su afán de volver a abrazarla. Levantó una mano y trató de tocarla pero, repentinamente, el escenario en el que se hallaba cambió bruscamente y se vio envuelta en otros brazos. Estos eran fuertes y robustos, acogedores y sólidos, los brazos de Neil Parrish. Había paredes de madera a su alrededor, y el fuego de una chimenea crepitaba en un rincón, y Neil le decía que no se preocupara por nada, que él estaba a su lado para protegerla y amarla. Pero su voz sonaba diferente, era una voz áspera y rígida la que le hablaba, era la voz de su padre. Erin alzó la cabeza hacia Neil y lo miró con los ojos prendidos de confusión y, de repente, el rostro amable del hombre se transformó paulatinamente en el semblante severo de Wayne Mathews. Ya no la abrazaba, la miraba con ira e infinita inquina. Ahora estaba en su despacho, con una caja de cartón sobre la mesa en la que guardaba objetos que recogía de su mesa. Su padre señalaba la puerta con el brazo extendido y le pedía que se marchara y que nunca más volviera. Los ojos se le salían de las órbitas. Erin agachaba la cabeza, con la caja apretada contra el pecho agitado, y recorría el camino hacia la salida con las rodillas temblando a cada paso que daba. En el ascensor Alice le tendía la mano, y sus dedos cálidos y amorosos se cerraban en torno a los suyos. Su hermana también cargaba con una caja de cartón de la que asomaba un cuadro plateado que enmarcaba una fotografía muy hermosa de ambas. Pero cuando el recorrido del ascensor llegó a su fin, los dedos de Alice se desprendieron de los suyos y, de repente, ella ya no estaba a su lado, había desaparecido entre la afluencia de gente que transitaba por el vestíbulo de la torre Sears.

Con la caja pegada a su cuerpo, Erin corría sin aliento y se hacía paso entre todas aquellas personas desconocidas buscando a Alice sin encontrarla, atrapada en un terror atroz propio de una pesadilla. Halló el retrato de Alice roto a sus pies, con los vidrios punzantes teñidos de sangre y desparramados por el suelo. Los ojos se le cubrieron de lágrimas y todo se cubrió de tinieblas.

Jadeos. Un cuerpo grande y desnudo, hermoso como el de un dios, oscilaba suavemente sobre el de ella y, bajo el suyo, una superficie blanda y mullida los acogía a ambos. Erin alzaba las caderas buscando las suyas, implorante y deseosa, aturdida por la intensidad de su gozo y por el placer que él le proporcionaba. Susurró su nombre en las tinieblas. Neil. Unos labios masculinos descendieron y la besaron y su lengua tocó la suya. Entre sus dedos femeninos quedaron atrapados mechones de sus largos cabellos, más dorados que negros, y unos ojos azules la miraron burlones e hirientes, pero nublados de pasión. No era Neil Parrish quien le hacía el amor. El hombre que fundía sus entrañas y le ofrecía el placer más intenso y desgarrador que hubiera sentido jamás era Jesse Gardner.

Aturdida por su descubrimiento abrió los labios, pero Gardner se tragó su protesta aplastándolos con los suyos. Y luego saltó al vacío aferrada a él, en una espiral que los engulló y les hizo girar y girar, una y otra vez.

Capítulo 11

Cuando los primeros rayos del alba se abrieron paso en la oscuridad que bordeaba las montañas del este, Jesse despertó de un sueño ligero con la esperanza de que el coche no hubiera sufrido ninguna avería tras la noche de incesante lluvia. A su alrededor, la oscuridad tenía un matiz azulado y, en el exterior, ya se dejaban ver los contornos de los árboles que habían elegido como refugio de las inclemencias atmosféricas.

Erin Mathews todavía dormía a su lado. Tenía la cara vuelta hacia él y aparecía enmarcada por la brillante melena de color castaño que formaba ondas suaves en el descenso hacia sus hombros. Tenía los labios levemente separados y permanecía acurrucada bajo su cazadora. Observó que sus pestañas eran interminables y que tenía una pequeña peca de color castaño en la mejilla, cerca de la nariz. Erin hizo un movimiento repentino, removiéndose en sus sueños, pero no se despertó. Jesse decidió que la dejaría dormir un rato más, el tiempo que tardara en regresar al coche. Luego emprenderían la marcha porque ya había luz suficiente para proseguir el camino.

Salió del coche para estirar los músculos y para aliviar otras necesidades fisiológicas. Luego caminó hacia el arroyo, haciéndose paso entre la bruma del amanecer. Una vez allí se agachó y ahuecó las palmas de las manos bajo su cristalina superficie, las alzó y enterró la cara en ellas. El agua estaba gélida pero le despejó al instante, como si acabara de tomarse un café bien cargado.

Cuando regresó al coche, Erin continuaba en la misma postura y ni siquiera se había despertado con el ruido que hizo la puerta al cerrarse. Parecía sumida en un profundo sueño, pero algo la inquietaba porque movió los labios pronunciando un nombre, «Neil» le pareció entender, y luego volvió a mover la cabeza de izquierda a derecha. Si estaba soñando con Neil el mendigo no le extrañaba nada que tuviera un sueño tan agitado.

Como no quería que ella se despertara y descubriera que él la había arropado con su cazadora para que no pasase frío, Jesse se volvió hacia Erin y la retiró cuidadosamente de su cuerpo tibio. Ella movió los brazos como si echara en falta el calor que le proporcionaba la prenda y entonces despertó, abriendo los ojos a la claridad del día.

Erin se lamió los labios, enfocó la vista y luego hizo una mueca al tratar de incorporarse, como si le doliera todo el cuerpo.

—¿Qué hora es? —preguntó con la voz pastosa.

—Las siete de la mañana, hora de ponerse en marcha.

Erin se frotó los ojos con las yemas de los dedos y, de regreso a la oscuridad, su mente nublada se encargó de traer a su conciencia un aluvión de imágenes del sueño que acababa de tener. Miró a Gardner mientras las imágenes continuaban llegando y entonces se azoró porque su cuerpo todavía respondía a las placenteras sensaciones que había sentido mientras estaba debajo del de él.

Erin se aclaró la garganta.

—Voy a salir un momento. Necesito lavarme la cara y… bueno, ya sabes.

—Claro.

En el exterior se estremeció de frío. Como había llovido durante toda la noche la temperatura era muy fresca y la humedad se le metió en los huesos. Se cruzó de brazos para contener el calor de su cuerpo y rodeó el vehículo, pero cuando pasaba junto a la puerta de Gardner, este la abrió y le tendió su cazadora de piel.

—Gracias.

—No quiero que mueras de frío. Necesito conservarte hasta que regresemos a Chicago.

Erin se ocultó entre los árboles y anduvo durante un buen tramo para poner la suficiente distancia entre ella y el coche. Buscó el camino que conducía al arroyo y luego realizó algunas de sus tareas rutinarias de todas las mañanas, echando de menos su cepillo de dientes y su peine. El agua fría del arroyo resbaló por su rostro y sus manos y la despejó por completo pero, sin embargo, su mente todavía permanecía conectada a las sensaciones que el sueño había removido en ella. Sus sueños no solían ser tan vívidos y explícitos como este, parecía como si acabara de ver una película en el salón de su casa en el que ella era la protagonista.

Era curioso que hubiera comenzado soñando con su abuela y que luego el sueño hubiera dado tantas vueltas hasta acabar tendida en una cama haciendo el amor con Jesse Gardner. Si los sueños son desahogos emocionales del inconsciente, como apuntaba la mayoría de las teorías, Erin no podía entender esa última parte.

De regreso al coche, Erin miró a Gardner de soslayo mientras él intentaba arrancar el motor. Mandíbula marcada, nariz recta, labios carnosos, ojos azules que unas veces miraban como un ángel, y otras como un demonio… Sí, era un hombre imponente, pero Erin no estaba interesada sexualmente en él, al menos de manera consciente.

El motor del viejo sedán tosió un par de veces y el tubo de escape lanzó una nube de humo blanco a la atmósfera. No había sufrido daños aparentes y, de momento, podían continuar el camino. Jesse lo sacó del refugio de las coníferas y tomó el sendero que conducía a la carretera. Erin se empeñó en relevarle al volante, pues consideraba que Gardner se merecía un descanso tras conducir durante la mayor parte del día anterior, pero él le dijo que estaba descansado y que podía hacer las tres horas que faltaban para llegar a Beaufort sin ningún problema. Erin lo aceptó.

Conforme se acercaban a Carolina del Norte, la geografía varió sustancialmente. Atrás fueron quedando las extensas llanuras de Virginia y el paisaje se volvió más abrupto al acercarse a la cadena de montañas Blue Ridge. Debían bordearla para acceder a la región de Piedmont, que era la más poblada y urbanizada de Carolina del Norte y, en la siguiente hora, Erin atendió a las explicaciones de Gardner sobre su estado natal. Mientras el sol ascendía sobre las montañas como un globo incandescente y prometía a un cielo carente de nubes que el día sería cálido y brillante, Jesse Gardner le habló de las Black

Mountains, que eran las más altas del este de los Estados Unidos y que culminaban en el monte Mitchell, que superaba los dos mil metros de altura.

—Es aquel de allí.

Jesse señaló con el brazo extendido una robusta montaña que se alzaba por encima de las demás, dando la sensación de que traspasaba la superficie aterciopelada del cielo y se hacía paso a través de ella. La cumbre todavía albergaba las nieves del invierno y Jesse le dijo que había sobrevolado la montaña y que jamás había contemplado vistas tan hermosas como aquella.

—La agricultura es el medio de vida por excelencia de estas tierras. ¿Sabes cuál es el negocio más fructífero?

—Lo ignoro.

—La venta de árboles de Navidad. Se exportan a lo largo y ancho del país —le explicó.

Superado el trayecto que confluía entre los impresionantes Apalaches, se adentraron en la región de Piedmont, la zona central y más amplia de Carolina del Norte. Una larga línea de pintorescas cascadas delimitaban el paisaje y Erin quedó embobada con los impresionantes saltos de agua. Tan intenso era su embelesamiento que no escuchó el pitido que emitió su móvil.

—Erin, tu móvil —le indicó Gardner.

—¡Oh!

Erin sacó el móvil de su bolso con la esperanza de que se tratara del *sheriff* Connor, pero fue el nombre de Alice el que apareció en la pantallita azul. Había olvidado por completo que debía ponerse en contacto con su familia una vez hubiera recuperado la cobertura, por ello entendió que Alice le echara una buena reprimenda antes de que pudiera despegar los labios para explicarse. Una vez Alice hubo finalizado su fulminante sermón, y ya más calmada al comprobar que su hermana estaba bien, Erin aprovechó para contarle la serie de acontecimientos que les habían sucedido en las últimas horas. Comenzó por el principio y se lo narró de forma cronológica mientras exclamaciones de sorpresa surgían al otro lado de la línea.

—Pero ¿cómo diablos se te ocurrió recoger a un vagabundo de la carretera? —inquirió Alice, con la voz tan alta que Jesse pudo escucharlo sin necesidad de inclinarse sobre Erin.

—No parecía un vagabundo cuando lo vimos caminando por el arcén. Creí que era un anciano —se defendió—. Escucha, te llamaré cuando lleguemos a Beaufort porque si la policía no recupera el coche y las maletas, necesitaré que me envíes algo de ropa.

—¿Qué tal con Jesse Gardner?

Erin apretó los dientes, Alice hablaba demasiado alto y se sintió incómoda.

—Bien. Ahora necesito tener la línea libre por si llama el *sheriff* Connor. Ya te contaré cuando lleguemos a Beaufort —insistió—. Un beso.

Un poco azorada, Erin devolvió el móvil a su bolso y esperó que su compañero no hubiera oído la pregunta indiscreta de Alice.

La región de Piedmont se caracterizaba por las suaves ondulaciones de su terreno, que eran frecuentemente interrumpidas por colinas y montañas bajas que estaban profundamente erosionadas por los años de incesantes lluvias. Cruzaron un par de ríos en la siguiente hora, el Yadkin y el Catawba, que tendían a ser caudalosos y estrechos en la mayor parte de sus tramos, y Jesse continuó deleitándola con explicaciones que ella desconocía y que le parecieron muy interesantes a la vez que instructivas.

En Durham hicieron un alto en el camino para tomar algo y para repostar gasolina. El olor del interior de la cafetería le recordó a Erin lo hambrienta que estaba y decidió que tomaría dos tortitas con chocolate aun a riesgo de tener que desabrocharse el botón de los pantalones cuando terminara con ellas. Él pidió lo mismo después de permanecer un rato paseando sus ojos azules por la carta. La luz de la mañana incidía sobre él resaltando las huellas del cansancio acumulado y Erin observó que tenía la barba más crecida y que alrededor de los ojos le habían aparecido unas finas arrugas que se acentuaban cuando los entornaba.

Jesse dejó la carta a un lado y la sorprendió mirándolo fijamente. Ella se aclaró la garganta, como hacía siempre que algo la inquietaba, y luego jugó con el anillo que llevaba en su dedo anular.

—Anoche me dormí cuando hablabas de tus amistades de

Beaufort. Creo que este es un buen momento para que me pongas al día.

Contarle a Erin Mathews cosas de su vida privada era la parte menos atractiva de ese plan que todavía estaba por perfilar, aunque no por ello dejaba de ser necesaria. Por lo tanto, mientras comían sus tortitas con apetito voraz, Jesse la puso en antecedentes aunque sin extenderse en los detalles. Se limitó a dar puntuales y breves pinceladas sobre sus amigos para que ella pudiera reconocerlos una vez se los presentara; y aunque ella hizo preguntas, él las respondió de forma escueta, dándole a entender que ese no era un tema de conversación.

Sin embargo, antes de dar el tema por zanjado, Erin hizo una última pregunta que le corroía la curiosidad, más cuando él no había hecho ninguna alusión al respecto, que ella supiera.

—¿Quién es la chica rubia con la que aparecías en la fotografía que te devolví hace unos días? A menos que se haya cambiado el color del pelo, no la has nombrado.

—June Lemacks. Una ex.

—¿También es de Beaufort?

Él se tomó su tiempo mientras masticaba, lo cual hizo que aumentara la curiosidad de Erin.

—Es de Beaufort —asintió.

—¿Y reside allí?

—Así es.

Sus respuestas cortantes la advirtieron sobre la improcedencia de que hiciera más preguntas al respecto y Erin guardó silencio aunque extrajo sus propias conclusiones. Cinco años era mucho tiempo alejado de su familia y de sus amigos, y Erin entendió que si no había regresado a su tierra en todo ese tiempo, era a consecuencia de esa rubia guapísima que se llamaba June, que había sido su novia y de la cual no parecía guardar un grato recuerdo.

Terminaron de desayunar en silencio. La buena armonía que había reinado entre ambos la noche anterior, mientras se pasaban de unas manos a otras la botella de licor, se había esfumado por completo. Erin creía que no se debía a sus preguntas sobre June Lemacks, sino a consecuencia de sus intentos por simpatizar con él expresándole su gratitud.

Media hora después reanudaron el camino.

Conforme llegaban a su destino, la geografía de la zona costera de Carolina del Norte hechizó a Erin por su singular belleza, e hizo preguntas a Gardner sobre la ubicación exacta de Beaufort. Él le explicó que Beaufort era un pueblo costero situado en la zona de los Outer Banks, una cadena de estrechas islas de arena que formaban una especie de barrera entre el océano Atlántico y las vías navegables.

—A esa zona se le llama estrecho de Pamlico y está formado por numerosas marismas y pantanos poco profundos. También hay varias islas arenosas a diez minutos de la costa, a las que se accede cruzando el estrecho con botes o lanchas. Esta tarde nos reuniremos con unos amigos en la isla Carrot, es la más visitada por los turistas porque está habitada por caballos salvajes. Te gustará.

Erin estaba deseando verlo con sus propios ojos.

—¿Dónde está la mansión Truscott?

—Está más hacia el oeste, a las afueras del pueblo. Desde mi casa parte un sendero que conduce directamente a la mansión, aunque para llegar hasta allí hay que andar durante un buen trecho a través del bosque.

Instantes después, al dejar atrás una curva cerrada de la carretera, apareció una enorme señal cuadrada con el dibujo de un faro y un mar surcado de veleros que estaba clavada al suelo con dos travesaños de madera. Con bonitas letras negras sobre un fondo azul celeste les daba la bienvenida a Beaufort. Por fin habían llegado a su destino.

Beaufort era, ante todo, un pueblo pesquero y humilde, pero no por ello carente de una singular belleza que residía, fundamentalmente, en su espléndida ubicación geográfica junto al océano Atlántico. Las calles eran amplias y las casitas tenían coquetos jardines delanteros y porches con columnas pintadas en un inmaculado color blanco. A ambos lados de la calle y formando perfectas hileras, había majestuosos arces de frondosas copas verdes, y se habían colocado bancos de madera para aprovechar la sombra que proyectaban sobre las aceras. Como era un pueblo pequeño que podía cruzarse de punta a punta sin necesidad de utilizar ningún medio de transporte, había muy poco tráfico y quizás esa era la razón de que todo parecía tan luminoso.

Jesse observaba con profundo interés cada pequeño detalle de la calle Moore. Conocía a las familias que vivían en las casas que iban dejando atrás, y había asistido a muchas bodas y a algún que otro funeral en la iglesia de Sant Paul en el cruce con la calle Ann. El suceso más amargo de su vida había tenido lugar entre aquellos cuatro sólidos muros, cuando hacía seis años atravesaron las pesadas puertas de roble con el féretro de su padre. Ahora, la iglesia parecía restaurada y habían encalado la fachada hacía poco tiempo, aunque ese era el único cambio que sus ojos reconocieron a simple vista.

Frente a la panadería de Tom Jackson, en el pequeño descampado que el Ayuntamiento todavía no se había decidido a urbanizar, Jesse perdió su virginidad con Sue Anne en el asiento de atrás del Cadillac de su padre cuando tenía dieciséis años. Sue Anne era una chica doce años mayor que él pero muy experimentada en el sexo, que le enseñó todo lo que Jesse necesitaba saber sobre las mujeres.

Sue Anne estaba casada y tenía dos hijos pequeños, y Jesse comenzó a relacionarse con ella a raíz de un trabajo de carpintería que Sue le encomendó a su padre. Como Robert Gardner consideró que reparar la valla del jardín de Sue Anne era una tarea sencilla y él estaba desbordado de trabajo por aquel entonces, envió a Jesse para que se hiciera cargo de la reparación, lejos de intuir que el joven Gardner se haría cargo de otras muchas cosas más.

Durante aquellas tardes estivales en las que Jesse se dedicó a suplir las maderas carcomidas por otras nuevas, Sue Anne no tardó en mostrar abiertamente que estaba interesada en él. Solía hacerle compañía mientras él trabajaba y empezó a vestirse y a comportarse de forma muy provocativa y sensual. Decía que su marido trabajaba muchas horas al día y que la tenía muy desatendida, así que una cosa llevó a la otra y estuvieron viéndose a escondidas durante los siguientes dos años. Aprovechaban que el marido de Sue Anne se marchaba a trabajar y sus hijos estaban en el colegio para tener sexo en su casa, pero cuando no podía ser, utilizaban el coche del padre de Jesse.

Sue Anne se marchó del pueblo con su familia un par de años después y Jesse jamás volvió a verla, pero siempre le estaría eternamente agradecido por todo lo que aprendió estando con ella.

Tenía un recuerdo asociado a cada rincón de Beaufort y la mayoría de ellos eran buenos recuerdos. Su infancia fue estupenda porque creció en un hogar inundado de amor y respeto. Su adolescencia fue algo salvaje y desmedida, como la de la mayoría de los jóvenes de Beaufort, pero nunca se desvió del camino principal porque siempre tuvo objetivos claros en la vida. Cuando finalizó sus estudios de educación secundaria se marchó a Raleigh para ingresar en la escuela de pilotos. Fueron buenos tiempos, sobre todo cuando June se mudó con él a Raleigh y durante años vivieron en aquel apartamento con goteras que estaba pegado a la vía del tren.

Jesse siempre pensó que su historia de amor con June sería de esas que se escribían con letras mayúsculas y que terminaban con un final feliz. Pero se equivocó hasta la raíz.

Cuando June Lemacks y Keith Sloan le traicionaron, su vida se salió de su eje y perdió el rumbo y la perspectiva. Como era la primera vez que le sucedía algo así, Jesse no tenía ni idea de qué hacer para volver a encauzarla. Durante mucho tiempo se sintió desorientado y cometió algunos excesos de los que no se sentía especialmente orgulloso; hasta que Maddie le hizo entender que ninguna mujer en el mundo merecía que sufriera por ella. Maddie podía ser muy persuasiva cuando se lo proponía y aquella conversación con su hermana le caló muy hondo.

Fue a partir de ese momento cuando Jesse recuperó las riendas e introdujo una serie de cambios radicales en su vida. El más importante de ellos fue dejar su casa de Raleigh y su empleo en la compañía aérea para trasladarse a Chicago y empezar allí de cero. Le encantó la ciudad del viento y las posibilidades que ofrecía, de hecho, fijó allí su residencia de manera indefinida y se aclimató perfectamente al ritmo que imponía la ciudad. No obstante, ahora que circulaba a través de las calles de Beaufort, supo en lo más profundo de su corazón, que era ese pequeño pueblo pesquero a orillas del Atlántico al que siempre consideraría como su verdadero hogar.

Se alegraba de estar de vuelta.

—¿Aquello es el estrecho de Pamlico?

La dulce voz de Erin Mathews rompió el hilo de sus pensamientos y lo catapultó de regreso al presente.

—Así es.

Erin contempló con creciente entusiasmo el fragmento del estrecho de Pamlico que se vislumbraba al final de la calle y que se agrandaba paulatinamente conforme se acercaban a su destino. Cuando Jesse estacionó el sedán y se apearon, Erin caminó el corto trecho hacia la orilla arbolada y observó con ojos fascinados la increíble belleza de las marismas y de las zonas pantanosas. Las aguas del brazo de mar que dividía la costa de Beaufort de las islas arenosas, que se distinguían al fondo del estrecho, brillaban bajo la luz del sol como si alguien hubiera derramado sobre su superficie centenares de perlas. También se fijó en los pequeños barcos que pescaban en las aguas de color turquesa y en el faro que había en la lejanía, en lo alto de un macizo rocoso.

—Es una maravilla —dijo con entonación ensimismada.

—Aquella línea de tierra que se ve al fondo es la isla Carrot, y esa de ahí —señaló a sus espaldas— es la casa de mis padres.

Como todas las demás, la casa familiar de los Gardner era una sólida construcción de dos plantas con jardín delantero, fachada blanca, tejado de pizarra y enormes macetas de color rojo en los alféizares de las ventanas. En una de esas ventanas de la planta baja, concretamente la de la cocina, una mano dejó caer unas cortinas y Jesse supo que su madre se hallaba preparando la comida.

—Ha llegado el momento de que conozcas a mi familia. Ya sabes cuál es tu papel. —Jesse estudió su aspecto sencillo y natural, tan diferente al que ella tenía cuando la conoció. Por desgracia, a su madre le iba a encantar—. ¿Quieres saber algo más?

—Sí, quiero saber por qué me miras así. —Erin se atusó el pelo y se alisó la chaqueta negra con las manos—. Supongo que debo de tener un aspecto horrible, ¿verdad? Necesito una ducha y cambiarme de ropa o terminaré pareciéndome a Neil el mendigo.

Gardner sonrió pero negó lentamente con la cabeza.

—Estás preciosa y, a primera vista, a mi madre le vas a encantar. Tendrás que hacer lo posible para desagradarle. Ya sabes, no seas simpática, no confraternices y contesta solo cuando te pregunten.

—Procuraré estar al nivel de tus exigencias.

Jesse estuvo a punto de decir algo cuando la puerta de la casa se abrió y se vio obligado a mudar la expresión y sonreír a su madre.

Gertrude Gardner era una mujer rolliza que iba ataviada con un floreado vestido amarillo, y a quien la impaciencia por abrazar a su hijo la llevó a cruzar el jardín casi a la carrera. Seguida de cerca, la réplica femenina de Jesse Gardner también expresaba una inmensa alegría que manifestó de igual forma que su madre. Erin supuso que se trataba de Maddie, la hermana de Gardner. Jesse Gardner se adelantó unos pasos, abrió los brazos y dio cobijo a ambas mujeres contra su pecho, encerrándolas en un fuerte abrazo en el que los tres quedaron fundidos durante largo rato. A Erin la emocionaron las risas, las palabras de cariño y, sobre todo, los besos, que los hubo a raudales. En su familia nunca se habían prodigado tales muestras de afecto, y Erin sintió el repentino deseo de unirse al grupo.

Los rechonchos brazos de Gertrude Gardner rodeaban los hombros de su hijo y le besaba reiteradamente en las mejillas. La mujer estaba loca de contento y no cesaba de repetir lo feliz que la hacía tenerlo de vuelta en casa. Aunque rondaba los sesenta años y tenía unos cuantos kilos de más, en sus rasgos dulces y amables se advertía que de joven había sido una mujer muy atractiva. Erin no conocía el aspecto de Robert Gardner, pero sus dos hijos eran indiscutiblemente el vivo retrato de la madre.

Enseguida estableció una especie de afectividad con la mujer, que rápidamente se hizo extensible también a la hija. A consecuencia de la imagen que Gardner proyectaba de sí mismo, Erin había supuesto que la joven tendría un carácter y una actitud similares a los de su hermano, pero no parecía que Maddie tuviera en común con Gardner algo más que los rasgos físicos y el apellido.

Erin se temió que le iba a resultar mucho más difícil de lo previsto comportarse con aquellas dos mujeres tan afectuosas tal y como Gardner le había pedido reiteradamente que hiciera.

Con las manos entrelazadas, Erin aguardó en un segundo plano hasta que Maddie Gardner se separó de su hermano, que continuaba secuestrado por su madre, y se dirigió directamente a ella.

—Hola, Erin, bienvenida a Beaufort.

Maddie se acercó a ella y le dio un afectuoso beso en la mejilla. Gertrude Gardner también la besó, y luego la tomó por los brazos y la contempló con una expresión de agrado que a Erin le resultó difícil no corresponder.

—Me alegro muchísimo de que Jesse se haya decidido a traerte. ¿Estás cansada por el viaje? Siento mucho lo de tu coche, espero que la policía encuentre al ladrón.

Erin supuso que Jesse les había contado lo del robo en algún momento de la mañana, probablemente cuando hicieron la parada en el bar de carretera.

—Gracias, señora Gardner, yo también espero que lo atrapen.

—Supongo que no habréis comido por el camino. —Miró a Jesse—. Estoy preparando un estofado de ternera para chuparse los dedos. Vamos a la cocina.

A Erin le rugió el estómago. A pesar de que hacía hora y media que se había comido dos tortitas con chocolate, todavía estaba famélica. Creyó que podría comerse ella sola el apetitoso guiso de la señora Gardner.

Madre e hijo abrieron el camino hacia la casa a través del sendero de adoquines de piedra, donde la hierba perfectamente segada crecía alrededor. La mujer rodeó la cintura de Gardner como si temiera que de soltarlo volviera a desaparecer, y él estrechó a su madre contra su fornido cuerpo y la besó un par de veces en la cabeza.

Era evidente que en aquella familia imperaba el amor y el cariño, y no dudaban en manifestárselo en público sin problemas.

Capítulo 12

*L*a cocina de Gertrude Gardner era la cocina de los sueños de Erin. Acogedora, cálida, cuidada al detalle y con ese olor sublime a comida casera que flotaba en el aire. Aquella era una cocina diseñada para pasar largas horas en ella, un refugio encantador provisto de todo cuanto era necesario para mimar el estómago.

Los muebles eran de madera de nogal —probablemente hechos a mano por el señor Gardner—, los electrodomésticos, de color blanco y de una gama muy moderna, y había jarrones con flores naturales sobre la encimera y la mesa. En un rincón de la cocina, junto a la ventana, había una jaula con un canario que picoteaba una hoja de lechuga fresca que le habían puesto entre las rejas, y también una radio antigua que en ese momento estaba apagada.

Maddie retiró el florero que había sobre la mesa y se dispuso a extender un bonito mantel de lino blanco mientras Gertrude Gardner apagaba el fuego y retiraba la enorme olla del fogón.

—Os invitaría a pasar al comedor, pero la comida está a punto y no quiero que se enfríe.

Maddie sacó un salvamanteles de un cajón y lo colocó sobre la mesa para que su madre depositara la olla sobre él.

—¿Os ayudamos en algo? —preguntó Jesse.

—No es necesario, cariño, sentaos —les indicó Gertrude—. Tu hermana y yo lo preparamos todo en un minuto.

A Erin le supo mal tomar asiento mientras las mujeres ponían la mesa. Si fueran otras las circunstancias las habría ayudado, pero como la habían aleccionado para que tuviera menos iniciativa que el canario que había junto a la ventana, se resignó a acatar los deseos de Gardner y se sentó sin decir ni una palabra. Comportarse así iba en contra de su naturaleza, y no estaba muy segura de poder seguir haciéndolo.

Entre las dos mujeres colocaron los cubiertos, los vasos y las bebidas, agua mineral para ellas y una cerveza para Jesse. Con la mesa ya lista, Gertrude retiró la tapadera de la olla y el rico aroma se intensificó y se extendió en la cocina. Erin estuvo a punto de relamerse los labios.

—Un ejército completo podría alimentarse en esta casa —bromeó Jesse—. No sabes cuánto he echado de menos tus guisos, madre.

Gertrude Gardner sonrió mientras comenzaba a servir el estofado.

—Lo cierto es que tiene una pinta deliciosa, señora Gardner.

—Llámame Gertrude, por favor —le pidió la mujer.

—Erin, no tienes que comértelo todo o te marcharás de aquí con un par de tallas más —comentó Maddie.

—No importa. Como me han robado la maleta me veré obligada a comprar ropa nueva —respondió de buen humor.

—¿Te han robado la maleta? Jesse solo nos ha contado lo del coche —lo lamentó Maddie.

—Estaban dentro del coche cuando el mendigo se lo llevó. Pero no pasa nada, solo era un poco de ropa.

—Menuda faena. Seguro que fue Jesse quien insistió en hacer el viaje en coche —intervino Gertrude—. Él y esa manía suya de no subirse a un avión a no ser que sea él quien lo pilote. Podríais haber estado en el aeropuerto de Raleigh en tres horas de vuelo en lugar de cruzar el país en coche y tardar un día entero.

—Habríamos llegado ayer por la tarde de no ser porque Erin insistió en recoger a nuestro querido autoestopista. Nada de esto hubiera sucedido si ella no se empeñara en ir por la vida recogiendo lo que otros no quieren.

—Creí que sus intenciones eran buenas. De lejos parecía un anciano desvalido —se defendió ella.

—No le hagas caso a Jesse. Eso que hiciste te honra mucho como persona —aseguró Gertrude, que tomó asiento después de repartir los platos de comida—. ¿Cómo ibas a imaginar que se trataría de un ladrón desalmado?

—Madre, en este país, muchas de las personas que hacen autoestop son cosas todavía peores que ladrones desalmados —puntualizó Jesse, que no podía creer que su madre estuviera defendiendo a Erin.

—Yo estoy de acuerdo con Jesse —comentó Maddie—. Jamás detendría mi coche para coger a alguien de la carretera. Pero al mismo tiempo admiro que Erin sea tan valiente y solidaria.

—Bueno, pensé que con Jesse a mi lado estaría completamente a salvo. Tengo mis dudas de si hubiera actuado igual de haber estado sola. —Erin lo miró y curvó los labios—. El estofado está excelente, Gertrude.

—Gracias. Hay suficiente para repetir si te quedas con hambre, cariño.

Erin sonrió a su ofrecimiento y luego sumergió la cuchara en el guiso. Captó que Jesse la estaba mirando y Erin se volvió ligeramente para encontrarse con sus ojos acerados y glaciales que le recordaron, con un punto de advertencia que los hacía brillar de forma singular, que se atuviera a las reglas. «No seas simpática, no confraternices con ellas y contesta solo cuando te hablen.» Erin asintió levemente y retiró la mirada para que no pudiera leer en ella que no podía prometérselo.

—Creo que usamos la misma talla. Te prestaré algo para que puedas cambiarte mientras esperáis a que el *sheriff* se ponga en contacto con vosotros —se ofreció Maddie—. Y en el caso de que no recuperéis las maletas, hay un par de tiendas en el pueblo donde puedes comprar algo de ropa. —Maddie le tendió a Jesse la cesta de pan recién horneado—. Aunque las tiendas del centro comercial que hay a las afueras del pueblo tienen ropa mucho más bonita.

—Gracias, Maddie, eres muy amable.

—Iremos esta tarde después de pasar por casa. ¿Todavía sigue en pie? —le preguntó Jesse a su hermana.

—La he cuidado con esmero, aunque hay una gotera enorme en el techo de la que fue tu habitación y la tubería del baño de la planta baja está atascada. No he tenido tiempo de llamar a un fontanero y como no pensabas venir… —Maddie hizo girar la cuchara entre los dedos con aire distraído—. También tienes ratones en el garaje, les puse veneno pero creo que se han vuelto inmunes a él porque el veneno desaparece y ellos no. —Sonrió.

—Conociéndote, seguro que les pusiste queso, Maddie —comentó Jesse, pues a su hermana le encantaban los animales, incluso los que nadie quería en su casa bajo ningún concepto.

—¿Me acusas de confundir el veneno con el queso? —Se hizo la indignada—. No me lo puedo creer.

—Maddie es incapaz de matar a una mosca. —Gertrude sonrió—. De pequeña traía a casa a todos los animales que se encontraba en la calle. Una vez llegamos a tener un perro, dos gatos, cinco pájaros… ¿qué más, cariño?

—Y un conejo que tenía una pata herida y que estaba atrapado en una zona pantanosa en las afueras del pueblo. No sé cómo llegó hasta allí.

—La casa parecía un auténtico zoológico por aquella época —apuntó Jesse.

—Ahora tenemos a *Mister Pitty*. —Maddie señaló al canario—. Mamá ha desarrollado una extraña alergia a los animales de pelo.

Otros temas de relativa importancia se expusieron en la mesa mientras los platos de estofado decrecían a un ritmo vertiginoso. Erin tenía la sensación de que no podría saciarse nunca, la carne y las patatas estaban deliciosas y comió con avidez sin importarle parecer hambrienta. Aprovechó que los Gardner se ponían al corriente de sus vidas para que su voracidad pasara desapercibida, o al menos eso es lo que pensó; pero Gertrude Gardner, como buena anfitriona, estaba pendiente de sus invitados aun cuando mantuviera al mismo tiempo una conversación con sus dos hijos sobre la boda repentina entre Chad Macklin y Linda McKenzy.

—Cariño, te serviré más estofado, pareces hambrienta. —Gertrude tomó el plato de Erin y volvió a llenarlo hasta el borde.

—No siempre como con tanto apetito. —Erin se limpió la comisura de los labios con una servilleta de hilo—. Resulta que ayer no fui capaz de comer en presencia del mendigo y luego, con el asunto del robo, se me olvidó por completo recoger el sándwich que había dejado sobre la mesa.

—Pobrecita. Siento que tu viaje a Beaufort haya sido tan

accidentado, pero de ahora en adelante, haremos lo posible para que tu recuerdo sea grato y para que tengas ganas de regresar cuanto antes. Eso sí, la próxima vez, tú te vienes en avión y Jesse que haga el viaje en coche si quiere.

—El viaje en coche ha sido precioso a pesar del incidente del robo, sobre todo cuando nos fuimos adentrando en Carolina del Norte y Jesse me fue contando cosas de los lugares que íbamos atravesando. Pero estoy de acuerdo con usted, Gertrude, la próxima vez vendré en avión.

Jesse le propinó una pequeña patadita por debajo de la mesa que le hizo dar un respingo sobre su silla. Sí, ya lo sabía, no habría próxima vez, pero ¿qué diablos quería que dijera? Le habría gustado verlo a él en su situación.

—¿A qué te dedicas, Erin? —le preguntó Maddie—. Jesse no ha querido soltar prenda por teléfono. Lo único que nos ha dicho es que lleváis tres meses juntos.

Durante un breve instante que a Erin le pareció que se alargaba hasta el infinito, dejó de masticar lo que tenía en la boca. Luego tragó no sin cierta dificultad, bebió un trago de agua, se volvió a limpiar la comisura de los labios y se aclaró la garganta.

—Pues… escribo artículos en una revista sobre… —miró a ambas mujeres alternativamente, calibrando la reacción que podría desencadenarse en ambas—… fenómenos paranormales. —Y esbozó una sonrisa superflua y tensa.

—¿Eres parapsicóloga? —preguntó Maddie con naturalidad.

—Me licencié en Psicología por la Universidad de Loyola, en Chicago, pero de siempre me interesaron las ciencias ocultas y orienté mis conocimientos hacia ese campo. Puede decirse que sí, que soy parapsicóloga. —Decidió impresionarlas un poco más—. En Chicago tenemos una revista que se llama *Enigmas y leyendas* en la que tratamos estos temas. Yo escribo artículos además de dirigirla.

Gertrude Gardner tenía las cejas alzadas y masticaba lentamente la comida.

—Qué interesante —comentó por fin la mujer, fuera de todo pronóstico.

Jesse miró a su madre como si se hubiera vuelto loca de remate pero nada en su expresión le indicó que estuviera bromeando.

—¿Desde cuándo te interesan las ciencias ocultas, madre?

—Desde hace mucho tiempo —contestó como si fuera obvio—. Nunca me pierdo *Terrores nocturnos*.

—¿*Terrores nocturnos*? —Jesse apretaba con tanta fuerza la cuchara que podría haberla pulverizado.

—Es un programa de terror que una cadena local emite todos los viernes a las diez de la noche —le explicó Maddie—. Yo tampoco me lo pierdo.

«Que me parta un rayo», pensó Jesse, que no daba crédito a lo que escuchaban sus oídos.

A su lado, Erin, que había advertido su profundo desconcierto, hizo denodados esfuerzos por no echarse a reír y, Maddie y Gertrude comenzaron a hacerle preguntas que demostraban lo interesadas que estaban en el tema. A Jesse se le revolvió el estómago, lo cual era una maldita faena, porque estaba hambriento y el estofado de su madre era la mejor comida que había probado en muchísimo tiempo.

De no saber que aquello era imposible, habría jurado que las tres se habían puesto de acuerdo para tomarle el pelo.

—¿Y qué tipo de fenómenos paranormales estudias? —le preguntó Gertrude a Erin, pero fue Jesse quien contestó en su lugar.

—Apariciones de fantasmas, eso es lo que estudia. —Su tono desdeñoso, así como su vocabulario peyorativo, indicaban que le había sentado como un tiro que ambas mujeres hubieran asimilado con tanta sencillez el trabajo que desempeñaba. Desde su cita con él en el Franklyn Tap, era la primera vez que Erin le veía perder la frialdad bajo la que actuaba y se parapetaba. Y eso le gustó, sobre todo porque le había salido el tiro por la culata. Gardner continuó hablando—: Erin no solo ha venido hasta aquí para acompañarme a la boda de Chad —les dijo, pensando que eso las desilusionaría—. ¿Os acordáis de la leyenda de la mansión Truscott? Pues ha venido a estudiarla.

Erin pensó que podría haber sido más cuidadoso y tener algo más de tacto en el cumplimiento de su parte del trato. Erin lo miró de forma interrogante: no era culpa suya que a su madre y a su hermana les gustaran las historias de miedo.

Además, a él le había parecido una idea estupenda que ella dijera que era parapsicóloga. Se lo recordó con los ojos y él descifró el mensaje.

—Tú podrías ayudarle, Maddie —dijo algo más calmado, aunque solo en apariencia.

—¿En serio? ¿Estás interesada en la leyenda de la mansión Truscott? —Maddie parecía absolutamente fascinada y abrió los ojos azules de par en par.

—Sí. Hace unas semanas una compañera de trabajo me habló de la leyenda y despertó mucho mi interés. Jesse me dijo que eres profesora de historia, que conoces la leyenda y que me podrías ayudar, al menos a que me ubique históricamente y a que conozca lo que realmente sucedió. Según tengo entendido, los personajes fueron reales.

—Oh, ya lo creo que lo fueron. Siempre les explico la historia de Mary Truscott y Anthony Main a mis alumnos aunque no esté incluida en los libros de texto. Nos sentimos muy orgullosos de que los hechos transcurrieran precisamente aquí, en Beafourt. —Maddie soltó la cuchara sobre el plato y se inclinó ligeramente sobre la mesa—. ¿Bebes? —Erin no entendió la pregunta, pero negó con la cabeza igualmente—. Entonces te lo contaré todo esta tarde cuando vayamos a la isla Carrot y todo el mundo esté borracho.

—Estupendo —dijo con jovialidad—. Gracias, Maddie.

Aprovechando la mención que Maddie hizo de la isla Carrot y de la despedida de soltero de Chad y Linda, la señora Gardner volvió a retomar la conversación sobre la boda.

—Jamás he visto a Chad Macklin tan feliz; esa chica ha sabido llevarlo por el buen camino. —Miró a Jesse de reojo pero él se hizo el despistado, sabía adónde quería ir a parar su madre—. ¿Quién lo iba a decir, verdad? —Ahora se dirigió a Erin—. Chad jamás ha tenido un compromiso serio, se ha pasado toda la vida revoloteando de flor en flor hasta que la chica McKenzie regresó al pueblo y Chad se enamoró de ella. Siempre pensé que sería mi Jesse el primero en pisar el altar…

—Madre… —dijo Jesse en tono de advertencia.

—Cuando veas a Linda te costará reconocerla. —Maddie salió al rescate de su hermano, pues si su madre continuaba por esos derroteros estaba segura de que también ella se vería salpicada por sus ansias de ver casados a sus dos hijos—. Está realmente impresionante.

—Chad me habló sobre el aparato de dientes y las lentillas. —Jesse apuró su plato y se sirvió un poco más para llenar el hueco que todavía le quedaba en el estómago—. De todas formas, esa boda me parece demasiado precipitada y, sinceramente, no creo que vaya a funcionar.

—Oh, no seas aguafiestas, Jesse —le reprendió Gertrude—. Los dos están muy enamorados.

—Eso es cierto —dijo Maddie—. Están todo el día haciéndose arrumacos.

—Hacerse arrumacos es una cosa, y otra muy distinta es estar enamorados. ¿Cuánto tiempo llevan juntos? ¿Un mes? —Jesse defendió su postura con énfasis—. En un solo mes nadie se enamora de nadie, y menos todavía Chad Macklin.

—Lo importante es que él cree que sí lo está —comentó Maddie.

—Por supuesto que lo está. —Gertrude tenía el ceño fruncido—. Y va a hacer lo correcto, que es casarse con esa chica y formar una familia. —Su expresión se relajó al mirar a Erin—. ¿Tú crees en el matrimonio, cariño?

Erin pudo sentir que el cuerpo de Jesse se ponía rígido a su lado. Su mano grande y morena se cerró en un puño sobre el mantel y ella supo que aquel era un tema de conversación que Jesse detestaba y que a su madre le encantaba. Se vio atrapada entre la espada y la pared y no sabía de qué manera afrontar esa disyuntiva para contentar a ambos con su respuesta. Tras meditarlo durante un segundo, decidió ser fiel a sus ideas.

—Creo que la finalidad de una relación amorosa es que culmine con el matrimonio.

Su idea convencional arrancó una sonrisa de satisfacción a Gertrude, que dio unos golpecitos sobre la mano de Erin para demostrarle lo mucho que la agradaba su contestación. Luego miró a su hijo.

—Jesse James, por fin le has echado el lazo a una mujer inteligente.

Jesse esbozó una sonrisa fría y fingida que no le llegó a los ojos, pero su madre estaba tan entusiasmada con Erin Mathews que no reparó en ello. Su mayor temor se estaba haciendo realidad. En contra de lo previsto, a su madre le gustaba Erin hasta el punto de que ya estaba pensando en la boda. Había tenido ojo clínico al escoger a Erin Mathews como compañera de viaje.

—¿Os he dicho ya que seré la profesora de la clase de teatro para el próximo curso?

Por fortuna, Maddie, a la que le gustaba tan poco como a él que su madre sacara a la palestra lo mucho que ansiaba que sus hijos se casaran, volvió a desviar la conversación. Jesse se mostró tan agradecido con ella que acogió la noticia como si su hermana acabara de decirle que le había tocado la lotería.

—¡¿En serio?! ¡Esa es una noticia estupenda, Maddie! —Jesse dio una palmada sobre la mesa y el tenedor de Erin tembló—. ¿Lo ves? Estaba convencido de que te escogerían a ti, ya era hora de que se modernizaran un poco en ese maldito colegio. ¿Durante cuantos años ha sido el viejo Dexter el profesor de las clases de teatro?

—Durante cuarenta años por lo menos —resopló Maddie.

—Menudo hijo de perra. —Jesse se volvió hacia Erin—. Te golpeaba fuertemente con una regla en las palmas de las manos si te olvidabas del guion. En cierta ocasión se las puso a Chad tan coloradas que se pasó una semana sin poder agarrar un bolígrafo.

—Su esposa, por el contrario, es una mujer maravillosa —terció Gertrude.

—Es tonta por haberlo aguantado, mamá —la rectificó Maddie.

—Cuando uno se casa lo hace para toda la vida —sentenció Gertrude—. Al menos en mis tiempos así era, y no como ahora, que a la mínima discusión ponéis fin a la relación.

Jesse puso los ojos en blanco y sintió a Erin reír entre dientes. Era increíble que, hablaran del tema que hablaran, su madre siempre se las ingeniara para terminar encauzándolo hacia el maldito matrimonio.

El estofado de ternera de Gertrude Gardner fue un éxito y todos repitieron hasta que el puchero quedó vacío. Erin tenía el estómago tan lleno que creyó que jamás en su vida volvería a sentir hambre. Cambió repentinamente de idea cuando la mujer le pidió a Jesse que sacara del frigorífico el pastel de manzana que había cocinado por la mañana. Erin buscó un hueco.

Al levantarse, Gardner frotó los brazos de Maddie y le dio un beso en la coronilla.

—Enhorabuena, hermanita.

Maddie sonrió con entusiasmo. Sin duda, ser la profesora de teatro debía de ser algo de enorme importancia para ella.

Comieron el pastel de manzana sin que la señora Gardner volviera a hacer ningún comentario sobre la boda de Chad o el matrimonio en general. Después tomaron café, momento que Maddie aprovechó para buscar algo de ropa para Erin. Al cabo de unos minutos regresó con unos vaqueros y una camiseta recién planchados.

—No tengas prisa por devolvérmelo.

La generosidad y simpatía de Maddie la hacían sentir como si la conociera desde hacía mucho tiempo. Gertrude Gardner también le había causado muy buena impresión, y se preguntó por qué Jesse Gardner tenía una personalidad tan diferente a las dos mujeres. Tal vez había heredado el mal carácter de su padre.

Mientras Gardner respondía a una llamada que acababa de recibir en su móvil, Erin ayudó a recoger la mesa pese a que Gertrude insistió en que no se molestara. Esataba colocando la olla vacía sobre el fregadero cuando su móvil comenzó a emitir la familiar melodía. Erin corrió a sacarlo de su bolso pensando que podía tratarse del *sheriff* Connor, y como el número no estaba en su agenda de contactos, respondió a la llamada de forma atropellada y ansiosa.

—¿Señorita Mathews? —Era la voz del *sheriff*.

—Sí, soy yo.

—Me complace informarla de que hemos encontrado su coche cerca de la entrada de Farmville, junto a una gasolinera abandonada —le comunicó—. Está en perfecto estado.

—¡Oh gracias a Dios! —Erin se llevó la mano al pecho.

Jesse, que acababa de terminar su conversación con Chad, se volvió hacia Erin y la observó con atención.

—Esta mañana temprano se denunció el robo de otro coche en Farmville y la dueña dio una descripción parecida a la de su hombre. Suponemos que cambió de vehículo para no dejar demasiadas pistas —prosiguió el *sheriff*.

—Esas son muy buenas noticias, *sheriff* Connor. —Erin miró a Gardner y le sonrió ampliamente—. Supongo que el servicio de grúa puede traérmelo, ¿verdad? Voy a estar unos días en Beaufort. —Le pidió a Gardner los datos de su domicilio y se los comunicó al *sheriff*.

—No hay ningún problema, señorita Mathews, aunque tendrá que pagar la tasa fija más el kilometraje.

—Pagaré lo que sea necesario.

Al otro lado de la línea se hizo un corto silencio y Erin se temió que las buenas noticias iban acompañadas de otras no tan buenas.

—Tengo que informarla de una mala noticia. Las maletas no estaban en el coche.

Erin torció el gesto mientras hacía un rápido repaso mental de los objetos personales que contenían y que ya no recuperaría a menos que la policía detuviera al mendigo. Gardner le preguntó lo que sucedía al ver su expresión y ella se lo dijo con un susurro apagado.

—¿Cree que podrán encontrarlas?

—¿Contenían objetos de valor? —preguntó el sheriff.

—Pues… en uno de los compartimentos guardo un pequeño joyero con algunas piezas de valor. Supongo que intentará venderlas en cuanto tenga ocasión.

El vestido de Ralph Lauren también tenía un gran valor económico, pero dudaba seriamente de que el mendigo supiera diferenciar entre un diseño de alta costura y otro comprado en un mercadillo.

—Avisaremos a todas las tiendas de empeño de los pueblos de la zona. No le prometo nada, pero haremos lo posible por recuperarlas. La mantendré informada.

—Gracias.

Erin cortó la llamada y le explicó a la familia Gardner la conversación mantenida con el *sheriff*. La ropa y los enseres personales eran importantes para ella pero, por supuesto, no tanto como su Jeep Patriot, por lo tanto, recuperó rápidamente el optimismo.

Se despidieron de Maddie hasta la tarde y de Gertrude hasta el día siguiente. Junto al umbral de la puerta, la mujer tentó sus estómagos anticipándoles el plato que iba a cocinar para el día siguiente: asado de pollo con frutos secos, su especialidad. Antes de cerrar la puerta, tomó a su hijo por el brazo y le dijo cerca del oído:

—No la dejes escapar. Es un encanto.

De regreso al coche, Jesse se deshizo de la máscara de la contención y le lanzó a Erin una dura y acusatoria mirada que le heló la sangre.

—Dime, ¿qué es lo que ha pasado ahí dentro? ¿Qué parte del trato es la que no has entendido?

—He hecho lo que me has pedido, contestar cuando se me ha preguntado —dijo con serenidad—. No tengo la culpa de que a tu madre y a tu hermana les gusten las historias de fantasmas y que, por lo tanto, mi profesión les haya parecido fascinante.

—No se trata solo de eso —replicó él—. Es el tono de tu voz, tus modales, tus ideas conservadoras, tu perfectísima educación, esa sonrisa que esbozas cada dos por tres. ¿Es que no puedes hacer nada para evitar comportarte así?

—Me he pasado los últimos treinta y cuatro años de mi vida siendo de esta manera, así que disculpa si no puedo cambiar mi actitud de la noche a la mañana.

—Joder… —masculló Jesse, con las manos apretando fieramente el volante y los ojos clavados en la carretera que conducía a su casa. A Erin no le habría extrañado que con esa mirada, hubiera desintegrado hasta las piedrecillas del camino.

La noche anterior Jesse se preguntaba si habría errado al escoger a Erin Mathews para representar aquel papel y ahí tenía la respuesta, clara y evidente. Cualquiera de las mujeres con las que acostumbraba a salir y que solo se preocupaban por su aspecto físico habría sido mejor opción que ese puñetero encanto de mujer.

—Vas a tener que esforzarte algo más o, de lo contrario, te prometo que cuando nos vayamos de aquí me ocuparé de que seas tú quien le rompa el corazón a mi madre.

Esas palabras sumieron a Erin en una nueva reflexión.

—¿Tanto le he gustado?

Jesse le dirigió una mirada áspera como respuesta.

Lo último que Erin deseaba era hacer daño a Gertrude Gardner. Ya había tenido la oportunidad de comprobar por sí misma que encajaba a la perfección en el perfil de mujer que la señora Gardner quería para su hijo. Y si a eso añadía el hecho de que deseaba fervientemente casarlo, ambas cosas formaban una combinación muy peligrosa.

—Te prometo que me esforzaré.

La casa de Jesse Gardner estaba a cinco minutos en coche de la de sus padres, y solo tenían que seguir la calle que discurría frente a las marismas en dirección oeste, donde una amplia arboleda de abedules señalizaba el final del pueblo. Según le había dicho Gardner hacía un rato, esa arboleda era el inicio del bosque que había que atravesar para llegar hasta la mansión Truscott. Por el otro lado, colindaba con una calle que se abría hacia el interior del pueblo y también estaba orientada hacia las marismas.

La casa era idéntica a la de sus padres salvo por la pintura de la fachada, que había perdido el fulgor blanco, y el descuidado jardín principal, en el que crecían arbustos y flores silvestres sin ningún orden ni concierto. Lo que más le gustaba a Erin de las casitas del sur eran los porches con columnas que presidían las entradas. El de Maddie y Gertrude estaba atestado de macetas con flores y enredaderas que trepaban por las paredes hasta el balcón superior, y en el de Jesse había un balancín de madera sobre el que había un par de cojines raídos y descoloridos.

Jesse sacó la llave del bolsillo delantero de sus vaqueros, abrió la puerta y le pidió que le precediese.

Maddie no había exagerado cuando le dijo que había cuidado la casa con esmero, pues todo estaba exactamente igual a como él lo había dejado hacía cinco años. No parecía que la casa hubiera estado vacía durante tanto tiempo. Algunos buenos recuerdos le asaltaron nada más poner los pies en el salón, pero al ser June la protagonista de la mayoría de ellos, Jesse les dio esquinazo y se procuró centrarse en mostrarle a Erin la planta baja.

Primero inspeccionaron el salón, que estaba equipado con muebles de estilo rústico fabricados también en madera de nogal, y que junto a los detalles en color granate y blanco, hacían de aquel espacio un lugar muy acogedor. A Erin le pareció detectar un toque femenino en algunas figuras decorativas que se exponían en las estanterías de un armario con cristalera, en las bonitas cortinas blancas que caían sobre la ventana principal o en la colección de velas aromáticas que había sobre la estantería de la chimenea. Pero no hizo preguntas.

Después, le enseñó la pequeña y desangelada cocina diseñada con muebles de formica, en la que Gardner no había invertido demasiado tiempo, esfuerzo, ni dinero.

—Por allí se accede a la segunda planta. —Señaló las escaleras—. Te enseñaré tu dormitorio.

En la planta superior había tres habitaciones y un baño. La más grande de las tres era el dormitorio de Gardner y se hallaba en un extremo del pasillo. La habitación del centro, la más pequeña, era un estudio lleno de trastos y de estanterías repletas de libros donde la mano de Maddie había pasado muy por encima. Y justo en el otro extremo del pasillo estaba el cuarto de invitados, en el que había una cama pegada a la ventana, un armario empotrado en la pared de enfrente y un pequeño aparador bajo un espejo de pared. A través de la ventana sin cortinas, se podían ver las marismas, los barcos pesqueros y las islas que formaban el estrecho. Erin se imaginó despertando con el canto de los pájaros y el rumor de las olas.

—Imagino que estarás acostumbrada a dormir en hoteles de cinco estrellas, pero esto es todo lo que hay.

—No hay hoteles de cinco estrellas en los pueblecitos a los que me desplazo para estudiar mis leyendas. Te sorprendería saber en qué clase de moteles he dormido —dijo ella apartando los ojos de la ventana para mirarlo a él, que tenía un hombro apoyado sobre el quicio de la puerta y la observaba con rostro imperturbable—. Y cuando salgo de la ciudad por motivos laborales, mi padre tampoco paga a sus empleados hoteles de cinco estrellas. Él sigue una política de reducción de costes. Todo lo que tiene es suyo y es él quien lo disfruta. Hasta la ropa que uso en el trabajo es una imposición suya; yo estoy más cómoda con vaqueros y zapatillas de deporte. —Su voz se fue endureciendo por segundos, estaba cansada de que la juzgara—. Y sí, tengo un buen sueldo que me gano con mi esfuerzo, levantándome a las siete de la mañana todos los días y trabajando ocho horas diarias —remató.

—Bueno, puede que ahora solo estés disfrutando de una parte minúscula del pastel, pero algún día todo será tuyo, así que tu humildad no me impresiona lo más mínimo.

Erin se mordió el interior de la mejilla y entornó los ojos.

—¿Y se supone que tengo que disculparme porque mi padre sea rico?

—Disculparse no es exactamente la palabra que yo escogería. Si estuviera en tu pellejo, la fortuna de mi padre me produciría vergüenza. —Decidido a ponerla a prueba, la presionó un poco más para ver por dónde salía—. Dime, ¿te vas todas las noches a la cama con la conciencia tranquila?

—Por supuesto que sí.

Erin apenas movió los labios, y sus ojos castaños se oscurecieron un poco más expresando una rabia que ella hacía todo lo posible por contener.

—¿De verdad? Anoche te removías tanto en tus sueños que no lo parecía. A menos que soñar con dinero te haga retorcer de gozo.

—Mis sueños no tenían nada que ver con el dinero —le espetó—. Y te agradecería que no volvieras a sacar ese tema a colación porque no has logrado demostrar nada de lo que dices.

Jesse la observó con una mirada profunda e indefinible, y Erin se sintió objeto de análisis y estudio.

—De momento —dijo con tranquilidad—. Voy a inspeccionar el baño de abajo.

Jesse se marchó y a Erin le ardieron las mejillas de pura rabia e indignación. No sabía exactamente qué había querido decir con aquel «de momento», pero por la manera desafiante con que habían sonado esas palabras, supuso que para él la guerra no había terminado todavía.

Para apaciguarse, sacó el móvil de su bolso y marcó el número de Alice. Luego se sentó sobre el cómodo colchón de cara a la ventana, para que las increíbles vistas le devolvieran la calma que él le había hecho perder. Erin comenzó a hablarle del hermoso enclave de Beaufort y continuó con el agradable encuentro que había tenido con la familia Gardner. Alice volvió a preguntarle por Jesse Gardner y Erin le dijo la verdad.

—Ahora mismo acaba de volver a hacerlo. Disfruta restregándome por las narices que papá es un delincuente y que yo también lo soy por añadidura. Pero no te preocupes, tengo la situación bajo control y sé cómo tratarlo.

—¿Estás segura? —Alice volvió a expresarle sus temores respecto a que pudiera utilizarla como cebo para llegar a su padre.

—Sí, estoy segura, aunque no me preguntes la razón, porque no sé si sabría explicártela —le contestó a su hermana—. No sé cuáles son sus motivos reales para lanzar todas esas acusaciones injuriosas contra papá, pero sí estoy segura de que Jesse Gardner es buena persona y de que no pretende hacerme daño.

Se hizo un silencio al otro lado de la línea y Erin le preguntó si continuaba allí.

—Sí, sigo aquí. Es solo que… tal vez esos motivos sean los que realmente dice tener. ¿De verdad no te lo has cuestionado ni por un solo instante?

—Alice, por favor, ya sabes lo que opino de eso. Papá no es un traficante de drogas. —Erin se levantó de la cama, nerviosa por los derroteros que había tomado la conversación con su hermana, e inspeccionó el armario y el aparador que estaban completamente vacíos. Solo unas cuantas perchas de madera colgaban desnudas de su soporte. Cambió de tema—. Necesito que me mandes una maleta llena de ropa a la siguiente dirección. —Se la dio—. Hazlo por UPS para que pueda tenerla aquí mañana por la mañana. Ah, y no te olvides de incluir un vestido para acudir a la boda, cuanto más discreto mejor. Olvídate del de Valentino —le advirtió, y Alice sonrió al otro lado de la línea—. ¿Cómo están por allí las cosas?

—Papá ha aumentado su consumo de pastillas antiácido y se le ha agravado su expresión de pitbull. Por lo demás, todo sigue igual —dijo de buen humor.

—¿Y Neil? ¿Qué tal está?

—Lo que en realidad quieres saber es si me ha hablado de ti, ¿verdad? —Le había leído el pensamiento—. Sí, esta mañana me ha preguntado qué tal te va por Carpenter Falls. Le he dicho que estás disfrutando muchísimo de tu viaje y que has conocido a un tío guapísimo que te ha invitado a regresar siempre que quieras.

—Tú no me harías eso —dijo muy seria.

—Lo haría si supiera que te lo quitaría de encima, pero por lo visto tiene verdadero interés en ti. No sé qué es lo que habrás hecho o le habrás dicho, pero mientras hablaba de ti tenía una luz diferente en la mirada. —Erin sintió cosquillas en el estómago—. Disfruta de estos días de asueto, ¿quieres? Ahora me ausentaré un par de horas del trabajo y prepararé tus maletas.

—Gracias, Alice, eres un cielo. Un beso.

Erin cortó la comunicación y devolvió el móvil al interior de su bolso. «¿Una luz diferente en la mirada?» Las mariposas que tenía en el estómago batieron sus alas un poco más rápido y Erin se murió de ganas por comprobarlo por sí misma. No obstante, la sonrisa de emoción se le congeló en los labios al descubrir que Jesse Gardner había regresado y que se hallaba a sus espaldas, junto a la puerta. Erin se preguntó desde cuándo estaría allí y cuánto habría oído.

—Las tuberías del baño de la planta baja están atascadas, lo cuál significa que tendremos que compartir el baño de arriba —la informó—. He llamado a un fontanero, pero no podrá venir hasta dentro de una semana. Para entonces ya no estaremos aquí.

—Bien. Podemos establecer un horario.

—¿Un horario? ¿Planificas tus visitas al baño?

—Me refiero a la ducha.

—En esta casa solo estamos tú y yo, me parece que podemos ponernos de acuerdo sin necesidad de hacer turnos, ¿no te parece? —Esperó a que ella asintiera respecto a lo ridículo de su propuesta, pero no lo hizo—. En el armario empotrado de mi dormitorio hay mantas y sábanas limpias. Sígueme.

La habitación de Jesse Gardner era algo más grande que la de invitados aunque tampoco había demasiados detalles decorativos. Si bien se percibía el toque de una mano femenina en el salón, el dormitorio de Gardner era auténticamente masculino. Los muebles eran oscuros y la colcha de la cama de color gris oscuro, al igual que las cortinas y una alfombra que había en el suelo frente a los pies de la cama.

Erin se quedó petrificada al comprobar que había un baño en el interior de su habitación, detrás de la puerta.

—Dime que este no es el baño que tendremos que compartir.

Gardner había abierto las puertas del armario empotrado y despositaba sobre su cama las mantas y sábanas que Erin necesitaría. Ya era junio y las temperaturas nocturnas en Carolina del Norte eran templadas, pero aquella casa, dado que estaba ubicada junto al océano, recibía el constante azote de la brisa marina y la mantenía fresca incluso en verano.

—Este no es el baño que tenemos que compartir —repitió él de forma automática.

—Estoy hablando en serio. Tendré que entrar en el interior de tu habitación cada vez que tenga que usarlo. Necesito tener intimidad.

—Te prometo que no fisgonearé por la cerradura.

—Esto es el colmo. —Erin movió la cabeza y se cruzó de brazos.

—No hay otra opción, a menos que sepas cómo desatascar las tuberías de la planta baja.

Jesse recogió toda la ropa de la cama y salió de la habitación.

Durante una milésima de segundo, Erin acarició la idea de recoger sus escasas pertenencias y marcharse a un motel. Pero esa solución no era factible. Mientras durara su estancia en Beaufort, ambos eran pareja y estaban obligados a convivir bajo el mismo techo. Erin le siguió hasta el cuarto de invitados donde Jesse depositaba las mantas sobre el aparador.

—He oído que te enviarán una maleta con ropa, aunque imagino que necesitarás comprar algo para pasar el resto del día. Si te parece bien, iremos ahora al centro comercial. Necesito darme una ducha y cambiarme de ropa cuanto antes. —Retiró las sábanas sucias que cubrían la cama y las dejó sobre el suelo.

—Como quieras.

El tono derrotado de su voz llamó la atención de Jesse que levantó la vista hacia ella. Parecía que se hubiera desinflado como un globo, pero no estaba seguro de si se debía al tema del baño o a la conversación que acababa de tener con su hermana.

—¿Malas noticias? —preguntó.

Erin negó con la cabeza.

—No, es solo que… hay momentos en los que me pregunto qué diablos estoy haciendo aquí. —Erin cogió una sábana limpia, la desdobló y la dejó caer sobre la cama para alisarla después.

—Creía que lo tenías claro.

—Sé que he venido a investigar la leyenda pero... he hecho muchos sacrificios para venir a Beaufort, y no estoy segura de si el esfuerzo merecerá la pena. —A continuación, Erin esbozó una sonrisa superflua para quitarle hierro al asunto. No se sentía cómoda compartiendo sus pensamientos más íntimos con Jesse Gardner, y menos todavía tras sus últimas e incisivas palabras—. No me hagas mucho caso.

—¿El sacrificio se llama Neil?

Ella lo miró muy sorprendida.

—¿Cómo sabes que...? Claro, has escuchado mi conversación con Alice.

—Por eso y porque anoche lo nombraste en tus agitados sueños. —Jesse se acercó y la ayudó a extender la manta sobre la cama—. Imagino que no se trata de Neil el mendigo —dijo sonriendo de forma burlesca.

—Neil es alguien muy especial a quien he dejado en Chicago —respondió de forma escueta, decidida a no alargar esa conversación con él.

—¿Y dónde está el sacrificio? ¿No puedes soportar pasar cuatro días sin él?

—He pasado mucho más tiempo que cuatro días sin Neil —contestó con seriedad—. Lo conozco desde hace varios años y, precisamente, este fin de semana era nuestra primera oportunidad de estar juntos. Ahora debería estar preparando las maletas para pasar el fin de semana con él.

«¿Por qué le daba tantas explicaciones?», se preguntó Erin. Quizás porque halló un extraño placer en hablarle de su vida amorosa.

A Jesse le sobrevino un apellido que enlazar a ese nombre, y lo dijo en voz alta.

—Neil Parrish, el hijo de William Parrish. —Erin asintió y Jesse experimentó un súbito alivio a la vez que una insólita desazón. Alivio porque por fin tenía la primera evidencia de que Erin Mathews era, en realidad, una mujer superficial y materialista. No podía ser de otra forma si estaba enamorada de alguien como Neil Parrish. No lo conocía en persona, pero había oído lo suficiente para saber que lo único que movía sus intereses era el dinero. Y desazón porque, en el fondo, lamentaba no haberse equivocado con ella—. ¿Continúa en la filial de Londres?

—Regresó a Chicago hace unas semanas. —Erin colocó la almohada antes de que él le tendiera la colcha de color azul cielo—. ¿Lo conoces?

—Personalmente no. Aunque he oído hablar de él. Ya sabes, todo el mundo en la empresa habla de Mathews, de Parrish y de sus vástagos.

Erin no preguntó qué tipo de cosas se decían sobre Neil, pero por la expresión de Gardner podía imaginar que no serían muy halagüeñas.

Capítulo 13

*U*n par de horas después surcaban el estrecho de Pamlico en un pequeño bote a motor al que Jesse intentaba arrancarle la máxima velocidad.

Jesse no había conocido a nadie que disfrutara tanto con cosas tan sencillas como un simple paseo en barca o contemplar una puesta de sol. Erin Mathews era una mujer muy intensa, absorbía con los cinco sentidos todo cuanto sucedía a su alrededor, de tal forma que contagiaba su entusiasmo a la persona que tuviera a su lado. Erin hizo comentarios sobre los pájaros que les sobrevolaban, sobre los tonos azules del brazo de mar por el que navegaban, sobre el faro que se erigía al fondo del macizo rocoso, sobre la fusión de colores del cielo… sobre cientos de detalles en los que Jesse ni se habría fijado si hubiera hecho ese viaje solo. Contemplar las cosas con ella era como verlas por primera vez.

Erin estaba sentada en la proa, de espaldas a él. Tenía una mano sobre las rodillas para sujetarse la falda del vestido que se acababa de comprar y que el viento se empeñaba en alzar sobre sus piernas desnudas. Su espesa melena castaña ondeaba sobre su espalda y atrapaba los tonos rojizos del atardecer haciéndola brillar como una antorcha. La otra mano la tenía sumergida en el agua, con los dedos separados para dejar que la corriente se deslizara entre ellos. Sin duda alguna, ella era tan hermosa como el paisaje y Jesse había descubierto que le gustaba mirarla.

Y también le gustaba provocarla.

Jesse hizo virar levemente el bote para buscar una ola y que las salpicaduras de agua cayeran sobre Erin. Ella no se esperaba aquello y de sus labios brotó un pequeño chillido de sorpresa, pero no dijo nada porque creyó que había sido un accidente.

Hacía la mitad del estrecho de Pamlico, cuando ya habían recorrido buena parte del camino, el bote embistió una nueva ola y las salpicaduras espumosas fueron más allá y cayeron sobre la falda de su vestido y su escote. Erin dio un respingo sobre el asiento, perdió el equilibrio y estuvo a punto de caerse. Al escucharle reír a sus espaldas, supo que Gardner estaba buscando las olas adrede, así que se volvió, alzó la vista hacia él, que estaba de pie en la popa junto al motor, y le dirigió una mirada incendiaria.

—No vuelvas a hacerlo o lo lamentarás.

—¿Qué piensas hacer? —sonrió él.

Erin lo miró y disfrutó fantaseando con que se levantaba y le propinaba un empujón para hacerle caer al agua. No creía tener la ligereza y la fuerza para poder hacerlo de otra forma que no fuera en sus pensamientos.

—Te conviene no saberlo.

El pequeño bote y la perspectiva desde la que Erin lo miraba engrandecían el tamaño de Gardner. El viento hacía ondear los faldones de su camisa blanca y la ceñía a su pecho ancho y musculoso y a su vientre plano. El color blanco llamaba la atención sobre su atractivo porque resaltaba su bronceado, que habría adquirido en las largas horas transcurridas en el lago Michigan mientras trataba de que su bote no se hundiera como una piedra en las profundidades del lago. Erin no acababa de descubrir su atractivo ni el poder que tenía esa mirada tan azul que ahora clavaba en ella con diversión pero, por alguna razón, ahora se sentía especialmente cautivada por ella.

—¿Cómo está el agua? —le preguntó él desde las alturas.

—A lo mejor prefieres comprobarlo por ti mismo.

Con un movimiento rápido y enérgico, Erin ahuecó la palma de la mano, la introdujo en el agua y arrojó su contenido sobre Gardner. Aunque él se movió con ligereza, parte del agua le cayó encima, mojándole el hombro y parte del pecho.

—Muy apetecible.

—Está congelada —le contradijo—. Como vuelvas a embestir otra ola te aseguro que alguno de los dos va a terminar completamente empapado.

—Si te parece, podemos hacer apuestas.

Erin respondió con valentía a su provocación y se levantó de su asiento. Hizo equilibrios con los brazos hasta encontrar una postura segura y luego apoyó las manos en las caderas.

—Hagámoslas. No creas que por ser más fuerte que yo tienes asegurada la victoria. Yo también tengo mis métodos.

—Estoy deseando que me los muestres.

—Está bien.

Erin se agachó, se agarró a ambos extremos de la barquichuela y fue cargando el peso de un brazo a otro y de una pierna a la otra hasta que el bote comenzó a oscilar sobre las aguas.

—¿Qué diablos te crees que estás haciendo? —Jesse se rio y aseguró su posición sobre la embarcación, abriendo las piernas para compensar el movimiento.

La postura de Erin hizo que la atención de Jesse se desviara de los torpes vaivenes con los que ella pretendía arrojarle al agua para recalar en el escote de su vestido, que exponía ante sus ojos algo más que el nacimiento de sus senos. Tenían el tamaño que a Jesse le gustaba, no eran pequeños pero tampoco grandes, eran ideales, y se mecían ante él de manera casi hipnótica. Su silencio fue el causante de que Erin levantara la cabeza y reparara en la razón de su repentino mutismo. Se irguió de inmediato y trastabilló. Jesse la tomó por el brazo para impedir que cayera sobre sus posaderas.

—Has perdido la apuesta —le dijo Jesse.

—Has jugado sucio.

—¿Que yo he jugado sucio?

—Me has despistado.

—Yo no te he despistado. Ha sido tu escote el que me ha despistado a mí.

Erin hizo un movimiento para soltarse de su mano y volvió a su sitio con cuidado de no caerse. Tenía que controlar el rubor que sentía en las mejillas cada vez que él hacía un comentario de esas características o la miraba como si deseara su cuerpo. Estaba segura de que esto último no era así y que lo hacía porque se había dado cuenta de que la incomodaba. ¿También se habría dado cuenta de que sentía atraída hacia él? Probablemente, sí; Erin no era muy hábil controlando sus emociones. Había pasado de considerarlo un hombre atractivo a sentir cierta fascinación hacia él, y eso era un error colosal que debía vigilar para que las cosas no se le fueran de las manos.

Desde el embarcadero de la costa de Beaufort, la isla era una línea blanca en el horizonte sobre la que se asentaba el verde oscuro de los árboles; pero ahora su tamaño se había engrandecido y ya podía apreciarse que sus tierras arenosas eran blancas y que estaba poblada por una frondosa vegetación que se extendía hacia un lado y otro de su terreno. Erin vio algunos botes flotando sobre las aguas calmas del embarcadero y entonces recordó los caballos salvajes de los que le había hablado él. Le preguntó por ellos.

—Están en la otra parte de la isla, en la zona menos transitada por el hombre. No les gusta mucho nuestra presencia —le explicó—. En épocas vacacionales se suelen organizar expediciones turísticas para contemplarlos de cerca, pero por regla general los dejamos tranquilos.

Jesse se percató de que ya había tres botes amarrados en el embarcadero. Era más que probable que Maddie, Sarah y Chase ya estuvieran allí, eran los más puntuales del grupo. Chad se caracterizaba por ser todo lo contrario, aunque tratándose de que era su despedida de soltero y de que la había organizado él, quizás habría hecho una excepción para la ocasión.

En las últimas horas no había pensando mucho en June. Su familia le había devuelto una sensación de cotidianidad que él no esperaba sentir mientras durara su paso por Beaufort. Todo se le estaba antojando sencillo, simple, común… como si el tiempo no hubiera transcurrido y los hechos que lo alejaron de allí no hubieran tenido lugar. Y luego estaba ella, Erin Mathews, una mujer de la que pensó que se aburriría a los dos minutos de conocerla. Otra gran equivocación por su parte, porque hacía tiempo que una mujer no le divertía tanto sin necesidad de llevársela a la cama.

Incluso ahora que se acercaban a su destino y al reencuentro con June Lemacks, Jesse no podía dejar de mirar a Erin mientras pensaba tanto en los momentos divertidos que le había brindado como en las situaciones en las que casi le había hecho perder los nervios.

—¿Has vuelto a ver a tus amigos durante estos cinco años?

—Erin lo miró por encima del hombro. No sabía estar mucho tiempo callada.

—Solamente a Chad. Con el resto he mantenido el contacto telefónico.

El lugar escogido para la celebración del fin de la soltería de Chad y Linda se hallaba a unos doscientos metros del embarcadero, donde el terreno de la isla era más liso y extenso y la arena más abundante. Mientras Jesse amarraba el bote con una gruesa cuerda de esparto a un pilar de madera, Erin vio a Maddie hacer señales con los brazos desde la lejanía. Junto a ella había un grupo de personas que andaban cargados con bolsas y cestas, sillas y mesas plegables. Le pareció ver hasta una barbacoa portátil, de esas que la gente suele tener en los jardines de sus casas para hacer hamburguesas y asar carne los fines de semana.

Gardner saltó del bote sobre el terreno firme, y luego tuvo un gesto muy caballeroso cuando le tendió la mano para ayudarla a descender de la barca. Ese era el tipo de cosas que más confundían a Erin.

La isla era preciosa, un paraíso rodeado de aguas turquesa y verdísimas plantas tropicales que solo crecían por aquellas latitudes. Entre los árboles oriundos de la isla Erin distinguió pinos tea y robustos robles milenarios, así como coloridas azaleas que crecían de forma silvestre. Allí el aire era más puro que en cualquier otro lugar en el que Erin hubiera estado jamás, y se filtraba entre los árboles meciendo elegantemente sus copas, tan altas como frondosas. Había gaviotas y otras aves sobrevolando la isla y alegrando la tarde con sus cantos y suaves graznidos. Las olas espumosas rompían contra la playa y Erin deseó quitarse las sandalias blancas para caminar sobre la arena mojada.

—Beaufort es un pueblo privilegiado, este lugar parece el paraíso. —Miró hacia el cielo del atardecer, que lucía fogosas tonalidades y luego lo miró a él. Los colores del ocaso se reflejaban en sus ojos claros.

—Dame la mano.

—¿Cómo?

Jesse no volvió a repetírselo: la tomó de la mano y enlazó los dedos a los de ella, apretando firmemente su palma contra la suya. Él se quedó pensando en lo suave que era su piel y en lo frágiles y delgados que parecían sus dedos. La sintió tensa con el primer contacto, luego se relajó y acomodó los dedos a los suyos como si fuera el gesto más natural del mundo.

—Si no le damos un poco de realismo a nuestra relación nadie se creerá ni una sola palabra de esta historia —dijo Jesse, abriendo el paso—. ¿Estás preparada?

—Lo estoy. —Erin no se sentía incómoda tratando con desconocidos, lo hacía a diario en su trabajo. Lo que más la inquietaba era que sus amigos le hicieran preguntas que no supiera cómo contestar, o dar una versión contradictoria sobre su relación con Gardner—. Espero no meter la pata, apenas sé nada de ti salvo la forma en la que supuestamente nos conocimos.

—Es probable que las chicas te hagan alguna pregunta retorcida. Si eso ocurre lo mejor es que la ignores antes de que inventes una respuesta en la que puedan pillarte. —El ceño de Erin se frunció—. Lo harás bien. —Sonrió Jesse, apretando suavemente sus dedos para infundirle un poco de seguridad.

Erin cogió aire y lo dejó escapar lentamente.

—Sin embargo, hay cosas muy básicas que debería conocer acerca de ti. Por ejemplo, ¿cuándo es tu cumpleaños? ¿Qué edad tienes? No sé cuál es tu estación del año favorita, ni qué música escuchas o qué películas te gusta ir a ver al cine. ¿Eres de los Chicago Bears o de los Carolina Panthers? ¿Cuántas relaciones has tenido? ¿Duermes con o sin pijama? —Erin frenó en seco con esta última pregunta, que se había colado sigilosamente entre las demás.

—Veo que estás muy puesta en fútbol —bromeó.

—En realidad no mucho, pero suelo ver la sección de deportes del telediario.

—El quince de septiembre cumplo treinta y ocho años. Me gustan los inviernos fríos de Chicago aunque para salir a navegar prefiero la primavera. Me gusta la música rock y las películas de todo tipo excepto los dramones existenciales. —Ella hizo un gesto con el que dejó claro que a ella sí le gustaban—. Soy seguidor de los Chicago Bears siempre y cuando no jueguen contra los Carolina Panthers, por supuesto. He tenido una sola relación seria de la que no guardo muy buen recuerdo, pero en los últimos cinco años me he resarcido y he estado con más mujeres de las que pueda contar con tus dedos y los míos. —A continuación acercó los labios a los rizos esponjosos que tapaban la oreja de Erin y que desprendían un agradable olor a miel—. Y duermo sin pijama. —Percibió que su mano se crispaba contra la suya y Jesse le acarició el dorso con el pulgar hasta que volvió a relajarse—. Ahora es tu turno.

Al fondo de la playa, destacando entre el grupo de gente que se movía de un lado a otro colocando mesas y sillas, Maddie volvió a alzar la mano en señal de bienvenida y Erin cogió carrerilla.

—Nací una fría noche de diciembre de hace treinta y cuatro años en el hospital Northwestern Memorial. Me encanta pasear por Grant Park en otoño, aprovechando lo bonito que está el parque con la caída de las hojas. Escucho música de todo tipo dependiendo de mi estado de ánimo y soy una consumidora compulsiva de películas. —Cogió aire—. No me gusta el fútbol ni los deportes en general, pero me gusta nadar y montar en bicicleta. —Ahora también corría, pero lo hacía para estar con Neil, no porque le gustara correr—. Tuve una relación seria hace muchos años. —Pasó volando sobre el tema—. Y siempre duermo con pijama.

Jesse la observó con una mirada analítica y un tanto jocosa.

—¿Solo has tenido una relación?

—Yo no he dicho eso. He dicho que solo he tenido una relación seria.

La mirada analítica de Gardner cobró mayor profundidad y Erin se sintió molesta. Sabía que estaba poniendo en cuarentena su último comentario aunque no entendía muy bien por qué. ¿Tanto se le notaba que no era la clase de mujer que tenía relaciones esporádicas?

—¿Quién es quién? —Erin miró hacia delante y señaló con la barbilla—. No logro identificarlos con las descripciones que me diste.

Jesse enfocó la visión y observó cómo se movía el dinámico grupo sobre la arena, ya surcada de cientos de huellas. Aunque todavía estaban a una distancia considerable, cinco años no habían causado muchos estragos en ninguno de ellos. Los reconoció inmediatamente, a todos menos a Linda McKenzy, a la que no veía desde hacía más de una década. Supo que era ella porque besó a Chad en la mejilla, de lo contrario, habría supuesto que se trataba de una nueva habitante de Beaufort.

June no estaba en la isla y eso podía significar tres cosas: que no la hubieran invitado —lo cuál habría sido muy extraño porque era íntima amiga de Miranda—, que se hallara fuera del pueblo, o que se estuviera retrasando. Keith tampoco estaba.

—Chad y Linda son aquellos que están junto a la barbacoa. Espero que no sea Chad quien se ocupe de asar la carne, porque no sabe preparar ni un maldito sándwich. Él es el responsable principal de que tú estés aquí, así que, si quieres venganza, con un rodillazo en las pelotas bastará, aunque no se lo des demasiado fuerte porque las necesita para su luna de miel. —Erin se echó a reír y a Jesse le agradó el sonrido de su risa—. Dan es aquel tipo larguirucho de pelo cobrizo que lleva las mesas plegables, y Miranda es su esposa, la morena de pelo largo y del vestido amarillo que va detrás de él. —Buscó a Sarah con la mirada y la halló cargada con unas cestas de variopintos colores—. La chica del pelo corto es Sarah, íntima amiga de mi hermana y recién estrenada directora del colegio público de Beaufort. Está casada con Chase, que es aquel tío de allí, el que no lleva camiseta… ¡Vaya! Así que Chase ha estado visitando el gimnasio. —Chase siempre estuvo acomplejado por su delgadez y su falta de musculatura, problema que ya parecía haber resuelto.

—¿Maddie no tiene pareja?

—Maddie se pasa la vida en casa o en el colegio. Aquí ya conoce a todo el mundo y la verdad es que no suelen venir muchos forasteros.

—Pero hay muchos pueblos cercanos, ¿no? Y Raleigh está a un par de horas en coche…

—No le gusta mucho salir, disfruta de su soledad.

En ese aspecto se sintió identificada con ella. Erin tampoco salía mucho, se movía entre el trabajo y su casa, y casi todos los fines de semana viajaba fuera de la ciudad para estudiar las leyendas.

Maddie ya había llegado prácticamente a su altura y avanzó los últimos metros hacia ellos con una sonrisa tan radiante como el sol. Abrazó a Jesse como si hiciera siglos que no lo veía y él respondió a su abrazo con idéntica efusividad mientras sus dedos se aflojaban sobre los de Erin hasta soltarlos. A Erin le ofreció un afable beso en la mejilla que ella le devolvió de buen agrado.

—Llegáis justo a tiempo para ayudar con los preparativos. Chad ha tirado la casa por la ventana y ha preparado tanta comida que hasta mamá se quedaría de piedra. —Sonrió—. Ven conmigo, Erin, te presentaré a todo el mundo.

A Erin le gustó que Maddie hiciera de anfitriona y se encargara de las presentaciones, pues Gardner ya tenía lo suyo reencontrándose con todos sus viejos amigos.

Maddie la condujo hacia Sarah y Chase y el recibimiento que le dieron fue caluroso y muy cordial. Sarah le dijo que estaba deseando conocerla, pues desde que habían llegado a la isla Maddie no había cesado de hablar de la buena impresión que Erin había causado en su casa. Mucho más contenido fue el saludo que recibió de Miranda, que apenas si curvó los labios al pronunciar unas palabras de bienvenida. Su esposo, por el contrario, se tomó la licencia de darle un sincero abrazo, el mismo que le brindó Chad, aunque el suyo enmascaraba una sonrisa enigmática claves claves solo Erin poseía. Chad era el único que sabía que Erin no era la novia de Jesse, pero era muy buen actor e interpretó su papel sin que nadie sospechara lo más mínimo.

Las presentaciones se cerraron con Linda Mckenzy, a la que Chad presentó como su futura esposa con un tono muy meloso. Erin recordó la conversación que al mediodía habían mantenido en la casa de los Gardner y hubo de dar la razón a Gertrude y a Maddie. Chad y Linda estaban muy enamorados, se veía a la legua. Otra cosa es que su unión fuera o no fuera a funcionar como Gardner se encargó de resaltar.

Concluidos los saludos, Erin buscó a Jesse Gardner con la mirada. No andaba muy lejos. Alrededor de él se había formado una media circunferencia en la que todos le formulaban preguntas y hacían comentarios a la vez. Chad estaba a su lado y tenía un brazo alrededor de sus hombros. A este se le veía contento y satisfecho de tener allí a su amigo, pero Gardner se mostraba algo más comedido en sus reacciones.

—Así que solo un milagro ha hecho posible que regresaras a Beaufort —comentó una sonriente Sarah—. ¿Sabes que hicimos apuestas sobre si vendrías o no? A propósito, aprovecho para deciros que me debéis cincuenta pavos.

—¿Así que todos apostasteis a que no vendría? —Jesse alzó las cejas y a su alrededor se produjo un disimulo generalizado—. No me hubiera perdido por nada del mundo la boda de Chad. Hay ciertas cosas que uno tiene que ver con sus propios ojos para creerlas —dijo con aire mordaz—. Aunque ahora que he visto a la hermosa y futura mujer de Chad, empiezo a entender que esté ansioso por llegar con ella al altar.

Linda sonrió ante el sincero halago que Jesse le dedicó, y es que Chad estaba en lo cierto: aquella preciosa mujer de piel aterciopelada, cabellos dorados y tremendos ojos azules ya no se parecía en nada a la antigua Linda McKenzy.

—¿Qué os parece si nos ponemos manos a la obra? No tardará mucho en oscurecer —sugirió Maddie.

El grupo se abrió y cada uno volvió a la faena que había dejado inconclusa cuando Jesse y Erin llegaron a la isla.

Jesse siguió a Chad hacia el área que habían escogido para colocar la barbacoa portátil, aunque antes se aseguró de que Erin se quedara en buenas manos, es decir, en las de su hermana. Sarah siempre le había caído bien. La íntima amiga de Maddie era una buena chica, transparente en sus acciones y muy leal a sus amistades, pero no podía decir que pensara lo mismo de Miranda, que era cotilla y maquiavélica por naturaleza. Jesse estaba seguro de que en cuanto se le presentara la mínima ocasión, Miranda aprovecharía para sacar a colación el tema de June en presencia de Erin.

—La verdad es que no esperaba menos de ti. Esta chica es guapa, muy guapa. Y se aprecia que tiene clase, nada que ver con las mujeres con las que sales. —Chad habló en susurros mientras buscaba la posición correcta para que las patas de la barbacoa se asentaran en el terreno arenoso—. Dime, ¿de dónde la has sacado?

—Jamás podrías imaginarlo. —Le echó una mano con la barbacoa—. Se apellida Mathews, ¿te suena?

La reacción de Chad fue inmediata y Jesse asistió satisfecho a la transformación que se produjo en el rostro de su amigo.

—No puede ser. ¿Me estás diciendo que esa chica es la hija de…?

—Sí. Es la hija mayor de ese bastardo de Wayne Mathews.

—¿Y cómo es que…? Joder, tú estás muy mal de la cabeza tío, en serio. —Chad soltó una sonora carcajada y luego bajó el tono—. ¿Cómo la has convencido para que venga contigo? ¿Qué diablos estás tramando?

—Fue ella quien vino a buscarme a mí. Investiga fenómenos paranormales y estaba interesada en la vieja historia de la mansión Truscott. —Miró por encima de su hombro, para asegurarse de que podía hablar sin ser escuchado—. Charlamos e hicimos un trato del que los dos pudiéramos salir beneficiados. Yo le allanaba el camino y le buscaba contactos para que pudiera estudiar su leyenda y ella, a cambio, se hacía pasar por esa supuesta novia que me has endilgado. Por cierto, no pienses que no te lo haré pagar.

—¿Esperas que me crea esa gilipollez? Podrías haber traído a cualquier mujer. ¿Qué has planeado? Dicen que la venganza es un plato que se sirve frío.

Chad lo conocía bien, estaba al tanto de todos los detalles de su paso por los tribunales y sabía lo mucho que deseaba ver a Wayne Mathews entre rejas. Jesse observó el rostro expectante e impaciente de Chad y sintió no poder ofrecerle el plato jugoso que esperaba.

—No he planeado nada. —Jesse soltó el aire en lo que a Chad le pareció un gesto de resignación—. Cuando le propuse el plan después de que ella viniera a casa, mi único propósito era vengarme de ese maldito traficante de drogas. Imagínate, sin comerlo ni beberlo se me había presentado la ocasión perfecta de llegar a él a través de su hija y, como bien sabes, estaba dispuesto a hacer lo que fuera para aplastarle como a una cucaracha. Pero todo eso fue antes de descubrir que esa mujer es… todo corazón y bondad. —Chad alzó las cejas y hasta sus manos se detuvieron sobre la tapadera de la barbacoa que se disponía a retirar—. No me mires así, yo soy el primer sorprendido —dijo con aspereza, para él no había sido fácil aceptarlo—. Todavía no sé si Erin está vinculada a las actividades de su padre; ella lo niega, por supuesto, y yo cada vez tengo más dudas, porque lo único que he podido descubrir hasta la fecha es que Erin Mathews es una mujer muy ingenua. Eso no significa que no sea inteligente, que lo es y mucho, pero no tiene maldad alguna. Es transparente, no se guarda nada dentro de ella y se le puede leer en los ojos lo que piensa o lo que siente porque no sabe fingir lo contrario. Jamás había conocido a una mujer así. —Sin darse cuenta, había alzado el tono de voz, que sonó irritado—. Joder, no sé cómo ha sucedido, pero no me veo capaz de hacerle daño. —La buscó con la mirada y la halló al lado de Maddie, desplegando las mesas y sillas de campo—. O eso, o es una mentirosa compulsiva.

—La verdad es que parece buena chica. Me la había imaginado de otra forma —comentó Chad, bastante sorprendido por las revelaciones de Jesse—. Y es bastante guapa.

—No está mal.

—Vamos, tío, si te la comes con la mirada. —Sonrió—. Eso hace que me surjan algunas dudas. ¿Estás seguro de que ese cuerpo tan sensual, esa larga melena castaña y esos labios carnosos no son las herramientas que ella usa para dejarte el cerebro sin sangre?

—No digas estupideces, Chad. ¿Te crees que una mujer, por muy guapa que sea, puede lavarme el cerebro en un tema tan serio como este? Además, ella ni siquiera es consciente de que es una preciosidad.

La intriga de Chad no disminuía. Los adjetivos que su amigo estaba usando para definir a la joven, no se los había dirigido jamás a ninguna otra mujer.

—¿Y qué piensas hacer?

—Observarla de cerca y esperar. Si logra convencerme de que no sabe nada, entonces dejaré que siga su camino y que sea la justicia la que se encargue de su padre.

—¿Y si descubres que miente?

—Entonces me encargaré de destruirlos a los dos. —Su voz era gélida pero no así las sensaciones que Erin despertaba en él cada vez que la miraba. Ella estaba totalmente integrada en el grupo y ayudaba a Linda a colocar sobre las mesas ya montadas, los cubiertos, los vasos y los platos de plástico. Sus miradas se encontraron y los ojos de Erin se rasgaron al sonreírle. Por primera vez desde que se embarcaran juntos en aquella aventura, Jesse supo que lamentaría mucho descubrir que ella también estaba implicada en las actividades ilícitas de la compañía. Pero si eso era así, no dudaría ni un solo instante en hacer llegar a su padre las pruebas que la relacionaban con él—. Recopilaré unas cuantas pruebas por si me veo obligado a utilizarlas.

Al cabo de unos minutos, Chase y Dan —que se habían encargado de regresar a los botes para traer consigo los candiles de aceite con los que iluminar la playa una vez la noche cayera y quedara a oscuras— se unieron a Chad y a Jesse y entablaron una amistosa conversación en la que se pusieron al corriente de los avatares más recientes de sus vidas. Mientras la de Jesse había experimentado un giro de ciento ochenta grados a raíz de mudarse a Raleigh y posteriormente a Chicago, las de sus antiguos compañeros de instituto transcurrían sin grandes cambios. No podía decir que los envidiara. Desde muy pequeño, Jesse siempre tuvo claro que huiría de un trabajo que lo anclara de forma permanente a aquel pueblo porque no soportaba su densa tranquilidad ni su monotonía. Sin embargo, sí que echaba un poco de menos la estabilidad sentimental de sus vidas. Jesse se lo estaba pasando muy bien en su nueva etapa en Chicago, había conocido a más mujeres en esos cinco años que en toda su vida, pero jamás había sentido la mínima complicidad con ninguna de ellas, y eso era algo que añoraba en su fuero más interno.

Los conocía a todos desde pequeños, y recordaba perfectamente el momento en el que Chase le dijo que estaba perdidamente enamorado de Sarah cuando no era más que un mocoso de quince años. Habían transcurrido más de veinte años y Chase todavía miraba a su mujer como si fuera el centro del universo; y algo parecido sucedía entre Miranda y Dan, que no podían estar más de cinco minutos seguidos sin que sus ojos se buscasen.

Una vez él había sentido lo mismo, no hacía demasiado tiempo. Pero ahora tenía la sensación de que había envejecido de golpe y que su corazón se había vuelto de hierro, incapaz de volver a depositar su confianza en nadie.

Capítulo 14

*D*esde que Chad anunció que Jesse asistiría a su boda, June se sentía inquieta, inquietud que se había convertido en una emoción mucho más nociva cuando llegó a sus oídos que venía acompañado de su novia. June no era tonta ni estaba ciega: Jesse era un hombre muy atractivo que siempre había tenido mucho éxito entre las mujeres, y estaba segura de que en esos cinco años habría tenido innumerables aventuras. Pero una cosa era imaginarlo y otra verse obligada a enfrentarse a ello.

June prefería vivir en el pleno desconocimiento de las andanzas de Jesse Gardner, por eso casi nunca hacía preguntas sobre él y lo poco que sabía llegaba a su conocimiento de manera accidental. Nunca había dejado de quererle. Lo amaba cuando lo dejó, continuó amándolo mientras duró su matrimonio con Keith y, ahora que se estaba divorciando de él, seguía queriendo a Jesse Gardner. En el fondo de su alma, June sabía que lo amaría toda la vida.

Con un sabor agridulce en el fondo de su garganta, sacó fuerzas de flaqueza para acudir a la isla Carrot. En un principio había pensado en no ir, pero no tenía ninguna excusa convincente para justificar su ausencia y no quería que se especulara sobre ello. Miranda también había insistido en que lo mejor que podía hacer era acudir a la fiesta y enfrentarse a los demonios de su pasado.

«Tal vez cuando vuelvas a verlo te des cuenta de que lo has idealizado y de que tus sentimientos ya no son los mismos», le había dicho su amiga.

June no apostaba ni un centavo por ello.

Se calzó unas bailarinas blancas, se atusó el cabello en el espejo de la entrada y esperó la llegada de Keith junto al porche de la casa. Había perdido un marido, pero la amistad entre los dos se conservaba intacta. Keith siempre había sido su gran apoyo, el amigo que jamás había dudado en tenderle la mano y que siempre tenía una palabra reconfortante cuando June lo había necesitado. Por fortuna, Keith era la persona menos egoísta de cuantas había conocido, y aunque la seguía amando, le prometió que nunca se separaría de ella. Era el mejor hombre que había conocido jamás, pero no era justo para él estar casado con una mujer que no lo amaba.

Tomarla de la mano mientras caminaban hacia el embarcadero era una costumbre que tarde o temprano tendrían que erradicar pero, en esos instantes, June tenía otras preocupaciones que consumían toda su atención.

Con la ayuda de Maddie y Miranda, Linda fue sacando los platos de las cestas y los fueron colocando sobre las mesas. Estaban cubiertos con papel de cocina para aislarlos del exterior y para que los platos calientes conservaran el calor. Chad también había llevado un DVD portátil conectado a un par de altavoces que ahora reproducía una canción del grupo Hoobastank, *The reason*. Entre el sonido de las guitarras y los golpes de la batería, despuntó el sonido del motor de una lancha que se acercaba desde la costa de Beaufort y que partía en dos las espumosas aguas del estrecho. Todas las miradas quedaron atrapadas en ella y en sus tripulantes. El hombre estaba situado detrás del volante y la mujer se hallaba a sus espaldas, con la larga melena rubia flotando en el aire.

Jesse reconoció a June a pesar de la distancia pero continuó con la tarea que Chad le había encomendado como si tal cosa. Mientras colocaba las botellas de alcohol sobre otra de las mesas plegables, sintió las miradas clavadas en él en busca de reacciones. Todo el mundo estaba deseando presenciar el reencuentro entre el que fuera un trío inseparable durante los años de secundaria. Pero Jesse no estaba dispuesto a darles material con el que tener tema de conversación durante las próximas semanas.

Aunque nadie mencionó el nombre de los tripulantes de la lancha, Erin supo por el silencio incómodo que se había adueñado de la isla que la mujer era June Lemacks, la exnovia de Gardner. Él actuaba como si nada sucediera, pero su despreocupación era fingida. Erin ya se había familiarizado con muchas de sus reacciones y expresiones gestuales, y cuando apretaba así las mandíbulas es que algo le alteraba.

Chad rompió el silencio cuando la lancha llegó a la orilla y el hombre la amarró al embarcadero, pero los comentarios que siguieron habían perdido chispa. Todo el mundo parecía en tensión y nadie actuaba con naturalidad. Cuando los recién llegados emprendieron el camino sobre la arena de la playa, Erin tuvo la sensación de que hasta el aire se había espesado. Aunque Gardner no le había contado nada en absoluto sobre su relación con la guapa rubia de la fotografía, era evidente por el comportamiento extraño de sus amigos y de él mismo, que la ruptura habría sido un tanto traumática.

Cuando June Lemacks y Keith Sloan llegaron junto al grupo, tuvieron lugar los oportunos saludos de bienvenida. Jesse se quedó atrás junto a Erin y aguardó con las manos metidas en los bolsillos a que llegara su turno. Erin lo miró de reojo, pero su expresión era imperturbable y hermética, casi fría, tan fría como el rápido apretón de manos que intercambió con el hombre; tan distante y árido como el saludo que le dedicó a la mujer. Los ojos azules de la joven expresaban otra cosa mientras buscaban el contacto con los de Gardner, contacto que él rompió en apenas unos segundos, y a la mirada cálida de June Lemacks afloró una emoción que Erin interpretó como desolación.

Gardner la tomó de la mano y la presentó a los recién llegados. Él se colocó a sus espaldas y posó ambas manos en su cintura.

—Keith, June, os presento a Erin Mathews. Mi novia.

Jesse disfrutó de ese instante mucho más de lo que había imaginado. June reaccionó a esas palabras como si alguien le hubiera arrojado un cubo de agua fría sobre la cara, pero se obligó a sonreír a Erin porque ella saludó a la pareja con esa simpatía tan innata en ella. Jesse le acarició la cintura expresando su beneplácito y luego la besó en la cabeza. No obstante, cuando el grupo se dispersó y Erin se volvió hacia él, reprobó su actitud con una mirada sincera que consiguió ponerle de muy mal humor.

—¿Por qué me miras así?

—Porque no hace falta que hagas tanto teatro. Si querías hacerle daño, ha tenido suficiente con escuchar la palabra «novia».

Jesse no entendía a las mujeres, y a aquella en particular menos que a ninguna.

—¿Me he perdido algún capítulo? ¿Desde cuándo te importan a ti los sentimientos de ella?

Lo cierto es que a Erin no deberían importarle lo más mínimo, y así era en realidad. Pero sí le importaban los suyos, y acababa de descubrir que no le gustaba nada que Gardner la utilizara para darle celos a otra mujer. Al llegar a esa insólita conclusión, Erin relajó la pose y rectificó.

—Olvídalo, solo era una apreciación sin importancia.

Entonces pasó por su lado y se alejó de él.

Linda fue descubriendo a los ojos de los invitados los jugosos manjares sureños que había cocinado. Allí estaban el tradicional pudin de batatas con pasas, los típicos *hushpuppies* salados de Carolina del Norte, ensalada de repollo rojo, empanadas fritas y, por supuesto, enormes filetes de ternera para asar. Todo tenía una pinta deliciosa y se notaba que había sido cocinado con esmero. Erin desconocía los ingredientes de la mayoría de los platos porque la cocina sureña no tenía nada que ver con la de Chicago, pero Maddie se encargó de detallárselos uno por uno. Erin tomó nota mentalmente. Cuando disponía de tiempo, le gustaba encerrarse en la cocina de su casa y experimentar un poco.

Pasado el momento de máxima tirantez, el grupo se colocó en torno a las mesas, formándose pequeños subgrupos y conversaciones paralelas. Jesse se sentía extrañamente tranquilo. Durante los días previos al viaje, su máximo temor era que las murallas que había alzado se rompieran al mirar a June a los ojos. Pero eso no había sucedido. Continuaban alzadas, sólidas e inquebrantables. La miró de soslayo, June se servía un plato de ensalada de repollo al tiempo que conversaba con Miranda, y Jesse sintió un atisbo de las antiguas emociones que se removieron tímidamente en su interior. Pero no eran contundentes, no tenían la fuerza suficiente para quebrantar esos muros. Sintió un alivio inmediato que aflojó todos sus nudos internos y le liberó del peso que, sin saberlo, había acarreado a cuestas.

Dudaba de lo que sentía ella aunque, francamente, le traía sin cuidado. Lo mismo que le traía sin cuidado lo que sintiera Keith Sloan. De alguna manera, Jesse había hecho las paces con June, pero no así con Keith. Su traición jamás podría perdonarla. Pensar en hablar con él le revolvía las tripas. Por fortuna, la isla era grande y el grupo lo suficientemente amplio como para evitarle problemas.

Daban buena cuenta de los apetitosos manjares de Linda cuando el sol se ocultó tras las copas de los árboles más altos y la isla se cubrió de mágicas sombras doradas. Las aguas del océano se oscurecieron y las olas se agitaron al subir la marea, formando otras olas más grandes. Todavía no se hacía necesario encender los candiles de aceite que Dan había colocado sobre la arena. En un pasado no muy lejano podían encenderse hogueras en la playa, hasta que descubrieron que el humo asustaba a los caballos que había en la otra parte de la isla y el Ayuntamiento prohibió esa práctica.

Como todos los demás, Erin se paseó junto a Maddie alrededor de las mesas para servirse un poco de cada plato. Quería probarlos todos. Era una suerte contar con la agradable compañía de Maddie Gardner, que parecía dispuesta a no separarse de ella mientras Jesse estuviera lejos. Maddie también se había percatado de que Erin estaba siendo objeto de estudio, sobre todo, por parte de June y Miranda. A Erin no le importaba, le parecía normal que aprovecharan cualquier momento para mirarla cuando creían que ella estaba distraída, pero sentía sus miradas fugaces y analíticas en cuanto se daba la vuelta.

—Es una pena que no hayamos traído los trajes de baño —comentó Maddie.

—¿Sueles bañarte de noche?

—Cuando íbamos al instituto todos lo hacíamos. Eran otros tiempos. Ahora seguro que pillaríamos una pulmonía —bromeó.

La cena transcurrió de forma amena entre conversaciones cruzadas. Aunque no todo el mundo participó en ellas con la misma implicación, pues Keith y June se mostraron reservados en sus comentarios y distantes en su actitud, el ambiente era festivo y casi todo el mundo estaba de muy buen humor. A petición popular, Linda y Chad volvieron a explicar cómo había surgido el amor entre ambos, coincidiendo en que había sucedido de forma inmediata nada más regresar Linda a Beaufort.

—En cuanto Linda puso los pies en la inmobiliaria para que le enseñara apartamentos en alquiler, supe que iba a casarme con ella.

A Jesse le costaba reconocer a su amigo Chad bajo toda aquella sensiblera palabrería, pero a Erin le agradó mucho que un hombre expresara abiertamente sus sentimientos en público.

Chad debió apreciar la desgana con la que Jesse acogía las palabras amorosas que se prodigaron él y Linda, y antes de que otro se le adelantara, decidió poner a su amigo en un nuevo aprieto. Era su despedida de soltero y tenía ganas de pasarlo bien.

—¿Por qué no nos cuentas cómo os conocisteis Erin y tú? Creo que soy el único que está al corriente de vuestra bonita historia de amor.

Jesse hizo un tremendo esfuerzo por no dar un paso adelante y agarrar el cuello de Chad hasta asfixiarlo con sus propias manos. Lo miró con los ojos entornados y llameantes, y Chad también hizo esfuerzos por no echarse a reír.

—Yo también estoy deseando escucharlo —intervino Maddie.

—Que lo cuente Erin, a ella se le da mucho mejor que a mí relatar historias. —Sus ojos continuaban clavados en los de Chad cuando Erin comenzó a hablar.

—Nos conocimos hace tres meses en Point Park, el parque que bordea la costa del lago Michigan. Jesse había ido a hacer pruebas con su bote y yo estaba dando un paseo antes de acudir a la redacción. —Erin también se vio obligada a explicar que era la directora de una revista especializada en el estudio de fenómenos paranormales y, aunque pasó por el tema de puntillas, nunca antes había visto a tanta gente conteniendo expresiones de asombro. Regresó de inmediato a su encuentro con Jesse y lo contó tal y como lo habían ideado la noche anterior, omitiendo lo del amor a primera vista—. Me pidió el teléfono y quedamos al día siguiente —concluyó.

—Me parece una historia de lo más romántica. —Sarah sonrió—. Qué bonita forma de conocerse. ¿Qué es lo primero que te llamó la atención de Jesse, Erin?

—Pues… —Erin tragó un trozo de empanadilla y tomó el camino fácil—. Sus ojos. Jesse tiene unos ojos muy bonitos y una mirada muy penetrante.

Jesse la miró con gesto contrariado.

—No fue eso lo que dijiste cuando nos vimos al día siguiente y te invité a mi casa a tomar una copa. —Ella se quedó muda—. Se había fijado en cómo se me amoldaban los vaqueros mojados al culo ¿No es verdad, cariño? —Todos rompieron a reír excepto Erin, June y Maddie—. Y ese mismo día tuvo la ocasión de comprobar que le gustaba todavía más sin ellos puestos.

Erin esbozó una sonrisa forzada y agradeció la oscuridad para que nadie notara que se había puesto roja hasta la raíz. Estaba furiosa con él; de haber estado solos le habría lanzado el plato de empanadillas y *hushpuppies* a la cabeza.

Se le ocurrieron un montón de comentarios ingeniosos con los que atacarlo, pero entonces se saldría de su papel y se desenmascararía. No tenía más remedio que seguirle la corriente.

—Tienes unos ojos muy bonitos y un culo increíble, cariño. —Aun así, no pudo evitar que su comentario sonara ácido.

—Jesse, eres un grosero —lo atacó su hermana.

—Sarah ha preguntado y yo le he respondido.

—No seáis estrechas. Todos sabemos que os fijáis en los culos de los tíos —dijo Chase.

—El tuyo me costó encontrarlo hasta que no acudiste al gimansio —replicó Sarah.

Todos rieron al comentario de Sarah y luego la conversación fue tomando otros derroteros.

Cuando la carne estuvo lista para comer, la noche ya había desplegado sus alas negras y estrelladas sobre aquel idílico paraíso, adueñándose de cada pequeño rincón y de cada amplia extensión de la isla. La luna brillaba en lo alto del cielo como un potente faro en la noche, a punto de entrar en la fase que más interesaba a Erin. Jesse se encargó de encender los candiles de aceite con la ayuda de Dan y bajo la atenta mirada de Erin, que nunca había visto un candil de aceite en su vida. El rudimentario artefacto le hizo pensar en tiempos muy antiguos, cuando no existía la electricidad y la gente lo usaba como fuente de iluminación. La luz que desprendían, tenue y titilante, generaba suaves tonos ambarinos que recreaban una atmósfera muy íntima y cálida.

Con el regreso de Gardner y Dan, las posiciones originales cambiaron y Gardner reapareció a su lado.

—¿De dónde los habéis sacado? —le preguntó ella.

Sus ojos de color chocolate brillaron a la luz de los candiles y Jesse volvió a detectar la singular fascinación que se apoderaba de Erin con cada pequeña cosa que descubría.

—Dan es el propietario de la tienda de antigüedades de Beaufort.

—¿Y vende estos candiles?

—Vende candiles y otras muchas cosas. ¿Te gustan?

Erin observó el que tenía más cercano. Unos cuantos de ellos quedarían de maravilla en la terraza de su casa.

—Me encantan. Me parecen preciosos, ideales para crear ambientes… íntimos.

A Jesse le llamó la atención la sensualidad de su voz y que sus ojos parecieran perderse en algún pensamiento de tipo sentimental. Solo le faltó emitir un suspiro. ¿Estaría pensando en cenas románticas a la luz de las velas con ese imbécil de Parrish?

Jesse tuvo la necesidad de comprobar si era capaz de arrancarla de allí. Deslizó la mano bajo su frondosa melena castaña y apoyando la palma en la base de su nuca, la acercó a él. Jesse movió los dedos sobre la tersura de su cuello y lo acarició con mimo antes de dejarlos caer a lo largo de su espalda desnuda. Erin estaba rígida, parecía no respirar.

—No estaría mal si fingieras que te encantan mis besos y mis caricias —le dijo Jesse con la voz susurrante.

—Creí que dijiste que guardaríamos las distancias.

—Te dije que no te besaría en la boca, pero no nombré nada sobre no tener gestos cariñosos contigo delante de mis amigos. —Su mano volvió a pasearse por su cuerpo, esta vez le tanteó la cintura y luego la dejó allí quieta, con el pulgar acariciándola por encima de la tela del vestido.

—Tengo una memoria excelente, Jesse Gardner, y tus palabras exactas fueron que no me pondrías un dedo encima ni aunque fuera la última mujer sobre la faz de la tierra. Y ahora no tengo uno, sino cinco dedos tuyos paseándose por mi cuello, por mi espalda y por mi cintura. —Erin estableció contacto con esos ojos tan azules que, ahora oscurecidos por la penumbra de la noche, también la miraban seductores. Por supuesto, esa mirada suya no era real, sino parte del juego.

—Pues es evidente que te mentí.

—¿En qué más me has mentido? Y no me digas que Neil el mendigo es amigo tuyo y orquestasteis el robo de mi coche para divertiros a mi costa.

Jesse rio ante su ocurrencia.

—Se me ocurrió demasiado tarde.

—Entonces seguro que el baño de la planta baja funciona correctamente y no tiene atascadas las tuberías.

—¿Y qué conseguiría yo mintiéndote en eso? —Gardner se puso frente a ella y todo el mundo desapareció de la vista de Erin tras el imponente tamaño de su espalda—. Te aseguro que las tuberías están muy atascadas.

Ahora ya no era una mano grande y caliente la que acariciaba su cintura, ahora eran las dos. Erin no sabía qué hacer con las suyas, que colgaban flácidas a ambos lados de su cuerpo.

—¿Qué haces? —susurró, con los ojos muy abiertos y las pulsaciones un poco alteradas—. No me apetece lo más mínimo seguirte el juego en este momento, ¿sabes? Y menos todavía después de lo que acabas de decir hace un rato.

—Lo que he dicho es cierto. Me miraste el culo.

—¿Y qué si lo hice? —le confesó, y él sonrió—. Por si no te has dado cuenta, me has avergonzado delante de todo el mundo. No vuelvas a mencionar nada sobre nuestra hipotética vida sexual en público o lo lamentarás.

Erin hablaba muy en serio pero Jesse no podía tomarse de la misma manera sus amenazas. La acercó un poco más hacia él, hasta que su pelvis contactó con la suya. Ella se puso tensa como una flecha y sacó pecho, y él admiró su escote en silencio.

Estar así con ella hizo que se olvidara de todo y de todos. Sus intereses reales se enredaron con otros que él intentaba mantener al margen. ¿Qué diablos le pasaba? El tacto de las curvas femeninas de Erin le estaba dejando el cerebro sin oxígeno y acelerándole la sangre.

—Si existiera vida sexual entre los dos, te aseguro que no hablaría de ella.

Erin sintió que lo decía como si deseara que la hubiera y entonces volvió a quedarse sin palabras. Bajó la mirada para que él no pudiera interpretar su inquietud como el deseo que sentía por besarlo, el mismo deseo que había descifrado en sus ojos.

Antes de excitarse y de que ella pudiera sentirle duro como una piedra contra su vientre, cosa que estaba a punto de suceder, Jesse recuperó el sentido común y se retiró. Erin se sintió agradecida cuando apartó su mirada enigmática de ella y se marchó de su lado.

La fresca brisa del océano, que parecía haber dejado de soplar mientras Erin estuvo rodeada por aquellos brazos musculosos, le enfrió las mejillas y le devolvió la serenidad.

Los chuletones de ternera fueron decreciendo a buen ritmo y, un rato después, con los estómagos ya saciados y al ritmo de una canción de Nickelback, *Someday*, comenzaron a recoger los platos sucios y vasos vacíos para ir depositándolos en bolsas de basura. Dan y Chase se encargaron de llevarlas hasta los botes, pues en la isla no había contenedores.

Las botellas de alcohol, los vasos alargados de cristal y las cubiteras con hielo reemplazaron a los platos de comida. Alguien subió un poco más el volumen de la música y Chad se dispuso a servir las bebidas atendiendo a las peticiones de sus invitados. Entre toda la amalgama de botellas de vidrio cuyas etiquetas y contenido eran totalmente desconocidos para Erin, reconoció una botella de licor de avellanas que era idéntica a la que Gardner había encontrado la noche anterior en la guantera del viejo sedán. Aunque no le apetecía beber especialmente, no quiso ser la nota discordante y por eso le pidió a Chad que le sirviera un vaso.

Había llegado el momento de dar comienzo a la auténtica labor por la que Erin había cruzado varios estados para llegar hasta Beaufort. Durante la comida en casa de los Gardner, Maddie le había prometido que aprovecharían esa ocasión para hablarle de la leyenda de *los amantes de la luna llena* y contestar a todas sus preguntas. No tuvo que recordárselo: Maddie reapareció a su lado con un refresco en la mano y la invitó a que abandonaran el epicentro de la fiesta. Juntas, se alejaron hacia la orilla de la playa, deteniéndose en un punto donde era posible conversar sin necesidad de alzar la voz por encima del sonido de la música y las voces.

Maddie extendió sobre la arena una esterilla que había llevado consigo y tomaron asiento de cara a las inescrutables profundidades del océano Atlántico.

—Cuando Jesse me dijo que conocías la leyenda casi me puse a dar saltos de alegría. En este trabajo la gente no suele recibirte con mucha simpatía y la mayoría te cierra la puerta en las narices en cuanto escucha la palabra fantasma o alguna de sus variantes. —Erin afianzó el vaso de licor de avellanas sobre la arena.

—Esta tarde he hecho algunas llamadas de teléfono a algunas personas para hablarles de ti y de tu investigación. Te van a recibir encantados.

—Te agradezco tu colaboración y que me allanes el camino —le dijo con sinceridad—. Jesse me dijo que hace unos años el pueblo recibió muchas visitas de parapsicólogos.

—Había de todo, gente que era profesional y gente que no lo era tanto. Como el Ayuntamiento nunca les concedió una licencia para acceder al interior de la mansión, se instalaban frente a su puerta y allí se pasaban las horas muertas, a la espera de captar algún sonido o grabar alguna imagen con las cámaras de vídeo que siempre llevaban a cuestas. Sobre todo acudían allí por la noche, porque según cuenta la leyenda, era durante las tempranas horas de la madrugada cuando el espectro de Mary Truscott se asomaba a la ventana de su dormitorio. —Movió la cabeza—. Pero nadie consiguió demostrar nada y la leyenda pasó de moda. Desde entonces nadie ha vuelto a venir por aquí interesándose por ella.

Antes de entrar en la parte que concernía a la leyenda, Erin le pidió que la pusiera al corriente de los antecedentes históricos, y Maddie lo hizo con la misma pasión que ponía en las explicaciones de sus clases de historia. Erin la escuchó con mucha atención.

—Los hechos acontecieron en el año 1865, durante la batalla de Bentonville, que fue la mayor que se libró en Carolina
del Norte. Anthony Main era un soldado del norte que lucha-
ba en las tropas del ejército de la Unión. Era un joven soldado
recién licenciado de la academia de West Point y esta era su
primera batalla. Cuentan que Bentonville fue especialmente
dura y sangrienta, y Anthony cayó herido a manos del ejército confederado. Fue abandonado a su suerte pero consiguió
llegar hasta las orillas de Black Sound con una herida en el
hombro causada por una carabina.

—¿Dónde está Black Sound?

—Al otro lado del bosque. Black Sound es el brazo del
Atlántico que delimita las islas pesqueras con la mansión
Truscott. Es una zona muy extensa, y se cree que Anthony
Main estuvo dos días perdido por esos páramos hasta que
Mary Truscott le encontró.

»Ella era la hija mayor de una adinerada familia sureña,
que se dedicaba al cultivo del algodón. Un día salió a cabalgar
por los alrededores, como hacía todas las mañanas, y halló el
cuerpo inconsciente de Anthony muy cerca de Lenoxville, a
orillas del pantano. Se dice que Mary era una joven con un
gran corazón, por eso, y aunque sabía que socorrer a aquel joven soldado podría acarrearle muchísimos problemas, no dudó
en ayudarle. Supongo que consiguió reanimarlo de alguna
manera y Anthony hizo uso de las últimas fuerzas que le quedaban para subirse a la grupa del caballo de Mary. Luego lo llevó consigo a casa, donde permaneció oculto durante tres meses hasta que se repuso de sus heridas.

—¿Mary también se lo ocultó a sus padres?

—Así es, solo lo sabía la dama de compañía de Mary, que
siempre guardó el secreto por expresa petición de la joven. Es
increíble que sus padres o los criados nunca sospecharan que
en la casa había un intruso. —Maddie estiró las piernas desnudas sobre la arena y se retiró un mechón de cabello rubio que
la brisa trajo a sus ojos—. Mary cuidó de él hasta que Anthony
pudo valerse por sí mismo, pero mientras duró su convalecen-
cia sucedió algo con lo que ninguno de los contaba: se enamoraron. Imagínate qué problema. Anthony no podía permanecer escondido eternamente, porque si las tropas del sur lo

encontraban lo condenarían a muerte. Probablemente, si el señor Truscott lo hubiera encontrado escondido en el cuarto de Mary, también lo habría matado. Tuvo que marcharse y hubo de hacerlo solo. Una noche de luna llena ambos tomaron el camino hacia las aguas de Black Sound, donde el padre de Mary tenía un pequeño barco que utilizaba para ir de pesca. Anthony abandonó Beaufort esa noche, pero le prometió a Mary que regresaría a por ella cuando la guerra hubiera finalizado. —Emitió un lánguido suspiro—. Tras despedirse, Mary subió a la casa y se asomó a la ventana para verlo marchar. La luna llena iluminaba las islas pesqueras y Mary estuvo allí hasta que el barco se perdió en el horizonte. Su dama de compañía la encontró a la mañana siguiente tirada sobre su cama, con las ropas todavía puestas y llorando desconsoladamente. Se cree que Anthony nunca regresó, porque Mary Truscott se casó cinco años después con el hombre que su padre había elegido para ella, un rico terrateniente amigo de la familia al que Mary conocía desde que era niña.

—¿Qué pasó con Anthony?

—No existen referencias históricas sobre Anthony Main después de su partida. Tal vez murió en la guerra, o tal vez se olvidó de Mary y rehízo su vida al lado de otra mujer.

—Qué historia tan triste. —Erin secundó el suspiro de Maddie y miró al frente, donde solo se veía oscuridad—. ¿Tú crees en la leyenda? ¿En que el espectro de Mary se materializa en las noches de luna llena?

Maddie movió la cabeza con una sonrisa en los labios.

—Aunque me llaman la atención estos temas, confieso que soy un poco escéptica. Pero esas personas a las que he telefoneado esta tarde para hablarles de ti, dicen haberla visto. También es cierto que el único testimonio al que le concedo un poco de crédito es al de Samantha Jenkins. El resto son algo irrisorios, pero tal vez a ti te sirvan de algo. Mañana por la mañana te daré sus nombres y sus direcciones.

—¿Y qué hace el testimonio de Samantha Jenkins diferente al de los demás?

—La persona de la que proviene. Samantha era mi profesora de física y matemáticas en el instituto y siempre solía decir que no creía en nada que no se pudiera demostrar con una ecuación matemática. —Sonrió con el recuerdo—. Que una persona con una mente tan empírica asegure haber visto el espectro de Mary Truscott merece mi respeto.

A Erin también le pareció que podía tratarse de un testigo muy creíble.

—Gracias, Maddie. —Erin apoyó la mano en la muñeca de la joven y le dio un ligero apretón—. No sabes lo mucho que esto significa para mí.

—No tienes que agradecerme nada, lo hago encantada —aseguró.

—Jesse me dijo que podrías enseñarme la mansión.

—Me temo que Jesse no está al tanto de la decisión que tomó el alcalde hace unos años. El Ayuntamiento se reunió en pleno y prohibió la entrada a raíz de las visitas de los parapsicólogos. Antes de que se tomara esa medida sí que es cierto que se podía entrar con permisos especiales. Yo llevé a mis alumnos de las clases de historia.

—¿Y crees que yo podría obtener uno de esos permisos especiales?

Maddie la miró y deseó decirle que sí. Estaba fascinada por la historia.

—Lo dudo mucho. El alcalde decretó en un pleno municipal que la mansión quedaría cerrada a todos los efectos cuando se tratara de ejercer en su interior «prácticas socialmente deleznables». Creo que se refería al trabajo que hacéis los que investigáis fenómenos paranormales.

De todas formas, Erin no tenía muchas esperanzas de poder acceder al interior de la mansión. Habría sido demasiado bonito para ser verdad.

Capítulo 15

Cuando regresaron al epicentro de la fiesta, la música estaba un poco más fuerte y las botellas de alcohol estaban por la mitad. También había un ambiente más distendido y desinhibido. Aunque la expresión de Keith Sloan continuaba siendo seria y demasiado formal, ahora movía los pies sobre la arena al ritmo de la música junto a Chase y Dan.

Chad le sirvió un nuevo vaso de licor de avellanas y Maddie le pidió que le hiciera un cóctel de lo que él quisiera. Chad era experto en preparar cócteles, aunque le dijo que con los ingredientes que allí tenía, tendría que hacerle uno de los más sencillos.

Erin buscó a Jesse con la mirada pero no lo encontró. El vaso de licor se detuvo a medio camino de sus labios al comprobar que June también había desaparecido. Bajó el vaso y escrutó los alrededores con más atención, pero no vio nada salvo la infinita oscuridad que los cercaba.

—Jesse creía que conseguiría irse de Beaufort sin tener un careo con June. Pero los que hemos convivido con ella durante todo este tiempo sabíamos que tarde o temprano buscaría el momento de hablar con él. No ha escogido el mejor momento, pero así es ella. —La reflexión de Maddie sonó tensa, pero cambió el tono al dirigirse a Erin—. No tienes que preocuparte, Jesse tiene las ideas muy claras y aunque llevéis poco tiempo saliendo juntos, salta a la vista que está muy enamorado de ti.

Erin estuvo a punto de atragantarse con su propia saliva pero disimuló como pudo la tos que le sobrevino. Maddie le parecía una mujer con muchas cualidades pero, desde luego, la intuición no era una de ellas.

Υ

June estaba tan nerviosa que mantuvo las manos enlazadas para que no le temblaran. Reunir el valor suficiente para acercarse a Jesse y pedirle que la acompañara lejos de la música y las miradas le había costado unas cuantas horas de indecisión. No creyó que fuera tan difícil dar ese paso.

June se detuvo a unos treinta metros del foco de la diversión y miró a Jesse a los ojos, pálidamente iluminados por la luz plata de las infinitas estrellas que tachonaban el cielo. Él se cruzó de brazos y aguardó. Su actitud era cerrada desde el momento en que ella había puesto los pies en la isla, pero no podía juzgarlo por eso. Al menos tenía emociones hacia ella, habría sido mucho peor que la hubiera tratado con indiferencia.

June se olvidó de discursos preparados y trató de ser fiel a lo que le decía su corazón, un poco acelerado en aquellos momentos de tensión.

—Se me hace raro estar contigo en el mismo lugar y que no nos dirijamos la palabra, como si fuéramos dos extraños. Sé que es una situación difícil, yo soy la primera que no me siento cómoda, pero ya han pasado cinco años y creo que... que deberíamos enterrar el hacha de guerra.

—Yo no tengo ninguna guerra declarada contra ti. Hace mucho tiempo que desalojaste mis pensamientos y que dejaste de ser importante en mi vida. Si no hablamos es porque no tenemos nada que decirnos. Es así de sencillo.

June no lo creía. Cuando Jesse hablaba con tanta crudeza era porque tenía la intención de que sus palabras hirieran, y si pretendía herir, era porque no le era tan indiferente como decía.

—Yo sí tengo cosas que decirte, y espero que me des la oportunidad de explicarme. Te he traído hasta aquí porque deseo que nos veamos a solas en otro lugar y en otro momento.

—¿Tienes algo que quieres decir y esperas cinco años para hacerlo?

—Esperar no ha sido nada sencillo, te lo aseguro.

—Tus explicaciones llegan demasiado tarde. Si quieres limpiar tu conciencia búscate a otra persona. —Esas palabras le dolieron, Jesse pudo verlo en la desolación que asomó a sus ojos azules—. No quiero remover el pasado, soy muy feliz con mi presente.

—¿La quieres? Si eres capaz de mirarme a los ojos y decirme que la quieres, entonces me quedaré al margen y no volveré a molestarte.

Jesse hizo lo que le pedía y trató por todos los medios de sonar convincente.

—La quiero. —No pestañeó, sus pupilas estaban clavadas en las de ella—. Estoy enamorado de Erin Mathews.

Ella tampoco vaciló al decirle:

—No te creo. Te conozco bien y sé que no estás enamorado de ella.

—Ya no soy el mismo hombre de hace cinco años, June. No me conoces en absoluto —dijo con frialdad—. Regresemos a la fiesta.

—Mañana a las siete te esperaré en el embarcadero. No es necesario que ahora digas nada, de hecho, no quiero que digas nada. Tómate tu tiempo y reconsidéralo. Si no apareces, lo entenderé. Sé que no tengo derecho a exigirte nada. —Jesse odió que su voz vibrara repleta de emociones, quería que cerrara la boca de una vez—. Necesito hablar contigo, Jesse. —¿Se estaban humedeciendo sus ojos o eran imaginaciones suyas?—. Te suplico que me concedas unos minutos de tu tiempo y, después, si así lo decides, no volveré a acercarme a ti.

Ese era precisamente el momento y la conversación que Jesse quería evitar, la razón por la que no había pisado el pueblo durante tanto tiempo. No quería verse obligado a reconocer que su inmunidad frente a June no era absoluta y que ella todavía tenía el poder de influir en él y de arrinconarlo de cara a sus propias debilidades.

Jesse maldijo en silencio, pero tal y como le había pedido June, no dijo nada. Se limitó a darle la espalda y a regresar al grupo. Necesitaba un buen trago de lo que fuera.

Jesse esperó toparse con miradas cargadas de suspicacia, pero ya debían de andar demasiado embriagados de alcohol porque nadie les dedicó la mínima atención. Nadie excepto Erin y Keith.

Su presunta novia, que refulgía en la noche con su blanquísimo vestido veraniego, enseguida retiró su mirada recelosa de él y, por alguna razón que se le escapaba, Jesse tuvo la tonta necesidad de explicárselo. Por supuesto, no lo hizo. Tal vez June sí que le explicó a Keith el contenido de la conversación que habían tenido, pues regresó al lado de su exmarido de forma inmediata. Se estaban divorciando, pero saltaba a la vista que él la continuaba queriendo. Algunas cosas nunca cambiaban.

Jesse recuperó su vaso de hielo con bourbon y se bebió de un trago lo que le quedaba. Después se sirvió otro par de dedos. El Jack Daniel's era el compañero más efectivo para desdramatizar cualquier asunto.

A Erin le bastaba con el licor de avellanas. Ese ya era su cuarto vaso y sentía el estómago caliente, la cabeza achispada y muchas ganas de pasárselo bien. La pequeña escapada entre Gardner y June la había dejado en una situación delicada en la que fue el centro de miradas furtivas, pero cuando los dos regresaron como si acabaran de tomarse un vaso de ácido corrosivo, Erin recuperó el buen humor.

Conversaba animadamente con Linda y Chad sobre las islas Fiji —lugar que la pareja había escogido para celebrar su luna de miel— cuando el potente sonido de las primeras notas de la canción *It's my life* de Bon Jovi hizo que su cuerpo vibrara de los pies a la cabeza como si hubiera recibido una descarga eléctrica. Le encantaba esa canción, la hacía sentir rebosante de energía, libre de vergüenzas y deseosa de bailar y cantar a pleno pulmón. El licor hizo el resto.

—Oh, tenéis que disculparme, esta canción me gusta muchísimo.

Erin buscó su sitio, alzó los brazos hacia el cielo, movió las caderas al ritmo que marcaba la batería y cantó en voz alta cada palabra de la letra que se conocía de memoria. Y mientras daba vueltas sobre sí misma, saltaba sobre la arena y alzaba la voz hacia las estrellas, se olvidó de que todo el mundo tenía los ojos clavados en ella. Estaba poseída por la música.

El inesperado comportamiento de Erin Mathews sorprendió a todos porque se habían forjado una impresión de la joven como la de alguien muy discreto, pero sobre todo sorprendió a Jesse, que estaba convencido de que el alcohol se le había subido a la cabeza.

Embelesado por sus movimientos sensuales y sus contoneos tan voluptuosos, Jesse no pudo despegar los ojos de Erin. El cabello largo y ondulado se agitaba sobre sus hombros y parecía una cascada de seda oscura sobre la que deslizar los dedos y enterrar la nariz. Recordó que olía de maravilla. Y sus caderas se sacudían al compás de la música, llamando la atención sobre sus nalgas firmes y redondas en las que se adivinaba la insinuante marca de su lencería cada vez que la falda se le adhería por la brisa. Sus piernas también eran bonitas, largas y delgadas, y cuando la miró a los pechos se le secó la boca. Con cada salto y con cada giro que Erin daba sobre la arena, las cimas de sus senos temblaban en la prisión de su vestido, y Jesse solo pudo pensar en liberarlos para volver a encerrarlos en la presa de sus manos.

Sin separar los ojos de ella, Jesse bebió un trago para que el líquido le suavizara la garganta, que se le había quedado seca y rasposa como una lija. La deseó con tanta fuerza que sus dedos se apretaron sobre el vidrio del vaso en un movimiento reflejo.

Hubo un breve contacto de miradas y ella le dedicó una sonrisa. Era su sonrisa de siempre, dulce y cristalina, pero Jesse leyó mucho más allá de la superficie y le ardió en las venas. Ella le estaba hechizando. Era venenosa y adictiva y sintió que le clavaba su potente aguijón en la piel, traspasándole hasta llegar a las venas para inundarle con su veneno.

Hasta que Keith sesgó de raíz el potente embrujo que ella había tejido sobre él.

Si bien durante toda la noche había hecho gala de una actitud pasiva y distante, ahora decidió aprovechar el momento para romper esa imagen. Con una sonrisa en los labios que Jesse deseó borrar de un puñetazo, Keith se aproximó a Erin danzando al ritmo de las trepidantes guitarras y cuando llegó a su altura la tomó de las manos. Los cuatro brazos se alzaron hacia el cielo y Keith se aproximó tanto a Erin que el aire no encontró lugar para circular entre los dos. El maldito traidor manejaba el cuerpo de Erin con descaro en una sucesión de movimientos que no buscaban otra cosa más que provocarle; Jesse estaba seguro de ello. Aguantó cuanto pudo y concentró su creciente rabia en el vaso, que apretó tan fuerte que temió hacerlo añicos. Maddie debió leérselo en la cara porque le dirigió una mirada de advertencia desde la lejanía, pero al ver las manos de Keith apoyadas en las caderas de Erin, llegó al límite de su tolerancia.

Jesse se aproximó con una expresión tan feroz en la cara que no fue necesario abrir la boca para poner fin al espectáculo. Keith se retiró inmediatamente de Erin.

—Tranquilo, solo estábamos bailando.

Keith levantó las palmas de las manos, en son de paz, y Jesse lo miró con los ojos entornados, aguantando las ganas de aplastarle.

—No vuelvas a ponerle tus manazas encima o lo lamentarás.

—¿Qué ocurre?

Erin se mostró muy indignada por sus groseros modales y con la mirada le exigió una explicación que no tuvo lugar. Aunque no le faltaran ganas, Jesse no iba a dar un maldito espectáculo delante de todo el mundo encarándose con Keith. No era ni el momento ni el lugar. Sin embargo, ya no estaba tan seguro de que fuera a marcharse de Beaufort sin tener unas cuantas palabras con él.

Jesse tomó a Erin de la muñeca, se apoderó de un candil de aceite y la arrastró consigo fuera de las miradas expectantes y curiosas.

—¿Qué haces? ¿Adónde vamos?

Erin caminó rápido para mantenerse a su ritmo, pues sus zancadas eran rápidas y muy largas. Una simple mirada a su perfil bastó para percatarse de que estaba muy enfadado y de que iba a pagarlo con ella.

—¿Vas a decirme adónde me llevas o tengo que adivinarlo yo?

La lámpara de aceite se balanceó furiosamente bajo el impulso impetuoso de la mano de Gardner, y la luz dibujó sombras y luces sobre las suaves dunas que formaba la arena. Ante su falta de respuesta Erin miró hacia atrás. Ya habían caminado un buen trecho y la luz de los candiles era solo un reflejo borroso en la lejanía.

Gardner se detuvo cuando se aseguró de que nadie podría verlos ni oír lo que decían. Sin relajar ni un ápice su expresión y su mirada iracunda, dejó caer el candil sobre la arena y Erin aprovechó ese momento para dar un fuerte tirón de su muñeca que él todavía tenía sujeta con su mano.

—¿Qué es lo que intentabas hacer? ¿Dejarme en ridículo delante de todo el jodido mundo? —Jesse apoyó las manos en las caderas y se inclinó ligeramente sobre ella.

—No exageres, no bailo tan mal. —Se frotó la muñeca y alzó la vista hacia él. A Gardner no le gustó que bromeara—. Está bien. ¿Qué es lo que te ha cabreado exactamente? ¿Mi forma de bailar o que lo haya hecho con Keith? Porque si se trata de lo segundo, debería ser a él a quien pidieras explicaciones.

—No te pases de lista. Tú eres quien me debe un mínimo de respeto.

—No considero que te haya faltado al respeto.

—¿Ah, no? ¿Y cómo debo entonces interpretar esos frotamientos que acabo de presenciar entre tú y Keith? —La luz del candil parpadeó y trazó sombras aceradas en su rostro. Sus pupilas se habían agrandado en la oscuridad y el azul del iris casi había desaparecido—. No vuelvas a acercarte a él —le dijo con tono admonitorio.

Aquello era más serio de lo que Erin suponía y por eso puso en funcionamiento la maquinaria analítica de su mente. Los engranajes estaban algo remojados en el alcohol, pero tampoco hubo de hacer un gran esfuerzo para interpretar la conducta de Gardner. Estaba claro que la razón por la que no había intercambiado ni una sola palabra con Keith en toda la noche se debía a June. Erin se quedó muy sorprendida cuando Sarah le contó que Keith y June se estaban divorciando tras cinco años de matrimonio. Ahí estaba la clave del mutismo de Gardner. Aquellos tres habían formado una especie de triángulo amoroso y sus efectos todavía perduraban en el presente.

—Escucha, Jesse. —Era la primera vez que lo llamaba por su nombre de pila—. Creo que esta situación te ha desbordado porque te recuerda a alguna otra que viviste en el pasado. Tus sentimientos están algo confusos y por ello deberías reflexionar antes de continuar diciendo cosas de las que luego puedas arrepentirte. —Erin se la jugó con la siguiente frase—. Yo no soy June, ni Keith está interesado en mí.

Los ojos de Jesse se entornaron y la observó con mayor tenacidaz todavía. Una vena palpitó en su sien y Erin tuvo la sensación de que se había extralimitado en sus apreciaciones.

—¿Estás intentando psicoanalizarme?

—Busco una razón que pueda excusar ese comportamiento tan primitivo e ilógico que acabas de tener.

—Pues entonces deja de buscar razones imaginarias donde no las hay, joder —le espetó, ofendido y cabreado a partes iguales—. Te aseguro que no estoy tan borracho como para confundirte con June, ni mis funciones están tan alteradas como para mezclar el presente con el pasado. No quiero verte con Keith y punto. Esas son todas las razones que existen.

—¿Así es como finalizas todas las conversaciones? ¿Imponiendo tu palabra y punto?

—Así es como finalizo esta.

—Ya veo. —Erin bajó la mirada y suspiró lentamente. Estaba tentada a sacar los guantes de boxeo; Jesse Gardner la irritaba hasta ese extremo—. El problema es que no eres tú solo quien decide cuándo y cómo se pone punto y final a una discusión. Yo también tengo algo que decir y vas a escucharlo. Por si no te has dado cuenta, has sido tú quien me ha dejado a mí en ridículo al arrastrarme contigo casi por la fuerza.

—No son tus amigos y no volverás a ver a ninguno de ellos cuando salgas de aquí. Así que no debe preocuparte un carajo lo que piensen de ti.

—Sí que me importa mientras esté en Beaufort —respondió con sequedad—. Y aunque todo esto sea un montaje, no pienso tolerar que vuelvas a ultrajarme en público.

—No pretendas darle la vuelta a la tortilla para ponerte tú en el papel de la ofendida. —Elevó la voz y volvió a cernirse sobre ella, aprovechándose de su tamaño para intimidarla—. Si no quieres que vuelva a tratarte tal y como dices, no vuelvas a darme motivos para que lo haga.

«Testarudo, engreído. ¡¡Gilipollas!!»

Así no iban a ningún sitio y a Erin no le quedó más remedio que guardar sus guantes de boxeo. Quería llegar al final de ese asunto cuando lo más inteligente era dar media vuelta y regresar junto a los demás. Pero así era ella cuando se topaba con un hilo del que tirar para desenredar la madeja. Le gusta llamarlo deformación profesional.

Erin tenía recursos para amansar a las fieras sin necesidad de poner música, aunque con esa fiera en particular tendría que hacer un trabajo mucho más minucioso porque tenía un carácter demasiado impetuoso que, para colmo, acababa de estallar.

Erin lo miró con tranquilidad.

—Parecemos una pareja real, con una discusión real. —Hizo un comentario banal para quitarle hierro al asunto.

—La discusión es muy real, porque si permites que Keith vuelva a acercarse a ti con el único afán de provocarme a mí, entonces tendré que romperle la nariz y, como tú ya estás avisada de lo que tengo preparado para él, serás la responsable de que tengan que hacerle otro par de agujeros en la cara por los que respirar.

Erin abrió mucho los ojos y luego sucumbió a un repentino e inesperado golpe de risa. Se llevó la mano a la boca para ahogar las carcajadas que se le agolpaban en la garganta. Por extraño que pareciera y aunque las palabras de Jesse estuvieran desprovistas de humor, Erin había imaginado la escena y todo le pareció tan surrealista e irónico, que no halló otra forma de expresarlo más que riendo.

—¿Por qué te ríes? ¿Crees que no soy capaz de hacerlo?

Erin afirmó con la cabeza porque no podía hablar. Intentó tranquilizarse abanicándose con la mano mientras hacía unas inspiraciones. Tenía los ojos brillantes y sus labios se obstinaban en curvarse hacia arriba, pero ella controló la risa como pudo.

—Por supuesto que te creo capaz —dijo al fin, con la expresión distendida—. Perdona que me ría, ya sé que no tiene gracia.

Hubo otra risita más y, de nuevo, Erin se llevó la punta de los dedos a los labios. Jesse dio un paso atrás y la miró desde otro ángulo.

—¿Cuántos vasos de licor te has bebido?

—Creo que han sido cuatro.

Jesse movió la cabeza. No le hacía ninguna gracia que la risa encantadora de Erin Mathews tuviera el poder de calmar su ira y relajarlo como si se hubiera tomado un potente tranquilizante. Pero lo hizo, y aunque quisiera continuar enfadado y pagarlo con ella, miraba esa sonrisa deliciosa y, simplemente, no podía.

Erin se dio cuenta de ello sin necesidad de mirarle a los ojos. Ya no recibía vibraciones negativas de ese cuerpo esbelto y musculoso que tenía a su lado. Aun así, buscó su mirada para comprobarlo. Sus rasgos estaban relajados. Después de todo, no había sido nada difícil sosegarlo.

Ella volvió a hablar, calma y serena, y Jesse la comparó con una encantadora de serpientes.

—Sé que no tengo ningún derecho a inmiscuirme en tu vida privada ni a que me ofrezcas explicaciones de ningún tipo. No he olvidado ni por un momento el trato que hicimos antes de partir de Chicago. Pero el papel que me encomendaste es complicado. Me muevo en un terreno repleto de lagunas y es probable que haga cosas que puedan molestarte. Como lo que acaba de suceder hace un momento. —Se mordió la comisura del labio—. Sería más fácil para mí si supiera por dónde me muevo.

Erin no tenía esperanzas de que su invitación fuera bien acogida por él. Sus intentos al respecto siempre habían sido infructuosos y habían derivado en que se produjeran situaciones incómodas entre los dos. Al principio, Erin había preguntado por simple curiosidad y había encajado sus agrias negativas sin darles mayor importancia. Pero cada vez le costaba un poco más digerir que Jesse fuera tan categórico y tan inaccesible con ella.

Erin no sabía en qué momento concreto, esa mera curiosidad se había transformado en interés personal, pero sí sabía que haber permitido que eso sucediera era un error que poco a poco se hacía más grande, y que no veía la forma de frenar.

Una inquietante sensación la mantuvo inerte mientras presenciaba cómo Jesse Gardner dejaba la lámpara de aceite tras su espalda y tomaba asiento sobre las suaves dunas doradas. Aquello parecía ir en serio, tenía toda la pinta de ser ese el momento escogido por Jesse para sincerarse con ella. Eso era lo que Erin había perseguido desde la primera vez que lo importunó con sus preguntas y, sin embargo, ahora que él parecía dispuesto a contestarlas, no estaba segura de ser eso lo que quería.

Temía ahondar en Jesse Gardner porque cada cosa que descubría de él le gustaba más que la anterior, e incluso las que no le gustaban la atraían como si él fuera un imán gigantesco.

Jesse alzó la cabeza hacia ella y le lanzó una mirada interrogante. Esperaba verla sentada a su lado y con los oídos agudizados en lugar de toparse con esa expresión vacilante.

—Se me manchará el vestido si me siento en la arena —se excusó ella con torpeza.

—Está completamente seca. —Jesse agarró un puñado y luego la dejó caer como si su puño fuera un reloj de arena—. Siéntate antes de que me arrepienta de lo que voy a hacer.

Erin asintió y acudió a su lado, ignorando el vestigio de emoción que brotó en su corazón y que también se le expandió hacia el estómago. La arena era muy densa y mullida en esa parte de la isla, y Erin se arrellanó sobre ella poniendo especial cuidado en que la brisa no le alzara la falda del vestido, que se introdujo entre los muslos.

Jesse tenía las piernas flexionadas y recogidas con los brazos, y miraba hacia la infinita oscuridad del mar como si buscara en ella la manera de comenzar a hablar. Cuando sintió a Erin acomodada y silenciosa, volvió la cabeza para mirarla.

—No quiero que me interrumpas, de lo contrario me detendré y no volveré a hablar nunca más de ello —la advirtió—. ¿Crees que serás capaz de mantener tus bonitos labios sellados?

Erin observó que sus ojos azules se detenían en su boca durante más tiempo del prudencial, mientras los de ella, por el contrario, danzaban por su rostro como tratando de acaparar los cientos de detalles que lo hacían tan atractivo.

—Sí —dijo escuetamente, echando de menos un quinto vaso de licor.

—Bien.

Jesse no la creyó, porque daba la sensación de que su mente andaba un poco lejos de allí. Como la suya, que había dejado de tocar tierra en cuanto puso sus ojos en esos labios carnosos que tanto le apetecía besar.

Jesse volvió a escudriñar las negrísimas aguas del estrecho de Pamlico y comenzó a hablar con la voz serena y desafecta, como si se dispusiera a narrarle un episodio turbio de la vida de un amigo en lugar del suyo propio.

—Conozco a June prácticamente desde que era una niña con coletas. Vivía con sus padres en la casa de detrás de la mía y la veía todas las mañanas cuando íbamos y regresábamos del colegio. Ella era tres años más joven que yo, así que no le presté atención hasta que se hizo adolescente y se convirtió en una joven preciosa. Antes de que nos salieran los dientes de leche, Chad, Keith y yo ya éramos inseparables. Nuestras madres eran amigas y tenían por costumbre tomar café todas las tardes en la casa de una o de otra, así que pasábamos mucho tiempo juntos. A Keith le gustaba June desde siempre. Creo que teníamos alrededor de diez años cuando nos lo confesó a Chad y a mí por primera vez. Se ponía rojo como un tomate cada vez que nos cruzábamos con ella en el colegio, en el parque o en la tienda de golosinas de Glenda.

»En la adolescencia su enamoramiento se intensificó. Los dos hicieron amistad a raíz de que estudiaban juntos en la biblioteca, pero Keith nunca se atrevió a invitarla a salir con él. Fue durante esa época cuando empecé a darme cuenta de que June me miraba de un modo diferente. Ella tenía catorce años y se estaba convirtiendo en una mujer preciosa. —Hizo una pausa breve para estirar una pierna—. Yo también comencé a mirarla con otros ojos. Una amiga suya me reveló que yo le gustaba y la noticia me alegró profundamente, pero me hice el duro porque sabía que era la chica de Keith, y que él estaba locamente enamorado de ella. En mi último año de secundaria, cuando tenía dieciocho años, ya no pude resistirme a los encantos de June, y el deseo de estar con ella fue mucho más fuerte que la lealtad que sentía hacia Keith. —Miró a Erin un momento, para comprobar si le escuchaba. Lo hacía. Con los cinco sentidos—. Ese año fue estupendo. —Sonrió imperceptiblemente al recordarlo—. Los dos estábamos muy enamorados. Yo había estado antes con otras chicas, pero nunca sentí por ninguna lo que llegué a sentir por June. Keith dejó de hablarme. Intenté explicarle lo que sucedía pero para lo único que sirvió fue para que nos enzarzáramos en una pelea. Si Chad no llega a separarnos es probable que hubiéramos terminado en el hospital. No puedes imaginarte el odio que sentía hacia mí. Lo lamenté profundamente, pero June me había escogido a mí y yo también la quería a ella. Ese fue el final de mi amistad con Keith, aunque él se tomó la revancha años después, vaya si lo hizo. —Su sonrisa se tornó amarga.

»Al finalizar secundaria me mudé a Raleigh para ingresar en la escuela de pilotos. Fueron cinco años de formación. Durante los tres primeros me escapaba a Beaufort siempre que podía para estar con ella, normalmente iba los fines de semana y en vacaciones, y aunque tuviera que estudiar jamás me saltaba una cita. El cuarto año ella se mudó conmigo a Raleigh para estudiar un módulo de jardinería. Le encantaban las plantas y las flores, y quería dedicarse a eso. Supongo que todavía trabaja en el invernadero que su padre tenía a las afueras del pueblo. —Reflexionó, luego tuvo la sensación de que se estaba extendiendo demasiado en los detalles y decidió ir al grano—. Tuve suerte, y nada más obtener mi licencia de piloto me ofrecieron un empleo en una compañía aérea en la que trabajé durante los siguientes cinco años, hasta que se fue a la quiebra. La ruta era sencilla, tenía que ir todos los días a Charleston y eso me permitía regresar a casa cada noche. Fueron los mejores años de mi vida. Como te decía, la empresa se fue a la quiebra, aunque no tardé mucho en encontrar otro empleo similar en otra compañía aérea de vuelos comerciales. Ese fue el momento exacto en el que comenzó el declive de nuestra relación. En este nuevo trabajo, la ruta establecida en mi contrato me obligaba a alejarme de Raleigh y de June durante dos semanas al mes. Partía desde Raleigh a Ontario haciendo escala en Chicago, y luego recorría unos cuantos pueblos cercanos a Ontario antes de regresar a Raleigh. Yo estaba muy ilusionado, pero June no llevaba demasiado bien mis largas ausencias, decía que se encontraba muy sola en Raleigh y que me echaba muchísimo de menos. Y Keith se aprovechó de ello. Encontró un empleo en Raleigh y también él se mudó a la ciudad; probablemente lo hizo con el único afán de estar cerca de ella. Keith se valía de mis ausencias para pasar todo el tiempo con June. Se hicieron inseparables. Yo estaba al corriente de todo, pero no me importaba, confiaba en ella y estaba convencido de que por mucho que Keith lo intentara, June nunca dejaría de considerarlo un simple amigo. Me equivoqué. Cada vez que regresaba a casa notaba a June más cambiada y distanciada. Estaba nerviosa e intranquila, se irritaba por todo y por nada. Decía que odiaba mi trabajo y que odiaba su vida, pero no quería hablarlo conmigo porque ya tenía a otra persona con la que desahogaba sus penas y que, según ella, entendía sus necesidades mucho mejor que yo. Cuando le preguntaba cuáles eran esas necesidades ella se ponía furiosa; supongo que esperaba que le leyera el pensamiento. Sabía que se encontraba sola pero, al parecer, había mucho más que eso. Empecé a temer que la influencia de Keith tuviera algo que ver en ello. Y así fue.

»Todo explotó una noche en la que regresaba a casa después de estar las dos últimas semanas en Ontario. Lo primero que me dijo nada más cruzar la puerta fue que estaba harta y que no aguantaba más esa situación. Ella comenzó una guerra abierta y me echó en cara un montón de cosas que me pillaron absolutamente desprevenido. Me habló de hijos, de matrimonio, de mi odioso empleo, de mi falta de sensibilidad para interpretar sus emociones… —Su expresión se ensombreció—. Creo que en lugar de confiar en mí y hacerme partícipe de todas esas cosas que tanto la angustiaban, dejó que Keith la fuera envenenando poco a poco, hasta el punto de que me presionó recurriendo a las amenazas.

—¿Amenazas? —A Erin se le escapó la pregunta de tan sorprendida como estaba. Jesse le había pedido que no lo interrumpiera, así que se llevó los dedos a los labios como para darle a entender que no volvería a despegarlos.

—Me dijo que si de verdad la amaba, dejara mi empleo y me casara con ella. De lo contrario, regresaría a Beaufort con Keith.

Erin abrió mucho los ojos pero se mantuvo en silencio.

—Yo habría dejado ese empleo y cualquier otro por ella, lo habría hecho sin dudarlo si June se hubiera sincerado conmigo en lugar de hacerlo con Keith. —Erin percibió que aún le dolía, que su orgullo había sido gravemente herido—. Pero le di la única respuesta que ella no esperaba escuchar: le dije que podía regresar con Keith a Beaufort cuando quisiera. Y ella hizo lo último que yo esperaba: hizo las maletas y cumplió su amenaza. Supongo que esperaba que fuera detrás de ella, pero no fue así.

Jesse hizo una pausa más larga que las anteriores y Erin entendió que había concluido.

Erin soltó el aire que, sin darse cuenta, sus pulmones habían retenido durante la última parte de su narración.

—¿Y ella se casó con Keith?

—Pocos meses después. A todo el mundo le parece que lo hizo por despecho, porque June jamás lo había amado. La prueba de ello es que ahora se están divorciando.

—No puedo entender que ella te abandonara por una cuestión de orgullo.

—June es una mujer muy visceral y tiene un grave defecto, y es que toma las decisiones en caliente —comentó con voz calmada—. Yo tengo otro defecto tan o más grave que el de ella, y es que no consiento que nadie me amenace. En el momento en que ella lo hizo rompió nuestra relación y cerré todas las puertas a una posible reconciliación. En cuanto a Keith... —movió la cabeza lentamente—... es un gusano al que no debería prestarle la mínima atención. Es lo que he intentado hacer durante toda la noche hasta que él se ha propuesto tocarme las narices.

Con total franqueza, Erin le dijo lo que pensaba de todo aquello.

—Creo que June continúa enamorada de ti y que Keith lo sabe. Entiendo que él debe de sentirse muy acomplejado. Siempre vivió su amor a la sombra, esperando a que se le presentara una oportunidad para acercarse a ella y, resulta que cuando por fin consiguió que la mujer de su vida le correspondiera, fracasó estrepitosamente porque ella nunca dejó de quererte a ti. Hasta cierto punto lo entiendo. —Jesse tensó las mandíbulas y ella se apresuró en aclararlo—. Desconozco si Keith se ha acercado a mí para incordiarte o si solo lo ha hecho porque le apetecía bailar, pero ahora entiendo la importancia que este asunto tiene para ti y, por eso, si vuelve a presentarse la ocasión, me retiraré para no dar lugar a que se produzca ninguna situación tensa —le prometió.

Jesse la miró a los cálidos ojos castaños sobre los que danzaba la luz del candil, y la expresión dulce de Erin aflojó la tensión y el hastío al que le habían conducido los recuerdos. Cerró la puerta a estos y se concentró en ella, en Erin Mathews, que todavía era para él una mujer repleta de enigmas y misterios, como esas historias de fantasmas que tanto le apasionaban.

Jesse cambió de postura sobre la arena. Estiró el cuerpo sobre las dunas cuan largo era y luego cargó el peso sobre un brazo, volviéndose hacia ella.

—Háblame de ti.

A ella le desconcertó el súbito cambio de conversación.

—¿Qué quieres saber?

—Todo. Pero puedes empezar por Neil Parrish. Quiero saber por qué ha tardado tantos años en acercarse a ti si, aparentemente, eres todo lo que un hombre como él puede desear.

Su último comentario la molestó porque le pareció clasista y poco apropiado, pero lo ignoró como había ignorado otros tantos comentarios desafortunados que habían salido de sus labios.

—Neil ha estado casado hasta hace poco. Cuando lo conocí ya salía con la mujer que posteriormente se convirtió en su esposa. Luego se marchó a Londres y durante todo el tiempo que estuvo allí solo lo veía dos veces al año. Digamos que nuestras vidas no discurrían en paralelo y las circunstancias no era propicias para que nos acercáramos el uno al otro.

—¿Siempre has estado enamorada de él?

Erin no respondió enseguida, y también ella buscó una posición más cómoda sobre la arena mientras reflexionaba su contestación. Estiró las piernas y se echó hacia atrás, cargando el peso en ambos brazos. En la lejanía, al otro lado del estrecho y del enérgico murmullo de las olas que rompían en la playa, Beaufort era un conglomerado de pequeñas y titilantes lucecitas ambarinas. Se sentía a gusto estando allí. En toda la tarde no había dedicado ni un solo pensamiento a imaginar lo que se estaba perdiendo en esa cabaña de Traverse junto a Neil.

—Sí, lo he amado desde siempre —admitió, dejándose llevar por la buena armonía que se había instaurado entre los dos y que invitaba a hacer confesiones íntimas—. Tuve una relación seria con un hombre hace unos años. Se llamaba Andrew y era abogado. Él también era en apariencia todo lo que una mujer como yo podía desear —dijo con aire mordaz—. Lo cierto es que me demostró día a día que era el hombre que yo necesitaba a mi lado. Se volcó en mí y en nuestra relación por completo. Sin embargo, con el paso del tiempo me di cuenta de que lo quería pero no lo amaba, y de que me engañaba a mí misma esforzándome para que mis sentimientos cambiaran y lograra amar a Andrew en lugar de amar a Neil. Pero no funcionó y rompí la relación. —Se encogió de hombros—. Con el regreso de Neil a Chicago, y con los papeles del divorcio en la mano, el trato cordial que siempre nos hemos dispensado ha evolucionado rápidamente. Hace unos días Neil me invitó a acompañarlo este fin de semana a una cabaña propiedad de unos amigos suyos en Traverse. Me confesó que le gusto y que quiere conocerme mejor.

Los labios de Erin se curvaron y sus ojos castaños continuaron embelesados en las vistas nocturnas de Beaufort. Tenía la mirada romántica, como cuando le preguntó acerca de los candiles y Jesse le dijo que podía adquirirlos en la tienda de antigüedades de Dan. A Jesse se le revolvió el estómago como si acabara de zamparse una enorme tarta de merengue de color rosa él solo, y volvió a sentir la imperiosa necesidad de borrar de un plumazo esa expresión soñadora y abstraída.

Estuvo a punto de decirle que ese tío era un capullo y que había estado engañando a su esposa con todas las mujeres que se le habían puesto a tiro. Todo el mundo que trabajaba en la compañía, desde el último conserje hasta su propio padre, sabían que Neil Parrish tenía una amante en todas las ciudades a las que viajaba por motivos de trabajo. Por eso, cuanto más conocía a Erin, más contradictorio le parecía que pudiera estar enamorada de un tío así.

—¿Qué? —le preguntó Erin.

—Nada.

—No digas que nada porque tu mirada está diciendo muchas cosas.

Jesse torció el gesto y la dejó en ascuas un poco más. Estaba encantado de que ella hubiera reaccionado tan rápidamente a su velado y desfavorable veredicto.

—¿De verdad quieres saber lo que pienso?

—Sí —contestó sin ningún tipo de duda. Luego se arrepintió de ser tan vehemente en su respuesta.

—Pienso que no es posible que estés realmente enamorada de ese papanatas.

—Neil Parrish no es un papanatas —lo defendió.

Jesse continuó con su discurso.

—¿Cómo se puede amar a alguien a quien apenas conoces y con quien solo has tenido, según tú, un trato cordial? —Movió la cabeza y sonrió entre dientes—. Creo que has colocado a ese tío en un pedestal y que te has fabricado una imagen de él que no se corresponde con la realidad. En cualquier caso, llámalo capricho u obsesión, porque si lo llamas amor me demuestras que no tienes ni idea de lo que significa esa palabra.

Erin se quedó atónita con su respuesta. Pestañeó un par de veces y luego sus ojos se quedaron fijos en los de él.

—Lo conozco lo suficiente como para saber que Neil Parrish reúne todos los requisitos que siempre he deseado en un hombre, y no importa la cantidad de tiempo que haya pasado junto a él sino la calidad. Hay personas a las que no se las termina de conocer nunca aunque te pases toda una vida a su lado. —Estaba un poco harta de que juzgaran sus sentimientos hacia Neil—. Estás muy equivocado si piensas que solo se puede amar a alguien cuando se es correspondido. El amor tiene mucho que ver con la admiración, y yo admiro a Neil por todas sus cualidades.

Jesse fue incapaz de morderse la lengua.

—¿Y entre esas cualidades incluyes que ese tío sea incapaz de mantener la cremallera de la bragueta subida?

—Se comentaba lo mismo sobre ti —le contestó con sequedad.

—La diferencia es que yo jamás le he sido infiel a una mujer. Y nunca he comenzado una relación sin terminar primero la anterior —la atajó, con una mirada categórica—. Hablas todo el tiempo en abstracto. Esos principios y valores a los que te refieres son los que todos buscamos. No has descubierto nada nuevo. Pero ¿qué hay de los pequeños detalles? Las relaciones se construyen y se cimentan en base a ellos. Estoy convencido de que no tienes ni idea de cuándo es su cumpleaños, o su estación del año favorita. ¿Qué música escucha y qué películas le gusta ver en el cine? ¿Es seguidor de los Chicago Bears? Seguro que no tienes ni idea de cuántas relaciones extramatrimoniales ha tenido, o si duerme con o sin pijama.

Ella volvió a batir sus espesas pestañas negras y sus ojos oscuros expresaron toda la irritabilidad que no se atrevía a exteriorizar en voz alta.

—¿Adónde quieres ir a parar?

Erin se incorporó hasta quedarse sentada, pero sus ojos continuaron clavados en los de él, que la miraban con una pizca de ironía. La falda del vestido escapó de la presa de sus muslos y el soplo del viento la hizo oscilar sobre ellos, llamando la atención de Jesse sobre sus piernas desnudas antes de que Erin las cubriera de nuevo.

—Estás guapa cuando te enfadas.

—Tú no me has visto enfadada.

—Pues estás guapa de todas formas.

El corazón de Erin dio un curioso salto contra su pecho y sintió un cosquilleo en la piel que le erizó el vello. La mente se le quedó en blanco mientras observaba a Jesse incorporarse lentamente sobre la arena. Los bíceps en tensión, la brisa marina agitando los mechones más largos de su cabello y acoplando su camisa de algodón a cada músculo fibroso… Luego apoyó su peso en un brazo, de forma que se acercó mucho más a ella. Erin podía olerlo y sentir su calor. Sintió que las palmas de las manos se le cubrían de sudor, y se le olvidó por completo cuál era el tema del que habían estado hablando.

—Y también eres una mujer muy atractiva —agregó con un tono cautivador—. ¿Dónde aprendiste a moverte así?

—En el salón de mi casa. —Sonrió apenas, el pulso se le había acelerado—. Me dejo llevar por la música.

—Venga ya, no seas modesta. Eso que has hecho antes requiere cierta técnica.

Erin arqueó las cejas pero no dijo nada. Retiró la mirada de sus atrayentes ojos azules para recuperar la serenidad. Con la mano derecha tomó un montoncito de arena y luego lo dejó escapar de su puño cerrado como había hecho Jesse hacía un rato.

—Está bien, me has pillado —admitió—. Cuando estudiaba en la universidad tuve un empleo un tanto singular.

—¿Más singular que estudiar fenómenos paranormales? —sonrió él.

—Sí, mucho más —aseguró, imprimiéndole a su voz un toque de misterio—. Jamás lo adivinarías.

—Tengo toda la noche por delante para hacerlo.

—Se haría de día y todavía no habrías dado con la respuesta —lo desafió con ojos entornados.

—En ese caso, ¿por qué no me lo cuentas tú?

—Está bien. Aunque te advierto que no vas a creerme. —Erin puso una expresión solemne y alzó la barbilla para aparentar credibilidad—. Trabajé como bailarina en una barra americana. Los clientes acudían en tropel todas las noches al lugar donde actuaba solo para verme a mí. —Erin percibió que él se esforzaba por permanecer inexpresivo, pero aquella información era demasiado impactante como para simular que no le asombraba—. Gané un dineral con las propinas —agregó sonriente.

Sus ojos azules estudiaron los suyos con detenimiento y luego Jesse Gardner frunció ligeramente el ceño. Algo debió de ver en ella que le puso sobre la sospecha de que se estaba marcando un farol del tamaño de una catedral. Erin no pudo contener la risa ni un solo segundo más y estalló en risueñas carcajadas que a Jesse le dejaron sin respiración.

—Te estás quedando conmigo.

Ella asintió con la cabeza porque no podía hablar. Su cuerpo se estremecía de la risa, y Jesse no pudo evitar mirar de soslayo sus pechos, que se agitaban en el interior del escote de su vestido.

—No he creído ni una sola palabra de lo que me has contado. ¿Tú bailando en una barra americana? Desde luego tienes aptitudes y un cuerpo precioso, pero te falta arrojo y te sobra pudor para hacer algo así.

—Oh, desde luego que te lo has creído, tendrías que haberte visto la cara. —Sus ojos estaban húmedos y sus mejillas sonrosadas—. Admítelo, no te parezco tan «estiradilla» como al principio.

—Me pareces muchas cosas más que no me parecías al principio.

Quizás fue el tono intenso de su voz el que apagó sus risas y volvió a sumergirla en el interior de esa atmósfera íntima y electrizante que se había creado entre los dos.

—¿Como qué?

Hubo un sutil desplazamiento de Jesse hacia Erin, que ocupó el lugar por el que, hasta hacía un segundo, el aire había circulado entre los dos. Sus dedos masculinos rozaron su mano y ella no la apartó. El corazón le latió con fuerza mientras descubría que sus ojos azules se oscurecían y la contemplaban con un brillo muy singular.

Hubo una mirada larga, explícita y repleta de significado. Erin no se atrevió ni a respirar, no hizo ningún movimiento, tan solo lo miró con el pulso acelerado, atrapada en una especie de hechizo que fulminó cualquier pensamiento racional.

Jesse se inclinó sobre ella y olió el perfume arrebatador que desprendía su piel. Ella se quedó inmóvil y Jesse sintió que su respiración se volvía superficial, más ligera y errática. Su mano también se tensó bajo el tacto de la suya, y Jesse interpretó todos esos signos físicos de Erin como una invitación a que no se detuviera en aquello que tenía pensado hacer. Jesse ladeó un poco la cabeza y buscó sus labios, que besó con suavidad. Probó el brillo con sabor a fresas y se retiró un segundo para mirarla a los ojos. Los encontró como esperaba hallarlos, vidriosos, impacientes y con las pupilas dilatadas. Él sonrió apenas, antes de volver a buscarla. El segundo contacto le supo mejor que el anterior. Jesse dilató el tiempo saboreando su labio inferior y luego le dedicó el mismo tiempo al superior. Ella era toda pasividad pero temblaba por dentro y su respiración era tan agitada como las olas que rompían en la playa.

Jesse deslizó una mano entre los largos cabellos de Erin y sujetándola por la parte posterior de la cabeza, la atrajo hacia él hasta que sus labios carnosos y sensuales quedaron sellados a los suyos. Jesse los mordisqueó con deleite, los acarició con la lengua y la tanteó con creciente deseo, impaciente por acceder al interior de su boca.

Erin sentía crecer el ansia por participar en ese beso en el interior de sus entrañas, ganando terreno y expandiéndose a gran velocidad hacia todos los rincones de su cuerpo. La razón se le apagaba y su cuerpo solo quería sentir el contacto de Jesse y regodearse largamente en las sensaciones que sus besos le arrancaban. Se sentía hervir, era consciente de cada minúscula terminación nerviosa y sintió un escalofrío que le recorrió la columna vertebral cuando la lengua de Jesse consiguió vencer la resistencia de sus labios y pugnó por entrar en su interior.

Ese fue el momento en que Erin se abandonó a sus instintos, y con un poco de timidez al principio, abrió la boca para él. Después, simplemente se dejó llevar. Su boca era cálida y húmeda y su lengua estrujó cariñosamente la suya, invitándola a que se moviera con él en aquella danza tan sensual que pronto los dejó sin respiración. Jesse la besaba con esmero y dedicación, repasando minuciosamente cada rincón de su boca. No recordaba que ningún hombre antes la hubiera besado así. De su garganta brotó un gemido involuntario, que él se tomó como una invitación a profundizar un poco más en ella. El beso se volvió carnal, impaciente y desesperado.

Jesse la tomó por los costados de la cabeza y sondeó aquella cavidad húmeda que todavía sabía a licor de avellanas, y Erin respondió con un ansia que la quemaba, como si estuviera sentada sobre un campo de fuego. Se inclinó un poco hacia delante y se tambaleó, mareada por la intensidad de su deseo. Apoyó una mano en el muslo de Jesse para guardar el equilibrio y sus potentes músculos se endurecieron como una roca bajo el tacto de su caricia. Con el otro brazo le rodeó los hombros y se aferró a él, sus pechos quedaron adheridos al suyo y de la garganta de Jesse surgió un gruñido ronco y viril que volvió a acelerar sus latidos.

Erin sintió que se le humedecía la entrepierna y ese fue el detonante que hizo que se separara de Jesse como si una bomba hubiera estallado entre los dos. El beso los había dejado jadeantes y excitados, pero Erin apartó sus ojos de él y refugió la mirada en las dunas sobre las que descansaban sus pies descalzos. Tenía los dedos de los pies encogidos, lo mismo que el estómago. No estaba segura de si habían transcurrido unos segundos o un siglo cuando oyó que Jesse decía:

—Creo que deberíamos regresar. —Tenía la voz ronca y todavía agitada por lo que acababa de suceder—. Si no lo hacemos, es muy probable que tenga ganas de repetirlo.

Erin se atrevió a mirarlo, sintiendo cada una de sus palabras como si fueran suyas. Se aclaró la garganta por temor a que no le saliera la voz y asintió con la cabeza.

Capítulo 16

No mucho tiempo después, Erin y Jesse regresaron a la costa de Beaufort sumidos en un silencio parcial. La conversación durante el viaje en bote fue escueta y demasiado formal teniendo en cuenta lo que acababa de suceder entre los dos. Aunque Erin volvía a estar sentada en la proa con Jesse a sus espaldas, podía sentir que algo chisporroteaba en el espacio que había entre los dos, energía estática de la tensión sexual frustrada. Erin tenía la esperanza de que esa sensación se desvaneciera tras unas cuantas horas de sueño y, sobre todo, que no volviera a aparecer.

Jesse le dio las buenas noches al pie de la puerta y Erin le respondió de manera cordial. Luego cerró por dentro y se desvistió. De un cajón de su armario cogió la camiseta que Jesse le había prestado para dormir esa noche y se la metió por los hombros. En la puerta del armario había un espejo y Erin se echó un vistazo rápido. La camiseta le llegaba casi hasta las rodillas y las mangas cortas le caían hasta los codos. En el centro del pecho había unas letras en azul marino que decían PUEDES MIRAR PERO ES MEJOR QUE NO TOQUES. Erin sonrió a su reflejo y luego se alisó con las manos el pelo alborotado por el viento. Por último se sentó en la cama y esperó con las palmas de las manos apoyadas en las rodillas. Necesitaba ir al baño antes de meterse en la cama, pero no quería hacerlo hasta que él se durmiera.

Veinte minutos después los párpados le pesaban y los bostezos se sucedían uno detrás de otro. Erin salió al oscuro pasillo descalza y caminó de puntillas hacia la habitación de Jesse. La puerta estaba entornada y una suave luz amarillenta se derramaba por la abertura. Erin emitió un juramento por lo bajo e hizo ademán de regresar a su habitación cuando escuchó la voz de Jesse al otro lado de la puerta invitándola a que entrara. O tenía un oído muy fino o un sexto sentido muy desarrollado.

Jesse se encontraba a los pies de la cama, desnudo de cintura para arriba y a punto de quedarse desnudo de cintura para abajo. Erin lo miró un segundo mientras se quitaba los vaqueros, pero retiró rápidamente la mirada. Luego se refugió en el interior del minúsculo baño, echó el cerrojo y apoyó la espalda contra la puerta. Los efectos de aquel inenarrable beso todavía hacían estragos en ella, y que Jesse estuviera desnudo —a excepción de unos bóxer negros— avivó su deseo. Estaba buenísimo, era esbelto y atlético, todos los músculos definidos y sin un gramo de grasa. Y eso que solo lo había mirado durante dos segundos.

Erin apoyó las manos sobre el lavabo y luego observó su rostro en el espejo. Sus ojos tenían un brillo un tanto singular, y todavía tenía las mejillas sonrosadas y los labios hinchados por los besos. El sabor de su boca masculina permanecía en la suya, sobre su lengua, en su paladar, en los labios... Erin suspiró largamente, movió la cabeza como regañándose a sí misma y luego se concentró en sus tareas.

Por fortuna, la luz ya estaba apagada cuando abandonó el baño.

Un sonido metálico y agudo, persistente y molesto como el zumbido de un mosquito, le perforó los tímpanos y le hizo abrir los ojos somnolientos. No tenía ni idea de dónde se hallaba, no reconocía el lugar en el que se encontraba ni la cama sobre la que yacía tumbada, hasta que se miró a sí misma y descubrió la enorme camiseta masculina que llevaba puesta.

Erin alargó el brazo hacia la mesita de noche para coger su móvil y apagar el despertador. Luego quedó boca arriba con los ojos abiertos y clavados en la sencilla lámpara de latón que colgaba del techo. Ya era de día; recordó que había puesto el despertador para que sonara a las ocho de la mañana porque tenía trabajo que hacer, pero no había dormido más de cinco horas seguidas.

Al incorporarse sintió la cabeza cargada y el estómago un poco revuelto y le echó la culpa a los cuatro vasos de licor. Necesitaba una ducha y una taza de café, justo en ese orden. Mientras se masajeaba la sien izquierda con la yema de los dedos, abandonó la cama y cogió la ropa limpia que iba a ponerse ese día. Unos vaqueros y una sencilla camiseta sin mangas que también había comprado en una tienda del centro comercial.

Luego salió de la habitación y se dirigió al cuarto de Jesse con paso cauteloso. Erin continuaba pensando que establecer un horario para utilizar el baño, especialmente cuando tenían que usar la ducha, era una buena idea. Se sentía violenta allanando a todas horas su habitación, sobre todo si él estaba dentro y desnudo como la noche anterior.

La puerta estaba abierta y Erin asomó la cabeza como si fuera una fisgona. Jesse no estaba dentro. Además, la ventana también estaba abierta y había hecho la cama, y la fresca brisa matinal que soplaba desde el estrecho de Pamlico hacía oscilar las cortinas blancas que caían hacía el suelo. La puerta del baño estaba entornada y, de su interior oscuro, le llegó el olor a gel de baño masculino.

Erin se recogió el pelo en lo alto de la cabeza y se dio una ducha rápida. Se sintió renacer bajo el agua tibia que resbalaba por cada rincón de su piel templándole los músculos y aniquilando los efectos de su resaca. Tenía pensado dedicar la mañana a buscar algo de documentación en la biblioteca antes de llamar a las puertas de la gente de Beaufort. También tenía que conversar con Maddie para que le facilitara los contactos. Por la tarde, cogería el sendero a través del bosque y se acercaría a la mansión para inspeccionar el terreno antes de regresar al oscurecer.

El aroma a café se había expandido por la casa y llegaba hasta el pasillo de la planta superior cuando Erin salió del baño. Su estómago se estremeció de gusto y agradeció que Jesse se hubiera tomado la molestia de prepararlo. No solo había hecho café, sobre la mesa también había un plato de tostadas recién hechas y un par de tarros de mermelada con sabor a melocotón y a fresa.

Jesse estaba de espaldas a ella, con el frigorífico abierto y mirando en su interior. Tenía el pelo mojado por la ducha y se había afeitado y cambiado de ropa. Ahora llevaba una camiseta azul, similar al color cielo de sus ojos, y unos pantalones negros. Estaba muy atractivo, pero Erin trató de no volver a pensar en eso.

—Has preparado el desayuno —comentó Erin a sus espaldas.

Jesse se dio la vuelta, la miró apenas y luego su atención regresó al frigorífico que habían llenado el día anterior. Sacó una tarrina de mantequilla para untar las tostadas.

—Es lo único que sé hacer. —Cerró la puerta del frigorífico con el codo e instó a Erin a que se sentara—. ¿Café o zumo?

—Café, por favor.

—Te has levantado muy temprano —comentó él.

—El *sheriff* Connor dijo que la grúa llegaría a primera hora de la mañana —le explicó—. Tú también has madrugado.

—Tengo cosas que hacer.

Jesse sirvió el café y, mientras desayunaban a buen ritmo, Erin hizo unos cuantos comentarios triviales que no recibieron respuesta. Desde que había puesto los pies en la cocina, Erin había advertido que Jesse no estaba de buen humor, y tenía la sensación de que la causante era ella. ¿Estaría arrepentido de lo que había ocurrido entre los dos? Erin trató de descifrarlo en su expresión seria aprovechando que evitaba su mirada, y llegó a la conclusión de que sí. Se sintió aliviada, ella también estaba arrepentida.

—¿Qué cosas? —preguntó mientras mordisqueaba una tostada con mermelada de fresa.

Jesse terminó su última tostada, apuró su café y se levantó para recoger sus cubiertos.

—Me marcho a Raleigh. Quiero visitar a unos cuantos amigos a los que no veo desde hace mucho tiempo. Regresaré a media tarde.

Erin sintió una vaga desilusión que no supo cómo interpretar.

—Yo aprovecharé la mañana para hacer algunas entrevistas por el pueblo. Esta tarde quiero ir a la mansión para inspeccionar un poco el terreno antes de regresar por la noche. —Jesse continuaba de espaldas a ella, ahora depositaba los cubiertos en el lavaplatos—. ¿Me sugieres algún sitio para comer?

—Compra algo de comida y quédate en casa. Si te ven comer sola se levantarán cuchicheos por todo el pueblo.

Jesse se dio la vuelta al tiempo que Erin apuraba su desayuno. Él hizo además de recoger su plato y su taza, pero Erin se lo impidió.

—Ya lo retiro yo.

La atmósfera de la cocina estaba cargada de tensión y parecía como si el aire que respiraba se hubiera espesado. No se le ocurría un plan mejor para pasar el resto del día que estar alejada de él, y Jesse parecía estar pensando lo mismo.

En el exterior se oyó un motor que emitía un ruido mucho más potente que el de un coche. Erin apartó las cortinas que tapaban la ventana y vio la grúa que se aproximaba con su Jeep Patriot cargado en la parte trasera. Erin cerró la puerta del lavavajillas y salió a la calle. La grúa aparcó frente al jardín de Jesse y un hombre delgado con un inmenso bigote negro bajó de la cabina y dirigió sus pasos hacia ella. Erin firmó unos papeles que le entregó el hombre y pagó la tasa con dinero en efectivo. Luego, el hombre del bigote y un compañero que viajaba en el asiento del copiloto se encargaron de desenganchar el Jeep de los soportes a los que iba sujeto para depositarlo sobre el terreno firme.

La grúa se alejó y Erin dio una vuelta alrededor del coche para inspeccionar la carrocería, que estaba intacta. Después abrió las puertas e hizo lo mismo con el interior, que era donde se suponía que hallaría las pruebas físicas del robo. Así fue. Sobre la tapicería del asiento del conductor descubrió unos sospechosos círculos oscuros y algunas hebras de cabello oscuro colgando en el respaldo. Erin arrugó la nariz e hizo una mueca de asco. No podía utilizar el coche hasta que, tal y como había dicho Jesse, «lo desparasitara».

Jesse se acercó con una mano metida en el bolsillo delantero de los vaqueros. En la otra llevaba las llaves del sedán.

—Me marcho. Si tienes alguna emergencia puedes llamarme al móvil.

—¿Hay algún túnel de lavado en el pueblo? —Esa era la única emergencia que tenía de momento.

—Junto a la salida, al lado de la gasolinera por la que pasamos ayer. —Jesse apoyó los brazos sobre el techo del Jeep y asomó la cabeza en el interior. Enseguida vio las manchas sobre la tapicería de cuero blanco—. Pregunta por Joe, tiene muy buena mano y creo que podrá hacer desaparecer esas manchas de meados.

Los ojos de Erin centellearon y Jesse sonrió por primera vez esa mañana.

—Me marcho. No hagas nada que yo no haría. —Dio un par de golpecitos con la mano sobre el coche y se dirigió hacia el sedán, que estaba aparcado unos metros más hacia el oeste, cerca del bosque.

—Haré lo que me plazca —susurró Erin a sus espaldas en un acto de rebeldía, aunque sabía que ya no podía oirla.

Erin buscó en el interior de la casa algo que le sirviera para cubrir el asiento del conductor y encontró una vieja manta raída en el dormitorio de Jesse. Aquello serviría para poner su cuerpo a salvo de los humores del mendigo mientras conducía hacia el túnel de lavado. También se apoderó de un par de trapos de algodón y de un pulverizador multiusos que halló en un mueble de la cocina y, con todo eso, volvió a salir al exterior. Utilizó el pulverizador para desinfectar el volante y la palanca de cambios. Lo hizo con vehemencia, restregando y frotando convulsivamente hasta que el trapo inicialmente blanco limpió sobre limpio. Luego extendió la manta sobre el asiento y el reposacabezas, y dio por finalizada la tarea al tiempo que un camión de reparto de la agencia UPS se iba aproximando por la calle.

Su maleta. Las cosas empezaban a marchar bien.

Como no tenía tiempo que perder, dejó la maleta sobre la cama con la intención de abrirla después, cogió su bolso y regresó al Jeep. Erin tomó la calle principal de Beaufort y condujo atenta a las señales indicativas. No era un pueblo excesivamente grande, pero todas las calles le parecían iguales y era fácil perderse cuando nunca antes había estado allí.

El túnel de lavado estaba exactamente en el lugar que le había indicado Jesse, entre la gasolinera y un restaurante de comida rápida que había en la entrada del pueblo. Preguntó por Joe, un hombre joven, atractivo y de aspecto fornido que vestía un mono azul y una gorra de béisbol roja con la visera hacia atrás. Ella le explicó el tema de las manchas y él le aseguró que no había mancha que se le resistiera. Dejó el coche en sus manos con plena confianza y Joe le dijo que podía pasarse a recogerlo hacia el mediodía. Eso le daba un margen de tres o cuatro horas para comenzar con el trabajo.

Recibió la llamada de Maddie al abandonar el túnel de lavado y Erin fue apuntando las direcciones y los nombres de los contactos sobre un callejero de Beaufort que sacó de su bolso. No estaban lejos de allí, afortunadamente Beaufort era un pueblo pequeño que podía cruzarse de punta a punta dando un paseo de media hora. A dos manzanas de la vivienda de Samantha Jenkins se hallaba la biblioteca municipal, y Erin abandonó la avenida principal por la que transitaba y se adentró en una calle tranquila de viviendas unifamiliares de fachadas blancas y tejados rojos.

El edificio donde estaba ubicada la biblioteca era tan sencillo y austero que Erin lo confundió con una propiedad privada. El interior estaba recién pintado, pero el suelo de pizarra estaba deteriorado y los muebles de madera eran antiguos y pesados, dándole una acertada apariencia de solemnidad. Preguntó a la bibliotecaria, una joven rubia y corpulenta que llevaba el pelo recogido en una trenza francesa y que ocultaba unos bonitos ojos verdes tras unas gafas de montura verde oliva. Erin le informó del encuadre histórico sobre el que necesitaba hallar información y Jessica, que así se llamaba la joven, le pidió que tomara asiento en la sala principal mientras ella recopilaba los libros que podían ser de su interés.

La sala principal olía a madera de pino, a linimento y a libros viejos y usados. Y estaba desierta. Los habitantes de Beaufort no parecían muy aficionados a la lectura. En la parte derecha había ventanas pequeñas que apenas dejaban pasar la luz del exterior, por lo que las lámparas del techo estaban encendidas. Había una fotocopiadora en un rincón y grandes estanterías repletas de libros y enciclopedias ordenados por temáticas.

Erin tomó asiento en una mesa robusta que había junto a una ventana y esperó el regreso de Jennifer mientras sacaba de su bolso una libreta y su inseparable grabadora digital. La joven era eficiente en su trabajo, y no tardó más de cinco minutos en acercarse a la mesa que había ocupado Erin con una torre de libros que le llegaban hasta la barbilla. Los depositó sobre la mesa y luego seleccionó dos de ellos.

—Estos son los más completos. Tratan con mayor profundidad el desarrollo de la guerra civil aquí en Beaufort, así que te recomiendo que empieces por ellos.

Eran dos tomos de imponente grosor, tan antiguos que las hojas habían adquirido un tono amarillento, cercano al color bronce. Erin tendría que emplear una semana entera para leer cada uno de ellos. Miró hacia la impresora.

—Supongo que puedo hacer fotocopias de lo que encuentre más interesante. Tengo el tiempo algo limitado. —Sonrió, la joven Jennifer le devolvió la sonrisa.

—No hay ningún problema. No está permitido fotocopiar un libro entero pero sí se pueden hacer fotocopias de las hojas que se deseen —dijo con tono cordial—. Si necesita que le indique cómo hacerlo estaré en el mostrador de recepción.

—Gracias, muy amable.

Erin dedicó una hora de su escaso tiempo a recabar toda la documentación posible sobre el transcurso de la guerra de secesión en Carolina del Norte. Buscó en el índice los capítulos dedicados a ella y leyó rápido, marcando las páginas que encontró interesantes con un trocito de papel para hacer copias después. Leyó los nombres de Anthony Main y de Mary Truscott en algunos pasajes, pero no se detuvo en ello. Estudiaría todo ese material cuando regresara a Chicago y se pusiera manos a la obra con la redacción de su artículo para el nuevo número de *Enigmas y leyendas*. Ahora era más importante ahondar en la leyenda que en los hechos históricos, y lo primero no iba a encontrarlo en ninguna biblioteca.

Erin echó monedas en la máquina e hizo copias de varios capítulos íntegros y también de fragmentos individuales y lo guardó todo en una de las carpetillas de cartón que había apiladas junto a la fotocopiadora.

Luego encaminó sus pasos hacia la salida, se despidió de Jennifer y salió a la calle.

Erin volvió a sacar el mapa de Beaufort de su bolso y siguió las indicaciones para llegar hasta la casa de la señora Jenkins. Puesto que su testimonio era el más fiable según le había dicho Maddie, quería entrevistarse con ella en primer lugar.

La mujer que le abrió la puerta de aquella coqueta casita, de cuidado jardín y macetas con geranios rojos colocadas en los alféizares de las ventanas, debía de tener unos cincuenta años. Era menuda y delgada, de aspecto frágil y juvenil, aunque sus ojos azules decían todo lo contrario. Eran unos ojos de mirada inteligente, de muchas experiencias acumuladas y de mucho camino recorrido; y si los ojos eran el espejo del alma, la de aquella mujer debía de ser un pozo de sabiduría. Su piel era muy blanca y tenía el cabello rubio con algunas hebras plateadas, cortado a la altura de la mandíbula.

Tras las oportunas presentaciones —la señora Jenkins se mostró encantada con su visita— la mujer la condujo hacia el interior de la casa y juntas accedieron al jardín trasero, donde se hallaba tomando un té con hielo bajo la sombra que proyectaba un toldo de vistosos colores. Sobre una mesa de jardín fabricada en mimbre, había un libro abierto que mostraba un verdadero entramado de ecuaciones matemáticas y una libreta abierta con anotaciones. Samantha le indicó que se sentara y sirvió un vaso de té para Erin.

—No suelo compartir con nadie mi experiencia personal sobre la mansión Truscott, sé que es un tema que suele despertar burlas y no me apetece que se me tache de chiflada por ello. —Samantha le entregó el vaso de té. Tenía las uñas pintadas en un inmaculado color rojo—. La última vez que hablé del tema fue hace unos años, a un señor cuyo nombre no recuerdo y que había venido a Beaufort expresamente para estudiar la leyenda, pero no he vuelto a hacerlo hasta ahora. Cuando la joven Gardner me llamó esta mañana para contarme que vendrías a verme, no pude negarme.

Samantha Jenkins tomó asiento frente a Erin y cerró el libro de matemáticas para despejar la mesa.

—Supongo que Maddie ya la habrá puesto al corriente de todo.

—Sí. Escribes en una revista de fenómenos paranormales que se publica en Chicago. ¿Cómo dijo que se llamaba…? —Frunció el ceño.

—*Enigmas y leyendas.*

Samantha asintió.

—Aprecio muchísimo a Maddie Gardner y sé que no te hubiera facilitado mi nombre si ella no sintiera el mismo aprecio hacia ti y no te considerara una profesional seria. —Dio un corto trago a su vaso de té—. Tengo entendido que eres la novia de su hermano, de Jesse.

Ese comentario la pilló un poco desprevenida. Erin asintió antes de desviar el tema.

—Cuando descubrí esta leyenda me sentí tan fascinada que me he desplazado desde Chicago casi exclusivamente para estudiarla —comentó Erin, con la voz entusiasmada—. Maddie me ha puesto al corriente de los hechos históricos y acabo de salir de la biblioteca municipal con un montón de información que estudiaré cuando regrese a Chicago. Sin embargo, lo que verdaderamente me interesa es ahondar en la leyenda. Hoy va a haber luna llena y tengo la intención de pasar la noche frente a la mansión. Si fuera tan amable de contarme lo que vio y de responder a mis preguntas se lo agradecería eternamente.

—¿Alguna vez ha tenido contacto con el mundo espiritual, señorita Mathews?

Erin se la quedó mirando durante largo rato, dudando entre si era una pregunta formal o si había captado algo en ella que la había llevado a hacer una afirmación camuflada.

—Sí —contestó escuetamente.

Erin se sintió repentinamente inquieta y se removió sobre su asiento. La señora Jenkins lo captó, lo respetó y no indagó en ello. Luego asintió lentamente con la cabeza.

—Sucedió hace más de veinte años, en los albores de un verano que fue especialmente triste para mí. Siempre tendré la sensación de que el estado anímico en el que yo me encontraba propició el hecho de que Mary Truscott se me apareciera. Por supuesto que no puedo demostrar esa relación, pero es una de esas cosas que una sabe sin necesidad de ahondar en ello. Mi matrimonio atravesaba una grave crisis. Jason y yo acabábamos de recibir la terrible noticia de que yo nunca podría quedarme embarazada y eso me hundió por completo. Ni su amor ni su constancia sirvieron para sacarme a flote y yo desatendí mi matrimonio por completo.

»Recuerdo como si hubiera sucedido ayer mismo la noche en que mi angustia fue tan grande que abandoné la cama y salí a la calle con la idea de dar un paseo para tranquilizarme. Sentí como si el bosque me llamara, escuchaba una voz en mi cabeza y una fuerza que me empujaba hacia allí, así que cogí el sendero que lo cruzaba. Aunque había luna llena, el bosque era tan frondoso que estaba muy oscuro y también muy silencioso, recuerdo el profundo olor a moho y a lluvia reciente, si cierro los ojos todavía siento la humedad y la brisa que me erizaba el vello. Pero no sentía ningún miedo. —En ese punto sonrió y se mordió la comisura de los labios—. Yo no era muy dueña de mis actos, simplemente me dejé llevar hasta que me encontré frente a la mansión Truscott. Crucé la llanura, continuaba oyendo una voz que susurraba en mi cabeza pero que también se deslizaba en el viento… y entonces, cuando ya estaba al pie de la mansión, la vi a ella. —Los ojos de Jenkins se desenfocaron y se perdieron en el recuerdo—. Era una mujer muy hermosa, tan hermosa que me sentí hechizada por su belleza. Era etérea, blanquísima… Tenía los ojos grandes, verdes y brillantes como dos esmeraldas y el cabello negro, como alas de cuervo, y le caía hacia más abajo de la cintura… —Juntó un poco las cejas y se concentró—. Llevaba puesta una especie de camisola blanca y me miraba fijamente. —Erin percibió un fino temblor en el labio inferior de la señora Jenkins y, de repente, sus ojos azules volvieron a enfocar la mirada en los de Erin y dio un salto al presente—. Se me quedó mirando durante lo que a mí me parecieron segundos, aunque en realidad cuando regresé a casa habían pasado cerca de dos horas. —El vello de Erin también se erizó—. Mientras duró aquel contacto visual sentí algo indescriptible. Vislumbré su amor, que era inmenso, de una magnitud que me desbordó el corazón y, de alguna manera, me obligó a mirar dentro de mí para reencontrarme con mis propios sentimientos, que también eran inmensos. —Emitió un suave suspiro—. La experiencia que viví fue una catarsis maravillosa que me marcó profundamente. Regresé a casa siendo otra persona. Retomé las riendas de mi matrimonio con Jason con una ilusión que creía que se había extinguido para siempre. No tuvimos hijos propios, pero adoptamos a una niña un año después.

Samantha dejó que sus palabras fueran calando en Erin Mathews mientras la observaba con una mirada analítica. La joven era una persona muy expresiva y sus emociones fueron desfilando en sus ojos castaños mientras ella hablaba. Samantha se encontró con su asombro, con su excitación y con su interés desenfrenado en cada palabra que salía de sus labios, y supo que había entendido a la perfección el mensaje que había tratado de transmitirle.

Después le hizo preguntas casi de forma atropellada, rendida ante su historia y vencida por el impacto de su experiencia y, cuando llegó el momento de la despedida, Erin le agradeció reiteradamente que la hubiera compartido de forma tan generosa con ella.

—Espero que haya servido de algo a tu propia vivencia personal —comentó Samantha con el tono cálido y afectuoso, incidiendo nuevamente en los mensajes cifrados que desde el principio había leído en los ojos de Erin, pero que todavía no estaba dispuesta a compartir con nadie—. Regresa cuando quieras, ha sido un placer charlar contigo. —Le tomó una mano entre las suyas—. Lo que hemos hablado esta mañana preferiría que quedara entre nosotras dos. No quiero remover viejas historias, este es un pueblo muy pequeño.

—Descuida, tus palabras están a salvo conmigo. —Erin sintió una gratitud tal, que adelantó un paso para besar a Samantha Jenkins en la mejilla—. Gracias.

Luego abandonó el arbolado y florido jardín con el pecho henchido de emociones. Ya no se sentía tan sola. Siempre había tenido el apoyo de sus compañeros de la revista, especialmente el de Bonnie, que nunca dudó de la experiencia extrasensorial que Erin había tenido siendo todavía una niña, pero Bonnie no estaba en su piel para entender sus sentimientos. Samantha Jenkins, por el contrario, sí que lo estaba, habían compartido algo muy hermoso que muy pocas personas tenían la suerte de haber experimentado en algún momento de sus vidas. Por otra parte, se sentía impaciente por acometer su labor de esa noche; apenas eran las doce de la mañana y se le antojaban infinitas las horas que todavía restaban para aposentarse frente a la mansión.

Antes del almuerzo, Erin visitó a los otros contactos que le había facilitado Maddie y que también la recibieron de manera cordial. Sin embargo, todos esos testimonios fueron tan grotescos, que aun estando acostumbrada a escuchar historias de esa índole, se le pusieron los pelos de punta.

—Yo la he visto muchas veces asomada a esa ventana —le contó una viejecita de pelo blanco que se apoyaba en un bastón—. Tiene dos alas enormes, muy blancas; yo creo que es un ángel.

—Dicen que si la miras fijamente puedes volverte loco. A Leonor Madison se le apareció una noche en su casa y terminó sus días en un centro psiquiátrico.

—Una noche, unos colegas y yo dejamos una grabadora en el vestíbulo de la casa, cuando todavía se podía acceder a ella —le contó un tipo de unos treinta años con un marcado acento sureño—. Por la mañana fuimos a recogerla para escuchar el contenido de la cinta y se oía perfectamente la voz de Mary Truscott diciendo que íbamos a morir todos.

Maddie volvió a llamarla cuando Erin estaba a punto de cruzar las puertas de un pequeño supermercado. Erin le dio las gracias y le habló de lo satisfecha que había quedado con la entrevista a Samantha Jenkins. A la vez que cogía un carrito y se adentraba en la sección de los congelados, también le habló de las disparatadas anécdotas que le habían contado por el pueblo sobre las apariciones de Mary Truscott.

—Veo que no te has pasado por la casa de Amanda Silverstoon. Su historia se lleva la palma —le dijo Maddie—. Asegura que el espíritu de Mary Truscott entró en su cuerpo hace más de diez años y que, desde entonces, vive en la época de la guerra civil. Nos ve a todos con los típicos trajes y confunde los coches con carretas tiradas por mulas.

A Erin se le escapó la risa.

—No te haces una idea de la cantidad de historias raras que la gente me ha contado a lo largo de los años. Esa es la razón de que no nos tomen muy en serio. —Exhaló un suspiro mientras agarraba un envase de verduras salteadas y la depositaba en el carrito de la compra—. Perdona, seguro que querías llamarme por algo importante y he monopolizado la conversación.

—No, no te preocupes. No es nada importante. Estoy llamando al móvil de Jesse y lo tiene apagado o fuera de cobertura. ¿Está ahora contigo? Olvidé decirle que el sótano de su casa se inundó con las últimas lluvias, aunque a lo mejor ya lo ha visto.

—Se ha marchado a Raleigh esta mañana temprano para pasar allí el día. Quería visitar a unos amigos. Me dijo que regresaría por la tarde.

—¿Y te ha dejado aquí sola? —Pareció un poco sorprendida.

—No exactamente, yo no hubiera podido acompañarle de todas formas.

—¿Y dónde vas a comer?

—Me pillas en el supermercado del pueblo. Ahora mismo tengo una bolsa de zanahorias en la mano. Me prepararé algo rápido en casa.

—Pero ¿qué dices? Vendrás a casa a comer con mamá y conmigo. Me parece increíble que Jesse se haya largado y no nos haya dicho nada.

Las alarmas de Erin se activaron.

—Estoy segura de que si no lo ha hecho es porque no lo ha considerado importante o necesario —lo disculpó.

—No lo justifiques. Si pensaba largarse y dejarte sola, lo más correcto habría sido comunicárnoslo para invitarte a comer con nosotras. —Su indignación explotó—. En cuanto se lo diga a mamá se va a enfadar muchísimo.

—Entonces no le digas nada —se apresuró a decir. No quería ningún enfrentamiento familiar por su culpa—. Y no te preocupes por la comida, estaré bien sola. Prácticamente ya he comprado todo lo que necesito. —Intentó sonreír, pero algo le decía que no iba a disuadir a Maddie tan sencillamente.

—Pues vuelve a dejarlo en su sitio. Vendrás a comer con nosotras y no se hable más.

Erin se quedó callada y se mordió el labio inferior tan fuerte que estuvo a punto de hacerse sangre. Le apetecía muchísimo compartir la mesa con Maddie y Gertrude Gardner, pero cuando Jesse se enterara, le armaría una buena bronca por haber desobedecido sus normas: nada de intimar con su madre.

No supo qué diablos decir ni qué salida tomar, así que, como se quedó callada, Maddie decidió en su lugar.

—Te esperamos a la una. Mamá va a preparar asado y un plato de *hushpuppies*. Ya verás, están mucho más deliciosos que los de Linda McKenzy.

Y Erin devolvió las zanahorias y el salteado de verduras al lugar de donde los había cogido.

Capítulo 17

Se sintió muy aliviada cuando Gertrude Gardner la recibió con una sonrisa espléndida. No conocía mucho a la mujer, pero por lo poco que la había tratado, sabía que tenía un carácter muy fuerte y que de haber sido informada por Maddie de que Jesse había salido del pueblo dejando a Erin en la estacada, Gertrude la habría recibido de otra forma. Detrás de la mujer se hallaba Maddie, que le hizo un gesto de complicidad. No sabía qué excusa se habría inventado para contentar a su madre, pero se lo agradeció con la mirada.

Hablaron de la fiesta en la isla Carrot mientras se dirigían a la cocina, que ya emitía el peculiar y sabroso olor de los guisos de Gertrude y, después, mientras Maddie y ella ponían la mesa, les contó que ya había recuperado su Jeep Patriot.

—Lo he dejado en el túnel de lavado, había unas manchas horribles en la tapicería. —Colocó los platos y retiró el jarrón con flores naturales que había en el centro de la mesa.

Maddie arrugó la nariz, presumiendo cuál podía ser el origen de esas manchas.

—¿Se lo has dejado a Joe Wyatt? —preguntó Maddie.

—No sé el apellido pero se llamaba Joe. Me lo recomendó Jesse.

—Entonces es él. —Hizo un gesto que Erin no supo cómo interpretar.

—Dijo que no había mancha que se le resistiera.

—Ni mujer que se le resista tampoco —intervino Gertrude, sin abandonar su lugar frente a la sartén en la que chisporroteaban los *hushpuppies*—. A mi Maddie le rompió el corazón hace unos años y desde entonces prefiere llevar manchas en la tapicería de su coche. Ella misma se encarga de lavarlo en el jardín.

—Mamá, eso no viene a cuento. Sucedió hace más de cinco años.

—Claro que viene a cuento. Te dejó tirada por otra mujer y desde entonces no has sido capaz de salir con ningún otro hombre. —Erin percibió que Gertrude se ponía tan seria como delataba su voz.

—El hecho de que no salga con hombres no tiene nada que ver con Joe Wyatt. Además, estoy segura de que esta conversación no le interesa a Erin lo más mínimo.

—¿Y por qué no va a interesarle? Erin es prácticamente de la familia. —Gertrude le dedicó una mirada afectuosa que la joven acogió con calidez, disimulando el espasmo que le agarrotaba el estómago.

Decidió intervenir para intentar cerrar el tema que incomodaba a Maddie visiblemente.

—Estoy segura de que después de cinco años, Maddie ha superado lo de Joe Wyatt. —Colocó los cubiertos como mandaba el protocolo.

—Por supuesto que sí. —Maddie matizó cada palabra—. Y tampoco estuve tan enamorada de él.

Gertrude retiró los *huspuppies* del fuego y luego abrió el horno. El aroma a asado se expandió por la cocina. Olía delicioso.

—Ya sabes que yo solo quiero lo mejor para ti, cariño. Y, desde luego, lo mejor no era Joe Wyatt.

—Lo sé. —Maddie pasó por su lado de camino al frigorífico y besó a su madre en la mejilla—. Para mí tampoco lo era y por eso lo dejé. Porque te recuerdo que fui yo quien lo mandó a paseo. Erin, ¿qué quieres tomar para beber?

—Cualquier cosa que no sea licor de avellanas —bromeó.

Durante la comida no faltó tema de conversación. Las mujeres Gardner eran habladoras, aunque guardaban los turnos y escuchaban con atención al que tuviera la palabra. Trataron muchos temas, en particular se centraron en aspectos familiares de la vida de Erin. Ella no encontró ningún motivo para mentirles, así que le habló de sus padres, de su hermana Alice y de la relación que la unía a ellos. Lo único sobre lo que inventó datos fue sobre la empresa de su padre, a la que cambió el nombre y la actividad, transformándola en una empresa naviera. Apuntó en la agenda de su memoria recordarle a Jesse esto último, por si se daba la circunstancia de que Jesse hacía alguna alusión al respecto.

Gertrude Gardner se sintió muy contrariada mientras la escuchaba y más de una vez le acarició la mano por encima de la mesa, como necesitando ofrecerle un poco del cariño que nunca había tenido.

Como era de esperar, Gertrude sacó a colación el episodio en el que su hijo se vio envuelto como consecuencia de la denuncia que interpuso contra la empresa en la que trabajaba en Chicago. Erin le dijo que aunque había conocido a Jesse después de que todo eso sucediera, él la había puesto al corriente de todo. Para suavizar el semblante de la mujer, que se había tensado tras recordar dichos acontecimientos, Erin se vio obligada a decir que estaba de parte de Jesse y que lo apoyaba en todas las decisiones que tomara, fueran estas cuales fueran.

Luego recogieron la mesa y Maddie aprovechó la actividad para introducir en la conversación temas más alegres. Les contó anécdotas graciosas de los alumnos de su clase de historia de ese año que, según palabras textuales de Maddie, «son unos bichos malos pero encantadores», y Gertrude habló de las bufandas que tejía y que luego vendía en el mercadillo del pueblo. Pero, sin duda alguna, el momento favorito de Erin fue cuando se retiraron a la salita donde tomaban café, y Gertrude sacó del cajón de un escritorio un inmenso álbum de fotos que depositó sobre la mesita.

—Apuesto lo que sea a que Jesse nunca te ha enseñado fotografías de cuando era pequeño —comentó Gertrude, abriendo la tapa de color verde musgo.

Erin estuvo a punto de contestar que Jesse era muy descuidado con sus efectos personales y, sobre todo, con sus fotografías, que iba perdiendo por el jardín de su casa de Chicago. Pero fue prudente y no dijo nada.

Jesse Gardner había sido un niño muy guapo y un adolescente con un físico de gran potencial que ya revelaba claros signos del adulto atractivo e irresistible en el que se convertiría. A través de las instantáneas, que estaban ordenadas cronológicamente y que Gertrude embelleció con todo lujo de detalles, Erin se sintió más cercana a Jesse Gardner de lo que se había sentido hasta entonces. Incluso más que cuando la había besado la noche anterior. Sus sentimientos hacia él habían cambiado de forma radical en menos de cuarenta y ocho horas, y ya no lo veía como el hombre que había acusado gravemente a su padre de todo tipo de cosas horribles, sino como a alguien que le causaba fascinación. Y un apetito sexual fuera de lo común.

Un día más en Beaufort y todo habría terminado. Adiós a esa serie de emociones que iban y venían, y que eran tan intensas que se sentía confusa todo el día. Ya no podía recordar cuándo había sido la última vez que había pensado en Neil, y eso era bastante desconcertante.

Después de ver el álbum de fotografías, Gertrude comentó que se retiraba a la cocina para preparar una fuente de galletas de chocolate. Algo vio en los ojos de Erin que la animó a sugerirle que la acompañara y la joven no tardó ni dos segundos en levantarse del sofá. Después de probar su cocina, tenía una fe ciega en sus artes culinarias, y ella siempre había querido aprender a hacer galletas de chocolate. Tenía recetas que seguía religiosamente, pero algo debía de hacer mal a la hora de mezclar los ingredientes porque lo que sacaba del horno era un auténtico desastre. Ahora tenía la oportunidad de aprender de primera mano y no pensaba dejarla escapar.

—Yo subiré a mi cuarto, tengo exámenes finales que corregir —comentó Maddie—. Avisadme cuando estén preparadas —dijo con una sonrisa.

Erin ayudó a Gertrude a recopilar todos los ingredientes que fue dejando sobre la mesa de la cocina. Harina, azúcar, chocolate en polvo, huevos, un limón, mantequilla…, nada fuera de lo común, lo importante era mezclarlo todo en las proporciones precisas y en su justa medida. Por eso, para que no se le pasara nada por alto, Erin sacó una libretita de su bolso y lo fue apuntando todo con letra clara y con todo lujo de detalles.

Gertrude le preguntó si le gustaba la cocina en general o si solo la atraía la elaboración de postres, y Erin le contestó que aunque la repostería le gustaba especialmente, también tenía mucho interés en aprender, sobre todo, a hacer platos de cocina tradicional.

—Maddie tiene muchas recetas en su ordenador, le diré que te las envíe por ese medio que utilizáis para estar en contacto por Internet.

Erin sonrió.

—No olvide incluir la receta de los *hushpuppies.*

—Oh, a Jesse le harás un grato favor porque a él también le encantan. Le ilusionará muchísimo que aprendas a hacerlos.

La sonrisa de Erin se aflojó mientras abría el envase de la mantequilla. Se mantuvo en silencio y Gertrude también, pero le dio la sensación de que la madre de Jesse no estaba concentrada en su tarea, sino que estaba reflexionando su siguiente comentario. No se equivocó.

—Jesse lo pasó muy mal en su relación con June. —Espolvoreó un poco de harina sobre el molde de vidrio—. Sé que a él le divierte mucho su apariencia de chico malo y por eso le saca todo el partido que puede, pero no es más que una máscara que él se pone para que ninguna mujer vuelva a hacerle daño.

Gertrude le estaba lanzando una advertencia implícita y Erin creyó que la situación era muy injusta. Se sentía un poco acorralada, sin saber muy bien hacia dónde tirar. Cualquier cosa que dijera tendría consecuencias negativas una vez regresaran a Chicago y Jesse hiciera pública su ruptura. Él tenía razón: debería haberse mantenido alejada de Gertrude Gardner para evitar este tipo de situaciones.

—Yo jamás le haría daño intencionadamente. —Fue todo cuanto se le ocurrió decir.

—Por supuesto. Tú también has pasado lo tuyo, cariño. —Sonrió—. Me gustas mucho para mi hijo. —Le apretó el brazo suavemente—. Y ahora vamos a preparar la mejor fuente de galletas de chocolate que hayas probado en tu vida.

Un rato después, Erin oyó el característico sonido quejumbroso que emitía el motor del sedán. Jesse estaba de vuelta. Se puso tensa de forma inmediata y la sonrisa perenne que Gertrude le arrancaba de los labios con su amena conversación se evaporó como por arte de magia. Las manos se le quedaron inmóviles sobre la fuente ya lista para introducir en el horno, mientras el ruido del motor se aproximaba hacia la entrada principal.

Echó un vistazo al reloj que había colgado en la pared de la cocina. Eran las cinco de la tarde. Se le había ido el santo al cielo y había apurado demasiado el tiempo, cuando su intención era marcharse a casa de Jesse antes de que él apareciera en la de sus padres.

Ya no había nada que hacer, excusa que utilizar o lugar al que escapar, así que se limitó a respirar hondo, a volver a sonreír a Gertrude, y a introducir la fuente de galletas en el horno.

El motor se silenció y, a continuación, se oyó el golpe de la portezuela al cerrarse. El corazón de Erin se aceleró un poco cuando al captar los pasos de Jesse acercándose a la cocina. Le parecieron ominosos, aunque no tanto como la mirada que le dedicó una vez su cuerpo apareció por el hueco de la puerta y asimiló lo que estaba sucediendo en la casa de su madre. A Jesse no le gustó lo que vio, ni pizca, y eso se manifestó en la forma en que sus ojos barrieron la cocina hasta deternerse en los suyos, que lo miraron con humildad y cierta resignación, como si la hubieran pillado con las manos en la masa, nunca mejor dicho.

—Jesse, cariño. —Gertrude se limpió las manos en un paño y acudió junto a su hijo, al que besó en la mejilla—. ¿Qué tal todo por Raleigh? Es una pena que Erin no haya podido ir contigo porque es una ciudad muy bonita, pero ha hecho algo todavía mejor que salir de turismo. —Miró a Erin y le dedicó un gesto de complicidad—. Ha aprendido a hacer galletas de chocolate. Tus favoritas.

Jesse alzó la mirada hasta cruzarla con la de Erin, que aguardaba al fondo de la cocina, junto al horno. Él se obligó a sonreir ante las palabras de su madre pero, sin duda, la sonrisa no le llegó a los ojos, que destilaban una dureza que heló la sangre de Erin.

—Eso es estupendo —dijo con el tono suave y contenido, la mandíbula rígida y los puños cerrados. Después hizo lo que tenía que hacer, se acercó a Erin y le dio un beso frío y muy poco amistoso en la frente, presagio de la discusión que se avecinaba—. Nos marchamos, recoge tus cosas.

—¿Que os marcháis? —intercedió su madre—. ¿A qué viene tanta prisa?

—Tenemos cosas que hacer.

—¿Y no pueden esperar unos minutos? Nos hemos pasado la tarde entera cocinando y Erin no va a marcharse a ningún sitio hasta que las galletas estén listas. Prácticamente las ha hecho ella.

Jesse contó hasta tres y apretó los dientes. No podía salirse con la suya sin ponerse en evidencia frente a su madre, así que optó por contener la furia que le corroía las entrañas y concederle a Erin esos malditos minutos.

—¿Dónde está Maddie? —le preguntó a su madre sin apartar los ojos de Erin.

—Arriba en su cuarto, corrigiendo unos exámenes.

Jesse abandonó la cocina en tres zancadas, pero las malas vibraciones que exudaba su cuerpo se quedaron allí, viciando el aire agradablemente oloroso y volviéndolo más denso e irrespirable. A Erin se le puso un nudo en la boca del estómago, nunca le había visto esa mirada asesina, ni siquiera cuando él la reconoció en el embarcadero del lago Michigan el día en que su bote se hundió, ni cuando invadió su garaje para hacerle aquella endemoniada oferta y él respondió con tanta indignación.

—Creo que Jesse no ha tenido un buen día en Raleigh —comentó Gertrude a sus espaldas.

—Eso parece. —Y sonrió sin ganas.

—Se le pasará en cuanto pruebe las galletas.

«Lo dudo mucho.»

A Jesse se le aglutinaron en el cerebro las palabras que con tantas ganas iba a espetarle a Erin mientras subía por la escalera hacia la segunda planta. Farfulló entre dientes y se le escapó alguna maldición que otra. Le había repetido hasta la saciedad que se mantuviera apartada de su madre y ¿qué es lo que había hecho ella? Pasarse con Gertrude toda la tarde metida en la cocina preparando esas jodidas galletitas de chocolate que, eso sí, estaban deliciosas. Se detuvo en el último escalón, respiró hondo y luego soltó el aire lentamente para expulsar un poco de esa carga negativa antes de ver a Maddie. No podía presentarse en su cuarto en ese estado de crispación, quería preservarlo todo para estampárselo en la cara a Erin Mathews.

Llamó a la puerta y Maddie le dijo que pasara.

Su dormitorio era sumamente femenino, decorado en tonos pastel y con varias estanterías repletas de peluches. El tocador que había a los pies de la cama estaba poblado de una densa colección de frasquitos de perfumes en miniatura que Maddie había ido recopilando desde que era niña. Por eso su cuarto siempre emitía aquel olor tan embriagador y perfumado. Bajo la ventana estaba su mesa de escritorio con un ordenador portátil y una estantería anexada en la que ya no había ni un solo hueco para colocar un volumen más. Muchos eran libros de trabajo y otros eran novelas de varios géneros y autores. Maddie era una ávida lectora.

Cuando uno entraba allí le invadía una extraña sensación de paz, muy oportuna en aquellos momentos en los que sentía ganas de estrangular a esa testaruda mujer con sus propias manos. Pero lo más irritante de todo, aparte de encontrarla junto a su madre, es que tenía tantas ganas de estrangularla como de besarla. Exactamente las mismas.

Maddie se hallaba sentada frente a la mesa de su escritorio y de espaldas a la puerta. Dejó de teclear en su portátil en cuanto Jesse puso un pie en el interior de su cuarto y luego minimizó algún documento o página web que tenía abierto. A él le pareció que estaba chateando con alguien, aunque no le dio tiempo a averiguar más. En alguna ocasión Maddie le había mencionado que conocía a gente a través de Internet con la que a veces conversaba, sobre todo cuando se sentía sola. Desde luego, no se hallaba corrigiendo exámenes como le había dicho su madre.

Maddie se quitó las gafas que utilizaba para leer y las dejó sobre la mesa al tiempo que se volvía hacia Jesse.

—¿Y esa cara de pocos amigos? —Fue lo primero que le dijo—. ¿Las cosas no han ido bien por Raleigh?

—No tiene nada que ver con Raleigh. Pero no me apetece hablar de ello. ¿Puedo? —Señaló una silla que había en un rincón y Maddie asintió. Jesse tomó asiento y señaló el ordenador con la cabeza—. ¿Qué hacías?

—Conversaba con un amigo —dijo con despreocupación.

—¿Qué clase de amigo? ¿El causante de que tengas esa sonrisa de oreja a oreja?

Maddie se llevó las puntas de los dedos a los labios.

—No estoy sonriendo.

—Claro que sí, y te brillan los ojos. —Jesse sonrió un poco ante el azoramiento de su hermana—. ¿Te has echado novio por Internet y no nos has dicho nada? Chica mala.

—No seas idiota. Claro que no tengo novio, y menos todavía por Internet.

—Será porque no quieres.

Jesse no lograba entender cómo era que Maddie todavía continuaba sola. Para él era la mujer perfecta, la que cualquier hombre sensato escogería como compañera en la vida. Era guapa sin ser llamativa, era inteligente y trabajadora. Era dulce y amable, y también sacaba su carácter cuando había que sacarlo. Era sencillamente maravillosa y sería una buena madre en el futuro, no había más que ver el cariño y la paciencia con la que trataba a sus alumnos.

—No es tan fácil. Además, no necesito un hombre en mi vida para sentirme realizada.

Maddie siempre repetía lo mismo, esa frase formaba ya parte de un discurso más que de una realidad. Jesse conocía a su hermana y sabía que necesitaba el amor en su vida aunque no quisiera reconocerlo.

Maddie bajó la tapa del portátil, se colocó frente a Jesse y cruzó las piernas.

—Hoy la has cagado bien. —Jesse arqueó las cejas como si no supiera de lo que le estaba hablando—. ¿Por qué te has largado sin decirnos que Erin se quedaba aquí? La llamé esta mañana y me quedé muy sorprendida cuando me dijo que estaba haciendo la compra para comer sola.

Jesse bajó las cejas y encogió los hombros.

—Erin es una mujer muy independiente, no nos imponemos cosas el uno al otro y menos a la familia.

—Yo no lo veo como una imposición y estoy segura de que ella tampoco. Está disfrutando de cada momento que pasa con mamá en la cocina. Ni siquiera le preguntaste si quería acompañarnos. ¿Eres consciente de lo mucho que se hubiera enfadado mamá si se llega a enterar de la verdad?

Jesse no había pensado en ello, pero prefería ver a su madre enfadada que permitir que se fraguaran sentimientos entre las dos.

—¿Qué le has dicho?

—Que me llamaste esta mañana temprano para decirme que Erin comería con nosotras —le dijo con el ceño fruncido, destacando así sus bonitos ojos azules malhumorados—. Sé que siempre has pasado mucho del protocolo, pero a veces es necesario seguirlo, sobre todo para no disgustar a mamá.

—A mí tampoco me gusta ver a mamá enfadada, pero tampoco pasa absolutamente nada si se disgusta. Tienes que dejar de preocuparte por eso y de medir cada actuación tuya en base a lo que mamá dirá o pensará. —Relajó la expresión—. Pasas demasiadas horas encerrada aquí o en el colegio. Necesitas salir más, vivir un poco tu vida y hacer nuevas amistades. —Eso también se lo había dicho muchas veces, cada vez que ella le visitaba, y seguiría haciéndolo hasta que siguiera sus consejos—. Sabes bien qué mamá estaría encantada.

Los rasgos de Maddie formaron un gesto cercano a la resignación.

—Soy consciente de que no tengo demasiada vida social y no creas que no me esfuerzo para que eso cambie. Pero tampoco quiero que creas que soy una amargada —insistió con voz dulce—. Soy feliz con lo que tengo aunque no sea mucho.

Jesse la miró en silencio y tuvo ganas de abrazarla. No porque ella lo necesitara, sino porque él lo necesitaba. No podía ni recordar cuándo había sido la última vez que abrazó a alguien en quien confiara ciegamente. El corazón se le había endurecido tanto que solo acertó a levantarse y a besar a su hermana en la cabeza. Luego alzó su hermoso rostro hacia él y le acarició las mejillas con los pulgares. Los dos sonrieron con la complicidad que siempre los había unido.

—June me pidió anoche que nos viéramos —le soltó a bocajarro. Sus manos soltaron la cabeza de Maddie y ella lo miró con el semblante serio—. Quiere hablar conmigo, imagino de qué. Me espera a las siete en el embarcadero.

—¿Vas a ir?

—Sí —contestó sin dudar—. Debo hacerlo. No pienso seguir huyendo de nada ni de nadie.

Ojalá Maddie pudiera haber dicho algo para disuadirlo. Como sabía que sus decisiones solían ser inamovibles, se abstuvo de intentarlo.

—¿Lo sabe Erin?

—A Erin no le importará. Ella tiene mucha confianza en sí misma y sabe que no debe sentirse amenazada.

—Permíteme que lo dude. Anoche, cuando desapareciste con June, a Erin se la comieron los celos. —Maddie tuvo la sensación de que le había descubierto algo que era completamente nuevo para él—. Por favor, dime que no se te ha pasado por la cabeza ni por un solo instante volver con ella.

—Por dios, Maddie, claro que no voy a volver con June. —Le indignó que su hermana lo hubiera pensado siquiera—. Tan solo voy a escuchar lo que tenga que decir y después daré carpetazo definitivo a esta historia.

—Creía que ya se lo habías dado.

Él tardó demasiado en contestar y su silencio todavía inquietó a Maddie un poco más. Jesse decidió ser sincero consigo mismo.

—Si así fuera, no me habría pasado los últimos cinco años sin poner un solo pie en Beaufort. —Jesse se dirigió hacia la puerta y se detuvo un momento, con la mano sobre la manivela—. ¿Erin celosa? —Miró a Maddie por encima del hombro.

—Muchísimo —contestó ella.

A Jesse se le formó una sonrisa perezosa en los labios y luego abandonó el cuarto de su hermana.

Apoyó una mano en la espalda de Erin y la obligó a cruzar el jardín de la casa de sus padres a paso rápido. Las galletas de chocolate, con las que Gertrude había rellenado un bote metálico con la palabra COOKIES estampada en el frente y que ahora sujetaba contra el pecho, chocaron unas con otras en aquella huida hacia el Sedán.

—Antes de que te pongas como un energúmeno necesito que me lleves al túnel de lavado para recoger mi coche.

—Estás a punto de descubrir un nuevo significado de la palabra energúmeno. Y te aseguro que no te va a gustar. —Sus palabras sonaron como dardos arrojadizos.

—Yo no he provocado esta situación, de manera que será mejor que….

—No digas ni una puñetera palabra más mientras conduzco. Podríamos tener un accidente. —Jesse abrió la portezuela del coche y la empujó hacia el asiento del copiloto. Luego rodeó el coche y se puso tras el volante, las manos rígidas sobre este y sobre la palanca de cambios.

Erin obedeció y mantuvo los labios sellados mientras Jesse conducía por las calles de Beaufort a una velocidad superior a la permitida. En el túnel de lavado su coche ya estaba listo e impoluto. No había ni rastro de las sospechosas manchas con las que Neil el mendigo había marcado su tapicería, por lo que le agradeció a Joey su impecable trabajo dejándole una sustanciosa propina.

Después condujo su propio coche y circuló detrás del viejo Sedán de regreso a la casa de Jesse. Él estacionó en el lugar donde solía hacerlo, junto al linde del bosque, y se apeó del sedán dando un sonoro portazo que hizo dar un pequeño respingo a Erin, que aparcó detrás de él. Las manos le sudaban cuando abadonó el Jeep, pero estaba dispuesta y preparada para tener aquel desagradable enfrentamiento con Jesse.

—¿Qué parte de la frase «No intimes con Gertrude Gardner» es la que no has ententido? —bramó.

Jesse la arrinconó contra el coche. Las manos apoyadas en las caderas y el cuerpo inclinado ligeramente hacia delante. Aunque sus ojos intensamente azules tenían una mirada fulminante, Erin no se amedrentó ni retrocedió un solo milímetro.

—Acabo de decirte que yo no he propiciado esta situación.

—Me da igual quién lo haya hecho. Es tu responsabilidad mantenerte alejada de mi familia, creía que ya lo habíamos hablado y que te había quedado lo suficientemente claro —dijo furioso—. ¿Qué es lo que intentas conseguir con tu actitud? ¿A qué viene esa estupidez de las galletas de chocolate? ¿Lo haces para cabrearme?

Erin era una mujer muy tolerante, eran gajes de su oficio, pero su cupo de contención con Jesse Gardner estaba rebasando el límite y a punto de estallar.

—¿Para cabrearte? ¿Te crees que eres el centro del universo? —Apretó las manos en sendos puños y las uñas se le clavaron en la piel de las palmas—. Si tanto te importa lo que pueda afectar mi presencia a tu madre, debiste quedarte aquí en lugar de largarte y dejarme a mí todo el trabajo.

—¿De qué trabajo me hablas? Lo único que tenías que hacer era mantenerte en tu sitio y rechazar la invitación. Tú y yo hicimos un trato. ¡Yo estoy cumpliendo con mi parte, pero tú no estás cumpliendo con la tuya!

—Intento hacerlo lo mejor que puedo, pero si te parece que no me esfuerzo lo suficiente, entonces deberíamos romper el trato aquí y ahora mismo. ¡Estoy harta de ti y de fingir ser quien no soy!

—¿Romper el trato? ¿Ahora que has conseguido todo lo que venías a buscar pretendes dejarme colgado y hacerme quedar como un imbécil delante de todo el jodido pueblo?

—Si continúas presionándome, sin duda lo haré —le espetó, con la barbilla alzada y los ojos desafiantes.

Jesse estaba lívido de rabia. El fuego azul que desprendían sus ojos se acentuó al igual que la dura línea de su mandíbula. Hasta la respiración se le había acelerado. Se miraron unos segundos sin despegar los labios, en una lucha de poderes en la que ninguno ganaba gran cosa. Jesse se dio la vuelta y soltó una maldición tras otra. Se pasó una mano distraída por el pelo y Erin le oyó respirar profundamente. Cuando se volvió, la tranquilidad que aparentó era engañosa.

—La culpa es mía —reconoció—. Me he equivocado al escogerte. Estaba convencido de que te odiarían y de que respirarían aliviadas cuando les dijera que habíamos roto. —La miró de arriba abajo con cierto desdén—. ¿Quién eres en realidad? Creo que estás representando un puñetero papel y que no eres tal y como te muestras.

—No pienso volver a justificarme ante ti.

Jesse la agarró por los brazos y la alzó para encararla más de cerca. Ella trató de desasirse, pero solo sirvió para que él la sujetara con más fuerza. Erin lo miró sin pestañear, ocultando el temor que le sobrevino ante su desproporcionada actitud. No le tenía miedo, pero había algo en su mirada que no había visto antes. Había rabia, furia, dolor y un montón de emociones intensas y abrumadoras.

—¿Qué es lo que sabes? Te juro por mi vida que vas a decírmelo todo aquí y ahora o me encargaré de que tú también te pudras en el maldito infierno.

—¿De qué me hablas?

—No te hagas la inocente. Lo sabes perfectamente.

Erin sintió que se le subía el corazón a la garganta. Así que se trataba de eso.

—Ya te dije que yo no estoy al corriente de los negocios de mi padre.

—Tú sabes tan bien como yo que tu padre utiliza los aviones de la compañía para el tráfico de drogas. —Le clavó los dedos en los brazos y ella emitió un gemido. Jesse aflojó el apretón pero no disminuyó su tenacidad—. Atrévete a negarlo e iré a por ti. Te juro que te machacaré y cuando haya terminado contigo, no encontrarás ni un empleo de limpiadora a no ser que te mudes de país.

Erin vio todo su odio y el estómago se le encogió.

—Suéltame ahora mismo o me pondré a gritar —le exigió, dejándole bien claro que lo haría si no la obedecía. Jesse la soltó, pero no retrocedió. Había destapado la caja de los truenos y ya era demasiado tarde para volverla a cerrar—. No solo me atrevo a negar en tu cara mi implicación en cualquier asunto ilegal, sino que también niego que mi padre sea un traficante de drogas. No sé qué interés te mueve para querer hundir a mi familia y el prestigio de la compañía pero…

—¡La verdad! Eso es lo que me mueve. Vi la droga con mis propios ojos. —Se señaló la cara incendiada por la rabia y luego se quedó con lo primero que había dicho Erin, que era lo que más le interesaba escuchar en esos momentos—. Ocupas un puesto directivo y de responsabilidad, programas las rutas de los pilotos y además eres hija del presidente de la compañía, así que no trates de convencerme de que desconoces el tinglado que tenéis montado porque no te creo.

—¡Pues es la verdad! —gritó Erin, desesperada.

—¡Mientes! —Golpeó el capó del coche con la palma de la mano y Erin se sobresaltó. Jesse sintió su cuerpo tembloroso contra el suyo y tenía los ojos brillantes, pero todavía no había acabado—. No creo ni una palabra de lo que dices, pero tus mentiras tarde o temprano verán la luz, yo mismo me encargaré de ello. —La forzó un poco más, sospechando que estaba a punto de ceder a la presión.

—¡Adelante, indaga todo lo que quieras! Pero te aseguro que no vas a sacar ninguna mentira a la luz porque no hay nada que sacar. Si yo tuviera conocimiento de que los aviones se utilizan para el tráfico de drogas, ¡sería la primera en denunciarlo! —La rabia y la frustración que Erin sentía anegó sus ojos de lágrimas. Su rostro se encendió y su pecho se agitó por la calurosa discusión—. Y ahora apártate de mi camino y sal fuera de mi vista si no quieres que sea yo quien te demande por difamarme.

Las lágrimas desbordaron sus ojos y recorrieron sus mejillas enrojecidas. Erin quiso salir corriendo, pero las piernas le temblaban por los nervios y no llegó a dar ni dos pasos cuando Jesse la rodeó por la cintura y la estrechó contra su cuerpo.

—¡Suéltame inmediatamente! —Erin forcejeó, pero Jesse volvió a hacer uso de su superioridad física para retenerla a su lado.

—Casi no he pegado ojo en toda la noche porque necesitaba asegurarme de que había besado a una mujer que no estaba implicada en toda esa mierda. Me sentía como si hubiera traicionado mis propios principios o hubiera perdido el sentido común. —Jesse acarició un mechón de su espesa melena ondulada, pero Erin rechazó su caricia y volvió el rostro—. Nos conocemos desde hace muy poco tiempo, pero en estos días me he ido convenciendo progresivamente de tu inocencia. Pero no era suficiente, todavía albergaba dudas y tenía que arrancármelas de encima como fuera antes de que... volviera a repetirse lo de anoche. Tal vez este no haya sido el mejor método para llegar a la verdad, pero no se me ocurría otro y tampoco me arrepiento de haberlo utilizado. —Erin se había quedado paralizada contra su cuerpo, rígida como una estatua. Indignada. Pero Jesse podía sentir sus latidos apresurados, síntoma de que lo que le estaba diciendo le estaba calando de una u otra manera—. Te creo. Confío en ti y te pido disculpas por el daño que pueda haberte hecho.

Erin se mordió el labio inferior y, por fin, se atrevió a mirarle a los ojos. Donde antes había una rabia desmesurada ahora había ternura. Sus rasgos duros se habían relajado hasta formar una expresión amable y serena. Pero el daño estaba hecho, y no se curaba con una simple disculpa.

—Tú tienes tus principios y yo tengo los míos. Lo de anoche no se repetirá porque no soportaría besar a un hombre que se atreve a acusarme de algo tan… grave, injurioso y repugnante.

—Ya te había acusado de eso con anterioridad y, sin embargo, anoche te dio lo mismo.

—Tampoco a ti te importó. Y no intentes a echarle la culpa a la bebida porque sabías muy bien lo que hacías.

—Eso nos conduce a un hecho bastante evidente.

Jesse secó las lágrimas calientes de sus mejillas y Erin volvió a removerse para tratar de escapar, pero él no se lo permitió. Descendió la cabeza y buscó su boca. Sus labios estaban empapados por las lágrimas y él los acarició con la lengua y borró el rastro salado en ellos. Erin presionó con los puños cerrados contra su pecho, pero estaba encerrada en una especie de fortaleza de piedra de la que era imposible escapar. Jesse ladeó la cabeza, su boca se acopló sobre la suya y una mano le acarició la espalda mientras la otra la sujetaba por la parte posterior de la cabeza. Sus labios eran cálidos y exigentes y se movieron sobre los suyos pidiéndole que colaborara, y Erin no encontró la voluntad suficiente para oponerse. Le dejó entrar y su boca masculina devoró la suya con un beso áspero y apasionado que les arrebató la razón y los despojó de todos los prejuicios.

Se besaron hasta que la sangre hirvió, hasta que los corazones se desbocaron y los pulmones se quedaron sin aire. Jesse se separó jadeante y duro, y Erin estaba sofocada y mareada por la intensidad de su deseo. Si él no estuviera sujetándola, se habría caído al suelo.

—Te dije que volvería a suceder. —Jesse tragó saliva y ordenó los cabellos de Erin alrededor de su rostro. Luego la besó en los labios, donde se detuvo un instante—. ¿Cómo te encuentras?

¿Que cómo se encontraba? Erin se sentía fatal. Lo odiaba por el mal rato que le había hecho pasar y, al mismo tiempo, lo deseaba con toda sus fuerzas. Nunca sus sentimientos por alguien la habían empujado al borde del abismo.

—Estoy bien —dijo aclarándose la garganta—. Ahora tengo que… que marcharme a la mansión. —Se había quedado sin defensas, era toda vulnerabilidad y por eso necesitaba huir de su lado.

Jesse aflojó el abrazo y Erin se soltó. No se cayó al suelo, pero sus articulaciones parecían de gelatina. Probó a ver si la sujetaban y lentamente emprendió el camino hacia la casa. Su mente estaba muy lejos de allí, se había quedado atrapada en un lugar que le producía una inevitable angustia. Como una autómata, subió las escaleras hacia su cuarto y se encerró en él.

Jesse echó un vistazo a la esfera del reloj. Eran algo más de las siete y June ya debía de estar esperándole en el embarcadero. No le apetecía lo más mínimo encontrarse con ella; su mente estaba con Erin, recreando una y otra vez las sensaciones que le provocaban sus besos y el alivio de creer en su inocencia. Ya no había ningún plan de venganza, ya no tenía que utilizar a Erin Mathews para destruir a su padre. Y se alegraba de ello.

Tomó el camino flanqueado de robles que se abría hacia la puesta de sol y hacia las aguas del estrecho, que centellaban como pequeñas lucecitas incandescentes. Era curioso. Antes de llegar a Beaufort parecía que June era el mayor de sus problemas y, sin embargo, ahora era el que menos le preocupaba. Tenía las ideas más claras que nunca.

Capítulo 18

*E*rin abrió las cremalleras de la maleta que había dejado sobre la cama, alzó la tapa superior hacia arriba y se quedó petrificada. Alice había hecho caso omiso a sus instrucciones y había escogido el vestido rojo de Valentino para que lo luciera el día de la boda. Lo había colocado en la parte superior de la maleta, para que no se arrugara con el resto del equipaje. Erin movió la cabeza lentamente y se mordió los labios, que se empeñaban en formar una sonrisa. Así era Alice por naturaleza, siempre empeñada en salirse con la suya.

Erin tomó por los tirantes el maravilloso vestido y lo sacó de la maleta. La luz vespertina que entraba por la ventana de su cuarto incidió directamente sobre él y le arrancó al rojo intenso del tejido destellos que brillaron ante sus ojos. El corte elegante y sensual de la tela hechizaba y parecía como si estuviera lanzándole una descarada provocación a que se atreviera a vestirlo.

Erin lo colgó en una percha y lo dejó en el armario. Era poco probable que se lo pusiera para la boda. A la mañana siguiente iría al centro comercial y se compraría otro vestido más adecuado.

Deshizo el resto del equipaje con suma rapidez, sus movimientos nerviosos todavía eran el reflejo de su estado de ánimo. Tenía el pecho oprimido por la ansiedad, y no había dejado de repetirse desde que entrara en la casa que solo tenía que aguantar un día más en Beaufort antes de regresar a su rutina, lejos de Jesse Gardner. Suspiró para arrancarse ese malestar interno y se concentró en la tarea que tenía por delante.

Ya estaba atardeciendo y el sol a punto de ponerse, y antes de que oscureciera y se hiciera noche cerrada, debía estar ante la mansión Truscott con todo el equipo preparado para grabar.

Cogió su maletín y se aseguró de que todo estaba en su lugar y en perfectas condiciones para cumplir la misión. También examinó el contenido de la mochila que llevaba consigo para que la noche fuera más llevadera. Una manta para tumbarse, una linterna y un termo que iba a llenar de café para no dormirse durante las largas horas de espera. Tomó una chaqueta de lana gruesa de un cajón del armario y fue directa a la cocina donde preparó una buena dosis de café y un sándwich para la cena. Por último, abandonó la casa como una exhalación. Sus prisas también tenían algo que ver con el hecho de evitar cruzarse con Jesse en la puerta principal o en los alrededores de su casa.

En cuanto puso un pie en el sendero que conducía a la mansión Truscott, su ansiedad se aligeró, los problemas parecieron menos pesados y recuperó la ilusión por su trabajo.

El sendero de tierra era llano y ocasionalmente curvo entre el frondoso bosque de robles. Había una quietud y un silencio tan agudo que le pareció entrar en una dimensión desconocida, aunque un poco más tarde apreció los característicos sonidos de la naturaleza. El viento arreció y mecía las ramas más altas de los árboles y las hojas redondeadas emitieron susurros y dibujaron sombras danzarinas sobre el suelo. Erin inspiró el olor a tomillo, a aire limpio y a flores silvestres, y escuchó con agrado el dulce trinar de los pájaros, que ya buscaban su refugio nocturno en las copas de los árboles.

La emoción la invadió al caer en la cuenta de que estaba pisando unas tierras que contenían siglos de historia. Aquel ancho camino, así como los majestuosos árboles milenarios que le daban cobijo, eran mudos testigos del inexorable paso del tiempo. Imaginó a Mary Truscott paseando por esos lares, ataviada con uno de esos imponentes y bonitos vestidos de calicó o muselina y, al ser el camino principal que conducía a la mansión, también las carretas tiradas por mulas habrían circulado a menudo por donde ahora pisaban sus pies. Menos emocionante era imaginar que aquella también había sido tierra de esclavitud. En el trayecto en coche del día anterior, Erin había tenido ocasión de contemplar las antiguas plantaciones de algodón, ahora convertidas en campos de regadío.

Tras unos treinta minutos de solitario camino, el sendero

de gravilla se abrió hacia un campo muy extenso, donde el amarillo trigo rompía con el verde deslumbrante del paisaje de los alrededores. En el centro se erigía la mansión Truscott, imponente y señorial, todavía esplendorosa pese al inevitable deterioro que había sufrido con el transcurso de los siglos. Maddie le había dicho que había sido declarada como bien de interés turístico nacional y se apreciaban ciertas partes de la fachada que habían sido restauradas y acicaladas para exhibirla ante los turistas.

El pórtico principal, al que se accedía subiendo una hilera de escaleras, era el lugar que más se habia embellecido. Las columnas se habían pintado recientemente de un blanco fulgurante, pero el techo conservaba su color grisáceo de antaño así como los marcos de madera de las ventanas, que lucían un tono amarillento y opaco.

Erin dejó caer el maletín y la mochila sobre el suelo y abandonó el bosque para adentrarse en la planicie que se interponía entre ella y la casa. Mientra avanzaba surcando los campos de trigo, se ensimismó contemplando la belleza arquitectónica de aquella típica mansión sureña.

Recordó las palabras de Samantha Jenkins.

«La ventanta de Mary Truscott es la primera a la izquierda.»

Allí estaba, un hueco tan oscuro como la noche que ya avanzaba desde el este. Plantada a los pies de la mansión, con la cabeza alzada y la vista fija en aquel rectángulo enigmático, sintió un escalofrío que le recorrió la columna vertebral. En aquella ventana no solo podía encontrar el triunfo a su labor de investigadora de fenómenos paranormales, sino que también podía hallar las respuestas a muchas de las preguntas que se había hecho durante muchísimos años, casi tantos como tenía.

Se le formó una débil sonrisa en las comisuras de los labios y sintió una paz interior que le aligeró el alma. Ubicada la ventana, dedicó varios minutos a merodear por los alrededores. Ascendió por los escalones hasta el pórtico y se paseó entre las gruesas columnas redondas que acarició como si tuvieran vida propia y pudieran sentir el roce de su mano. Inspeccionó de cerca las ventanas de la primera planta pero no pudo ver nada a través de ellas porque estaban cubiertas con contraventanas.

Por último, se acercó a la puerta principal y tocó el gigantesco cerrojo y la tosca cadena de hierro que imposibilitaba su paso al interior.

Erin miró hacia el cielo para calcular los minutos que quedaban de luz. El este era de un profundo azul marino, más negro en la línea que delimitaban las montañas, y el oeste estaba teñido de rojo fuego y de tonos violetas y añiles. En quince minutos sería completamente de noche, pero antes de ocupar su lugar junto al perímetro del bosque, echó a correr hacia su maletín donde guardaba la cámara de vídeo y regresó con ella casi al galope para tomar unas cuantas imágenes de la casa.

Cuando las sombras la rodearon y se adueñaron de cada rincón de la mansión y de los campos de trigo adyacentes, Erin volvió al lugar escogido para pasar la noche y preparó su equipo. Llevaba consigo dos cámaras de vídeo digitales con una excelente visión nocturna, cuyos trípodes ajustó sobre el suelo firme de gravilla. Con una de las cámaras hizo un *zoom* a la ventana de Mary Truscott, y con la otra enfocó la mansión en su totalidad. Las grabadoras digitales de voz se quedaron donde estaban. Si no podía acceder al interior de la mansión para captar posibles psicofonías, no las necesitaba.

Erin abrió su mochila y extendió la manta a un lado del camino, donde la vegetación salvaje que crecía bajo los robles volvía el suelo mullido. Se sentó con las piernas flexionadas y buscó en el interior de la mochila el sándwich de jamón y queso que deslió de su envoltorio. Lo comió sin mucho apetito y bebió del termo de café mientras la oscuridad se hacía más densa y el cielo se cubría de estrellas. La aparición de la luna llena incrementó su expectación. Radiante y enorme, esta trepó sobre el tejado de la mansión tiñendo sus muros sólidos y las partes salientes de la casa de un blanco lechoso, casi fluorescente, y dejando en sombras las partes entrantes.

Sugestión o no, la mansión tenía una apariencia fantasmagórica a esas horas de la noche, pero al mismo tiempo era una estampa preciosa y tenía un encanto inexplicable para Erin. Sumida en una absoluta fascinación, mordisqueó el sándwich y dio sorbos al termo de café hasta que, poco a poco, su atención se centró en la ventana de Mary Truscott, ahora mucho más oscura e inquietante con la llegada de la noche. Tenía tan-

tas ganas de que el espíritu de la joven se materializase ante ella que no conseguía relajarse. Todos sus músculos estaban en tensión y tenía la mente despierta y preparada para ser testigo de la aparición. Su deseo rayaba la necesidad y la obsesión.

Erin terminó su sándwich, bajó la comida con otro sorbo de café y luego apoyó la espalda contra el tronco de un árbol.

El bosque de robles de Beaufort era un lugar silencioso y calmo, donde no parecía que habitaran esas criaturas de la noche con las que había convivido en el bosque de coníferas de Chesterton. Tampoco había búhos de ojos grandes y ambarinos con el plumaje negro, nada allí se movía ni se escuchaba salvo el susurro de las hojas que movía el viento.

La luna había escalado más alto en el cielo y, con su nueva posición, las sombras adheridas a las estructuras de la fachada se habían desplazado sutilmente. El campo de trigo parecía ahora de plata fundida y en aquel silencio sepulcral, a Erin le llegó el murmullo de las olas de la región de Black Sound.

Cuando la brisa arreció se puso la chaqueta y se abrochó los botones. Luego estiró las piernas, cruzó los tobillos y permaneció en esa posición durante horas, dando sorbos al café que contenía su termo cuando sentía que el sueño la rondaba por la falta de actividad. Pero espantarlo con cafeína ya no era suficiente y se vio obligada a dar cortos paseos por el camino sin apartar nunca la mirada de la ventana. Con la llegada del alba, estaba tan cansada que se sentó sobre la manta y ya no se volvió a levantar.

Erin abrió los ojos lentamente y parpadeó hasta que enfocó la vista. La visión de la hierba silvestre y de las pequeñas florecillas blancas sobre las que estaba tumbada le hizo pensar que estaba soñando, pero no tardó ni dos segundos en comprender dónde se hallaba y por qué. Con un considerable esfuerzo porque tenía los músculos entumecidos, Erin se puso boca arriba y descubrió las copas de los robles y el cielo azul de la mañana. Se incorporó poco a poco, haciendo gestos de dolor a cada movimiento. Se había quedado congelada y sería un milagro si no pillaba un buen resfriado. No tenía pensado quedarse dormida.

Erin miró hacia la mansión, ahora resplandeciente y soleada, y sintió el peso de la decepción que la aplastaba. Se desinfló paulatinamente mientras recogía el equipo y lo devolvía a su lugar. No había visto el espectro de Mary Truscott y, aunque tenía la esperanza de que las cámaras de vídeo hubieran captado alguna imagen, no era lo mismo que verlo con sus propios ojos.

Eran las nueve de la mañana cuando regresó a la casa de Jesse Gardner con su equipo de trabajo y su profunda desilusión a cuestas. Pesaba mucho más lo segundo que lo primero.

El sedán estaba aparcado en su lugar de costumbre, por lo que Jesse estaba en la casa o no muy lejos de allí. Por una lista de motivos tan larga como su brazo, no quería cruzarse con él. Erin entró en la casa con sigilo y atravesó el salón sin hacer ruido. Todo estaba en silencio, pero al alcanzar el pie de las escaleras le llegaron sonidos procedentes del sótano. La puerta estaba ligeramente entornada y supuso que Jesse estaría reparando los daños que había sufrido con la inundación de la que había hablado Maddie. El camino estaba libre y subió las escaleras con tranquilidad, antes de encerrarse en su habitación.

Estaba muy cansada. Había dormido tres horas escasas sobre un colchón duro y frío que le había dejado el cuerpo como un guiñapo. Dejó la mochila y el maletín sobre la mesa del escritorio, se quitó la ropa, que dejó hecha un ovillo a los pies de la cama, y se puso la camiseta enorme de Jesse. Después cerró las cortinas y se arrojó sobre el lecho.

La despertaron unos ruidos persistentes, como el toque de unos nudillos en la puerta.

Toc, toc, toc.

Erin los trató de ignorar cubriéndose la cabeza con la almohada, pero no los amortiguó lo suficiente.

Toc, toc, toc.

—¿Erin?

Reconoció la voz de Jesse, que estaba empeñado en arrancarla de los brazos del sueño. No obstante, esperó a ver si daba media vuelta y se marchaba por donde había venido. Quería seguir durmiendo un rato más.

—Erin, despierta. Son más de las cuatro y hay que prepararse para la boda.

«¿La boda? ¿Más de las cuatro?» Erin abrió los ojos de súbito y retiró la almohada con la que se tapaba la cabeza.

¿Cuánto tiempo había dormido? ¿Seis horas? Pensó que echaría una cabezadita cuando se dejó caer sobre el colchón y no que fuera a dormir como una marmota hasta más allá del medio día.

—Ya voy —logró decir con la voz pastosa.

Como un gato, Erin se estiró sobre las sábanas y volvió la cabeza hacia la ventana, dejando que sus ojos se acostumbraran a la luz del día. Luego se levantó, ahogó un bostezo con la palma de la mano y se calzó las zapatillas.

Se cruzó con él en el pasillo. Jesse salía de su dormitorio y estaba recién duchado y afeitado, con el pelo todavía mojado y vestía unos vaqueros desgastados y una camiseta de los Carolina Panthers. Estaba tan atractivo y tan guapo que Erin se despertó de golpe. Por el contrario, ella estaba hecha un asco, con el pelo revuelto, los ojos hinchados y ataviada con esa horrorosa camiseta que le llegaba hasta las rodillas. No debería, pero le importaba demasiado la opinión que tuviera de ella. El contacto de sus miradas fue breve, pero estuvo cargado de electricidad y de cuestiones sin resolver.

Jesse le preguntó por su noche en el bosque, Erin le contestó escuetamente y luego corrió a refugiarse en el baño, donde el vapor del agua caliente todavía cubría el espejo que había sobre el lavabo. Además, el cristal de la mampara estaba repleto de gotitas de agua, así como la pared de azulejos de enfrente, y también vio una pompa de jabón sobre el grifo de la ducha.

Su cabeza todavía daba vueltas a su investigación fracasada, pero otro tipo de pensamientos interfirieron con bastante notoriedad mientras se desvestía y se metía en la ducha. No había olvidado el calor abrasador que le despertaban los besos de Jesse, solo había hecho un paréntesis para poder concentrarse en su trabajo. Ahora que ocupaba el espacio húmedo y oloroso que momentos antes había ocupado él, le sobrevinieron de golpe todas esas sensaciones que había relegado a un segundo plano por el bien de su investigación. Quería que se quedaran allí confinadas, pero su cabeza no pudo resistirse a imaginarle desnudo. Erin vio el agua caliente y jabonosa resbalando por los músculos duros de su cuerpo y formando regueros de burbujas que atravesaban sus pectorales, acariciaban los abdominales marcados y avanzaban hacia su ingle. Erin se mordió el labio inferior. En su imaginación, Jesse estaba muy bien dotado. Imaginó cómo sería el tacto de su piel escurridiza y visualizó sus brazos rodeándola y apretándola contra su pecho. Y luego Erin lo besó, pero fue él quien la tomó por las piernas rodeando su cuerpo con ellas. Y, en su fantasía, Erin pudo sentir su miembro álgido y pétreo pugnando contra sus húmedas entrañas.

La esponja se le cayó al fondo de la bañera y, al intentar cogerla, volcó el bote del gel, que le golpeó los pies. El agua estaba caliente, pero la sensación de morir calcinada no se debía a la temperatura del agua. Recogió la esponja y el gel y luego suspiró lentamente. Un abrasivo cosquilleo ascendió por sus piernas y se instaló en su entrepierna, donde halló su morada.

—Es increíble que te haya puesto de vuelta y media y tú estés aquí imaginándotelo desnudo —se reprochó duramente.

Abrió el grifo de la ducha y lo reguló hasta que salió agua fría, pero no la soportó más de dos segundos seguidos. Luego regresó a su cuarto envuelta en un albornoz y se pasó la siguiente hora arreglándose para la boda.

No tenía más remedio que ponerse el modelo rojo de Valentino. Erin tenía planeado levantarse a media mañana para acudir al centro comercial y comprar otro vestido más discreto, pero se le olvidó poner el despertador y ahora ya no había tiempo para eso. Utilizó un maquillaje discreto que a la vez le resaltara los ojos, y se hizo un recogido en el pelo, del que dejó escapar algunos mechones. Por último se vistió y se echó una ojeada en el espejo del tocador antes de bajar. El vestido destacaba con mucha sensualidad y elegancia todo lo mejor de ella, pero seguía pareciéndole que la haría desentonar como un esquimal en medio del desierto.

Erin se calzó los zapatos de color plateado que Alice había escogido para el vestido, cogió aire hasta que se le llenaron los pulmones y bajó a la planta inferior.

En el salón principal, Jesse apagaba su móvil cuando oyó el sonido de los tacones de Erin resonar en las escaleras. Se dio la vuelta y ella apareció ante su vista envuelta en llamas y seda. Con una mano se sujetaba la falda del vestido y con la otra se apoyaba en la barandilla, y Jesse se quedó momentáneamente sin habla y con los pies clavados en el suelo. Intentó recordar cuándo fue la última vez que una mujer le había causado semejante impacto, pero no podía recordarlo. El vestido era largo y estrecho, pero tenía una abertura por la que asomaba una pierna esbelta y estilizada por el alto tacón de plata. El escote era recto y realzaba su busto, mostrando las cimas de sus senos blancos y golosos. Jesse la miró embelesado; el tiempo parecía haberse detenido para él y la sangre no le llegaba al cerebro. El potente aguijón de Erin se le clavó en lo más profundo y le inyectó un poco más de ese veneno letal.

Erin se aclaró la garganta cuando terminó de descender las escaleras. Su forma de mirarla, como si tuviera rayos X en los ojos y pudiera ver a través de la ropa, la incomodó tanto que pensó que iba a tambalearse sobre los tacones si daba un paso más. Cruzó las manos por delante y enlazó los dedos con cierta timidez. Los ojos de Jesse se habían oscurecido de nuevo en esa mirada suya tan intensa que Erin ya conocía. La observaba así cuando estaba furioso o excitado y, en ese instante, Jesse no estaba furioso precisamente.

Erin dijo lo primero que se le pasó por la cabeza para romper el hielo.

—Tienes el nudo de la corbata mal hecho.

—Es el primero que hago. He estado una hora delante del espejo para hacer esta porquería.

—Déjame a mí. Creo que puedo mejorarlo.

Para su papel de padrino de la boda, Jesse había escogido un sencillo traje de chaqueta negro, con camisa blanca y corbata negra a juego, y prendida del ojal de la solapa de la chaqueta, llevaba una rosa roja. Estaba muy elegante e imponente, pero sin perder ese aspecto rebelde y peligroso que le hacía tan atractivo.

Erin se acercó a él y las manos le temblaron un poco al deshacer el nudo porque sabía que él continuaba mirándola fijamente. Intentó concentrarse en lo que hacía pero no le resultaba sencillo estando tan cerca de él. Por una parte sentía la electricidad que fluía entre los dos, pero también vinieron a su mente las acusaciones que había proferido contra ella. La había manipulado de forma cruel y, aunque se había disculpado, el daño continuaba corroyéndola por dentro. Hizo el nudo de nuevo y se lo ajustó sobre el cuello de la camisa, pero antes de soltar la corbata, Jesse la tomó suavemente por las muñecas y sostuvo sus manos contra su pecho.

—Erin, mírame.

Ella lo hizo, aunque no de forma inmediata. Jesse volvía a mirarla con dulzura, probablemente, había percibido sus emociones.

—Si no me gustaras tanto no habría sentido la necesidad de presionarte para arrancarte una confesión. No tenía previsto que esto sucediera, te lo aseguro, habría sido mucho más sencillo para mí continuar odiándote. —Le acarició las manos con los pulgares—. No nos iremos de aquí hasta que me perdones.

—Eres el padrino de la boda, no puedes llegar tarde a la iglesia.

—Por eso mismo.

Erin se mordió el labio inferior y emitió un suspiro de derrota. Cuando Jesse le hablaba y le miraba de esa forma, sentía que no podía negarle nada.

—Te perdono —dijo al fin, con voz neutra.

—No quiero que lo digas por decirlo. Tiene que ser de corazón.

Erin lo miró sin pestañear y luego lo volvió a intentar.

—Te perdono de corazón.

Jesse debió de creerla porque alzó sus manos todavía apresadas por las muñecas y le besó los nudillos.

—Estás preciosa y deslumbrante. Esta noche voy a ser el hombre más envidiado de Beaufort.

Erin quedó atrapada en un repentino acceso de timidez.

—Este no es el vestido que pensaba ponerme para la boda, pero Alice se empeñó y lo metió en la maleta.

—Pues recuérdame que felicite a tu hermana en persona. —Sonrió ligeramente y le dedicó una última y contemplativa mirada antes de abandonar juntos la casa.

Los novios se casaban en la iglesia cristiana de Reelsboro, a unos dos kilómetros de la casa de Jesse y siguiendo la línea costera de Pamlico. A consecuencia de los altos tacones de Erin fue Jesse quien condujo el Jeep.

Se reunieron con su madre y con su hermana en la puerta de la iglesia.

Erin temió que Gertrude Gardner la mirara de forma crítica al haber escogido un vestido tan espectacular, pero se equivocó de raíz, porque la mujer se deshizo en halagos hacia ella. Gertrude también iba muy elegante con un traje de chaqueta y falda de color aguamarina, y Maddie estaba preciosa vestida de fucsia y crepé.

Aunque habían llegado con diez minutos de antelación, la mayoría de los bancos de la iglesia, salvo los de las últimas filas, ya estaban ocupados. Una boda en Beaufort era uno de los mayores acontecimientos sociales del año, y a estos actos solía acudir casi todo el pueblo. El interior de la iglesia estaba engalanado con orquídeas blancas, que era la flor preferida de la novia. Había ramos en el altar y ramilletes prendidos en los bancos.

Jesse recorrió el pasillo central para ocupar su lugar junto al altar, donde ya aguardaban las damas de honor, tres mujeres vestidas de azul celeste a quienes Jesse no conocía ni había visto en su vida. Debían de ser las amigas que Linda tenía en Kansas, donde había vivido los últimos años antes de marcharse de Beaufort. Una de las mujeres lo miró con detenimiento y, tras un examen exhaustivo y prolongado, terminó poniéndole ojitos y sonriéndole con coquetería. Jesse le devolvió la sonrisa por cortesía más que porque la mujer le gustara, pero ella interpretó las señales de forma errónea y se pasó la ceremonia entera sin quitarle los ojos de encima.

Erin también sufrió en sus propias carnes las miradas de algunas personas del pueblo, en particular las de la señora que se sentaba al lado de June. Supuso que era su madre por el gran parecido físico, pero preguntó a Maddie igualmente.

—¿Quién es la mujer del aparatoso sombrero verde que se sienta al lado de June?

—Lucinda Lemacks, la madre de June. Ya me he dado cuenta de que te está escaneando de arriba abajo, el disimulo no es una de sus virtudes —contestó Maddie—. Imagino que June ya la habrá puesto al corriente de la cita que tuvo ayer con Jesse. Lucinda lo adoraba y nunca perdió las esperanzas de que volvieran juntos.

—¿La cita de ayer?

Maddie se volvió para mirarla y enseguida supo que había metido la pata.

—¿Jesse no te ha dicho nada?

—No.

Maddie torció el gesto.

—En ese caso, creo que deberías preguntarle a él. Le molestaría mucho enterarse de que he hablado contigo de esto. —Maddie se sintió culpable por provocar el desconcierto que transmitió Erin. No esperaba que Jesse le hubiera ocultado esa información, delante de ella prometió que se lo diría—. No hay nada por lo que debas preocuparte.

¿Cuándo habría tenido ese encuentro con June? ¿Antes o después de la acalorada discusión y el apasionado beso posterior? Se hizo muchas más preguntas sin respuesta hasta que Maddie, con la intención de alejarla de ese tema, desvió la conversación hacia otro de máximo interés para ella.

—¿Qué tal la noche en el bosque? Jesse nos ha dicho que no has podido venir a comer porque llegaste a casa más tarde las nueve y te fuiste directa a la cama.

—No vi nada fuera de lo común —dijo con desilusión—. Pero espero que las cámaras de vídeo hayan hecho su trabajo. Las lentes de las cámaras son muy sensibles, y muchas veces detectan y registran imágenes que el ojo humano no puede percibir.

—Habrá otras oportunidades. Es luna llena una vez al mes —la animó Maddie.

—Ssshhttt. Niñas, callad, que la ceremonia está a punto de comenzar —las reprendió Gertrude Gardner—. ¿Verdad que a Jesse se le ve estupendo junto al altar? —Miró a Erin directamente a los ojos.

—Está guapísimo y muy metido en su papel, señora Gardner —aseguró Erin.

Los novios fueron puntuales. Chad entró primero en la iglesia y ocupó su lugar en el altar junto a Jesse. A Chad se le veía ilusionado, aparentando mucha decisión y seguridad. Quien no lo estaba tanto era Jesse, que lo miró un par de veces como diciéndole: «¿De verdad estás convencido de querer casarte?». Erin estuvo a punto de poner los ojos en blanco.

Linda McKenzy llegó cinco minutos después. Ataviada con un bonito vestido de novia en color marfil y de corte romántico, recorrió el pasillo principal del orgulloso brazo de su padre,

mientras las notas hermosas del Canon de Pachelbel, sumieron a los asistentes en un silencio sepulcral y estremecedor. La bella melodía que envolvía el cuerpo deslumbrante de la preciosa novia arrancó a los asistentes miradas y sonrisas emotivas. En los ojos de las damas de honor asomaron unas lágrimas furtivas, y la madre de Linda, que estaba sentada en la primera fila de bancos, se enjugó las lágrimas con un pañuelo de seda.

Fue una ceremonia breve pero muy bonita.

Para la celebración de la reciente unión de Linda y Chad, se escogieron los amplios y cuidados jardines del restaurante Dock House. Como la temperatura de junio era muy agradable y la excelente ubicación del restaurante ofrecía maravillosas panorámicas de la bahía, se aprovecharon los jardines para darle al evento el toque romántico que toda ceremonia nupcial precisaba.

La estampa no podía ser más alentadora. Mesas decoradas con manteles blancos sobre los que había velas y ramilletes de flores rojas y blancas, un entramado de setos verdísimos que formaban pequeños y acogedores refugios entre las mesas, árboles frutales que despedían un ligero olor a cítricos y que bordeaban el extenso perímetro del restaurante, un trío de violines que se hallaban afinando sus instrumentos y, justo al frente, las aguas calmas de la bahía y un cielo naranja que se degradaba en rosas y violetas.

Si algún día Erin encontraba al hombre ideal, no le importaría casarse en aquel mismo lugar.

Le sorprendió esa reflexión. ¿El hombre ideal? ¿Acaso no lo había encontrado ya?

Era la primera vez que pensar en Neil no le agitaba el corazón. Por el contrario, sintió una violenta sacudida cuando Jesse le retiró la silla y ella se lo agradeció mirándole a los ojos. Desde la noche anterior, tanto su mirada como la de ella transmitían mucho más de lo que podían expresar con los labios.

Compartieron mesa con Maddie, Sarah y Chase, y no muy lejos de allí, a unos diez metros de distancia, estaba la mesa formada por Miranda, Dan, Keith, June y una pareja a la que Erin no conocía. Desde que Maddie le había mencionado la cita que Jesse había tenido con June, Erin había estado pendiente de los acercamientos entre ambos. No habían sido muchos. Se habían saludado a la salida de la iglesia y habían intercambiado unas cuantas palabras al llegar al restaurante. En ambas ocasiones, Erin los había visto de lejos y no había escuchado el contenido de la conversación, y aunque le parecía que June no estaba tan tirante como la noche en la isla y Jesse tampoco, no era suficiente para sacar conclusiones.

La intriga se había apoderado de ella. ¿Habrían resuelto sus diferencias para establecer entre los dos una relación amistosa? ¿Acaso volvían a estar juntos y esperaban el momento adecuado para anunciarlo?

Erin miró a Jesse de soslayo e intentó buscar esas respuestas en él, pero no vio nada sospechoso bajo la naturalidad con la que él se relacionaba con sus compañeros de mesa. Suspiró lentamente y se sirvió un poco de vino tinto. Los cambios que se estaban produciendo en su interior la mantenían en un constante desasosiego, y ya ni siquiera pensar en que faltaban menos de veinticuatro horas para que cada uno continuara su camino le devolvía la serenidad.

Cuando Chad y Linda irrumpieron en los jardines del restaurante comenzó a sonar la relajante música de los violines. Las conversaciones se paralizaron y todos los asistentes estuvieron pendientes de los novios hasta que tomaron asiento en la mesa presidencial. Un instante después, los camareros comenzaron a servir los entrantes del menú: pecanas tostadas servidas con semillas de amapola, y calabaza de pan de nuez con mantequilla de manzana.

La tarde fue avanzando entre ruidos de cubiertos, amenas conversaciones, risas jubilosas y los olores apetitosos de la típica cocina del sur. Ya habían tomado el primer plato —salmón asado relleno de espinacas y cubierto de salsa de langosta— cuando el crepúsculo y la oscuridad comenzó a aposentarse alrededor de los setos, y los candiles de aceite de la tienda de Dan, que estaban estratégicamente colocados para conseguir ambientes más íntimos, fueron encendidos por los camareros. Un melancólico amarillo oro iluminó los jardines y las mesas.

Conforme llenaba el estómago de aquellos manjares tan apetitosos, el humor de Erin y sus ganas de participar en la conversación —en la que hasta entonces se había mantenido un poco al margen— aumentaron considerablemente.

Jesse y Chase conversaban sobre fútbol mientras Sarah y Maddie intercambiaban opiniones sobre el funcionamiento interno del colegio público de Beaufort. Al parecer, y desde que Sarah se había ocupado de la dirección del colegio, habían aparecido algunos problemas de organización interna respecto a los profesores más antiguos, a los que no les parecían adecuados ni necesarios los cambios que Sarah quería introducir en el programa educativo del próximo curso. Como experta en recursos humanos, Sarah y Maddie escucharon con mucha atención la opinión de Erin y ambas quedaron muy impresionadas de sus conocimientos.

Ella se vio obligada a aclarar que había hecho un curso de recursos humanos hacía unos años y que por eso entendía un poco del tema.

El segundo plato era una apetitosa pechuga de pollo rellena de queso de cabra, con arándanos secos y albahaca fresca. Erin esperaba que la señora Gardner conociera los ingredientes de todos los platos que estaba probando y Maddie le pasara las recetas por correo electrónico. Aparentemente, eran sencillos, y a Erin le gustaría mucho intentar cocinarlos.

Sarah le preguntó por su investigación de la mansión Truscott, y Erin pasó a relatarles con mayor detalle cómo había transcurrido la noche y en qué consistía el trabajo que debía realizar a posteriori con las grabaciones conseguidas. Sarah llegó a la misma conclusión a la que Maddie había llegado mientras estaban en la iglesia.

—Bueno, según cuenta la leyenda, Mary Truscott se aparece en las noches de luna llena. Siempre puedes volver a Beaufort en esas fechas.

Erin asintió pero, antes de que respondiera, Jesse cubrió su mano con la suya, en un contacto más posesivo que cariñoso, y contestó por ella.

—Erin es una mujer muy ocupada. Dedica mucho tiempo a sus investigaciones y a su revista, y no siempre puede marcharse de Chicago durante tantos días.

—Normalmente aprovecho los fines de semana para viajar —matizó Erin.

De postre tomaron pastel de chocolate y trufa, y una deliciosa combinación de tarta de limón y frambuesa. Conforme los invitados terminaban de cenar, abandonaban sus mesas y se dirigían a la parte oeste de los jardines, donde ya estaba todo preparado para que comenzara la fiesta. Suplantando a la música de los violines, había un gran equipo de música que abrió la velada emitiendo el clásico vals que Chad y Linda bailaron muy agarrados y mirándose a los ojos, que estaban repletos de amor y de impaciencia por comenzar una vida en común.

Después del baile y siguiendo la tradición, Jesse, como padrino del novio, se vio obligado a improvisar un pequeño discurso, ya que no tenía nada preparado para la ocasión. Tampoco lo requería, porque lo que quería decir sobre Chad no necesitaba escribirlo en ningún papel.

Jesse habló con el corazón y explicó con palabras sencillas pero muy sinceras lo que su amigo Chad Macklin significaba para él. Hizo un pequeño repaso narrativo de lo que habían sido sus vidas en común, de las vivencias que habían compartido, tanto buenas como malas, y también contó alguna que otra anécdota divertida que arrancó carcajadas. Sin embargo, al incidir en lo que Chad significaba en su vida, observó que los ojos de su amigo se humedecían repletos de gratitud y afecto. Chad no fue el único al que sus palabras conmovieron; Gertrude y Jessica, la madre de Chad, se enjugaron las lágrimas, e incluso a Erin se le humedecieron los ojos.

Finalizó su discurso deseándoles lo mejor a los recién casados y proponiendo un brindis. Luego recibió el efusivo abrazo de Chad al tiempo que Linda les pedía a todas las chicas solteras que hicieran un grupo a sus espaldas para lanzar el ramo de novia. Hubo chicas que propinaron codazos para hacerse con una buena posición mientras aguardaban con los brazos alzados hacia el cielo y daban saltitos para lograr atraparlo. Excepto Maddie. Ella permanecía inmóvil y con los brazos caídos cuando el ramo de orquídeas blancas impactó contra su escote.

Algunas chicas chillaron como si a Maddie le hubiera tocado el gordo de la lotería, pero ella se limitó a llevárselo a la nariz para inspirar el agradable olor de las flores.

Capítulo 19

*L*a luz que los iluminaba continuaba brotando de los candiles y de las llamas anaranjadas de las velas que se agrupaban en los rincones, y que el viento suave hacía titilar con su caricia. Era una noche estrellada cuya increíble belleza solo se podía apreciar en la inmensidad de un lugar como Beaufort, sin altos edificios que entorpecieran su visión ni polución que volviera opaco el resplandor de las estrellas. Las mujeres parecían brillar con luz propia adornadas con vestidos de seda y pedrería, y todos los hombres estaban muy apuestos y galantes. La noche contenía magia. Erin podía respirarla en el aire, la saboreaba en cada bocanada de aire fresco que regalaba a sus pulmones y la sentía sobre su piel desnuda.

Y también la palpaba en la mirada intensa e impaciente de los ojos azules de Jesse cada vez que se encontraban con los de ella.

Existía un dicho muy popular que Erin se estaba repitiendo hasta la saciedad esa noche. «Quien evita la tentación evita el peligro», y por eso procuró mantenerse ocupada conversando con unos y otros, y bailando con todos los hombres que se acercaban a ella. Jesse hacía lo mismo, era el hombre más atractivo de la fiesta además del padrino de la boda, y todas las mujeres parecían hacer cola para bailar con él. Sus ojos se encontraron repetidas veces en la distancia. Las miradas de él no dejaban lugar a dudas de que ansiaba hallar un momento para estar con ella, y Erin se las devolvía con una expectación que no podía disfrazar.

Pero el momento de estar juntos no llegaba, y el alivio se mezclaba con la decepción formando una mezcla que Erin no sabía cómo digerir.

Rechazó dos invitaciones para bailar las siguientes canciones alegando que le dolían los pies —lo cual era cierto porque le apretaban los zapatos— cuando, en realidad, le apetecía estar un rato a solas.

Localizó a Maddie en brazos de un hombre alto, rubio y con gafas de montura gris que, pese a su buena apariencia, tenía una conversación mortalmente aburrida. Erin también había bailado con él y le había contado que era el dueño de la gestoría del pueblo. La expresión de Maddie indicaba que deseaba deshacerse cuanto antes de su compañía. Sarah y Chase eran buenos bailarines, todavía no se habían despegado de la pista de baile, y hasta la señora Gardner estaba bien abrazada a un señor de pelo cano que vestía un elegante traje gris marengo.

Paseó por el perímetro de los jardines bebiendo sorbos de champán y cruzando palabras con rostros familiares. Jesse continuaba muy solicitado pasando de unos brazos femeninos a otros. En una de esas ocasiones, fueron los brazos de June Lemacks los que rodearon los hombros de Jesse, al tiempo que los de él la estrecharon por la cintura.

¿Se habrían reconciliado? Erin vio una complicidad entre ellos que no existía la noche en la isla Carrot y el champán le ardió en el estómago. No le apetecía quedarse allí haciendo conjeturas, así que abandonó la fiesta para dar un paseo por los alrededores y despejarse la cabeza.

Erin cruzó los jardines del Dock House y salió al exterior. Atravesó la calle y se dirigió al paseo del estrecho de Pamlico, que a esas horas estaba desierto. Como tenía los pies doloridos y estrangulados por las cintas de los zapatos, se los quitó para caminar con mayor comodidad sobre el paseo enladrillado. Tomó el camino de la derecha, sin intención de dirigirse a ningún lugar en particular. Tan solo deseaba respirar un poco de aire puro antes de regresar.

Reflexionó sobre lo que le estaba sucediendo y llegó a la conclusión de que necesitaba ordenar sus prioridades, que andaban un tanto difuminadas y confusas. Ella no era la novia de Jesse Gardner, nada la unía a él excepto un retorcido acuerdo. Por lo tanto, no debía permitir que sentimientos más personales continuaran interfiriendo en ello.

Inspiró una bocanada del aire salado que soplaba desde la bahía y decidió ser honrada consigo misma.

Sentía algo muy fuerte por Jesse Gardner. No sabía lo que era y tampoco estaba dispuesta a indagar más en ello, pero estaba claro que iba más allá de la atracción física y que se estaba fraguando aun en contra de su voluntad. Más que nunca necesitaba recuperar la ilusión por Neil Parrish. Seguro que regresaría a ella en cuanto volviera a tenerlo delante. En todos esos años de distanciamiento sus sentimientos hacia Neil habían sido variables, unas veces los había sentido en todo su esplendor y otras veces se habían adormecido, pero jamás habían desaparecido. Y ahora tampoco lo harían.

«Una noche más y todo esto habrá terminado.»

Se encontraba tan sumida en sus cavilaciones que no se dio cuenta de que había caminado durante largo rato hasta que la casa de Jesse Gardner apareció al final del paseo. La luz dorada de la última farola iluminaba el porche y el mecedor que había en la entrada. Erin abandonó el paseo y cruzó el jardín. Dejó los zapatos en un rincón del porche y se sentó en el balancín. La noche era hermosa y la colmaba de paz, pero su paz tan solo duró lo que Jesse Gardner tardó en aparecer en su propiedad.

Los músculos de Erin se tensaron como cuerdas de guitarra mientras Jesse atravesaba el jardín. Llevaba la chaqueta del traje colgando de un dedo sobre su espalda, se había remangado la camisa blanca hasta los codos y también se había deshecho el nudo de la corbata, dos tiras que ahora colgaban a ambos lados de su cuello. Su aspecto era irresistible.

Subió los escalones del porche, con pasos lentos pero seguros que hicieron crujir el entarimado de madera, y se colocó frente a ella, con la espalda apoyada en la barandilla sobre la que dejó su chaqueta. Buscó los ojos de Erin, que no lo miraban.

—¿Por qué te has marchado de la fiesta?

—Me apetecía estar un rato a solas antes de regresar a Chicago. Allí las noches no son tan silenciosas ni enigmáticas como aquí. —Trató de sonreír, pero solo le salió una mueca.

Jesse se sentó a su lado y se acomodó como si tuviera pensado quedarse allí durante un buen rato. Estiró sus largas piernas y cruzó los tobillos. Luego alzó la cabeza hacia el cielo y escudriñó sus oscuras profundidades.

—Cuando era pequeño mis padres tenían una mecedora

como esta en el porche. Recuerdo que solía pasarme las horas muertas mirando al cielo, ya fuera de día o de noche, soñando con subirme a un avión y desaparecer muy lejos de aquí. —Jesse hizo una pausa en esa reflexión tan personal y, a continuación, movió la cabeza y sonrió—. Me pasé media vida deseando huir de Beaufort y los cinco últimos años muriéndome de ganas de regresar. Qué ironía. —Volvió la mirada hacia ella. Erin escuchaba con atención aunque seguía sin mirarlo—. ¿Sabes por qué tenía miedo de volver?

—Supongo que tenías razones de peso.

Jesse asintió.

—Temía verla y descubrir que continuaba amándola, que todo este tiempo lejos de ella no había servido para nada. Pero regresar a Beaufort ha sido una de las mejores cosas que he hecho en mi vida.

Erin por fin lo miró y Jesse descubrió un brillo de vulnerabilidad en sus ojos.

—Me alegro por ti y me alegro por ella. Pero sobre todo me alegro por Maddie y Gertrude. Te echaban mucho de menos.

—¿Te alegras por ella?

—Por June.

—¿Por qué?

—Porque está perdidamente enamorada de ti.

Jesse alzó una ceja.

—¿Y eso te alegra?

—Con que te alegre a ti es suficiente.

—Creo que no has entendido ni una palabra de lo que te he dicho. No estoy enamorado de June. ¿De dónde has sacado esa conclusión?

El corazón de Erin dio un curioso salto acrobático dentro de su pecho.

—De vuestro comportamiento. ¿De dónde si no?

—Ahora sí que me tienes intrigado, doña Oscuridad. Explícate.

—Creo que es bastante obvio —dijo un poco a la defensiva—. En la isla apenas os mirasteis, pero después de vuestro encuentro en el embarcadero vuestra actitud ha cambiado completamente.

—¿Cómo sabes tú que ayer tuvimos un encuentro en el embarcadero? —preguntó intrigado.

—Este es un pueblo muy pequeño y las noticias vuelan —se apresuró a aclarar.

Jesse asintió con lentitud

—June me citó en el embarcadero porque deseaba que volviéramos a intentarlo. Ella continúa enamorada de mí, pero mis sentimientos ya no son recíprocos. Lo supe con total claridad cuando la miré de frente y rechacé su propuesta sin apenas pestañear. Sin embargo, existe un cariño por el largo tiempo que mi vida estuvo ligada a la suya, y por ese motivo le ofrecí mi amistad. June decidió tomarla, y eso es todo lo que has visto esta tarde. —A continuación, la miró con una expresión grave y sólida que Erin no había visto antes—. Tú has tenido mucho que ver en ello.

El cerebro de Erin permaneció unos segundos conectado al de él hasta que las palabras volvieron a fluir de sus labios.

—¿Yo? ¿Qué dices? —Se le formó una sonrisa nerviosa en los labios.

—Lo que oyes. —Jesse se levantó del balancín y con mucha resolución, tomó una mano de Erin y tiró de ella hasta que la obligó a ponerse en pie—. Desde que me levanto hasta que me acuesto hay un pensamiento que no me deja vivir en paz. Tú eres ese pensamiento, Erin.

Jesse habló con tanta seriedad que sus palabras aún le calaron más hondo. De repente se vio enredada entre sus brazos, con los labios a escasos centímetros de los suyos. La miró un segundo, con los ojos llenos de deseo, y luego descendió su boca sobre la de ella con un movimiento implacable. Todo, excepto el tacto y el sabor de esa boca exigente, dejó de tener sentido para Erin. Jesse le abrió los labios con destreza y rozó su lengua. La tentó y retrocedió repetidas veces para provocar en ella una respuesta.

Y la encontró. Inmediatamente.

Erin gimió y lo buscó, y sus lenguas forcejearon, incendiándoles el cuerpo. Ella se separó para coger aire y se asustó de las cosas que se le pasaron por la cabeza. Quería que le hiciera el amor. Dios, cómo lo deseaba. Tenía los dedos enlazados a sus cabellos, básicamente para que no se escapara, y sentía el corazón a mil por hora, como el de él, a juzgar por cómo sus jadeos movían su pecho.

Jesse volvió a buscarla y Erin lo besó con avidez hasta que volvió a quedarse sin aliento.

—Qué bueno es esto —murmuró él contra sus labios abiertos, sus manos acariciando la parte alta de sus nalgas—. Necesito más de ti, lo quiero todo.

—Esto no es justo. Yo había marcado unos límites.

—Ya estoy harto de tantos límites, cariño.

Ella recibió su boca abrasiva e impetuosa sobre la suya y absorbió su beso enlazando su lengua a la de él. Erin cerró los dedos entre mechones de cabello castaño mientras Jesse le acariciaba las nalgas, incendiando sus entrañas. Durante un largo rato, sus besos fueron una lucha de poderes. Unas veces era Jesse quien arrasaba la cálida y dulce boca de Erin y otras era ella quien tomaba el relevo y devoraba la de él.

El deseo contenido los volvió ávidos e impacientes, y la rudeza de ese beso los condujo a un estado de excitación incontrolable. Erin se sintió arder. Su cuerpo parecía hecho de algún material inflamable al que le hubieran arrimado una antorcha. Las manos de Jesse le apretaban las nalgas y ella le tanteó los costados, donde los músculos se tensaron bajo su tacto. Erin le recorrió el pecho con dedos curiosos, y esas caricias desataron una procesión de besos frenéticos que les arrebató la respiración.

Erin jadeó y Jesse aprovechó para besarla en el cuello. Le lamió la piel perfumada y sintió sus pulsaciones desbocadas contra su lengua. Ella le revolvió el pelo de la nuca y se deleitó con el tacto áspero de su barba incipiente sobre su cara.

—Acuéstate conmigo —le susurró él al oído, con la voz enronquecida y ansiosa.

Jesse le apresó el lóbulo de la oreja con la boca y lo chupó con los labios. Erin gimió de deleite, pero se puso nuevamente tensa cuando su cerebro abigarrado de placer se empeñó en procesar aquellas palabras. En realidad no quería hacerlo, no deseaba pensar en las consecuencias que acarrearían sus actos, tan solo quería dejarse llevar y sentir; sentir su boca, sus manos, su hombría, su calor y su fuerza, su piel desnuda y sudorosa rozándose sobre la suya y su virilidad saqueando el interior de su cuerpo. Una y otra vez.

Erin ansiaba todo eso, lo quería allí y en ese preciso y agónico instante, pero su cerebro obstinado se negaba a disfrutar de lo que con tanta necesidad le reclamaba su cuerpo. Así que pensó en las consecuencias y en los daños colaterales. No pudo evitar hacerlo.

—No puedo.

Su voz se convirtió en una súplica que Jesse no estuvo dispuesto a tener en cuenta.

—Claro que puedes. Debes —dijo, regresando a su boca le mordisqueó los labios y se enredó en su lengua jugosa.

Ella trató de aferrarse desesperadamente a ese momento de vaga y parpadeante lucidez, pero le costaba hilvanar un pensamiento coherente. No podía hacerlo cuando Jesse la besaba de ese modo tan carnal y entregado, con los cinco sentidos puestos en conducirla a un estado de ebullición hasta entonces desconocido para ella.

Jesse acopló las caderas de Erin sobre el lugar que necesitaba que sintiera de cerca. Y Erin lo sintió, vaya si lo hizo. Era grande y duro, y presionó contra su entrepierna excitada, haciéndola removerse de placer contra él. Erin jadeó contra su boca y a Jesse se le escapó un gemido ronco.

—Acuéstate conmigo, Erin —repitió. Sus ojos estaban encendidos como dos brasas.

—No existe ninguna buena razón para… para acostarme contigo.

Jesse la besó a lo largo de la mandíbula y lamió la piel de su cuello. Ella adelantó las caderas y los dedos de Jesse volvieron a apretarle las nalgas.

—A mí se me ocurren un millón.

—Dime solo una.

Erin recorrió sus anchas espaldas, palpando los músculos tensos y calientes. Enterró la nariz en su cuello y olió su fragancia a hombre excitado. Se puso a mil.

—Voy a entrar dentro de ti, Erin, y te voy a dar tanto placer que sentirás que tus huesos se funden. —Deslizó la falda de su vestido por sus muslos tersos hasta que quedaron expuestos a sus caricias—. Y tú vas a fundir los míos.

—Jesse —le suplicó mirándole a los ojos.

Él la contempló y creyó que no sería capaz de llegar a una

cama. Erin tenía las mejillas encendidas, los ojos vidriosos y los labios hinchados y rojos, como una fruta madura. Sus voluminosos pechos se movían casi convulsivamente al ritmo de su respiración agitada, y él deseó morderlos, chuparlos y lamerlos hasta dejar su huella en ellos. Su miembro palpitó dolorosamente contra la bragueta de sus pantalones.

—Te deseo. No te imaginas cuánto.

Erin también lo deseaba, con una urgencia insoportable. Por eso lo tomó de la mano y, con mucha resolución, tiró de él hacia la entrada principal.

Cuando entraron en el dormitorio de Jesse, esa resolución ya no era tan consistente y se le comenzaron a formar grietas, sobre todo cuando él encendió una lamparilla de noche y ella observó la cama. Precisamente porque Jesse temía que Erin volviera a cuestionarse si hacía o no lo correcto, no le dio ninguna tregua. Se pegó a su espalda, la rodeó con los brazos y besó la zona entre su hombro y el cuello, hincando suavemente los dientes en su apetitosa carne. Luego apoyó su erección entre sus nalgas e hizo una leve presión que ella acogió gustosa, emitiendo un suspiro entrecortado que a Jesse le aceleró la sangre.

Introdujo la punta de los dedos bajo los finos tirantes de su vestido y los bajó por sus hombros y sus brazos. Jesse besó y lamió la piel que quedó al descubierto y a Erin se le tensaron los pezones y le flaquearon las piernas cuando la tela de su vestido cayó y dejó expuestos sus senos desnudos. No llevaba sujetador, no había ninguno en la maleta que pudiera ponerse con ese vestido tan escotado, y a Jesse Gardner ese detalle pareció encenderlo como una tea. Le dio la vuelta para mirarla de frente y Erin descubrió que sus pupilas estaban tan dilatadas que apenas se apreciaba el azul de su iris. Su mirada inflamada la taladraba allí donde se posaba y ella se mordió el labio inferior con gesto inquieto e inseguro.

—Jesse, antes de continuar hay algo que debes saber —dijo de forma atropellada, más nerviosa que un flan.

—En este momento lo único que quiero saber es si tampoco llevas bragas.

—Estoy hablando en serio.

—Yo también, cariño.

Jesse se acercó a ella con la intención de tocarla, saborearla y descubrir las partes de su cuerpo que todavía permanecían ocultas, pero a cada paso que él daba, ella retrocedía otro paso.

—Necesito decírtelo.

—Tienes treinta segundos para contarme lo que te preocupa —le dijo con tono amenazador pero con la mirada excitada. La visión de esos generosos pechos desnudos le había puesto tan duro que sentía que iba a estallar de un momento a otro. Erin miró a ese punto y se lamió los labios, su entrepierna estaba muy abultada.

—Hace mucho tiempo que yo no… —se aclaró la garganta, él continuó avanzando y ella retrocediendo—. Ya sabes a qué me refiero.

—¿Una mujer como tú? ¿Por qué?

—Pues porque solo he tenido relaciones sexuales cuando… —Se sintió ridícula andando hacia atrás y con medio cuerpo desnudo.

—¿Cuando qué? Ven aquí antes de que pierda el sentido.

Sus talones chocaron con la pared trasera y Erin quedó inmediatamente encerrada entre sus brazos. Sus pezones doloridos se rozaron contra la camisa de Jesse y ella gimió mientras él deslizaba las manos por su cintura, en el lugar donde el vestido se arremolinaba.

—Cuando existe un sentimiento —susurró con la voz ahogada.

El vestido cayó a sus pies y Jesse clavó una mirada lujuriosa en sus braguitas rojas de encaje.

—Yo voy a ponerle mucho sentimiento. No te imaginas cuánto.

Jesse lanzó al suelo la corbata deshecha que todavía pendía de su cuello y comenzó a desabrocharse los botones de su camisa. Erin fue a decir algo, pero él la silenció dándole un beso tan apasionado que fue ella la que terminó de desabrocharle los botones. La camisa siguió el mismo camino que la corbata y las manos de Erin corrieron a palpar la piel caliente y los músculos duros y flexibles de su espalda. Jesse Gardner tenía un cuerpo perfecto y absolutamente masculino, y mientras lo exploraba a conciencia con caricias sedientas, sintió una emoción inexplicable ante la idea de tener sexo con un hombre como él. Se sorprendió ante la osadía de sus impulsos pues, sin que él se lo pidiera, también le desabrochó el cinturón, el botón del pantalón y hasta le bajó la cremallera. Luego deslizó los pantalones por sus estrechas caderas hasta que cayeron al suelo junto con su vestido.

Él le acarició los pechos, moldeó los montículos y rozó los pezones con los pulgares hasta ponerlos todavía más duros y erguidos. Jesse tenía las palmas de las manos ásperas, seguramente por sus trabajos de carpintería, pero sus caricias eran deliciosas. Erin gimoteó contra esa boca que devoraba la suya con fiereza y llevó la mano hacia la erección de Jesse. Recorrió cada centímetro de aquella barra larga, dura y palpitante con la yema de los dedos y acarició la punta que sobresalía por encima de los calzoncillos.

Jesse se puso tenso y, de un solo movimiento, agarró a Erin de las nalgas y la montó sobre sus caderas. Ella le rodeó los hombros y apretó los muslos cuando sintió su grueso miembro rozándose contra la hendidura de su sexo. Gimió más fuerte y el aire le pareció especialmente denso y bochornoso. Buscó ese contacto y Jesse se movió sobre ella como si la estuviera penetrando.

Jesse abandonó su boca sabrosa para dedicarse al manjar de sus senos. Los apretó con firmeza y le chupó los pezones como si fuera lo último que iba a hacer en esta vida. Alternó sus lamidas entre un pecho y otro, y acopló la postura para darle libertad a sus dedos para explorar a la mujer que gemía entre sus brazos. Metió los dedos por debajo de sus bragas y acarició la carne tierna y resbaladiza de su sexo. Erin estaba muy húmeda y muy caliente y respondió a sus caricias suplicándole que fueran a la cama.

—Me encanta como suena tu voz cuando estás excitada —le susurró al oído con la voz enronquecida.

Erin lo miró a los ojos con ese atisbo de inocencia que le volvía loco, y Jesse caminó hacia la cama con ella enredada a su cuerpo.

La visión de Erin tumbada sobre sus sábanas era realmente hermosa, tenía un cuerpo femenino y curvilíneo que se encargaría de explorar detenidamente una vez se hubiera saciado de ella. Erin quería lo mismo de él, había un apremio desmedido en la forma en que sus ojos castaños recorrían su cuerpo y taladraban su miembro todavía oculto bajo el bóxer. Jesse alargó la mano hacia el cajón de la mesita y sacó un preservativo cuyo envoltorio abrió con los dientes.

—Eso no va a ser necesario —le dijo Erin.

—¿Tomas la píldora?

—Sí. —La explicación debería haber terminado ahí, pero cuando se ponía nerviosa le daba por hablar más de la cuenta—. Él regresó a Chicago y yo pensé que…

—No digas nada más —la atajó Jesse con cierta brusquedad.

No existía un arma más mortífera para la libido de un hombre que escuchar a la mujer que tenía en su cama nombrando a otro. Pero él se encargaría de echarlo de allí a patadas.

Jesse arrojó el preservativo al interior del cajón y se quitó el bóxer negro. Erin sabía que había metido la pata al nombrar a Neil, pero enseguida se le olvidó cuando por fin pudo observar de cerca aquel magnífico miembro viril. El ángulo de su erección era formidable y desafiaba con arrogancia la ley de la gravedad. Erin se preguntó si podría encajarlo en su interior después de tanto tiempo sin mantener relaciones sexuales. Eso la puso un poco nerviosa, y su cabeza se llenó de pensamientos negativos. ¿Estaría ella a la altura? ¿Sabría corresponderle y darle placer, o aquella aventura sexual tan deseada terminaría siendo una auténtica ruina?

Jesse se subió a los pies de la cama, agarró los laterales elásticos de sus bragas y Erin levantó el trasero para facilitarle la maniobra. Se las bajó sin despegar la vista de su entrepierna y Erin lo miró a él para interpretar si su expresión concentrada y tensa era de agrado o no. Lanzó las bragas lejos y luego le abrió las piernas lentamente, separándole las rodillas. Erin ofreció un poco de resistencia porque la avergonzaba exponer de aquella forma tan explícita su zona más íntima, pero Jesse se salió con la suya.

Erin apretó los labios, pero una pregunta absurda logró escapar de ellos.

—¿Te gusto? —inquirió con timidez.

A Jesse le sorprendió tanto esa pregunta que interrumpió su examen visual para mirarla a ella a los ojos azorados e inseguros.

—¿Si me gustas? Joder, ya lo creo que sí. ¿No has visto cómo me tienes?

Un calor tórrido se propagó por el cuerpo de Erin en cuanto él, que todavía tenía las manos aferradas a sus rodillas, se inclinó sobre ella para besarle el interior de los muslos. Jesse lamió y mordisqueó la carne tibia que encontró a lo largo del camino que le separaba de su objetivo, y Erin arqueó la espalda y agarró las sábanas con las manos cuando, finalmente, su boca atrapó su sexo. Jesse la lamió y la exploró con mucha dedicación y Erin se mordió los labios con tanta fuerza que creyó que se haría sangre.

—¿Y a ti? ¿Te gusta esto?

Jesse halló el duro y resbaladizo botoncito y su lengua lo presionó repetidamente hasta que a Erin se le escaparon una sucesión de jadeos y palabras incoherentes. Tironeó de sus labios y luego hundió la lengua en el cálido y húmedo refugio de su vagina, y Erin alzó las caderas en un movimiento reflejo. Ella sabía de maravilla y le habría gustado hacer que se corriera en su boca, pero él estaba a punto de estallar y no podía soportar la impaciencia por poseerla.

Jesse se alzó sobre su cuerpo tembloroso y ella se inclinó ligeramente para rodearle los hombros y arrastrarlo consigo sobre la cama. Sus piernas le rodearon la cintura, sus pechos quedaron dulcemente aplastados bajo el suyo, sus caderas se movieron contra las de él en busca del contacto de su miembro, y su boca le lamió los labios y exigió el contacto de su lengua.

Apoyándose en los codos para no lastimarla, le quitó las horquillas que todavía decoraban su cabello y desparramó sus largos rizos sobre la almohada. Hundió los dedos en ellos y asió su cabeza mientras se acoplaba sobre ella de tal forma que pudiera penetrarla. Lo hizo lentamente al descubrir lo estrecha que era Erin, pero se detuvo en cuanto a ella se le escapó un gemido de dolor.

Jesse la miró a los ojos y Erin le acarició los costados con las uñas mientras esbozaba una mueca parecida a una sonrisa. Lo intentó otra vez, pero Erin volvió a tensarse.

—No luches contra mí, déjame entrar —le susurró con la voz profunda y quebrada por la excitación.

Erin le obedeció y Jesse prosiguió empujando y abriéndose camino en su interior, sin dejar de mirarla hasta que estuvo por completo dentro de ella. Se detuvo en ese punto para darle tiempo a que se acostumbrara a él, pero no estaba seguro de poder aguantar durante mucho tiempo aquella insoportable contención.

Erin le retiró el cabello de la frente, que estaba empapada de sudor, y le acarició las mejillas, en las que ya aparecía una sombra de barba.

—¿Todo bien? —le preguntó Jesse.

—De maravilla —musitó.

Él sonrió y Erin sintió que se derretía, pero no era una cuestión meramente física. Incapaz de enmascarar sus emociones, ella lo miró con devoción mientras con la punta de sus dedos dibujaba sus atractivos rasgos gestuales. Su corazón estaba inundado de un sentimiento que la dejó sin aliento por la violencia con que lo sentía. ¿Era posible que se hubiera enamorado de ese hombre? ¿Y si no era amor, por qué deseaba con todas sus fuerzas que el tiempo se detuviera para siempre en ese preciso instante?

Jesse salió muy lentamente de ella y luego volvió a entrar. Erin gimió de placer y le echó los brazos al cuello, invitándole a que le hiciera el amor con toda la pasión que sentían. La besó profunda y detenidamente mientras encontraba un ritmo que les satisficiera a ambos. Apoyado en los antebrazos y con las piernas de ella rodeándole los riñones, se balanceó sobre su cuerpo sinuoso con suaves y lentos envites que caldearon el interior de Erin y la abrieron para él. La sintió caliente, húmeda, como una gruta estrecha y resbaladiza que le apretaba el miembro y que le hacía perder la razón. Jesse apretó los dientes para aguantar ese compás sosegado que su creciente excitación le invitaba a transgredir.

La miraba cuando dejaba de besarla, para leer en ella si deseaba algo diferente, aunque lo único que podía captar era un montón de sentimientos revoloteando en aquellos preciosos ojos castaños y que no deberían estar allí. Lo que Jesse sentía mientras le hacía el amor a Erin Mathews también le resultaba novedoso. La intensidad de su deseo era desmedida. Había deseado a muchas mujeres en su vida, sobre todo en los últimos años, pero a ninguna como a ella. Sentía que sus mentes habían conectado a muchos otros niveles, aparte del sexual.

Sin embargo, no era un buen momento para pensar en las causas de esa conexión, ni en las razones por las que ella tenía esa mirada enturbiada de sentimientos románticos.

Jesse solo quería alcanzar el clímax entre sus brazos, vaciarse dentro de ella y que los huesos se le fundieran como le había prometido que sucedería.

La penetró con mayor énfasis y quedó hipnotizado por el movimiento que trazaban sus gloriosos pechos con cada acometida. Jesse atrapó un pezón rosado con los labios y lo succionó con voracidad. La respiración de Erin se aceleró y apretó los dedos en su espalda. El dolor inicial había desparecido, y ahora sentía un intenso placer que le recorría el vientre en ráfagas eléctricas. Erin movió las manos por las duras ondulaciones de sus músculos y tocó sus glúteos, duros como una roca, apretándose contra ella con cada deliciosa penetración.

El ritmo volvió a cambiar y Jesse empezó a embestirla, desatando esa pasión hasta entonces reprimida. Erin se retorció, encogió los dedos de los pies y agarró con fuerza la tela de las sábanas entre los dedos. Sus piernas se abrieron un poco más para él y alzó las caderas repetidamente para salir a su encuentro. Los labios se le abrieron y de su garganta brotaron jadeos de éxtasis que enervaron a Jesse y le llevaron a mascullar palabras inconexas.

Le sujetó las muñecas por encima de la cabeza y siguió empujando desbocado, una y otra vez, aproximándose vertiginosamente al centro del huracán con ella. Sus violentos jadeos se confundieron, sus respiraciones se mezclaron y la pátina de sudor que cubría el cuerpo de Jesse se fusionó con la que también revestía la piel de Erin. Sus cuerpos entraron en una fricción enloquecida, los sonidos y los olores del sexo les nublaron el sentido y Erin cerró los ojos cuando esas descargas eléctricas fueron tan placenteras que sintió que se mareaba.

—No cierres los ojos —jadeó él contra sus labios abiertos—. No quiero que imagines ni durante un solo instante que es otro quien te está follando.

Erin los abrió de repente, sorprendida por su tono y su vocabulario. Debía de estar loca de remate, porque esas palabras

vulgares a las que no estaba acostumbrada, en lugar de alejarla de él la aproximaron. La excitaron.

—Te aseguro que no estoy pensando en nadie más que en
ti, Jesse. Te quiero a ti.

A Erin le temblaron los labios y tenía los ojos vidriosos.
Jesse sonrió apenas y luego descendió su boca sobre la de ella,
arrasándola con una serie de besos fieros que ella le devolvió
con la misma pasión y fervor.

En lo más profundo de las entrañas de Erin comenzó a des-
puntar un placer tan afilado que su cuerpo entero se puso en
tensión. El corazón se le disparó, su vagina palpitó y se contrajo espasmódicamente. El filo de ese placer le atravesó las entrañas y barrió su cuerpo de los pies a la cabeza. Su orgasmo
fue demoledor y quedó suspendida en él durante tanto tiempo
que creyó que su cuerpo no soportaría tanto placer. Se aferró a
su cuello, se arqueó contra su cuerpo y se apretó los labios con
la mano para silenciar esos estrepitosos jadeos que no veía
cómo controlar.

Excitado al máximo por el intenso orgasmo de Erin, Jesse
por fin se dejó llevar y saltó al vacío con ella. Juntos ascendie-
ron en una trepidante espiral de placer que los llevó hasta el
punto más alto, robándoles el aliento y haciéndoles perder la
noción del tiempo y del espacio. Mientras estuvo derramándo-
se dentro de ella, sus manos sujetaron la cabeza de Erin y su
boca buscó la piel palpitante de su cuello, donde ahogó sus propios jadeos mientras los de Erin decrecían y su cuerpo rígido
como una flecha se relajaba bajo el suyo cuando empezó su
descenso. Con la última acometida le abandonaron las fuerzas
y Jesse cayó desfallecido sobre el otro lado de la cama.

Capítulo 20

*E*rin se acurrucó contra Jesse y le acarició el vello del pecho distraídamente. Las yemas de sus dedos percibieron sus latidos todavía agitados. Aquella había sido la mejor experiencia sexual de toda su vida y aunque Erin todavía se sentía extenuada por la fuerza de su orgasmo, ya tenía ganas de repetirla. Acopló una pierna entre las de él y apoyó la mejilla sobre su hombro.

—Jesse... —susurró su nombre con intensa suavidad.

—Mmmmm.

—Tenías razón. Me has derretido los huesos.

Jesse sonrió y sujetó la mano de Erin contra su pecho.

—Y tú a mí. ¿No me ves? Me has robado las fuerzas.

—¿Y cuándo crees que volverás a recuperarlas?

Erin no solía ser tan atrevida y jamás había llevado la voz cantante en el sexo. Por eso, pedirle a Jesse que volviera a hacerle el amor la hizo sentir desinhibida, libre y totalmente femenina.

Jesse le acarició el muslo y emprendió una caricia abrasiva que pasó por su nalga, dibujó círculos en su cintura y finalizó en su seno, que cubrió con la palma de la mano. Inmediatamente después buscó su boca y los dos se dejaron llevar por las sensaciones de un nuevo y apasionado beso. Jesse respondió a su pregunta encajando las caderas de Erin contra las suyas y ella se sintió orgullosa de provocarle tanto deseo. Arqueó el cuerpo y se movió suavemente contra él, encendiéndolo y excitándolo. Jesse la penetró en esa posición, de lado, con la pierna de Erin rodeándole la cintura para llegar más fácilmente a su interior. Sus manos la tocaron por todas partes. Le masajearon los pechos, le acariciaron la espalda, se internaron entre los pliegues lubricados de su sexo y se aferraron a sus nalgas cada vez que aceleraba sus envites.

Una vez saciado el instinto primitivo y carnal del primer contacto sexual, el segundo se lo tomaron con algo más de calma. Sus caderas marcaron una cadencia lenta y deliciosa, de exploración y reconocimiento, y las manos se movieron libres, tentando y palpando sus cuerpos en busca de zonas por descubrir. Jesse la besó con pasión y entrega, enlazando su lengua sedienta a la de ella y moviendo sus labios ávidos en su cuello y en su garganta, y Erin le devolvió besos impregnados de todas esas emociones que habían surgido en las últimas horas, porque necesitaba dejarse llevar sin ningún tipo de ataduras.

Jesse la tomó por las nalgas y la subió sobre su cuerpo.

—Móntame —le dijo con la respiración agitada.

Sin estar muy segura de poseer la habilidad para hacer lo que Jesse le pedía, Erin lo intentó dejándose llevar por la mirada ardiente con la que él la incitaba desde abajo. Erin apoyó las manos sobre su pecho y se alzó. Le gustó de inmediato sentirse en posesión del control y disfrutó durante unos segundos de ese privilegio, acariciando su cuerpo grande y poderoso como el de un dios. Descubrió que moverse lentamente sobre él, que dejarle entrar y salir de su interior a un ritmo lento y pausado, era una clase de tortura para Jesse. Él apretó las mandíbulas e hincó los dedos en sus nalgas, pero Erin echó la cabeza hacia atrás decidida a prolongar esa tortura durante tanto tiempo como su propio cuerpo le permitiera.

Erin abrió los labios y exhaló al aire un largo y profundo suspiro de gozo. Los de Jesse le acariciaron los oídos y le erizaron la piel como si todo su cuerpo fuera un excitado órgano sexual. El sexo era algo maravilloso que Jesse Gardner le había hecho descubrir y ella quería exprimir esa aventura al límite.

Volvió a mirarle, con sus caderas oscilando sobre las suyas sin prisas aunque tampoco con pausas, y se topó de lleno con su impaciencia y con esa mirada endiablada que le decía que su control estaba a punto de estallar.

—Muévete, Erin.

A Erin le gustó que se lo pidiera, porque eso indicaba que su paciencia se desbordaba. Sus dedos masculinos se apretaron un poco más fuerte en torno a sus nalgas para mostrarle cómo necesitaba que se moviera. Ella acató su mandato y se deslizó sobre su miembro excitado con un balanceo avivado que intensificó las sensaciones.

Erin se mordió los labios, pero los gemidos se le agolparon en la garganta y derribaron todas las barreras para aflorar al exterior. Sentía que volvía a fundirse una vez más, que su interior se licuaba y que la sangre se le volvía de fuego. Jesse le moldeó los pechos que saltaban ante sus ojos aguantando todo lo posible el irrefrenable deseo por salir a su encuentro. Hasta que perdió el control. Pidiéndole que se mantuviera en vilo, la embistió con una serie de rápidas y profundas acometidas que a Erin la hicieron temblar como una hoja. El placer volvía a ser una flecha afilada que la traspasó de punta a punta. El cerebro se le nubló y Erin se escurrió sobre Jesse hasta que sus senos tocaron el pecho de él. Refugió la cara allí y se agarró a sus hombros mientras su orgasmo se prolongaba y le arrancaba las fuerzas hasta dejar su cuerpo laxo y extenuado, como si un huracán acabara de pasarle por encima. Jesse le apresó la cara entre las manos y la besó profunda y casi bruscamente mientras él se derramaba en su interior.

Erin permaneció agarrada a él, escuchando los latidos de su corazón que bombeaba a un ritmo tan trepidante como el suyo. Ninguno de los dos tenía fuerzas para moverse. El cansancio y la profunda satisfacción los dejó inertes y silenciosos, envueltos en la calma que sucedía a la tempestad.

Al cabo de unos pocos minutos fue ella quien buscó su mirada. Jesse tenía un brazo flexionado y apoyaba la cabeza sobre la palma de la mano. Tenía los ojos cerrados, pero los abrió al intuir que ella le observaba. Las comisuras de sus labios se curvaron hacia arriba.

—Ahora voy a necesitar algo más de tiempo —le dijo Jesse.

—Yo también —sonrió ella.

Erin se dejó caer y cerró los ojos. Estaba rendida y sumergida en un remanso de aguas cálidas y pacíficas en el que le apetecía quedarse todo el tiempo que fuera posible. Sentía el cuerpo desconectado de la cabeza, donde no habitaba pensamiento de ningún tipo. Se había quedado desalojada, y todo lo que sentía lo percibía a través de los sentidos.

No mucho tiempo después se quedó profundamente dormida.

El arrepentimiento le sobrevino nada más abrir los ojos. En ocasiones, cuando dormía fuera de casa, se despertaba desorientada y transcurría un tiempo hasta que volvía a ubicarse. Pero eso no sucedió en esta ocasión. Sabía dónde estaba, con quién estaba y lo que había sucedido entre los dos. Todo estaba muy oscuro a su alrededor, él debía de haber apagado la luz del pasillo en algún momento, pero las imágenes que desfilaron ante sus ojos eran muy nítidas y detalladas.

La angustia le oprimió las entrañas.

Erin se removió en la cama y topó con el cuerpo desnudo de Jesse. Su respiración era pesada, síntoma de que dormía, y tenía un brazo suyo rodeándole la cintura. Trató de retirar su brazo con cuidado de no despertarle y cuando se vio libre, salió de la cama. Los fogonazos continuaron bombardeando su cerebro mientras se guiaba a través de la habitación en penumbras: Jesse lamiendo sus pechos, ella saltando sobre su miembro, Jesse con la boca enterrada en su sexo, ella alzando las caderas y gozando de sus envites… Erin se había entregado a él sin ningún tipo de pudor, le había exigido con descaro, y había tenido dos orgasmos extraordinarios.

La angustia se acentuó y el arrepentimiento fue en aumento.

De camino a la puerta recogió su vestido y sus bragas y luego huyó a su dormitorio. Solo eran las cuatro de la mañana, pero el sueño se había acabado para ella esa noche. Tal vez no conseguiría pegar ojo en unos cuantos días.

Le apetecía darse una ducha para borrar los rastros de su culpabilidad, pero no podía arriesgarse a despertarle. Se puso la camiseta de Jesse, se sentó en el borde de la cama y se tapó la cara con las palmas de las manos.

Si por algún revés del destino su padre llegaba a enterarse de lo que había hecho, no la despediría ni la deshederaría como castigo. No. Su padre la mataría, la trocearía y después se la daría de comer a los perros de su casa de campo. El odio que Jesse Gardner sentía por Wayne Mathews era mutuo, se le hinchaban las venas y se le salían los ojos de las órbitas cada vez que nombraba al piloto.

Temía a su padre como al mismísimo demonio y le preocupaba mucho que pudiera descubrirlo, pero esas cuestiones no eran las más relevantes ni las que más la preocupaban. Le pesaban mucho más los sentimientos que habían nacido en esos cuatro días y la falta de voluntad que había demostrado para mantenerlos a raya. ¿Por qué había permitido que crecieran cuando sabía de sobra que una relación con Jesse Gardner era del todo imposible? Había hecho todo lo contrario a lo que se había propuesto.

«Haberlo pensado antes, ahora ya es tarde.»

No podía hacer otra cosa más que asumirlo y aceptar las consecuencias.

Erin se tumbó sobre la cama y cruzó las manos sobre el regazo. A esas horas tan tempranas, no podía hacer otra cosa más que esperar a que amaneciera.

¿Cuáles serían los sentimientos de Jesse?, se preguntó con la mirada clavada en el techo. Sus múltiples aventuras con mujeres le precedían, pero Erin no estaba completamente segura de haber sido una más de la larga lista. Quizás eran imaginaciones suyas, o su deseo de haber significado algo más para él que una simple noche de sexo —aunque no hubiera sido precisamente simple—, pues había habido momentos entre los dos a lo largo de esos días en los que juraría que Jesse se había implicado con ella algo más de la cuenta.

Erin suspiró y cerró los ojos.

El despertar de Jesse fue completamente distinto al de Erin. Por una parte la echó de menos al no encontrarla a su lado, pero por otra parte le molestó que hubiera sido ella la que se había largado de la cama. Normalmente, era él quien abandonaba los lechos ajenos de madrugada.

Jesse se incorporó y consultó la hora. Había amanecido hacía un rato y la luz inundaba el dormitorio. Escuchó sonidos en la habitación de al lado, ruido de cajones, de puertas y de cremalleras. Erin debía de estar haciendo las maletas y eso le recordó que los aguardaba un largo viaje de regreso a Chicago.

Se levantó de la cama y se puso lo primero que encontró en el armario mientras observaba, a través de la ventana, las pequeñas embarcaciones pesqueras sondeando las aguas del estrecho.

La puerta del dormitorio de Erin estaba cerrada, así que

bajó a la cocina e hizo café. Jesse no solía invertir mucho tiempo analizando el comportamiento de las mujeres, a veces tan disparatado e imprevisible, pero todos los indicios apuntaban a que Erin no se había tomado las cosas tan bien como él. Estaba casi seguro de que iba a necesitar más de una taza de café y por eso preparó una buena cantidad.

No se equivocó. Cuando Erin irrumpió en la cocina su aspecto parecía el de alguien que se hubiera pasado toda la noche dándole vueltas a los problemas. El cansancio que transmitía parecía más mental que físico, y estaba tan seria que costaba creer que alguna vez sus labios hubieran esbozado una sonrisa.

—¿Café? —le preguntó Jesse.

—Sí, por favor.

Jesse sirvió dos tazas, que bebieron de pie y rodeados de un silencio que crepitaba. Cuando se sirvió la segunda taza Erin también le acercó la suya.

—¿A qué hora nos marchamos? —preguntó ella.

—Lo que tardemos en ducharnos y en despedirnos de mi familia. ¿Te parece bien?

—Claro. —Erin cogió la taza con las dos manos y bebió un sorbo.

Jesse la observó largamente con la seguridad de que ella no iba a devolverle ninguna mirada. Las evitaba, y él ya se estaba cansando de aquel mutismo suyo tan exasperante.

—Abandonaste mi cama con mucho sigilo.

Erin asintió lentamente y sus ojos revolotearon sobre los suyos sin detenerse demasiado tiempo.

—No quería despertarte.

—No me habría importado. A lo mejor nos hubiéramos animado a hacerlo otra vez.

Erin sintió que el café le obstruía la garganta. Se la aclaró.

—Jesse, yo…

—¿Arrepentida?

«¿Para qué andarse por las ramas?» Ella lo expresaba todo con los ojos.

—En cierta manera, sí.

Jesse ya lo suponía, pero eso no evitó que su respuesta le sentara como un mazazo y le hiriera el orgullo. ¿Qué pesaría más sobre ella? ¿Sentir que había traicionado a Wayne Mathews o a Neil Parrish?

—Supongo que no quieres hablar de ello.

—Este no es el momento. Tenemos que ponernos en camino y hay mucho que hacer todavía. —Erin apuró su café—. Voy a darme una ducha rápida.

«Mejor así», pensó Jesse mientras Erin abandonaba la cocina. Encariñarse con ella era una auténtica estupidez y él no era ningún estúpido. Había relaciones que era mejor no comenzar porque desde el principio estaban destinadas al fracaso. Erin era la hija de su mayor enemigo. ¿Acaso pensaba que lo elegiría a él de verse obligada a decidir? Dentro de unos meses todo iba a estallar de nuevo y ella siempre iba a estar del lado de su padre. No tenía ninguna duda al respecto.

Sus conclusiones se detuvieron en ese punto y ahondó en ellas. ¿De verdad estaba pensando en relaciones y en encariñarse con ella? Bueno, lo segundo era cierto, Erin se había colado en sus pensamientos como ninguna mujer había hecho hasta la fecha, pero de ahí a plantearse una relación mediaba un abismo.

—Joder, me estoy ablandando —murmuró, devolviendo las tazas ya limpias al armario.

Una hora después Jesse introducía las maletas en el maletero del Jeep y ponía rumbo hacia la casa de sus padres. Gertrude y Maddie salieron de la casa con una sonrisa agridulce en los labios mientras él aparcaba. Siempre se ponían tristes con las despedidas y lograban contagiárselo a él, aunque esta despedida iba a ser por menos tiempo del habitual. Jesse pensaba volver a Beaufort en breve y así se lo hizo saber de nuevo en cuanto las tuvo en sus brazos.

—Cariño, voy a echarte muchísimo de menos.

Los ojos de Gertrude Gardner se cubrieron de lágrimas. Acariciaba sin cesar el rostro de su hijo y transmitía tanto amor que a Erin se le encogió el corazón y se le puso un nudo en la garganta.

Jesse le besó la cabeza repetidamente y la estrechó muy fuerte contra su cuerpo. Maddie acarició los hombros de su madre para infundirle consuelo.

—Madre, ni se te ocurra llorar, ¿me oyes? —Pero ya era

tarde, las lágrimas habían rebosado sus ojos y Jesse se las secó con los dedos—. Esta no es una despedida como las anteriores. Volveré tan pronto que no te dará tiempo a extrañarme.

—Jesse James, has estado cinco años sin pisar Beaufort. ¿Por qué iba a creerte ahora?

—Ya lo hablamos la otra noche —le dijo con voz dulce y comprensiva. Su madre necesitaba que se lo repitiera cien veces para poder creerle, aunque a Jesse no le sorprendía—. ¿Qué es lo que te dije?

—Que ya no amas a June y que ya no existe ningún motivo para no venir.

—Exactamente. —Jesse sonrió a su madre—. Te prometo que ya no hay nada ni nadie que consiga alejarme de este lugar, ni de vosotras dos.

Miró a Maddie, y su hermana también se unió al abrazo.

Erin parpadeó reiteradamente para controlar sus propias lágrimas. Las muestras de afecto entre padres e hijos siempre conseguían emocionarla hasta hacerla llorar, tal vez porque ella siempre había carecido de ellas. Se mordisqueó las mejillas y se cruzó de brazos: a ella tampoco le gustaban las despedidas. Ocho años atrás, la de Alice le marcó el corazón y, desde entonces, no las soportaba sin venirse abajo.

De improviso, Gertrude Gardner también la abrazó a ella y la besó en las mejillas. Era imposible que Erin se mantuviera fría ante la cálida despedida de la mujer. Que Jesse blasfemara lo que quisiera, pero Erin le devolvió el abrazo y los besos con la misma efusividad.

—Ha sido una alegría inmensa conocerte, Erin. Eres la mujer ideal para Jesse, lo supe en cuanto te vi. —Sonrió—. Espero que muy pronto vuelvas a visitarnos, apenas hemos tenido tiempo de conocernos.

—Por supuesto, Gertrude. Yo también me alegro de haberos conocido a las dos. Sois estupendas —dijo de corazón.

—Oh, tengo algo para ti. —Gertrude cogió una de las dos bolsas que llevaba consigo cuando salió de la casa y sacó una bufanda de lana del interior—. Esperé a conocerte para saber qué colores debía utilizar. Escogí el verde porque me has devuelto la esperanza de que Jesse siente la cabeza, y el azul, porque me transmites mucha paz y tranquilidad. Espero que te guste.

Erin la cogió y volvió a morderse los labios para no llorar. Junto con los cuadros de Alice, aquel era el regalo más bonito y sincero que le habían hecho nunca, y además era preciosa y tenía un tacto suave como la seda. Creyó que las palabras no le iban a salir de tan emocionada como estaba.

—Gracias, Gertrude. Es preciosa.

Después recibió el amistoso abrazo de Maddie, con la que había hecho muy buenas migas a pesar del poco tiempo que habían compartido juntas.

—Te enviaré por correo electrónico todas las recetas de mi madre, incluidas las de los menús de la boda —le prometió—. Y recuerda que es luna llena una vez al mes. Espero que tengas mucho éxito con tu investigación; tienes que regresar para contárnoslo.

—Descuida. Serás de las primeras en saberlo.

Gertrude cogió la otra bolsa y se la entregó a Jesse, a quien le había cambiado el humor tras los besos y los abrazos entre las mujeres. Se sintió miserable por haber provocado esa situación y responsable de que hubieran nacido sentimientos entre las tres. A su madre le iba a doler mucho recibir la noticia de que ya no estaba con Erin.

—¿Qué es esto? —Curioseó en el interior, donde había dos envases de plástico enormes con sus respectivas tapas.

—Comida para el camino. El viaje es muy largo y necesitáis reponer fuerzas. Además, la comida que sirven en los moteles de carretera es una porquería.

—No tenías que molestarte.

—Me encanta cocinar, no ha sido ninguna molestia, hijo.

Diez minutos después, cuando ya circulaban por la autopista, Erin tenía un nudo en la garganta que no conseguía disolver, y todavía le quedaba enfrentarse a la parte más difícil de todas. No habían intercambiado ni una sola palabra desde que subieran al coche. Jesse solo había abierto la boca para decir que conduciría él y que a media mañana podía relevarle. Erin asintió, aunque no iba a ser necesario.

La autopista dividía en dos las extensas llanuras sembradas de trigo que circundaban Beaufort, y a Erin le pareció que había pasado una eternidad desde que las vio por primera vez.

—Jesse, tengo que decirte algo.

Él la miró un instante antes de volver la vista hacia la carretera.

—Te escucho.

—Esta mañana temprano me conecté a Internet y compré un billete de avión a Chicago. El avión sale dentro de tres horas desde el aeropuerto de Raleigh.

Jesse asintió lentamente, dándose tiempo para asimilar las palabras. No dijo nada durante un buen rato, pero Erin supo que no había acogido con agrado su iniciativa porque lo percibió en las reacciones de su cuerpo. Sus manos grandes y morenas apretaban con fuerza el volante y su mandíbula estaba rígida y tirante. Sus ojos entornados taladraban el asfalto.

—Como quieras —se limitó a decir.

Erin hubiera preferido cualquier clase de reacción excepto aquella fingida frialdad, pero en cierta manera lo entendía. En el desayuno, Erin se había negado a explicarle las razones de su súbito cambio de humor y ahora él le devolvía la pelota.

Jesse tomó el desvío hacia Raleigh y entraron en otra autopista que estaba algo más transitada que la anterior. Ella dejó pasar los minutos, observando un paisaje que en realidad no veía, pues tenía la mente abigarrada de cientos de emociones enfrentadas. Al cabo de media hora rompió el agobiante silencio y decidió ser sincera con él y consigo misma.

—Creo que separarnos ahora es lo mejor que podemos hacer. —Jugueteó con el anillo de brillantes que llevaba en el dedo anular. Estaba nerviosa—. No tengo ni idea de lo que esta aventura habrá significado para ti, supongo que no mucho más que lo que han significado el resto, pero en mi caso es diferente. Cuando te dije que solo había mantenido relaciones sexuales cuando existía un sentimiento hacia otra persona, no te estaba mintiendo. No sabría calificar ese sentimiento hacia ti, o tal vez no quiera o no me atreva a hacerlo, lo único que sé es que no me queda más remedio que arrancármelo de encima.

Jesse no dijo nada, pero aceptó su explicación con una leve inclinación de cabeza. Erin se sintió muy frustrada por su falta de respuesta, y los ojos se le volvieron a cubrir de lágrimas que escondió volviendo la cabeza hacia la ventanilla de su derecha. Hizo girar el anillo repetidamente en su dedo y apretó los dientes hasta que volvió a ser dueña de sí misma.

Las ruedas del todoterreno continuaron quemando kilómetros y acortando la distancia hacia el aeropuerto de Raleigh. El aire del interior del coche era tan espeso que costaba respirarlo, y los minutos se iban agotando al igual que las esperanzas de que Jesse se mojara y expresara su opinión sobre la declaración de Erin.

A Erin le dolía la nuca de tanta tensión acumulada.

—¿No piensas decir nada? —le preguntó al fin, observando la expresión tenaz de su perfil.

—¿Para qué? Ya lo has dicho tú todo.

—¿Significa eso que estás de acuerdo conmigo?

—No. Lo que significa es que tú has tomado una decisión y que no has tenido el valor de compartirla conmigo. —La frialdad se había evaporado, y Jesse contestó con sequedad.

—Compartirla contigo no habría cambiado las cosas.

—Si estás tan convencida de eso, entonces no hay motivo para continuar con esta conversación.

Jesse hizo un adelantamiento a una larga fila de coches, parecía tener prisa por llegar al aeropuerto.

—Me gustaría conocer tu opinión.

—Mi opinión es que no has entendido nada de nada. ¿De verdad te valoras tan poco que tú misma te incluyes en la irrelevante lista de mis aventuras sexuales? —Erin vaciló y los ojos de Jesse centellaron—. Ya veo que sí.

—Apenas te conozco.

—Me conoces mejor de lo que crees —aseveró—. Y sabes tan bien como yo que lo que empezó anoche no tiene por qué terminar aquí. Así que no utilices argumentos absurdos para justificar tus miedos.

Si Erin se quedó sin palabras fue porque las de Jesse eran ciertas. En el fondo lo sabía: el sexo no era lo único bueno que había surgido entre los dos, pero se resistía a verlo porque así era más fácil decirle adiós.

—Si dependiera solo de mí, yo... —Se mordió los labios. No podía contestar, no quería ahondar más en aquello o se echaría a llorar—. Dejémoslo aquí.

Jesse aspiró con lentitud. Entendía perfectamente que la balanza se inclinara hacia el lado de su familia y de ese tío del que decía estar enamorada. No había ningún lazo que lo uniera a ella, solo una formidable noche de sexo que los había dejado con ganas de más. No obstante, teniendo en cuenta que eso no le había pasado con ninguna mujer desde que su relación con June se acabara, no podía quitarle relevancia.

La miró de soslayo, pero solo vio su reflejo en la ventanilla. Tenía la mirada perdida y vacía y los labios apretados. Su pesar era mayor de lo que Jesse suponía.

Entraron en Raleigh y el todoterreno enfiló la carretera que conducía al aeropuerto. En cinco minutos llegaron a la terminal desde la que partía el avión de Erin. En la puerta había un montón de taxis, de coches particulares y de gente que entraba y salía cargada de maletas. Jesse estacionó donde pudo y luego sacó las maletas de Erin del maletero. Ella parecía actuar por inercia; su cabeza y su cuerpo no estaban en consonancia y se puso nerviosa porque no encontraba el billete de avión en el bolso.

—Prueba en ese bolsillo de ahí. —Erin lo encontró, pero el alivio no hizo mucha mella en ella—. ¿Qué quieres que haga con tu coche cuando llegue a Chicago?

Erin pensó en el día que tenía por delante y se le contrajo el estómago.

—Llegaré tarde y no estaré en casa. Déjalo aparcado frente al edificio. —Le dio la dirección exacta—. Las llaves puedes entregárselas al portero.

—De acuerdo —asintió—. ¿Quieres que te ayude a transportar las maletas?

—No es necesario. A ti te espera un largo camino, es mejor que lo continúes cuanto antes. —Se metió el cabello detrás de las orejas en un impulso nervioso—. Bueno, será mejor que me vaya a embarcar.

Erin se dio la vuelta y agarró la maleta con ruedas del asa. Tenía la sensación de que se derrumbaría ante él si continuaba mirándole a los ojos. Cuando sintió el tirón de su brazo, las emociones cruzadas volvieron a estrellarse unas con otras. Quería largarse de allí cuanto antes y a la vez deseaba con todas sus fuerzas marcharse con él. Pero había tomado una decisión en sus horas de máxima lucidez, y se atendría a ella pasara lo que pasase.

—Espera, todavía hay un asunto pendiente entre los dos.

Jesse se llevó la mano al bolsillo de los vaqueros y extrajo su cartera de piel. Buscó en el interior hasta que encontró el cheque de mil dólares que Erin le había entregado al comienzo del viaje y como pago parcial de su acuerdo. Jesse lo tomó entre los dedos y lo observó como si fuera la primera vez que lo veía mientras a Erin se le secaba la boca y una intensa decepción se unía también a la lista de sentimientos que le oprimían el corazón.

—Lo había olvidado —balbució ella—. Dame un minuto y rellenaré el otro.

Dirigió una mano trémula al bolso donde guardaba su talonario de cheques, pero él detuvo su movimiento tomando sus dedos entre los suyos. Jesse hubo de hacer un espectacular esfuerzo por no exteriorizar lo ofendido que ella le hizo sentir. No obstante, no se lo tuvo en cuenta porque saltaba a la vista que Erin no estaba en pleno dominio de sus facultades.

Rompió el cheque frente a sus ojos aturdidos y luego dejó caer al suelo los mil pedazos.

—No quiero tu dinero ni lo he querido nunca. Ni siquiera recordaba que estaba ahí —le dijo con tanta crudeza que ella lo creyó de inmediato.

—Si no fue por dinero ¿por qué me elegiste a mí? Conozco tu versión oficial pero, francamente, no me convence.

Jesse ya no tenía nada que perder, por lo tanto, decidió ser sincero con ella.

—Ya sabes lo mucho que deseo ver a tu padre entre rejas y hundido en la miseria, así que se me ocurrió que a través de su hija podría lograr esos fines. —Jesse lamentó tener que presenciar el dolor que causaron sus palabras en ella—. Nunca llegué a tener demasiado claro de qué manera pensaba beneficiarme de esta situación, entre otras cosas porque conforme te fui conociendo, me olvidé por completo de esos planes originales. Ahora sé con certeza que tú no tienes nada que ver en ese tinglado, pero no solo creo en tu inocencia, sino que tu personalidad me ha deslumbrado por completo. Me gustas más de lo que puedas imaginar y jamás te haría daño intencionadamente. —Jesse le acarició la mejilla casi de forma reverencial. Esperó que Erin le rechazara, pero no lo hizo. Luego la atrajo por la parte posterior de la cabeza y la besó duramente en la boca.

Capítulo 21

—¡*E*rin! ¿Pero qué diablos estás haciendo aquí? —Alice se levantó con tanto ímpetu de la silla que estuvo a punto de volcarla. Sonriendo, atravesó el despacho y abrazó a su hermana—. No te esperaba hasta esta noche.

—Ha habido un cambio de planes. He vuelto en avión.

Erin se recreó en el abrazo y luego le besó las mejillas como si hiciera semanas que no la veía. El cariñoso calor que le infundió Alice la ayudó a recobrar parte de sus maltrechos ánimos.

—¿En avión? ¿Y por qué no me lo has dicho? —Alice cerró la puerta y tomó a Erin de las manos—. Podría haber ido a recogerte.

—Oh, no quería molestarte. —Señaló su mesa repleta de expedientes—. Sabía que estarías muy atareada.

Alice hizo un gesto con la mano.

—El trabajo puede esperar; deberías haberme avisado —la regañó suavemente—. ¿Y tu coche?

—Lo conduce Jesse. A mí no me apetecía pasarme todo el día viajando. Quedé bastante escarmentada con el trayecto de ida. —Trató de esbozar una sonrisa.

—Pues si yo fuera tú, me marcharía ahora mismo a casa y me tomaría el día libre. Pareces muy cansada y además es sábado. Nadie que esté bien de la cabeza trabaja un sábado.

Alice le frotó los brazos y puso esa mirada suya indagatoria, pero Erin alzó un muro para que no pudiera leer a través de él. Por regla general, Erin no era muy hábil ocultando sus emociones, pero en ese momento en concreto la necesidad por dejarlas atrás era tan desesperada que volcó todo su empeño en fingir que las cosas estaban bien. Tal vez con el paso de los días todo le

Cuando se separó, sus ojos castaños brillaban y Jesse pasó la punta del dedo pulgar por sus labios húmedos—. Que tengas buen viaje.

Erin ni siquiera pudo desearle lo mismo. Sufrió un intenso bloqueo mientras Jesse subía al coche, que se alargó durante el tiempo en el que el coche se alejaba entre el tráfico creciente de Raleigh, y perduró hasta que el estridente pitido de un claxon le indicó que estaba obstaculizando el área de estacionamiento.

Renunciar a Jesse Gardner fue mucho más duro de lo previsto.

pareciera anecdótico y entonces se atreviera a contárselo a Alice, pero ahora no podía hablar de ello sin echarse a llorar.

—Estoy cansada, he dormido muy poco estos días —admitió—. Pero no podía quedarme en casa evadiendo el momento de regresar aquí. Ya he visto que papá ha hecho ciertos cambios con las oficinas y el mobiliario.

Alice soltó sus manos y sus facciones se endurecieron.

—Intenté impedirlo, pero creo que eso lo animó a disfrutar un poco más de la mudanza. —Movió la cabeza, sus ojos azules desprendían un odio infinito—. Lo ha preparado todo esta mañana temprano, no he tenido tiempo de avisarte. Supongo que ya lo has visto.

—Vengo de allí. Me imaginaba algo por el estilo, aunque estoy segura de que las sorpresas todavía no han terminado. —Se encogió de hombros con aires de derrota—. Cuando me embarqué en este viaje en contra de la voluntad de papá ya sabía a lo que me exponía. No me queda más remedio que asumir las consecuencias.

—Hay más opciones que permitir que nos pisotee.

Erin asintió, pero no se veía con fuerzas de abordar ese tema ni ningún otro que requiriera el mínimo esfuerzo por su parte. Tenía que reservar las pocas energías que le quedaban para hablar con su padre.

—¿Sabes si se encuentra en su despacho?

—Tiene una comida de negocios fuera del edificio. Se marchó hace un rato pero volverá esta tarde. Yo también estaba a punto de marcharme a comer. ¿Por qué no vienes conmigo y me cuentas cómo te han ido las cosas por Beaufort?

Su corazón se anticipó a su respuesta y comenzó a latir más deprisa, avisándola de que no le convenían los planes de Alice.

—Ya he comido en el avión —mintió—. ¿Qué te parece si lo dejamos para mañana? Hoy quiero ponerme al día en el trabajo. Papá ha llenado mi mesa de carpetas y expedientes como parte de su venganza. —Erin sonrió para quitarle un poco de hierro al asunto—. Nos vemos luego.

Erin volvió a besar a Alice en la mejilla y luego se dirigió hacia la puerta. Antes de cruzar el umbral, su hermana la llamó y Erin se detuvo.

—¿Todo va bien? —le preguntó Alice desde la mesa de su despacho que había vuelto a ocupar—. Tú no sueles permitir que nadie que no seas tú conduzca tu coche. Te amenacé con arrancarte las uñas de las manos y de los pies si no me dejabas dar una vuelta con él por Chicago.

Con mucho esfuerzo, Erin mantuvo el muro en su sitio y reforzó las grietas reuniendo toda la fuerza de voluntad que fue capaz de hallar.

—Jesse Gardner es piloto. Creo que mi Jeep está en buenas manos. Además, después de que me lo robaran y lo condujera el mendigo, supongo que puedo fiarme de cualquiera.

Alice asintió sin mucha convicción.

—Neil estará fuera de la ciudad hasta el viernes. Me extraña que no hayas preguntado por él.

Alice era muy astuta. Intuía que se estaba guardando cosas y por eso la puso a prueba recurriendo al que sabía era su punto débil.

—Bueno, pensé que lo vería el lunes después de su fin de semana en Traverse. ¿Dónde está?

—En Nueva York.

—Ah… —La noticia la alegró. Esos seis días de ausencia le vendrían bien para que sus sentimientos se reorganizaran.

El nuevo despacho de Erin era tremendamente opresivo. La carencia de ventanas enfatizaba esa sensación, así como el espacio reducido, donde solo había lugar para la mesa, un par de sillas, un pequeño armario archivador y una percha. A esa serie de despachos interiores del ala este, que normalmente eran adjudicados a los becarios recién licenciados, se los denominaba vulgarmente «ratoneras». Y así es como Erin se sintió al cerrar la puerta y tomar posesión de él, como un ratón atrapado en una madriguera.

No sabía si el castigo sería perpetuo o temporal; de su padre se esperaba cualquier cosa. Temía el momento de enfrentarse a él, pero a la vez estaba impaciente porque llegara, pues cuanto antes se liberara de esa carga antes podría volcarse de lleno en otros asuntos. Erin inspeccionó el nuevo y diminuto armario archivador donde todas sus carpetas estaban comprimidas. Los cajones de la mesa contenían sus efectos personales y la superficie guardaba el mismo orden que la anterior, aunque al ser más pequeña daba la sensación de que los objetos estaban amontonados y de que el conjunto tenía una apariencia recargada y estridente.

Estaba segura de que el lunes, la mudanza sería el tema principal de conversación entre todos los trabajadores de la empresa. Los pocos con los que se había cruzado ese sábado, mientras hacía el camino que separaba su antiguo despacho del nuevo, la observaron con miradas cargadas de compasión. La humillación a la que la estaba sometiendo su padre no tenía precedente.

Erin habría podido aposentarse allí sin derrumbarse de haber habido una sola ventana que la proveyera de luz natural. Pero al tomar asiento en la silla chirriante le pesaron todos los males de su existencia y ya no pudo controlar las lágrimas.

Pasó la tarde con la nariz enterrada en el trabajo pendiente que se tomó como un desafío. Su padre podría aplicarle todos los castigos inimaginables por haberle desobedecido, pero no iba a darle el placer de verla humillada y hundida. Por eso trabajó de forma incansable, y cuando la puerta de su ratonera se abrió súbitamente y apareció Wayne Mathews en el umbral, Erin tenía todo el trabajo hecho y puesto al día.

Si sus gélidos ojos azules normalmente tenían una mirada fiera y déspota, la que poseían ahora bien podrían haber paralizado los latidos de un corazón débil. Erin sintió el peso aplastante de esa mirada sobre sus propios ojos, pero se obligó a sostenerla porque estaba empeñada en no mostrar el miedo que sentía. Se le había acelerado el corazón nada más verle y el sudor le había cubierto la espalda y las palmas de las manos. Esperaba que cuando tuviera que hablar la voz no le temblara tanto como las rodillas.

Wayne Mathews entró en su despacho y robó todo el oxígeno que albergaba aquel pequeño cuchitril. Se metió las manos en los bolsillos de su elegante traje negro de Armani e inspeccionó el contenido de su mesa con actitud severa. Erin cuadró los hombros y aguantó el porte.

—Permanecerás aquí hasta que considere que mereces ocupar tu anterior despacho. Pero ya te advierto que vas a tener que esmerarte hasta sangrar para ganarte nuevamente mi confianza. —Wayne dio un corto paseo por el despacho y Erin aprovechó un momento en que estaba de espaldas para secarse las palmas de las manos en los pantalones y aclararse la voz.

—Creo que el castigo que me impones es desproporcionado —replicó con la voz firme y serena—. No he hecho nada que no contemple el convenio colectivo, solo he ejercido mis derechos como empleada de esta empresa.

—Tú ya sabes lo que opino del convenio colectivo y de esas leyes y derechos que esgrimís para rehuir vuestras obligaciones, que no son otras que trabajar duro para seguir creciendo y hacernos cada día más fuertes. Podría esperar una reacción así de cualquier empleaducho. ¡Pero no de mi propia hija! Algún día todo esto será tuyo, pero no te estás esforzando lo más mínimo por ganártelo.

—No puedes acusarme de no esforzarme por haberme tomado tres días libres, no es justo.

—¡Soy yo quien decide aquí lo que es justo y lo que no!

—Pues considero que estás siendo demasiado estricto y que te estás equivocando.

La gélida mirada de su padre se volvió iracunda y la frecuencia del ritmo cardiaco de Erin siguió en auge. Se dijo que debía tranquilizarse, pero era imposible hacerlo mientras su padre la examinaba como si fuera la mayor deshonra de la larga andadura de Mathews & Parrish.

—Tú no tienes ni idea de lo que es ser duro y estricto, no eres más que una debilucha a la que se lo han dado todo hecho. A veces pienso que tu cargo te viene demasiado grande, porque jamás has estado a las alturas de mis expectativas. Por eso no mereces otra cosa más que te arrebaten todos tus privilegios. Y no creas que este cuartucho es el único castigo a tu deplorable conducta. —Los ojos ya empezaban a salirse de las órbitas, y la familiar vena de su cuello y de su frente, esas que se hinchaban como dos globos cuando perdía los estribos, comenzaron a inflarse—. A partir de hoy tu salario quedará reducido en un veinte por ciento, y las charlas con los pilotos, que me consta que es la parte de tu trabajo que más te gusta y disfrutas, queda transferida a Jane Moore. El tiempo que te sobre lo invertirás en ayudar a las secretarias a actualizar las bases de datos con los archivos antiguos que todavía no tenemos digitalizados. —Apoyó las manos huesudas sobre el respaldo de la silla de las visitas y se inclinó ligeramente hacia delante. Erin quiso retroceder pero se mantuvo firme—. Te voy a enseñar lo que es el trabajo duro y la importancia de ser responsable y eficiente en tu puesto. No toleraré otra falta de respeto por tu parte ni otro acto vergonzoso de insubordinación, porque entonces me veré obligado a ponerte de patitas en la calle. ¿Entendido? —Erin asintió lentamente, con la barbilla erguida y la mandíbula desafiante. Su padre se puso rojo de rabia—. No me mires con tanta arrogancia. ¡Quiero oírte decir que has entendido perfectamente todo cuanto te he dicho y que estás dispuesta a cumplirlo! —Su aliento huracanado hizo que las pestañas de Erin temblaran.

—Lo he entendido. —Apretó los dientes para controlar su propia rabia y desesperación. La injusticia a la que su padre la estaba sometiendo la condujo al límite y, durante un instante, estuvo a punto de levantarse de la silla para estamparle en sus narices dos noticias que sin duda le provocarían un infarto: «Me he acostado con Jesse Gardner y escribo artículos en una revista de fenómenos paranormales». Pero ese estado de enajenación fue breve, y enseguida reaccionó como se esperaba de ella—. Haré todo cuanto esté en mi mano para ser más eficiente —masculló sin apenas mover los labios.

—Se acabó la hora del desayuno para ti. Ese es otro privilegio de los directivos que desde hoy no te pertenece. —Erin volvió a asentir, pero la cólera y crispación de su padre no menguaba ni retrocedía—. Y no creas que la vergüenza que me haces sentir queda compensada por todas estas medidas. Si no fuera por tu madre, ahora mismo estarías sirviéndome café y limpiando el polvo de mi mesa —le espetó, con los labios rígidos y las aletas de la nariz dilatadas.

Llegados a ese punto, Erin no tenía nada más que añadir a su favor. Cuando su padre perdía los estribos de esa manera, la ira le cegaba y la actitud más sensata e inteligente era guardar silencio, mostrarse más humilde y soportar el chaparrón. Erin deseaba que se marchara cuanto antes, pues sus palabras le dolían como si la estuvieran acuchillando una y otra vez. Pero no iba a desmoronarse ante sus ojos.

—Y no creas que esta conversación finaliza aquí —le dedicó una última y furibunda mirada antes de abandonar el despacho dando un portazo.

Una vez se hubo quedado sola, Erin se levantó de la silla y caminó tambaleante hacia la puerta, contra la que apoyó la espalda. Temblaba como una hoja, tenía náuseas aunque no había tomado nada desde el café de la mañana, y el corazón le latía disparado. A punto de ponerse a hiperventilar, intentó serenarse llevándose una mano al pecho para controlar la respiración con unos ejercicios respiratorios. Cerró los ojos para que los objetos de la habitación cesaran de girar. Erin inspiró profundamente y exhaló el aire con lentitud, y repitió esa operación varias veces hasta que comenzó a sentirse mejor. Tenía las mejillas empapadas de lágrimas, pero esta vez no eran de aflicción sino de rabia e impotencia. Si había tenido tres ataques de ansiedad a lo largo de su vida, todos se los había provocado Wayne Mathews.

«Tú eres inteligente. Eres trabajadora y una mujer madura y autosuficiente», se repitió a lo largo de lo que quedaba de tarde mientras repasaba rutas de vuelos. «Nunca has permitido que los desprecios de tu padre quebranten la seguridad que tienes en ti misma, y tampoco vas a permitirlo ahora.» «Tú eres mucho más competente de lo que él se piensa, y se lo vas a demostrar. No le darás la satisfacción de que te vea derrotada.»

Al final de la tarde, Erin se sentía un poco más fuerte.

Eran pasadas las ocho cuando apagó el ordenador y recogió la mesa. Alice no había aparecido en toda la tarde, y eso significaba que su padre la tenía secuestrada en alguna de esas interminables reuniones de abogados. No tenía energías para esperarla, estaba deseando llegar a casa para darse una ducha, cenar algo rápido y meterse en la cama. De todos modos, Erin no pensaba contarle los aspectos más dolorosos del altercado con su padre. Esta vez quería dejarla al margen. Alice estaba al límite de su tolerancia y solo le hacía falta una chispa para provocar un incendio.

Al apearse del taxi, Erin vio su Jeep Patriot aparcado en la acera arbolada que había frente al edificio. Una punzada de melancolía le atravesó el corazón al pensar en Jesse Gardner, pero no quería profundizar en ella. Roger, el portero del edificio, le entregó las llaves del coche y le dijo que el hombre había llegado hacía media hora aproximadamente. Debía de haber hecho unas cuantas paradas en el camino para llegar a horas tan tardías. Pensar en eso le llevó a recordar a la guapa morena del restaurante de carretera donde habían comido en su viaje de ida a Beaufort. ¿Se habría detenido en él para reanudar el coqueteo? Jesse le había dicho que era una chica preciosa y que en unos días volvería a pasar por allí. Nada más escuchar esas palabras, a la chica le faltó tiempo para ir corriendo al despacho de su jefe tal y como Jesse le había pedido que hiciera.

Erin metió el coche en el garaje comunitario. Las manos apretaban con más fuerza de lo necesario el volante hasta el extremo de que parecía que los huesos de los nudillos iban a rasgarle la piel. Recordar aquel episodio y pensar en que Jesse Gardner pudiera estar con otra mujer la ponía enferma. Si hubiera accedido ahora podrían estar juntos, y él se habría encargado de liberar toda la tensión volviéndole a fundir los huesos. Las sensaciones de la noche anterior regresaron a su cabeza con tanto ímpetu que se sintió mareada. Solo habían transcurrido unas cuantas horas desde que se separara de él y ya le estaba echando de menos.

Siempre se había sentido orgullosa de no ser esa clase de mujer que se iba acostando con unos y con otros, algo tan habitual en los tiempos que corrían, pero por primera vez en su vida, a Erin le habría gustado ser como una de esas mujeres. Quería tener sexo sin complicaciones con Jesse Gardner, sin ataduras ni sentimientos implicados, el problema era que se engancharía a él como un drogadicto a la heroína. De hecho, ya lo estaba. Tenía mono de él, y estaba tan arraigado en su cuerpo que le había quitado protagonismo tanto al grave enfrentamiento con su padre como al hecho de que Neil Parrish fuera a pasar toda la semana en Nueva York.

La redacción de la revista *Enigmas y leyendas* era una sala de cien metros cuadrados situada en un viejo edificio de Albany Park. Erin solía acudir por allí un par de veces al mes para saludar a sus compañeros e intercambiar impresiones con el director de la revista, aunque le habría gustado disponer de más tiempo para visitarlos con mayor asiduidad.

El mobiliario era bastante austero, mesas sencillas dispuestas en forma de U, armarios archivadores de metal, un par de perchas en los rincones y una planta mustia que llevaba allí desde el principio. Pero al menos había ventanas desde las que se veía el parque más grande de Albany.

Enigmas y leyendas era obra de cuatro personas y del director, Tom Felton, un parapsicólogo muy respetado en el gremio que alternaba la dirección de la revista con otros trabajos, como organizaciones de conferencias e intervenciones en programas de televisión. Bonnie siempre insistía en que ella también formaba parte del equipo pero Erin no se sentía así. La estrecha implicación de los demás, que prácticamente comían y dormían allí, no podía compararse con el trabajo que ella desempeñaba, pero lo cierto es que todos la trataban como si perteneciera a la revista con todas las de la ley.

Los sábados por la tarde en la oficina siempre había alguien. Por regla general, a Bonnie se la podía encontrar por allí. Erin se había citado con ella para que le echara una mano con las grabaciones que había traído de Beaufort. Como siempre, cuatro ojos veían más que dos, y Erin tenía dudas en algunos puntos de la película que necesitaba que Bonnie le corroborara con su siempre objetiva y experta opinión.

Esa tarde Bonnie estaba sola y trabajaba en un artículo sobre un avistamiento ovni en un pueblecito de Wyoming al que había ido a investigar la semana anterior. Aunque estaba enfrascada de lleno en su nuevo proyecto y era una mujer muy ocupada, Bonnie siempre estaba dispuesta a sacar tiempo de donde fuera para dedicárselo a Erin.

Erin dejó las dos cintas sobre la mesa de Bonnie. Una era de la cámara que enfocaba la ventana de Mary Truscott y la otra la fachada de la mansión, un total de veinte horas de grabación que ya había visualizado dos veces esa misma semana. Prácticamente no había hecho otra cosa en el tiempo libre que había tenido esos días, hecho que agradecía, porque mantenerse ocupada había aligerado el peso de sus penas. Los primeros exámenes de las cintas fueron sucintos, pero al no encontrar ninguna imagen clara o nítida, se vio obligada a hacer un segundo examen mucho más minucioso. En una libreta que sacó de su bolso llevaba apuntadas las horas y los minutos exactos en los que le había parecido ver elementos extraños, como la especie de flash que apareció en la venta de Mary cuando eran las cuatro y veinte de la madrugada.

Como siempre, Bonnie examinó todos esos fragmentos con ojo crítico, y encontró explicaciones lógicas para todos ellos excepto para el flash de la ventana.

—¿Qué crees que puede ser? —le preguntó Erin.

Erin se hallaba sentada a su lado y las dos estaban inclinadas hacia delante, con la nariz prácticamente rozando la pantalla del ordenador.

—No estoy segura. —Bonnie volvió a reproducir ese efímero instante y lo observó con total concentración. Se veía perfectamente, sobre todo a cámara lenta. Un resplandor plateado que aparecía de repente y que desaparecía en apenas un instante—. Podría ser el reflejo de un relámpago en el cristal o de algún fuego artificial... no lo sé.

—No puede ser un relámpago, la noche estaba despejada. Y tampoco había fuegos artificiales, los habría escuchado.

—¿El flash de alguna potente cámara de fotos?

—Allí no había nadie, estaba yo sola.

Bonnie torció los labios.

—Se la pasaré a los técnicos, ellos sabrán detectar si se trata de un fallo de la grabación o de una de esas imágenes para las que no existe una explicación lógica.

—¿Tú crees que puede tratarse de Mary? Muchas apariciones de fantasmas se describen como fogonazos de luz blanca, exactamente igual que esta imagen.

—Bueno, no me atrevo a dar una opinión hasta que los expertos descarten que la grabación está defectuosa, pero... —Bonnie miró a Erin a los ojos y puso una expresión enigmática—. Podría ser.

Erin sonrió.

—De todas formas no es suficiente. ¿Cómo puedo conformarme con un simple resplandor de luz cuando mi contacto vio a Mary con total claridad y me la describió con pelos y señales?

—¿Te merece credibilidad el testimonio de esa mujer? —le volvió a preguntar Bonnie, aunque ya habían hablado de ese tema por teléfono.

—Completamente. Samantha Jenkins es una mujer inteligente, que está en pleno dominio de sus facultades y que no gana absolutamente nada inventándose esta historia. Al contrario, hace mucho tiempo que no habla de ello para evitar los comentarios malintencionados de la gente.

—En ese caso, creo que deberías regresar a Beaufort.

Erin resopló y después se mordió la comisura del labio.

—Ahora me resulta imposible plantearme otro viaje de esas características. Beaufort está demasiado lejos para ir y volver en fin de semana, y ya te he contado lo mal que está la relación con mi padre.

Por no mencionar que los sentimientos que habían brotado en esas tierras todavía los tenía a flor de piel, y que no le convenía hacer algo que pudiera empeorarlos. Necesitaba más tiempo para que las heridas abiertas se cerraran y para que su corazón no se agitara cada vez que su mente se perdía y se ponía a recordar cada detalle del tiempo que había pasado con Jesse Gardner.

Su móvil sonó cuando recogía las cintas y las devolvía a su bolso. Ver el nombre de Neil Parrish en la pantallita verde hizo que sus cejas se arquearan de sorpresa.

Contestó al instante.

—¿Neil?

—Hola, Erin. ¿Te llamo en mal momento?

—Pues… no, claro que no. —Erin se levantó de la silla. Le agradó escuchar su voz—. ¿Qué tal va todo por Nueva York?

—Regresé anoche. Vengo saturado de reuniones y conferencias, y me preguntaba si te apetecería salir un rato a tomar una copa.

Su proposición la pilló totalmente desprevenida y tardó un poco en reaccionar. Hacía dos semanas, ella le habría contestado con un rotundo e impaciente sí. Ahora, sin embargo, su sí fue menos entusiasta. Erin consultó la hora: eran las ocho pasadas.

—Dame una hora. Me encuentro en la otra punta de la ciudad y voy a tardar un poco en llegar a casa.

—A las nueve pasaré a recogerte. Tengo ganas de verte y de que nos pongamos al día.

—Claro, yo también.

Erin cortó la comunicación y se volvió hacia Bonnie.

—Me marcho a casa. —Bonnie había vuelto a abrir sus notas sobre el avistamiento ovni—. Y tú también deberías irte. Es sábado por la noche.

—Cinco minutos más y me largo. David compró entradas para la ópera y odia que le haga esperar. Se ha quedado en casa viendo un partido de fútbol con unos amigos y tuve que venir a la oficina porque no me podía concentrar con tanto alboroto.

Erin se inclinó y la besó en la cabeza. No eran íntimas amigas, pero le tenía mucho cariño.

—Avísame en cuanto sepas algo.

—Descuida.

Mientras se arreglaba a toda prisa —nada fuera de lo normal: unos vaqueros, una blusa algo escotada y un poco de maquillaje—, inventó unos cuantos datos sobre Carpenter Falls, aquel lugar de Nueva York al que supuestamente había viajado junto a Bonnie y su marido David.

Esa era la mentira que contó a Neil y a la que tenía que ajustarse hasta que, algún día, se decidiera a hablarle de su afición secreta. De momento, Alice y Bonnie eran las únicas personas que sabían los verdaderos motivos de ese viaje, y así seguiría siendo.

Cuando Erin abandonó el edificio, Neil ya la esperaba de pie junto a su flamante Chevrolet Corvette rojo. Él estaba guapo y elegante, llevaba pantalones negros de vestir y una camisa de seda de color verde esmeralda. Aunque al verlo no sufrió el impacto que siempre experimentaba cuando lo tenía delante, sí detectó cierta emoción remolineando por su estómago y pensó que era un buen síntoma.

Neil la besó en la mejilla, le dijo que estaba preciosa y la acompañó hasta la puerta del copiloto, que abrió y luego cerró para ella. Era la primera vez que recibía un halago así de labios de Neil y le gustó, pero no se le subió el rubor a las mejillas como cabía esperar, ni se le quedó el cerebro en blanco. Al contrario, las palabras fluyeron espontáneamente y Erin no tuvo que hacer alusiones al clima atmosférico para romper el hielo.

El Corvette cruzó las calles de la ciudad como una flecha. A esas horas de la noche, el corazón de Chicago estaba engalanado con miles de lucecitas que le hacían resplandecer y brillar como si tuviera luz propia. La vida nocturna era agitada y la calle Wacker era un hervidero de coches, de gente que daba paseos en las riberas del río y de terrazas de bares que estaban a su máxima capacidad.

Ya era julio, la ciudad en verano jamás dormía.

Neil huyó un poco del tumulto de la calle Wacker y condujo el coche hacia el cruce con la calle Randolph. Cruzaron el puente dejando a la derecha el ramal norte del río Chicago, desde el que bajaban embarcaciones turísticas a todas horas del día y de la noche.

El pub escogido por Neil estaba en las inmediaciones. Desde el lugar donde tomaron asiento, junto a una pared acristalada de la segunda planta, Erin tuvo una vista panorámica de las aguas teñidas de oro. Ese color cálido y acogedor le recordó a la luz de los candiles de la tienda de Dan y la añoranza le envolvió el corazón. Ya había transcurrido una semana desde su regreso, pero le estaba costando volver a la realidad mucho más de lo que se había figurado.

El camarero se acercó para tomarles nota. Neil pidió un cóctel margarita y Erin un licor de avellanas. Cuando quiso rectificar el camarero ya se alejaba y Erin lo dejó estar. No quería hacer nada que le recordara a Jesse Gardner, pero en cuanto se despistaba, la mente le jugaba malas pasadas.

—Cuéntame. ¿Qué tal te ha ido tu viaje a California? —le preguntó Neil.

Compartían una mesa alta y estrecha, de esas en las que las piernas se tocaban por debajo. Las rodillas de Neil le rozaban los muslos y sus ojos castaños estaban preparados para la conquista. O al menos eso era lo que parecía, porque estaba demasiado pendiente de sus labios.

—Carpenter Falls es muy bonito. Te animo a que lo visites.

Erin improvisó y narró su viaje como si realmente hubiera estado allí alguna vez. Le sorprendió su capacidad inventiva, pues no le gustaba mentir y además era algo que se le daba fatal, pero su oyente la escuchó con mucho interés. Neil también le habló de su fin de semana en Traverse.

—Volveremos a repetirlo muy pronto, y espero que esta vez sí puedas acompañarme —dijo con una agradable sonrisa.

—Claro. Si me avisas con unos días de antelación seguro que podré organizarlo —asintió—. ¿Las cosas por Nueva York han ido bien?

—Negocios aburridos. —Puso un gesto de desgana—. Nada interesante que contar a menos que te guste oírme hablar sobre economía, bolsa, mercados de valores…

—Creo que paso —le contestó con desgana.

El camarero trajo sus bebidas. Neil bebió un sorbo de su cóctel y Erin probó el licor de avellanas, preparada para recibir el aluvión ingente de imágenes que de forma súbita poblaron su cabeza. Ese sabor siempre estaría relacionado con Beaufort y con él, y Erin se vio catapultada a la noche que pasaron juntos en el sedán. Vio la botella del dulzón líquido ámbar pasando de unas manos a otras, de su boca a la suya… recordó la mirada traviesa de sus ojos azules, la sonrisa sicalíptica que esbozaban sus labios, su cuerpo grande y masculino tendido a su lado y que le infundía seguridad y deseo… un deseo que todavía la dejaba sin aliento.

Erin retiró el vaso, tragó el líquido y puso una mueca que a Neil no le pasó desapercibida.

—¿No te gusta? ¿Quieres probar este?

—Me gusta, pero es más empalagoso de lo que recordaba. —Erin tomó el cóctel margarita de Neil y mató el sabor del licor dando un buen trago—. Sabes elegir mejor que yo.

Neil la miró fijamente, con los ojos entornados, y Erin se puso alerta.

—Te noto distinta.

—¿Distinta?

—No sabría decir exactamente qué es lo que veo diferente en ti, es más bien una percepción —le dijo—. Te siento como… distante, como perdida en tus pensamientos. ¿Todo va bien?

Claro. ¿Cómo no iba a notarlo? Erin siempre estaba muy pendiente de él. Propiciaba encuentros tanto en la empresa como en Grant park, sonreía a cada cosa que decía y se esforzaba porque se fijara en ella como mujer y no solo como amiga o compañera de trabajo. Ahora no estaba haciendo ninguna de esas cosas y era lógico que a Neil no le hubiera pasado por alto ese cambio de actitud.

—Bueno. —Erin se aclaró la garganta y buscó una excusa bastante convincente—. Supongo que ya te habrás enterado de que mi padre ha decidido que no debí tomarme esos días de vacaciones y, como sanción, me ha cambiado de despacho además de tomar otra serie de medidas que afectan a mi trabajo y a mi salario —le explicó. Neil fruncía las cejas—. Ahora ocupo una de esas ratoneras que utilizan los becarios, y parece que va a pasar un largo periodo de tiempo hasta que me levante el castigo.

—No tenía ni idea —expresó con total extrañeza—. Pero eso es... completamente injusto.

—Lo sé, pero ya conoces a mi padre.

—¿Y vas a permitirlo? —Le agradó que Neil se indignara—. No tiene derecho a hacer eso.

—Neil, solo tengo dos opciones y tú lo sabes. O lo acepto o me largo de la empresa.

Neil ponderó ambas alternativas y luego resopló.

—Wayne Mathews es un auténtico cretino. Doy gracias por no tener que responder ante él. —Neil solía rendir cuentas a William Parrish, su padre, que continuaba en la filial de Londres. Tomó una mano de Erin por encima de la mesa y apretó cálidamente sus dedos—. Ahora entiendo que estés así, pero quiero que sepas que te apoyo. Si necesitas que hable con William para que él intente suavizar la situación, no tienes más que decírmelo.

—Te lo agradezco —le dijo de corazón, conmovida por el apoyo que le manifestaron sus ojos y sus palabras—. Pero no quiero ser la responsable de ningún fuego cruzado. Mientras me deje tranquila con mis asuntos lo puedo soportar. Como sabes, las ratoneras no tienen ventanas, pero he colgado un cuadro en la pared en el que hay una ventana abierta al mar. —Intentó bromear y la caricia de Neil en su mano se volvió más estrecha.

Erin sonrió y bajó la mirada. Luego capturó el cóctel de Neil y bebió otro sorbo.

—¿Cuándo te apetece que retomemos nuestra afición común?

Correr. Agujetas. Gran Park. Botes que se hunden en el lago.

A Erin se le pasó todo eso por la cabeza excepto la razón principal por la que se embarcó en esa aventura: intimar con Neil. La verdad es que no le apetecía nada, no le gustaba correr, pero sonaría incongruente que ahora se echara atrás.

—Podemos retomarla el lunes si te parece bien.

—Me parece mejor que bien.

Una pierna masculina volvió a rozar la suya mientras alternaba miradas que iban de sus ojos a sus labios. Ojalá esas muestras de interés hubieran tenido lugar mucho antes de su viaje a Beaufort, aunque a veces pensaba que nada ni nadie habría podido evitar que le nacieran esos sentimientos tan punzantes hacia Jesse Gardner.

Durante el resto de la cita y hasta que Neil la llevó de regreso a casa, Erin desvió casi todas las conversaciones personales que él intentaba sacar hacia otros temas más triviales o neutros. No lo hizo adrede, simplemente no le apetecía tener esa clase de intimidad en ese lugar ni en ese preciso momento. Necesitaba más tiempo para aclararse, su mente y su corazón todavía estaban conectados a otro hombre.

Por mucho que dijesen, un clavo no sacaba otro clavo.

Capítulo 22

*S*upo que nunca sería pareja de Neil la noche en la que él la besó por primera vez. Eso había tenido lugar apenas ocho horas atrás, frente a la puerta de su edificio cuando se despedían tras una cena en un restaurante italiano de la avenida Devon.

Erin no había sentido nada, solo unos labios que se apretaban sobre los suyos y una lengua húmeda que pugnaba por unirse a la suya. Fue mucho más apetitoso el plato de espaguetis que había pedido para cenar que el beso de Neil. Más de una década deseando ese beso y, cuando por fin se producía, Erin sintió la misma emoción que si hubiera besado al caniche de su vecina.

Aquello le ocasionó una noche de sueño inquieto e intermitente. Las esperanzas de que Neil Parrish le hiciera olvidar a Jesse Gardner se resquebrajaron para siempre, y ese plato no fue nada fácil de digerir.

Erin había puesto mucho empeño en recuperar la ilusión por Neil. Ya hacía dos semanas que corrían juntos por Grant Park y a su lado se sentía muy a gusto. Tenían temas comunes de conversación, había complicidad entre los dos y físicamente le seguía pareciendo un hombre muy atractivo y apuesto. En sus momentos más optimistas llegó incluso a pensar que todavía no era tarde para los dos. Hasta que el beso se encargó de hacerle entender que Neil Parrish no era su hombre ni lo sería nunca.

Cuando sonó el despertador a las seis y media de la mañana quiso llamarle para decirle que no iría a correr. Estaba tan cansada y con tanta falta de sueño que no se veía capaz de poner un pie delante del otro. Además, ¿qué sentido tenía continuar haciendo algo que odiaba cuando la razón de tanto esfuerzo ya no existía?

Al menos su cuerpo estaba en forma.

Desde que volvieran a retomar las carreras por Grant Park, Erin no podía evitar que el pulso se le acelerara cuando sus ojos se empeñaban en examinar cada pequeño bote o embarcación que flotaba sobre las aguas del lago. La posibilidad de encontrarlo allí le causaba temor porque sabía que verlo de nuevo le causaría mucho impacto; pero, al mismo tiempo, esa probabilidad la mantenía con vida. Nadie jamás la había hecho sentir tan viva como Jesse Gardner.

Como siempre, Grant Park era el lugar escogido por los patinadores, corredores y navegantes para comenzar el día, aunque Erin se sentía como si el suyo acabara de terminar. Se había tomado un café bien cargado para despejarse, pero le estaba costando más de lo habitual poner su cuerpo a punto antes de comenzar la carrera.

Corrieron quince minutos que a Erin le parecieron treinta y, al terminar, estaba tan agotada que se sentó en el primer banco que encontró en su camino y se dejó caer sobre el respaldo con la respiración agitada y el cuerpo sin fuerzas.

—¿Te encuentras bien?

Erin asintió con la cabeza.

—Cansada pero bien. Creo que no he respirado adecuadamente.

—Es mejor que no te sientes ahora. —Alargó el brazo para que le cogiera la mano—. Vete a casa y date una ducha antes de que se te enfríe el sudor.

Erin tomó su mano y él tiró de ella sin ningún esfuerzo. La inercia hizo que chocara contra su cuerpo, pero Neil no la dejó retroceder. Sus manos se asentaron en su cintura y sus ojos la obligaron a que la mirara.

—¿Qué te pasa esta mañana que estás tan tensa y tan callada?

—¿Estoy tensa?

—Mucho. Tienes los músculos rígidos como piedras. —Le acarició la cintura con los dedos y le hizo ver que era cierto—. Anoche estabas de buen humor, así que imagino que se trata de algo que te sucedió después de que te dejara en casa.

Erin apoyó las manos en sus brazos y observó su rostro atractivo esperando recuperar emociones perdidas. Hacía eso a menudo, lo miraba fijamente a los ojos y se obligaba a recordar el modo en que Neil hacía que su corazón latiera. Erin estaba pendiente de cada reacción, por si la llama volvía a prender de nuevo. Pero se estaba engañando a sí misma, la llama se había apagado definitivamente.

—Supongo que se me nota demasiado —asintió Erin—. Neil, creo que ha llegado el momento de ser sincera contigo y conmigo misma. Hay algo que debo decirte. —Neil la miró con expectación y Erin comenzó con la parte más fácil—. Te engañé, hacer *footing* no es lo mío. En realidad lo odio, es un suplicio levantarme por las mañanas y pensar en que tengo que calzarme las zapatillas de deporte para salir a correr. Estoy contenta de que ahora mis muslos estén más firmes y elásticos, pero si tengo que pagar este precio para conseguirlo, entonces prefiero que sigan como estaban.

Los labios de Neil esbozaron una sonrisa y luego soltó una carcajada. Sus dedos se acababan de enlazar en su espalda.

—¿Y por qué me hiciste creer que te gustaba correr y que querías acompañarme?

Erin se mantuvo fiel a la verdad.

—Porque quería estar cerca de ti.

—No tenías necesidad de hacer esto para estar cerca de mí.

—Era la única forma que se me ocurría —admitió no sin cierta timidez—. Pero ya no quiero seguir haciéndolo.

—No pasa nada. Seguro que hay otras muchas actividades con las que podemos disfrutar los dos juntos.

Neil no estaba pensando precisamente en una partida al Monopoly, por eso, aclarado el primer punto, ahora debía dar un paso más y hacer lo propio con el segundo.

Erin se aclaraba la garganta cuando una camioneta blanca con remolque que cargaba un bote a motor estacionó en el aparcamiento que había junto a la carretera. Los quince metros que los separaban y el paso continuo de gente que iba y venía, no fueron obstáculo alguno para que sus ojos se encontraran en cuanto Jesse se apeó del vehículo. No era la primera vez que Erin sentía que estaban conectados de alguna manera especial.

El impacto fue mutuo, pero las reacciones y los mensajes que intercambiaron con los ojos fueron diferentes. Los de Erin expresaron el anhelo que había reprimido durante tanto tiempo y que ahora afloraba sin sujeciones, pero los de él no fueron tan amables. Los ojos azules de Jesse la escudriñaron cargados de una profunda decepción que no podía obedecer a otra razón más que al hombre que la retenía entre sus brazos. Tenía la misma mirada desconfiada que el día en que habían discutido tras su regreso de Raleigh, cuando hecho una furia la obligó a que confesara su implicación en las supuestas actividades ilícitas de Mathews & Parrish. Estar en los brazos de Neil no era tan grave como eso, pero teniendo en cuenta la concepción que Jesse tenía del hijo de William Parrish, Erin sabía que acababa de perder toda la credibilidad para él.

Jesse cerró la portezuela del coche con un movimiento brusco y luego se encaminó hacia el remolque. No hubo más miradas por su parte, de hecho le dio la espalda mientras se ocupaba de descargar el bote.

Neil tomó su cabeza entre las manos y la obligó a mirarle.

—Erin. ¿Qué diablos te ocurre? Te has puesto blanca como el papel.

Erin hizo un intento por enfocar la vista en sus ojos cargados de preocupación. Tragó saliva y movió la cabeza.

—Estoy un poco mareada. Creo que he tenido una bajada de tensión.

—¿Quieres que nos sentemos en el banco hasta que te repongas?

—No te preocupes. Se me pasará en seguida. —Erin hizo un par de inspiraciones profundas que la ayudaron a recobrar el dominio—. Debería haber tomado algo para desayunar.

—Allí enfrente hay una panadería ¿quieres que te traiga algo?

—No es necesario, ya me siento mucho mejor —asintió. Una rápida mirada hacia el aparcamiento le mostró que Jesse Gardner ya no estaba allí. De soslayo obsevó el paseo y lo halló tirando del soporte con ruedas donde cargaba el bote. Se mezcló entre la gente y se dirigió hacia el siguiente embarcadero. En unos segundos lo perdió de vista—. Hay algo más que quiero decirte.

Le dolían los puños y tenía los nudillos enrojecidos. Había volcado toda su ira en el saco de boxeo, que golpeó una y otra vez como si fuera el objeto de todos sus problemas. Después de media hora descargando adrenalina, ahora se sentía muchísimo mejor. Excepto sus manos. Jesse llenó el fregadero de agua fría a la que añadió unos cuantos cubitos de hielo y sumergió las manos hasta que se le quedaron adormecidas.

Menudo estúpido era. Parecía mentira que hubiera estado con tantas mujeres y que todavía no hubiera aprendido nada de ellas. Creía que había calado hondo en Erin, era imposible que fingiera todos los sentimientos que vio en sus ojos mientras hacían el amor. Fingidos o no, ya los había olvidado por completo, de lo contrario no se habría lanzado a los brazos de otro hombre en tan poco margen de tiempo.

Aunque no lo conocía personalmente, Neil Parrish había salido alguna vez en el *Chicago Tribune*, concretamente en la sección de economía, y Jesse había visto su fotografía. Por eso lo reconoció rápidamente cuando lo vio con ella esa mañana en el lago. Neil Parrish le provocaba ganas de vomitar. ¿Es que ella no había encontrado nada mejor en esas tres semanas? Le ofendía hasta el tuétano que hubiera pasado de su cama a la de ese imbécil en cuestión de días.

Las manos se le habían quedado congeladas e hizo una mueca.

—Joder.

Las sacó del agua y las abrió y cerró hasta que volvió a tener movilidad. Luego se las secó con un paño y regresó al garaje y a su banco de trabajo.

Ya había dado con las medidas exactas de las cámaras de aire y los dos últimos botes que había fabricado no se habían hundido. Ese era el paso que le permitiría avanzar más rápidamente en la construcción de su velero, que esperaba tener listo para mediados de agosto. Tenía grandes planes para el *Erin*. En cuanto las aguas del lago Michigan le aseguraran que su embarcación era segura, tenía pensado largarse a Beaufort durante una larga temporada y perderse en las aguas del Atlántico. Era un sueño que tenía desde niño y que ahora que no tenía trabajo se podía permitir.

El nombre del barco trajo de vuelta a sus pensamientos a

Erin Mathews. «Vamos, reconoce el motivo principal por el que estás tan jodido», se dijo. Sabía que este pensamiento iba a estar rondando por su cabeza hasta que tuviera las agallas de asumirlo y afrontarlo. Era cierto que no podía entender cómo una mujer con tantos valores como Erin podía sentirse atraída por una sabandija que tenía una amante en cada ciudad a la que viajaba, pero la razón principal de que se hubiera despellejado los nudillos en el saco de boxeo era otra.

Jesse estaba jodido porque él no había sido capaz de intimar físicamente con una mujer en esas semanas. Lo habría hecho de haber querido, oportunidades no le faltaron, pero sabía que acostarse con una mujer cuando en la cabeza tenía a otra le haría sentir patético y estúpido.

Debería haberlo hecho, de todas formas ya se sentía así desde hacía semanas.

Jesse dejó a un lado la sierra eléctrica cuando el supletorio del teléfono sonó desde la estantería de las herramientas donde lo había dejado. Solo dos personas le llamaban al fijo, Maddie y su madre. Jesse se limpió las manos polvorientas en los pantalones y agarró el teléfono. El número de la casa de sus padres aparecía en la pantallita naranja. Lo encendió y se lo llevó a la oreja.

—¿Qué hay de nuevo?

Jesse había hablado con Maddie el día anterior, para comunicarles tanto a ella como a su madre las buenas noticias que le había transmitido su abogada.

—El fontanero ya ha arreglado las tuberías del baño de la planta baja y las del sótano. Mamá y yo nos hemos dado una paliza para limpiarlo todo. Por cierto, ¿por qué almacenas tantos trastos en el sótano? Si nos dieras carta blanca podríamos tirar unos cuantos.

—Pues no tenéis mi permiso. Seguramente esos trastos sirvan para algo. Cuando vaya por allí yo mismo me ocuparé de revisarlo todo —le contestó—. Gracias por mantener la casa en pie mientras estoy fuera.

Maddie sonrió al otro lado de la línea.

—¿Cuándo volvéis?

Jesse apoyó el trasero en el banco de madera y cruzó los tobillos. Ya estaba bien de dar evasivas y de prolongar la comedia.

—¿Mamá está por ahí?

—Sí, está tejiendo más bufandas. Septiembre se aproxima y es el mes más fuerte del mercadillo de los domingos.

—Pon el altavoz del teléfono y ve donde mamá. Quiero deciros algo y no me apetece repetirlo dos veces.

—¿Sucede algo?

—Hazme caso.

—De acuerdo, ya voy.

Maddie apretó el altavoz y Jesse escuchó que le explicaba a su madre lo que él acababa de comunicarle.

—¿Estás bien, cariño? —le preguntó Gertrude.

—Sí, estoy bien, pero tengo que contaros algo que probablemente no os va a gustar a ninguna de las dos. En breve iré a veros, pero iré solo. Erin no va a venir conmigo en esta ocasión ni en ninguna otra. Ya no estamos juntos.

Jesse esperó las réplicas, pero durante unos segundos el silencio fue sepulcral.

Cuando contestó, su madre empleó un tono afilado y acusador que no le gustó ni un pelo.

—¿Qué has hecho?

—Gracias por el voto de confianza, madre —contestó con sequedad—. Nadie ha hecho nada, simplemente nos hemos dado cuenta de que no somos compatibles y de que es mejor que cada uno siga su camino.

—Pero si era perfecta para ti y tú para ella. —La voz de Gertrude se volvió plañidera y Jesse apretó los labios—. ¿Cómo es posible que lo hayáis dejado tres semanas después? Los dos estabais tan enamorados…

—No exageres, madre. Solo nos conocíamos desde hacía tres meses.

—Pamplinas —repuso Gertrude—. Te conozco, Jesse James, entre otras razones porque te he parido, y sé muy bien que desde que te hicieron daño controlas tus emociones todo el tiempo y no dejas que nadie acceda a tu interior. Pero lo que tú no sabes es que los sentimientos se te leen en los ojos. —Jesse bufó al otro lado de la línea pero su madre hizo caso omiso y prosiguió con su discurso—. Yo he visto lo que sientes por Erin y también he visto lo que ella siente por ti, y no vas a convencerme de que eso no era amor. Y ahora dime,

¿qué incompatibilidades puedes tener con una chica tan encantadora?

«Si tú supieras.»

—¿Por qué te empeñas en echarme a mí la culpa de todo? —inquirió indignado—. ¿No se te ha ocurrido pensar que sea ella la que no quiere seguir conmigo?

—No —contestó tajante.

Jesse volvió a bufar.

—Mamá, creo que Jesse tiene razón, deberíamos otorgarle un voto de confianza —intervino Maddie—. Las parejas se rompen por miles de motivos, seguro que la de ambos ha sido una decisión mutua y tomada desde la madurez.

—Espero que no tenga nada que ver con el tema del matrimonio —prosiguió Gertrude, a quién le costaba conformarse con la vaga argumentación de su hija—. ¿Se trata de eso, Jesse? ¿Ella quería casarse y tú no?

Aquello era de locos. Surrealista. No tenía ningún sentido. Jesse miró su saco de boxeo y deseó volver a emprenderla a golpes con él. La media hora que se había pasado aporreándolo hasta que casi le sangraron los nudillos no había servido de nada.

—No, no se trata del jod… —tomó aire y rectificó—… del matrimonio. Madre, por muchas razones que te diera creo que ninguna te satisfaría, así que es mejor que cerremos este asunto. Como ha dicho Maddie, somos adultos y esta decisión solo nos compete a nosotros dos. Fin del tema. Siento las malas noticias, pero ahora tengo que dejaros.

—¡Espera! —Maddie se apoderó del teléfono, desconectó el altavoz y se fue a la cocina para tener algo de intimidad—. No le hagas caso a mamá, está dolida porque le encantó Erin, pero en realidad eres tú quien le preocupa.

—Ya lo sé. Pero ahora no tengo paciencia para debatir ciertos temas con ella.

—¿Tú estás bien?

—Sí. No es para tanto, ¿sabes?

—Vale.

Lo cual equivalía a decir «Vale, lo que tú digas».

Jesse volvió a mirar el saco de boxeo.

—Estoy trabajando en el barco y quiero aprovechar la luz

natural. —Jesse se pasó una mano por el pelo y caminó hacia la estantería—. Te llamo en unos días.

Cortó la comunicación y volvió a dejar el teléfono junto a las herramientas. Cuando se dio la vuelta, Erin Mathews estaba junto a la puerta del garaje.

Jesse Gardner no la recibió con una mirada de bienvenida, pero tampoco le dijo que se marchara. Su porte expresaba cautela, y en su semblante todavía había marcas de la decepción que ella había visto por la mañana. Él dio un par de pasos hacia su mesa de carpintero, se detuvo y cruzó los brazos sobre su pecho musculoso. Aguardó a que ella moviera ficha.

Ella entró en el garaje. El nerviosismo que sentía era latente en cada uno de los pasos que la llevaron hacia él, pero no se detuvo hasta que llegó a su altura. Erin apoyó la mano en la mesa y pasó los dedos distraídamente sobre su superficie. Había preparado un discurso, unas cuantas palabras para romper el hielo, pero cuando lo miró a los ojos y sostuvo su mirada se olvidó de todo. Lo amaba, y ese sentimiento no era algo que acabara de descubrir. Lo sabía con claridad desde hacía tiempo, y ya estaba cansada de convencerse de lo contrario.

—¿Qué estás haciendo aquí, Erin?

Erin dio un paso vacilante hacia delante, si extendía la mano podía tocarlo. El esfuerzo físico le había hecho sudar la camiseta de color verde militar que llevaba puesta. Algunos mechones de su cabello estaban adheridos a la frente húmeda, y hacía unos cuantos días que no se afeitaba. Erin descendió los ojos por su cuerpo, familiarizándose de nuevo con cada detalle añorado y deseado, y ese aspecto suyo descuidado la puso a cien. Jesse parecía un contenedor de testosterona a punto de derramarse y ella, más que hablar, deseaba tocarlo. Era así como necesitaba comunicarse con él en ese preciso momento.

«Hazlo. No lo pienses.»

Sus dedos trémulos tocaron los abdominales, que se endurecieron por el cosquilleo agradable de la caricia, y probablemente también por la sorpresa. La camiseta estaba húmeda y su piel muy caliente, y Erin trazó un círculo hipnótico antes de atreverse a buscar su mirada. La expresión de Jesse había cambiado y Erin se sintió animada. Dio otro paso más, sus zapatos chocaron con la punta de sus botas, y el corazón le retumbó en los oídos. Metió los dedos bajo su camiseta y tocó su piel suave y resbaladiza, las yemas se cargaron de electricidad y los nervios la propagaron por todo su cuerpo.

Erin se dejó llevar por aquella dulce osadía y se puso de puntillas para rozar sus labios con los suyos. El leve contacto la hizo estremecer de los pies a la cabeza. Le besó la mandíbula y desplazó la mejilla por la superficie rasposa de la de él. Su respiración se aceleró, pero también la de Jesse.

—Te deseo, Jesse —le susurró contra los labios.

Él recorrió sus rasgos bonitos y armónicos con la mirada, deseando acatar lo que le pedía sin hacer preguntas. Pero había algo que se lo impedía.

—¿Qué hay de él? ¿Qué relación te une al hijo de Parrish? —Su voz sonó áspera.

—Ninguna. Cuando nos viste esta mañana estaba tratando de decirle que tengo a otro hombre en la cabeza.

Jesse no necesitó más explicaciones.

El beso estuvo cargado de pasión desde el instante en que sus bocas entraron en contacto. Las lenguas se unieron, ansiosas e impacientes, y las manos tantearon con urgencia el cuerpo del contrario. La combustión entre los dos fue inmediata y Erin tomó la iniciativa. Se separó de Jesse entre jadeos y tiró de su camiseta hacia arriba. Él se la quitó por los hombros y la arrojó al suelo, y ella le lamió los pezones, que estaban salados.

—Deja que primero me dé una ducha. —Enterró los dedos en sus cabellos sedosos. Se había puesto duro como una piedra y su voz ya sonaba excitada.

—Me gustas así. Te quiero así. —Le desabrochó el botón y le bajó la cremallera de los vaqueros. Luego volvió a lanzarse a su boca mientras su mano se internaba en sus pantalones.

—La puerta del garaje está abierta, puede vernos cualquiera que pase por la calle. —Apretó los dientes. Ella se había apropiado de su erección y la sangre le estaba abandonando el cerebro. Era un milagro que le quedara un poco de sentido común después de tres largas semanas de abstinencia sexual—. Voy a cerrarla.

Jesse aprovechó para lavarse las manos en una pileta que había al fondo del garaje y, un interminable segundo después, la falda blanca y el top rojo de Erin fueron a parar al suelo junto con su camiseta. Ella llevaba un conjunto de lencería blanco muy erótico, que en otra ocasión Jesse habría sabido admirar. Ahora se limitó a soltar el cierre de su sujetador, porque estaba infinitamente más interesado en lo que había debajo. Le moldeó los pechos y ella arqueó la espalda cuando su boca se adueñó de ellos. Sus lamidas la condujeron al límite y, de repente, se vio sentada en su mesa de carpintero. Ninguno de los dos tenía paciencia para llegar a una cama.

—Te deseo, Jesse Gardner. Casi me he vuelto loca pensando en que no te tendría de nuevo.

Jesse se dehizo de la única prenda que a ella le quedaba en el cuerpo. Luego le abrió las piernas y acarició la húmeda y aterciopelada hendidura con los dedos. Erin gimió y se contrajo, recibiendo una nueva carga de besos fogosos. Los dedos la penetraron y ella profirió un gritito de gozo.

—¿Tú te has vuelto loca? —Los dedos se movieron y Erin apretó los músculos de la vagina—. Yo soy quien casi pierde el juicio pensando en que era ese tío el que te tenía en su cama todo este tiempo.

Jesse no se detuvo en deshacerse de sus vaqueros. Con un rápido envite, se hundió en lo más profundo de Erin y los dos se quedaron sin aliento.

La sujetó por las nalgas y ella se agarró a sus hombros. Después todo sucedió demasiado deprisa. Las penetraciones fueron enérgicas y vehementes, los besos fueron carnales y desenfrenados, los jadeos apresurados y ahogados. Ninguna fantasía sexual podía compararse a aquello. El orgasmo les llegó al unísono, violento y extraordinario, una intensa descarga de placer que les hizo temblar de la cabeza a los pies.

El sexo en la ducha también fue frenético. Entre las burbujas de jabón y el vapor del agua templada, exploraron de mil formas distintas las posibilidades que aquel angosto espacio ofrecía, que fueron muchas más de las que a simple vista parecía. Los dos acabaron extenuados, con la sensación de que sus cuerpos habían quedado por fin satisfechos tras aquella maratoniana sesión de sexo, pero solo fue un espejismo que se desvaneció muy poco tiempo después, cuando yacían en la cama. En esta ocasión los ritmos fueron más lentos y pausados, y los besos más cariñosos y sosegados. Se exploraron el uno al otro con detenimiento y sin prisas.

Erin volvió a disfrutar de esa nueva faceta suya que descubrió en Beaufort y que jamás pensó que ella poseyera. Entre los brazos de Jesse era una mujer completamente desinhibida. Nada la asustaba y a nada se oponía; a cada cosa que él le pedía, Erin se entregaba gustosa. Jesse también acogió con agrado las emociones que danzaban en sus ojos castaños y que hacían de aquel un acto que iba más allá del mero placer físico. Jesse no tenía por costumbre intimar dos veces con la misma mujer para evitar que surgieran ese tipo de miradas repletas de sentimiento, pero las de Erin le hicieron sentir que ya no podría seguir viviendo sin ellas. Esa revelación le llevó a besarla cálidamente por todo el rostro mientras la culminación del placer les envolvía los cuerpos.

Desfallecido y agotado, Jesse rodó a su lado de la cama y permaneció un buen rato saboreando la sensación de que flotaba en un remanso de aguas densas y tranquilas. Erin buscó su mano entre las sábanas y enlazó los dedos a los suyos. Fue el único movimiento que fue capaz de hacer durante los siguientes minutos.

A su debido momento, con los corazones ya tranquilos y los cuerpos satisfechos, Erin despertó del hipnótico trance y se acurrucó a su lado.

—¿Sabes lo que me gustaría hacer ahora mismo?

—Sorpréndeme.

—Me gustaría detener el reloj. Quisiera quedarme aquí contigo eternamente, haciendo el amor —le confesó, mientras sus dedos acariciaban el vello castaño que cubría su pecho—. No quiero regresar a la realidad.

—¿Esto no te parece lo suficientemente real?

—No te ofendas. No he querido decir eso.

—No tengo por qué saber lo que has querido decir. Hace tres semanas te despediste de mí y entendí que de forma definitiva. Y ahora estás de nuevo en mi cama. —Jesse le retiró los cabellos hacia atrás y observó su rostro. Estaba espléndida y preciosa, pero también mostraba indicios de que estaba preocupada—. Yo nunca pido explicaciones cuando me acuesto con una mujer y tampoco tengo por costumbre darlas. Pero creo que las cosas entre nosotros dos son algo más complejas.

Erin cogió aire y lo dejó escapar lentamente. Ir a casa de Jesse no había sido un acto impulsivo, sino que había sido la consecuencia de largas horas de reflexión. Ni estaba arrepentida de lo que había hecho ni de lo que estaba a punto de decir, así que, se incorporó ligeramente sobre la cama y lo miró a los ojos.

—Llenaste mi vida de color. Era gris antes de que aparecieras y volvió a serlo una vez desapareciste. No quiero continuar viviendo en penumbras. —Los ojos de Jesse estaban fijos en los suyos y la escuchaba con mucha atención—. Nuestra situación es complicada, sobre todo por mi parte. Si mi padre se entera de que estoy contigo no dudará en acabar conmigo, pero no me queda más remedio que correr ese riesgo porque, aunque lo he intentado, no consigo dejar de pensar en ti.

Jesse la miró con adoración y le acarició la mejilla.

—Ven aquí.

La atrajo hacia su cuerpo y la besó detenidamente en los labios. Luego la estrechó posesivamente entre sus brazos para mostrarle que él tampoco se la había sacado de la cabeza. Erin le rodeó la cintura y apoyó la cabeza sobre su pecho.

—¿Qué cosas hiciste para dejar de pensar en mí? ¿Coqueteaste con Neil Parrish? —Su voz estaba revestida de ironía, no quería dejar entrever los celos que había sentido cuando la encontró con él.

—Los dos coqueteamos —asintió. Jesse le apretó cariñosamente una nalga y ella dio un respingo—. Pero no me salía de manera espontánea y desistí —agregó sonriente—. Me centré en mis leyendas.

—Lo había olvidado por completo. ¿Qué tal tu investigación sobre la mansión Truscott? ¿Conseguiste alguna prueba?

—No. —Erin le contó lo de los fogonazos de luz que las cintas habían captado en la ventana de Mary—. Estaba casi convencida de que tenía mi primera prueba real sobre la existencia de espíritus. Pero los expertos que revisaron las cintas concluyeron que era un defecto de la grabación.

—Te lo volveré a preguntar y esta vez no quiero que me respondas con evasivas. ¿Por qué te interesa tanto este tema? ¿De dónde proviene ese incisivo afán tuyo por demostrar que las personas que fallecen pueden aparecerse ante nosotros?

Erin alzó la cabeza de su pecho y observó su rostro entre las sombras que ya se apoderaban de la habitación. El interés que Jesse demostraba era real. Sus líneas de expresión se habían acentuado mientras esperaba su respuesta. Sin embargo, Erin no estaba muy convencida de que su mente escéptica estuviera preparada para encajar su vivencia. Temía que le pareciera una tontería y que no entendiera la importancia que tenía para ella.

Solo había una manera de saberlo.

—Para que entiendas el alcance de mi experiencia es necesario que primero conozcas cómo fue mi infancia. —Erin apoyó la cabeza sobre la palma de la mano y comenzó por el principio—. Mi abuela paterna enviudó antes de que yo naciera, y como mi madre se había quedado embarazada, mi padre pensó que le vendría bien un poco de ayuda. Así que se mudó con nosotros y vivió en nuestra casa. Nada más dar a luz, los papeles se invirtieron y fue mi madre la que ayudó a la abuela con nuestra crianza. Carol nunca tuvo ningún instinto maternal, pero a la abuela le sobraba a raudales, y por eso fue ella quien se ocupó de que tanto Alice como yo tuviéramos una infancia maravillosa. Ava nos cuidaba cuando caíamos enfermas, nos llevaba cada tarde al parque para que jugáramos con nuestras amigas, nos acompañaba y recogía del colegio cada día, y nos leía un cuento por las noches. En definitiva, Ava desempeñaba el papel de Carol y nosotras la adorábamos. Lo era todo para Alice y para mí y la queríamos más que a nuestra propia madre. —Profundizar en aquello le llenó el corazón de amor hacia su abuela, de resentimiento hacia sus padres y de una profunda tristeza por el curso que tomaron los acontecimientos. Jesse pudo ver todo eso reflejado en su mirada—. Cuando cumplí once años los médicos le diagnosticaron una grave enfermedad que la mantuvo varios meses postrada en una cama hasta que murió. Fueron los peores meses de mi vida. —Su voz se apagó y su mirada se perdió. Jesse le recordó dónde estaba acariciándole suavemente el hombro y Erin prosiguió—: Una noche me desperté de una pesadilla terrible en la que soñé que la abuela Ava había fallecido. —Erin le explicó el miedo y la angustia que sintió, y en cómo quiso salir de la cama para comprobar que Ava se encontraba bien—. Pero cuando retiré las mantas me percaté de que la abuela se hallaba a mi lado. Estaba de pie junto a mi cama. —La describió tal y como ella la recordaba: la mirada apenada, la sonrisa tierna, la luminosidad que irradiaba de su cuerpo y la cualidad inmaterial del mismo—. Intenté tocarla pero mi mano la traspasó. —Erin se estremeció de los pies a la cabeza y a sus ojos asomó el brillo de las lágrimas. A Jesse le sobrecogieron sus palabras—. Ella me dijo que había venido a despedirse de mí, pero que siempre nos llevaría en el corazón tanto a mí como a mi hermana. —Las palabras que le dijo Ava las tenía grabadas a fuego en su memoria y se las repitió a Jesse de forma literal—. Entonces se desvaneció en el aire y yo... no recuerdo mucho más de lo que pasó después, creo que caí en una especie de trance o algo así. Ya no estaba asustada como cuando desperté de la pesadilla. Las palabras de la abuela me reconfortaron mucho y, en algún momento de la noche, volví a dormirme. Por la mañana, al levantarme de la cama, mis padres me dieron la triste noticia de que la abuela había fallecido de madrugada. —Jesse le secó una lágrima solitaria que hizo un surco húmedo en su mejilla—. Lo que sucedió aquella noche marcó un antes y un después en mi vida y, a partir de ese momento, me obsesioné con todo lo relacionado con apariciones de espíritus. —Erin enfocó la mirada en las pupilas de Jesse y le dijo con la voz serena—. Esa es la historia.

—¿Se lo contaste a tus padres?

—¿Para qué? No habrían escuchado ni una sola palabra y es posible que mi padre me hubiera castigado por inventarlo todo. Solo lo saben Alice y Bonnie, mi compañera de la revista. Y ahora también lo sabes tú.

Erin estaba muy pendiente de las reacciones de Jesse. Sabía que no creía en ningún tipo de fenómeno paranormal, pero no se tomó a broma su confidencia. La había escuchado con atención y había sentido su apoyo cuando los recuerdos le arrancaron las lágrimas. Ahora la miraba con una calidez que su corazón se volvió de mantequilla.

—¿Qué posibilidad existe de que no llegaras a despertar realmente de esa pesadilla y que la aparición de tu abuela formara parte del sueño?

Erin se había hecho esa pregunta muchas veces a lo largo de su vida, por eso no le sorprendió que Jesse se la planteara.

—Desde que desperté hasta que Ava apareció a mi lado, pasaron varios minutos. No estaba durmiendo y tampoco lo imaginé. Sucedió tal y como te lo he contado —dijo con total seguridad—. Me pasé los primeros años de universidad negando ese hecho; pensaba como tú, que había sido producto de mi mente que todavía estaba demasiado activa y ligada a la pesadilla. Entonces sucedió algo que hizo que me replanteara las cosas. Estaba en tercer curso de psicología cuando una tarde en la biblioteca, encontré un libro sobre la mesa donde solía estudiar y que alguien había dejado allí. Trataba sobre la percepción extrasensorial y, movida por la curiosidad, lo cogí para echarle un vistazo, pero ya no pude soltarlo en toda la tarde. A partir de ese día comencé a pasar largas horas en la biblioteca para documentarme. No puedes imaginarte la cantidad de testimonios que encontré y que guardaban con el mío un paralelismo asombroso. Entendí que yo no era la única que había tenido una experiencia similar y nunca jamás volví a tener dudas. A partir de ese momento me volqué de lleno en ello. —Erin hizo una pausa reflexiva y sus dedos jugueteraron distraídos sobre el pecho de Jesse. Lo miró a los ojos y los dedos se desplazaron hacia la línea rasposa de su barbilla—. Entiendo que te cueste creerme, no es fácil digerir una historia así.

—No he dicho que no te crea. No tengo ninguna duda de que esa niña de once años vio realmente todo lo que has descrito. Pero a esa edad tu mente todavía era inmadura y además estabas asustada. Si tuvieras esa misma experiencia ahora, en la actualidad, creo que interpretarías las cosas de otra manera.

—Es posible —admitió—. Por eso mismo necesito volver a tenerla.

—Te entiendo. Tu reacción es comprensible. —Erin arqueó las cejas y Jesse sonrió—. ¿No esperabas de mí que fuera tan comprensivo?

—Te has burlado tanto con el tema de los fantasmas que no, no lo esperaba, sinceramente.

La sonrisa de Jesse se expandió.

—Eso fue antes de que me cayeras bien. —La tomó de la barbilla y acercó sus labios a los suyos. Los besó con fruición. Luego le preguntó con la seriedad que el tema requería—: Después de que tu abuela muriera, ¿qué pasó con Alice y contigo?

—Nuestros padres nos internaron en colegios privados. Siempre decían que esas instituciones estaban más preparadas para convertirnos en mejores profesionales de cara al futuro aunque en realidad la razón principal por la que nos mantenían alejadas de casa era para que ambos pudieran ocuparse de sus asuntos con plena libertad y sin ataduras de ningún tipo. Regresábamos a casa los fines de semana, pero a mi padre apenas lo veíamos, porque solía estar encerrado en su despacho trabajando todo el tiempo. Mi madre también estaba muy ocupada alternando con sus amigas del club y acudiendo a sus numerosas actividades de ocio. Tampoco la veíamos mucho. —Aunque Erin empleó un tono neutro, había un trasfondo de amargura que ella no pudo disimular—. Al menos siempre nos tuvimos la una a la otra.

—Es cierto eso que dicen de que el dinero no da la felicidad.

—Depende de cuáles sean tus objetivos en la vida. A mis padres sí se la ha dado, pero yo habría cambiado todo el dinero del mundo por un poco del cariño que jamás me ofrecieron —le dijo, hablando desde la superación más que desde el dolor—. Estoy muerta de hambre. ¿Tienes algo comestible en el frigorífico?

Capítulo 23

*J*esse sacó del congelador dos envases de lasaña y rasgó la cubierta de plástico para calentarlos en el microondas. Se habían vestido a medias. Erin se había puesto las bragas y el top rojo de tirantes, y Jesse se movía de un lado a otro de la cocina en vaqueros. Erin ya había tenido la ocasión de inspeccionar minuciosamente su cuerpo, tenía grabados en la mente su sabor, su olor y su tacto, pero todavía no podía mirarlo sin que los ojos se desviaran de trayectoria y terminaran vagando por las fuertes formas que dibujaban sus músculos. La boca se le hizo agua, no solo por el olor de la lasaña.

Se sentaron a la mesa y comieron directamente del recipiente.

—Hoy hemos roto oficialmente —la informó Jesse—. Terminaba de hablar con Maddie cuando apareciste en el garaje.

Erin bajó la mirada hacia la lasaña e hizo un mohín.

—¿Por qué has esperado tanto?

—No me apetecía tener esa conversación con mi madre. —Jesse removió un poco la lasaña para que se enfriara—. No se lo tomó demasiado bien. Has despertado auténticas pasiones en la familia Gardner. —Esbozó una media sonrisa y a Erin le entró calor en las mejillas. Jesse se percató y ese detalle le pareció irresistible. Si no tuviera tanta hambre, habría retirado los envases y luego le habría hecho el amor sobre la mesa. Quizás más tarde.

—¿Qué les dijiste?

—No te dejé en mal lugar —le aclaró, sabiendo que esa posibilidad la preocupaba—. Les dije que somos incompatibles y que tomamos la decisión de mutuo acuerdo. No me desvié mucho de la realidad.

—A mí no me parece que seamos incompatibles —le dijo con seriedad.

—Ha quedado claro que en la cama no lo somos. Fuera de ella, las circunstancias son algo más enrevesadas.

Erin se aclaró la garganta.

—Por hechos ajenos a nosotros —puntualizó—. ¿Tú no lo crees así? ¿Piensas que solo somos afines en el sexo? —Lo miró con los ojos instigadores.

—Dadas las circunstancias, creo que eso no importa demasiado —respondió.

Erin era consciente de que tarde o temprano tendrían que hablar del futuro más inmediato. No había dedicado mucho tiempo a pensar en ello porque ignoraba la manera en que se iban a desarrollar las cosas entre los dos pero, salvado ese obstáculo, Erin no tenía dudas de que quería pasar cada minuto del día y cada día de la semana con él. Aunque no conocía a fondo los sentimientos de Jesse, juraría que él deseaba lo mismo. Eso los colocaba en una situación complicada en la que apenas existían opciones. O mantenían su relación en secreto, o Erin sacaba agallas para contárselo a su padre.

La lasaña se le hizo un bloque en el estómago al pensar en esto último.

Erin bebió un trago de agua y decidió abordar un tema que estaba íntimamente ligado al anterior. Fueron muchas las ocasiones en las quiso preguntarle al respecto, pero tenía tanto miedo de indagar en ello, que las había dejado pasar.

—Cuéntame qué es lo que sucedió el día en que firmaste la carta de despido.

Él recibió su comentario con empatía y Erin entendió que también él consideraba que ese asunto tenía que dejar de ser un tema pendiente entre los dos.

—Primero quiero conocer la versión que a ti te contaron.

—Se justificó tu despido alegando que eras un hombre agresivo y que solías perder los nervios con mucha frecuencia. Esa mañana tuviste una discusión muy fuerte con otro piloto, Aaron McAlister, y la emprendiste a golpes con él. McAlister tuvo que ir a urgencias porque le perforaste un tímpano y le rompiste una costilla, y tú… tú tenías un corte en el labio y un ojo morado cuando subiste a mi despacho para firmar el finiquito. La empresa decidió despedirte por tu comportamiento violento y tú inventaste todo ese asunto de las drogas para obtener un jugoso finiquito.

Jesse asintió. Conocía todo ese atajo de mentiras como la palma de su mano.

—Los informes psicológicos a los que me sometí no probaron nada sobre mi supuesto carácter violento. Ni siquiera fui yo quien comenzó esa pelea. Los dos dimos y los dos recibimos. Si mis golpes fueron más certeros es porque McAlister no sabía pelear a pesar de que era grande y robusto como un oso. —Estiró las piernas por debajo de la mesa—. En cuanto al resto… jamás inventaría toda esa mierda, y menos por dinero.

—Lo sé. Por eso mismo quiero conocer la verdad.

—Ya sabes cuál es mi verdad, Erin. La he compartido contigo muchas vece,s pero tú te resistes a verla. Puedo entender que sea tu padre y que le quieras. Pero ¿por qué ahora va a ser diferente? ¿Qué esperas que diga para que esta vez me creas?

—He puesto en peligro todo lo que soy y todo lo que tengo por estar aquí contigo —le dijo con los sentimientos desnudos, esperando que esa respuesta fuera suficiente para él.

Sus palabras fueron eficaces.

—Mis sospechas de que los aviones se estaban utilizando para el contrabando de drogas comenzaron un par de semanas antes de que me despidieran. Ese día, Aaron McAlister estaba enfermo y no podía hacer su ruta. Nadie pudo ocuparse de ella excepto yo, que tenía el día libre. Debía ir hasta Milwaukee y luego regresar, una ruta sencilla y rápida, podía ir y volver en el mismo día. Me sorprendió que a medio camino me dieran órdenes desde la torre de control de que desviara mi trayectoria e hiciera una parada en el aeropuerto de Austin, en Green Bay. Cumplí órdenes y aterricé, y antes de que pudiera salir de la cabina, ya tenía en la parte trasera del avión a un grupo de tíos que se ocuparon de descargar todos los paquetes que estaban marcados con un aspa roja.

»Yo no hice preguntas ni ellos dieron explicaciones, pero todo me pareció tan extraño que a partir de ese día me dispuse a no perder de vista a McAlister. Descubrí que siempre se desviaba de sus rutas y que hacía paradas a medio camino para descargar parte de la mercancía. Lo más curioso es que nunca quedaba constancia de esos aterrizajes, no existían albaranes ni cualquier otra documentación que probara que se habían realizado esas entregas. Con la ayuda de una controladora aérea, Ashley Simmons, quizás te suene su nombre porque declaró en el juicio a mi favor, ahondé un poco más y descubrí que no solo McAlister se desviaba de su itinerario, había otro piloto, Justin Wyclif, que hacía lo mismo y tampoco quedaba ninguna prueba documental. Curioso, ¿no? —Erin estaba tan concentrada en su explicación que ni siquiera parpadeaba—. Pregunté a Ashley sobre quién era el responsable de establecer las rutas de los pilotos y me dijo que eras tú, pero que las órdenes de los cambios de trayectoria las recibía directamente de Paul Sanders.

—Los itinerarios tienen muy pocas modificaciones y casi siempre obedecen a razones imprevistas o de urgencia. Son revisados y establecidos una vez al mes, y luego es Paul Sanders quien se ocupa de alterarlas en el caso de que se produzca uno de esos imprevistos —le explicó Erin, quien ahora comprendía un poco mejor los motivos por los que Jesse la había creído implicada.

—El día de los hechos, McAlister tenía un vuelo a las nueve de la mañana hacia Milwaukee, y antes de que él llegara al aeropuerto yo ya estaba allí. A pesar de que yo no volaba ese día, utilicé mis credenciales para acceder a la zona de carga y descarga sin ningún problema. El camión de la compañía que transportaba la mercancía apareció muy poco tiempo después y dos empleados se encargaron de llevarla hasta el avión. Primero cargaron los paquetes sin marcar y después los marcados. En ese momento me aproximé a ellos pero cuando vieron cuáles eran mis intenciones tuvimos una buena discusión. Intentaron detenerme pero conseguí rasgar el embalaje de uno de esos paquetes. Aquello que contenían no era harina precisamente, eran bolsas de cocaína. Los trabajadores también las vieron, pero supongo que los sobornos que les ofrecieron para no testificar en el juicio fueron tan suculentos que prefirieron ponerle un precio a sus principios y aceptarlos —dijo, indignado hasta la médula—. Entonces apareció McAlister, que no reaccionó demasiado bien cuando supo que había descubierto el pastel. Podría haber fingido que no sabía nada, al fin y al cabo, yo no tenía ninguna prueba de que él conociera el contenido de esos paquetes pero, en lugar de eso, se me echó encima como si fuera un perro de caza. No sé qué diablos pretendía, pero me hace gracia pensar que su intención fuera la de cerrarme la boca a base de puñetazos. Su reacción dejó muy claro que estaba involucrado hasta las cejas. El resto creo que ya lo conoces. Demanda penal contra la empresa, de la que respondieron Wayne Mathews y Paul Sanders como miembros del órgano directivo, y otra demanda penal contra Aaron McAlister, pero sin los testigos oculares no pudimos probar nada.

La lasaña se había enfriado mientras hablaba y Jesse se levantó para volver a calentarla en el microondas.

Cuando Erin habló, a pesar de que tocaba un tema escabroso, su voz sonó más templada que nunca.

—De acuerdo. Está claro que McAlister y Sanders estaban detrás de las operaciones de contrabando pero no veo que la relación con Wayne Mathews sea tan clara. Sanders es un directivo con muchísimo poder y aunque mi padre es el presidente de la compañía e intenta que todo esté bajo su control, es físicamente imposible. Hay cosas que se le escapan, y esa puede ser una de ellas.

Con el cuerpo apoyado contra el frigorífico, Jesse se comió de pie el resto de la lasaña.

—El tribunal de apelación se encargará de decidirlo —contestó él con seriedad.

—¿Vas a apelar?

—Creía que lo sabías.

—No estoy al tanto de los asuntos legales de la empresa. Mi padre nunca habla de ello conmigo y yo tampoco hago preguntas porque son temas que no me interesan —contestó—. De todos modos, ya imaginaba que agotarías todas las vías judiciales.

La mirada de Jesse le dijo que había algo más.

—Ayer por la tarde hablé con mi abogada. El juez ha admitido a trámite el recurso de apelación y la vista será el próximo miércoles. Carl Rodríguez, uno de los empleados de la empresa de transportes que recibió sobornos para mantener la boca cerrada, está dispuesto en esta ocasión a declarar lo que vio. También contamos con el testimonio de Justin Wyclif, el otro piloto que transportaba la cocaína. Se despidió de la empresa hace un mes, y ahora quiere hablar por razones que todavía desconozco.

Jesse observó que Erin tenía el aspecto que luciría si acabaran de arrojarle un jarro de agua fría por encima de la cabeza.

—¿Cuándo pensabas decírmelo? —Erin retiró la lasaña hacia un lado, se le había quitado el apetito.

—Si te lo hubiera dicho en cuanto apareciste en mi garaje, ¿habrían cambiado las cosas? —Erin no contestó inmediatamente, era demasiada información para digerirla en un instante—. Supongo que ahora es cuando sales corriendo.

Erin se colocó el cabello detrás de las orejas reiteradamente, como hacía cada vez que algo la ponía nerviosa. Después refugió la cara detrás de las manos y se concedió unos segundos para reorganizar sus ideas. Cuando apartó las manos, emitió un profundo suspiro y le miró a los ojos.

—Mientras no se demuestre lo contrario seguiré confiando en la inocencia de mi padre. Sin embargo, debo reconocer que aunque nunca me he visto envuelta en una situación como la tuya, es bastante probable que actuara como tú si alguna vez se diera la circunstancia —admitió con total sinceridad—. No voy a salir corriendo hacia ningún lado. Quiero a mi padre, pero también deseo estar contigo.

Jesse asintió lentamente. La entereza y la seguridad con la que Erin habló hizo que la admirara un poco más. Jesse comprendía perfectamente lo delicada que era su situación. Se hallaba entre la espada y la pared y se resistía a hacer una elección que en algún momento se vería obligada a hacer. Por el contrario, la única elección que él tenía era disfrutar del presente con ella. Prefería no pensar en lo que sucedería después.

Jesse volvió a tomar asiento en su silla y la intensidad de su mirada se triplicó.

—Ven aquí —la invitó.

Erin se levantó de su sitio, se sentó a horcajadas sobre él y le pasó los brazos alrededor del cuello. Los de él le rodearon la cintura y la estrecharon.

—¿Por qué no desaparecemos este fin de semana? Podemos salir mañana temprano y regresar el domingo por la noche. Conozco un sitio en Fort Sheridan que te encantará. ¿Has estado alguna vez allí?

—No, nunca.

Erin deslizó los dedos entre los mechones de cabello que ocultaban su nuca y los acarició. Había perdido el empuje que esa tarde la llevó hasta su casa y se había desinflado como un globo. Cuando decidió reencontrarse con él, sabía que si surgía una relación entre los dos, en algún momento tendría que enfrentarse a la disyuntiva que ahora se le planteaba. Lo que no esperaba era que se presentara tan pronto. Erin lo miró detenidamente y el corazón se le desbordó. Estaba tan enamorada de él que cuando se hallaba entre sus brazos sentía que era capaz de seguirle hasta el infierno si él se lo proponía. Lo que la asustaba, es que cuando estaba frente a su padre, perdía toda esa valentía.

—¿Y qué opinas? Nos hospedaremos en un hotel rural perdido en medio del bosque, a diez minutos a pie del lago Michigan. Daremos largos paseos por los senderos que lo atraviesan, nos bañaremos en el lago y tendremos mucho sexo.

—Suena de maravilla —asintió. Jesse la besó en los labios y sus manos se adentraron bajo su top para acariciarle la espalda. Ella estaba algo más receptiva y animada—. ¿Cómo iremos?

—En tu coche.

—¿A qué hora paso a recogerte?

—A ninguna. Esta noche vas a dormir conmigo.

—No puedo dormir contigo, tengo que ir a casa para preparar la bolsa del equipaje.

—Solo vamos a estar allí un día y medio. ¿Qué equipaje tienes que preparar? —Jesse le mordisqueó la barbilla y ella cerró los ojos con deleite.

—Necesito mi cepillo de dientes, ropa interior…

—Yo puedo prestarte uno —la interrumpió—. En cuanto a la ropa interior, no la vas a necesitar.

En sus ojos azules hubo un destello de malicia, y sus dedos se introdujeron bajo el elástico de sus bragas para acariciarle la parte alta de las nalgas.

—Ni lo sueñes. Jamás salgo de casa sin la ropa interior puesta. —Se removió sobre él; el tacto de sus manos la estaba haciendo estremecer—. Me quedaré contigo esta noche y mañana temprano nos acercaremos a mi casa.

Jesse no tuvo nada en contra de esa solución.

Y

Fort Sheridan era una región del norte de Chicago que era frecuentada por quienes buscaban un poco de paz lejos del ruido y del ajetreo de la ciudad. Su característica más atractiva radicaba en que el noventa por ciento de su terreno lo conformaban bosques de pinos y robles en los que se abrían senderos que servían de rutas turísticas para sus visitantes. Pero además de la oportunidad que los pequeños hoteles rurales ofrecían de estar en contacto con la naturaleza, otra de las maravillas de Fort Sheridan se hallaba en su costa, donde el lago Michigan se adentraba en sus riberas irregulares y arenosas, dándoles el aspecto de calas solitarias en las que uno podía disfrutar tanto de un baño en sus aguas dulces como de un paseo en los botes a remos que había a disposición de los turistas.

El fin de semana fue idílico. El cambio de aires sentó bien a Erin, y su personalidad bulliciosa se manifestó en todo su esplendor. Al igual que cuando visitó Beaufort, ella se emocionaba con cada pequeña cosa que descubría, y el sonido de su risa era más que suficiente para ponerle a uno de buen humor. Hicieron todo lo que Jesse le había prometido. Presenciaron el amanecer desde la orilla del lago, y también el momento en que el sol se ponía tras las lejanas cumbres de las montañas Ozark y el cielo explosionaba en una gama infinita de colores. Se perdieron entre los caminos y senderos turísticos que conducían hacia miradores con vistas que cortaban la respiración. Pero sobre todo, hicieron el amor hasta que sus cuerpos quedaban rendidos y colmados de placer.

Pero todo eso cambió el domingo por la tarde, cuando solo faltaban un par de horas para regresar a casa. Erin se encontraba entre los brazos de Jesse, de donde apenas había salido en todo el fin de semana. Estaban sentados sobre las suaves dunas que formaba la arena y con el agua cristalina cubriéndoles hasta los hombros. El sol todavía les calentaba pero descendía vertiginosamente hacia las copas de los árboles. Pronto oscurecería, pero ninguno demostraba tener prisa por moverse de allí.

Hacía un rato que Erin no decía nada. Tenía la mejilla apoyada contra la suya y los brazos anclados a sus hombros, pero ya no sonreía ni respondía a ninguno de sus comentarios. Se aferraba a él casi de forma desesperada y su silencio le indicó que todas las preocupaciones que había dejado en Chicago la habían encontrado para echársele encima y arruinarle el buen humor del que había hecho gala en las últimas horas. Jesse intentó levantárselo distrayendo su atención hacia otros asuntos, pero los que le rondaban la cabeza le pesaban demasiado como para conseguir ahuyentarlos.

Finalmente, Jesse se retiró unos centímetros, le despejó la cara de los mechones de cabello húmedo que se adherían a sus mejillas y la observó con detenimiento.

—¿Qué es lo que está pasando por tu cabeza? Ya me he familiarizado con tus silencios y también conozco esa mirada que tienes ahora; es la misma que tenías el día que te llevé al aeropuerto de Raleigh. ¿Volvemos a despedirnos?

Erin se mordió los labios. Hacía rato que le daba vueltas a lo mismo y por mucho que indagara en encontrar salidas alternativas, siempre llegaba a la misma y única conclusión.

—Estoy enamorada de ti —le confesó por fin—. Quizás pienses que me voy enamorando del primer hombre que se cruza en mi camino porque hasta hace muy poco tiempo estaba colada por Neil. Sin embargo, tú tenías razón —admitió—. La imagen que tenía de él no se correspondía con la realidad, la había fabricado a mi gusto y por eso lo tenía en un pedestal. ¿Sabes qué estaba haciendo Neil tres horas después de que le diera calabazas en Grant Park? —Jesse negó con la cabeza—. Lo pillé ligando con la secretaria del jefe de logística en la sala del café y me dio absolutamente igual. —Erin sonrió, pero al instante la sonrisa se desvaneció en el aire—. Creía que me había enamorado un par de veces en mi vida, pero si lo comparo con lo que siento ahora me doy cuenta de que jamás he estado enamorada de Neil ni de ningún otro hombre salvo de ti. No sé cómo diablos ha pasado porque tenía todos los factores posibles en mi contra. Sucedió sin más, y de nada sirvió que intentara resistirme —dijo, con la voz suave y las pupilas revoloteando por el rostro concentrado de él. Después se puso seria, aflojó los brazos sobre los hombros de Jesse y estiró las piernas bajo el agua—. Sé que el fracaso de tu relación con June te volvió desconfiado con las mujeres y que a raíz de eso, desarrollaste una especie de alergia al compromiso. Antes de enamorarme de ti yo ya sabía que tenías el corazón acorazado y que las mujeres solo te interesaban para pasar un rato agradable, por lo tanto, sé que si me hallo en esta situación es responsabilidad mía. —Erin cogió aire y lo soltó lentamente—. Yo... me enfrentaría a mi padre y al mundo entero si mis sentimientos fueran correspondidos, pero si no lo son quizá deberías ser tú quien se despidiera de mí.

La mirada de Jesse se volvió tan penetrante que a Erin le costó soportarla y bajó la vista hacia las aguas cristalinas. Como el silencio se prolongó durante más tiempo del debido, Erin volvió a buscarlo con la mirada.

—No es necesario que ahora digas nada si no quieres, ya sé que esta declaración te ha pillado totalmente desprevenido.

Desprevenido era poco. Sabía que Erin se sentía feliz a su lado, pero no esperaba que su felicidad alcanzara esa magnitud. Su confesión le provocó emociones contrapuestas. Que ella le amara le inundó el corazón de dicha, pero ¿estaba él preparado para amar de nuevo? ¿La amaba a ella? Jesse observó detenidamente el rostro dulce de Erin y, mientras la miraba, buceó en su propio yo para encontrarse en sus sentimientos. No tuvo que explorar demasiado. Anidaban en él desde hacía tiempo y además habían crecido y se habían expandido para echar raíces en lugares que él había cerrado a cal y canto. Sí, estaba enamorado de ella, hasta la médula, pero las experiencias pasadas le habían enseñado que, a veces, el amor no era suficiente. ¿Confiaba realmente en que llegado el momento Erin fuera a escogerlo a él? Ella parecía muy segura de lo que decía, pero si Jesse se atenía a los hechos y pensaba en ellos con frialdad, no la creía capaz de dar un paso que pudiera enemistarla para siempre con su padre.

Lo que Jesse tenía que decirle no iba a gustarle, por eso, para suavizar su discurso, acarició los muslos de Erin que le rodeaban la cintura bajo el agua. Quería que sintiera el tacto de sus caricias mientras la obligaba a encararse a una realidad que a él le parecía tan evidente.

—Tienes treinta y cuatro años y jamás has tenido el valor de imponerte a tu padre a pesar de que has tenido motivos de mucho peso para hacerlo. Llevas viviendo bajo su yugo toda la vida. Silencias y ocultas cosas importantes para ti porque sabes que él las censuraría; y aguantas que te ultraje y te desprecie sin replicar porque temes hacer un movimiento que pueda defraudarle. Anoche, cuando me contaste las medidas que había tomado contigo tras tu regreso de Beaufort, sentí cómo temblabas, Erin. Vi auténtico pavor en tus ojos. —Ahora ya no expresaban miedo, pero se habían ensombrecido apagando su brillo—. Deseo creer en tus palabras, me llenaría de satisfacción que te impusieras a él y que no permitieras que volviera a tratarte como te trata. Pero, sobre todo, me gustaría que lo hicieras por ti, no por mí.

—Eres un genio a la hora de darle calabazas a una mujer, ¿lo sabías?

Jesse pensó que lo estaba diciendo en serio, pero entonces detectó el halo irónico subyacente en su voz. Fue una nota de humor puntual porque, enseguida, Erin demostró indicios de sentirse deprimida por el tema que estaban tratando.

—Si quisiera darte calabazas lo habría hecho hace mucho tiempo y no me habría molestado en tener esta conversación contigo. —Jesse le acarició la cintura y deslizó las manos por su espalda—. No tengo el corazón acorazado, simplemente es cauteloso. Tampoco voy a esconderme de nada ni de nadie porque estoy bastante orgulloso de quién soy y de cómo soy. Es lo único que puedo decirte en este momento.

Erin se mordió la cara interna de la mejilla y luego asintió con lentitud. Los ojos se le empañaron pero como no quería echarse a llorar, se hizo la fuerte y apretó los dientes para sobreponerse. Su situación actual le recordaba a ese cuadro de Alice que colgaba de la pared de su dormitorio, el del sendero que se bifurcaba en dos caminos distintos y que a ella tanto le gustaba. Ahora le gustaba un poco menos porque se encontraba justo en ese punto de no retorno. Izquierda o derecha. Tenía que tomar la decisión más importante de su vida, no había otra salida y nada sería igual después.

Erin suspiró para deshacer el nudo que se le había formado en la garganta. Después, volvió a enlazar los brazos alrededor de sus hombros y refugió la cara contra su cuello.

La despedida frente a la casa de Jesse estuvo exenta de palabras. No era necesario comentar que mientras durara el proceso judicial no debían tener ningún tipo de contacto. Como la vez anterior, iba a ser un proceso público y no podían correr el riesgo de que los vieran juntos o habrían aparecido en los titulares de todos los periódicos del país. Lo que sucediera una vez terminara quedó en el aire.

La peor de sus pesadillas se hizo realidad un par de días después, cuando Alice se presentó en su casa un poco antes de que las manecillas del reloj señalaran la media noche. La hora intempestiva, así como la cara de circunstancias que traía su hermana, indicaban que le había pasado algo que no podía esperar hasta la mañana siguiente.

Erin se retiró de la puerta y la dejó entrar. Había una extraña calma en el rostro de Alice que no compaginaba en exceso con sus manos, cuyos dedos tamborileaban inquietos sobre sus muslos. Erin frunció el ceño y la siguió hasta el salón, donde todas sus alarmas se activaron al observar directamente la mirada turbia de sus ojos.

—¿Qué ha pasado? —preguntó Erin—. ¿Problemas en Boston?

Alice se había marchado a esa ciudad el lunes por la mañana temprano para atender unos asuntos legales. Apenas hacía cuatro horas que había regresado a Chicago.

Alice se pellizó el puente de la nariz

—No, mi visita no tiene nada que ver con el viaje. Perdona que te moleste a estas horas, pensaba contártelo mañana por la mañana pero no habría podido dormir en toda la noche.

—Tú nunca molestas, Alice. Cuéntame qué sucede —le dijo con una pizca de impaciencia.

Alice apretó los labios y se encogió de hombros.

—Me he resistido a ello todo cuanto he podido, tú eres testigo, pero toda persona tiene su límite y esta tarde he cruzado el mío. He presentado mi dimisión.

A Erin se le contrajo el estómago y las rodillas se le aflojaron como si no pudieran soportar su peso. La dimisión no era tan grave como las consecuencias que acarreaba. Necesitó sentarse en el sofá para digerir el resto de información aunque, prácticamente, ya estaba todo dicho.

Alice se desplomó a su lado y alargó la mano para coger la de Erin entre la suya.

—Oh, Alice…

—Era una situación insostenible. Cada discusión era peor que la anterior. La de esta tarde ha sido… Erin, le ha faltado así —Alice juntó las yemas de los dedos— para darme una bofetada. Te juro que si llega a las manos, le hubiera puesto una denuncia que ni todos los abogados del mundo le habrían salvado el culo.

—¿Cuál ha sido el motivo?

Erin preguntaba por simple curiosidad porque el motivo era lo de menos. Suponía que era uno más que sumar a su larga lista de razones. La gota que había colmado el vaso.

—Me llamó diez minutos después de que el avión aterrizara y me pidió que me pasara por las oficinas. Estaba cansada y me apetecía irme a casa, pero como me pillaba de camino me acerqué para ver qué es lo que quería. Cuando entré en su despacho puso un expediente sobre la mesa y me ordenó que revisara el caso de Gardner contra Mathews & Parrish porque quería que yo formara parte del equipo. Le expresé mi deseo de no involucrarme en ese asunto y entonces se puso como un energúmeno. Mañana es la vista y está bastante crispado. En realidad ha sido él quien me ha planteado las dos opciones que tenía, supongo que no esperaba que dimitiera.

Erin se había quedado blanca como el papel. Sabía que su padre confiaba ciegamente en las habilidades de Alice como abogada. Debía de estar muy preocupado por su defensa para exigirle que formara parte de su eficiente flota de abogados en el caso contra Jesse Gardner.

—Es increíble que prefiera perderte antes que dar su brazo a torcer —dijo consternada.

—A mí no me parece increíble. Ha estado en su línea.

—¿Cómo te sientes?

Su aparente entereza podía ser engañosa, Alice era experta en dominar sus sentimientos.

—Ahora que te lo he contado estoy mucho mejor. Me siento como… liberada. ¿Sabes? Debería haberlo hecho muchísimo antes, cuando estaba en Londres. Mañana iré al despacho para recoger mis cosas, si es que no se ha encargado ya de embalarlas en cajas y dejarlas amontonadas en el vestíbulo.

—¿Crees que existe la mínima posibilidad de que retroceda sobre sus pasos y te pida que no te marches?

Se agarraba a un clavo ardiendo porque Erin ya conocía la respuesta.

—¿El señor Mathews reculando? Creo que antes preferiría morirse. —Desde que tenía uso de razón, Wayne jamás había reconocido un error en público ni había pedido disculpas cuando lo había requerido la situación—. No volvería a trabajar para él ni aún en el hipotético caso de que me lo pidiera. Jamás.

Alice era consciente de que la persona que más iba a sufrir con las repercusiones de su renuncia no era ella ni eran sus padres, sino Erin, la única que se había esforzado a lo largo de los años en limar asperezas para que la familia estuviera unida. Sin embargo, había comprensión en los ojos de su hermana, y eso era lo único que le importaba a Alice.

—¿Cuáles fueron sus últimas palabras?

Alice tomó aire y luego lo fue expulsando lentamente.

—«Si sales por esa puerta, nunca volverás a cruzarla y tampoco serás bienvenida en mi casa» —repitió literalmente.

Erin cerró los ojos y movió la cabeza lentamente.

—Lo siento. —Alice apretó la mano de Erin.

—No, tú no has hecho nada. En todo caso es él quién debería sentirlo. —Erin tenía la esperanza de que su padre rectificara, sobre todo, en lo concerniente a prohibirle la entrada en su casa—. ¿Qué vas a hacer ahora?

—Voy a tomarme un mes sabático, pero tengo planes en marcha. ¿Recuerdas cuando te dije que pronto comenzaría a mover mis cuadros por las galerías de arte? —Erin asintió—. Pues lo he estado haciendo. El viernes se puso en contacto conmigo el dueño de la galería Dunton de Chicago. Le enseñé unos bocetos y está muy interesado en ver mi obra al completo. —La excitación barrió el sabor amargo de la anterior conversación—. Esta tarde también he recibido una llamada de la galería de Agora en Chelsea, Nueva York. Tengo una cita con ellos el martes próximo. —Se sintió muy dichosa al comprobar que Erin compartía su ilusión.

—Alice, ¡eso es maravilloso!

Alice afirmó convulsivamente con la cabeza y sonrió.

—Todavía es pronto para celebraciones, pero están bastante entusiasmados con el trabajo que les mostré. Los comienzos en el mundillo del arte son muy duros y mis ingresos van a disminuir considerablemente, pero si todo sale bien estoy decidida a abandonar por completo el mundo de las leyes. El dinero es lo de menos.

—Cariño, no sabes cuánto me alegro. —Aquello merecía cuanto menos un abrazo. Erin le dio uno tan efusivo que le cortó la respiración. Eran tan buenas noticias que, por un momento, hasta se olvidó de los problemas familiares—. Me siento tan orgullosa de ti. Ya sabes que cuentas con mi apoyo en todo lo que necesites.

—Lo sé, y tú también tienes el mío —le recordó.

Erin estaba esperando a que Alice regresara de Boston para sincerarse definitivamente con ella. Un mes de secretos era demasiado tiempo, aunque si no había hablado antes con Alice no era porque no confiara en su hermana, sino porque no estaba segura de querer darle relevancia a su relación con Jesse Gardner y a todo lo que había sucedido desde que fuera a Beaufort. Sin embargo, tras su reencuentro con Jesse y el fin de semana que habían pasado juntos en Fort Sheridan, la trascendencia de esa historia ya no era algo que Erin controlara.

—Tengo que contarte algo.

Y como no existía una manera más sencilla y congruente de hacerlo, Erin comenzó por el principio. Le relató cómo había vivido cada instante del tiempo que había pasado a su lado, desde el momento en que Jesse se subió a su coche, hasta la conversación que habían tenido en el lago el domingo por la tarde. No ahorró en detalles, todo era importante para que Alice entendiera la magnitud de sus sentimientos.

Alice permaneció en silencio durante todo el tiempo, Erin creía que la sorpresa no la dejaba articular palabra. No obstante, su silencio era muy revelador, porque su rostro mutaba de la sorpresa al agrado, del agrado al temor y del temor a la emoción dependiendo de lo que Erin estuviera contándole en cada momento. Antes de que Alice despegara los labios, Erin ya tenía claro que su hermana estaba encantada y que su aventura, por llamarlo de alguna manera, le parecía fascinante.

—Ya puedes hablar —la animó Erin, un poco nerviosa.

—Me he quedado sin palabras. —Sus ojos azules brillaban con un fulgor que deslumbraban.

—Eso no es muy usual en ti. Vamos, dime algo, lo que sea —la apremió.

—¿Qué puedo decir? Que es una historia increíble. Mírame, ¡estoy emocionada! ¿Recuerdas cuando te hice preguntas sobre si estabais a salvo el uno del otro? No sabía que tuviera una intuición tan desarrollada. —Movió la cabeza, pero hubo de refrenar su entusiasmo porque Erin la miraba apesadumbrada—. Está bien. ¿Quieres que te hable desde mi punto de vista o desde el tuyo?

—Desde el mío —dijo sin dudar.

—Está bien. —Alice se aclaró la garganta y se puso cómoda sobre el sofá. Erin, por el contrario, estaba rígida como una estatua—. Reconozco que te encuentras ante una importante encrucijada. No solo se trata de elegir entre Wayne Mathews o Jesse Gardner, imagino que lo que más te angustia es tener que decirle a tu padre que estás enamorada del hombre que lo ha acusado de ser un traficante de drogas. —Erin asintió, con la mirada atribulada. Escuchárselo decir a otra persona hacía que la situación todavía le pareciera más dramática—. ¿Te has planteado en algún momento que él también esté involucrado, al igual que lo están Paul Sanders y McAlister? A mí no me sorprendería lo más mínimo.

Erin le había contado toda la conversación que mantuvo con Jesse sobre los testigos que declararían en el inminente juicio, y le había pedido a su hermana absoluta confidencialidad.

—No quiero pronunciarme al respecto hasta que el juez dicte sentencia. De todas formas, sea culpable o no, las dos sabemos que ese será el fin de mi relación con papá. Tu discusión de esta tarde será meramente anecdótica al lado de la que yo tendré con él.

—Estamos de acuerdo. Pero si de verdad amas a Jesse Gardner, no tienes otro camino.

Erin no dijo nada.

—No te estarás planteando renunciar a él, ¿verdad? Deja que te diga algo que he vivido en mis propias carnes. Romper la relación con tu padre, sobre todo cuando él tiene la culpa de todo lo malo que nos ha pasado a lo largo de nuestras vidas, te dolerá, pero no te matará. Renunciar al amor es otra cosa. Mi corazón sí que está muerto en ese aspecto desde que... bueno, ya sabes.

Desde que su padre la había separado a la fuerza de Jake Mancini. Alice no había vuelto a enamorarse desde entonces, y ya habían transcurrido ocho largos y solitarios años.

—Estoy enamorada de Jesse Gardner pero... el problema es que no estoy completamente segura de que él sienta lo mismo por mí. Hay mucha química entre los dos, eso es innegable, pero quizás la suya solo sea sexual y, por lo tanto, pasajera. —Erin se llevó el pulgar a los labios y se mordisqueó la uña—. Si doy un paso tan importante como este, necesito estar segura de que él también está enamorado de mí. Sin embargo, fue ambiguo en su respuesta.

—Me da la sensación de que lo fue porque no te cree capaz de plantarle cara al señor Mathews. Y no me extraña que piense así, la verdad. —Erin fue a protestar, pero Alice la interrumpió—. Si no te quisiera te lo habría dicho directamente y no se habría andado con ambages.

—Supongo que sí.

—Por supuesto que sí. Además, aunque fuera ambiguo te dijo algunas cosas bastante reveladoras, ¿no crees? —Erin asintió—. No es fácil hacer una declaración de sentimientos sin tener la garantía de que la otra parte está dispuesta a entregarse por completo. Él necesita que se lo demuestres. —Alice retiró la mano de Erin de su boca antes de que se destrozara la uña—. Ahora voy a hablarte desde mi punto de vista y seré muy escueta. Arriésgate. Si no lo haces te arrepentirás de ello el resto de tu vida.

La pasión que Alice ponía en la defensa del amor, solo podía surgir de su propia experiencia personal y Erin sintió en ese momento una profunda tristeza que no la dejó hablar.

—No sabes lo que me alegro de que Neil Parrish haya pasado a la historia —dijo con una evidente sonrisa.

Capítulo 24

La prensa se apostó tanto en la sede de la torre Sears como en la casa de Jesse Gardner. Durante esos días, que se convirtieron en largas semanas de contienda judical, Erin le echó muchísimo de menos y cualquier cosa, por nimia que fuera, le recordaba a él. Se despertaba por las mañanas pensando en Jesse Gardner y se acostaba por las noches evocando los momentos que habían pasado juntos entre las sábanas. Hasta que su cuerpo se excitaba y latía de impaciencia.

Fueron muchos los momentos en los que Erin creyó que sucumbiría a la tentación de llamarle. A veces se quedaba mirando el móvil hasta que los ojos se le empañaban y los números se le emoborronaban alertándola de que no era una buena idea. Le consolaba pensar que tal vez Jesse luchara contra las mismas tentaciones que ella.

Como la vez anterior, Erin se mantuvo alejada de los tribunales y del circo mediático. Lo poco que sabía lo leía en los periódicos o en los noticiarios de televisión, y esquivaba a la prensa evitando salir y entrar de la torre Sears por el vestíbulo. La calle principal siempre estaba inundada de periodistas, por eso comenzó a ir en coche para salir por los garajes subterráneos.

La revisión de las sentencias en segunda instancia trajo novedades. Las nuevas pruebas aportadas en el juicio contra Aaron McAlister, así como los testimonios de Carl Rodríguez y Justin Wyclif, demostraron la implicación del piloto y el juez falló sentencia por la que se le condenó a cuatro años de cárcel por un delito contra la seguridad pública. En cuanto al juicio paralelo contra Paul Sanders y Wayne Mathews, quedó suficientemente probado que el primero era el responsable de los cambios de rutas de los pilotos, así como de los sobornos con los que compró el silencio de los trabajadores de la empresa transportista que vieron la droga en los aviones. Respecto a Wayne Mathews, el juez determinó la necesidad de practicar ciertas diligencias para esclarecer su posible vinculación en el caso, y ese fue el motivo por el que retrasó la sentencia para principios de septiembre.

Septiembre estaba demasiado lejos en el horizonte y Erin no se veía con fuerzas de retrasar aquella agonía durante un mes más. Escudarse en que debía esperar a que existiera una sentencia para hablar con su padre era una excusa que ya no le funcionaba porque, ¿qué más daba si era culpable o no lo era? El fallo del juez no cambiaría las cosas porque ya había hecho su elección. En realidad, estaba hecha desde hacía muchísimo tiempo, salvo que ahora, ya estaba preparada para asumir todas las consecuencias.

Antes de recorrer el pasillo hacia el despacho de su padre por última vez, Erin había dedicado la tarde a recoger sus pertenencias. La asimilación de las circunstancias le había dado aplomo, pero eso no evitaba que tuviera un nudo en la garganta del tamaño de un balón de fútbol. Tenía los ojos vidriosos y las manos temblorosas cuando llamó a la puerta de Wayne Mathews; sin embargo, su corazón estaba tranquilo y seguro.

Desde que comenzara el juicio y, sobre todo, desde que se decretaran las diligencias de investigación, el temperamento de su padre había alcanzado unos niveles de crispación que la gente de su alrededor se lo pensaba dos veces antes de dirigirle la palabra. Erin tenía la intención de que fuera breve. Sabía lo que tenía que decir y lo que él le diría, por eso, no tenía ningún sentido prolongar una discusión cuando las ideas de ambos estaban tan claras.

Haciendo acopio de todo su valor, Erin se plantó frente a la mesa de su padre, cruzó los dedos por delante del regazo y habló mirándole a los ojos. Los de su padre estaban inyectados en sangre y su tez tenía un tono macilento que constataba que el cúmulo de sus preocupaciones no le dejaba descansar. Ahora tendría una preocupación más que añadir a la lista.

—Sé concisa, tengo mucho trabajo y poco tiempo para perderlo —gruñó con animosidad.

—Lo seré. —Erin tomó aire y lo soltó sin más dilación—. Dejo la empresa. He cerrado todos los asuntos que he podido y el resto están ordenados y clasificados sobre mi mesa, para que la persona que entre en mi puesto no tenga ningún problema. Esta no es una decisión irreflexiva, hace mucho tiempo que no me encuentro a gusto en este trabajo y quiero darle un giro a mi futuro laboral que aquí no se me permitiría. Quiero abrir una consulta privada, eso es lo que siempre he querido hacer y por lo que voy a luchar a partir de ahora. Mientras tanto, continuaré escribiendo para *Enigmas y leyendas*. Es una revista que trata sobre fenómenos paranormales y en la que colaboro en secreto desde hace unos meses. Nunca te lo he dicho porque para mí siempre ha sido imprescindible contar con tu beneplácito y sabía que esto no lo aprobarías. —Su padre tenía los labios apretados y los ojos parecían dos globos a punto de estallar. Pero Erin todavía no había terminado—. Sin embargo, y aunque estos son motivos de peso para despedirme de Mathews & Parrish, en realidad, abandono por amor. Hace un par de meses, cuando en contra de tu voluntad me tomé unos días de vacaciones para ir a Carpenter Falls, te mentí. Estuve en Carolina del Norte por un asunto que estaba relacionado con *Enigmas y leyendas*. Por circunstancias que no vienen al caso, hice ese viaje en compañía de Jesse Gardner y en el transcurso de esos días sucedió algo que yo no esperaba que ocurriera: me enamoré de él. —A Wayne Mathews pareció que fuera a darle un infarto. El color de su piel palideció un poco más, los ojos se abrieron desmesuradamente y las mandíbulas estaban tan apretadas que temió que se rompiera algún diente. Erin tenía la espalda sudada, pero su corazón continuaba sereno—. Quiero que sepas que traté de resistirme a mis sentimientos todo cuanto pude porque no quería hacerte daño, pero… ya no puedo más. Ya es hora de que empiece a pensar en mí y en mis necesidades. Y mi principal necesidad ahora mismo es estar con él.

Ya está. Ya había dicho todo lo que tenía que decir. El trago estaba siendo muy amargo, apenas podía controlar las ganas de echarse a llorar, pero también se sintió en paz consigo misma. Liberada, como había dicho Alice.

Esa fue la primera vez en su vida que vio a su padre privado del habla, aunque no habría sido necesario que hablara porque su expresión furibunda lo decía todo. Erin vio el desprecio, el odio y la decepción. Se levantó lentamente de su silla con los puños cerrados y las venas de la frente hinchadas. Su rostro pasó del blanco al rojo mientras se acercaba a ella. Recordó lo que le había contado Alice respecto a lo poco que había faltado para que llegara a las manos con ella pero, aun así, Erin no retrocedió.

—Tú…, ¿cómo has podido traicionarme de esta manera tan sucia y detestable? —Su voz fue un susurro furioso, como los pasos que dio hasta que estuvo frente a ella—. ¿Te has liado con ese malnacido y esperas que me cruce de brazos y asienta sin más? Te exijo que rompas esa relación ¡ahora mismo! —bramó. La cólera le había cubierto el rostro de sudor y una vena palpitaba en su sien al ritmo de su corazón acelerado—. Antes de que termine la mañana lo quiero fuera de tu vida. —Acercó la cara a ella—. ¡¿Me oyes?!

Erin tragó saliva.

—No.

—¡¿Cómo has dicho!?

Su aliento le barrió la cara y sus gritos la ensordecieron. Pero Erin se mantuvo firme.

—He dicho que no.

Su padre hizo con ella lo que no tuvo valor de hacer con Alice. Levantó la mano en alto y le cruzó la cara de una bofetada que le volvió la cabeza. El dolor físico no fue nada comparado con el dolor que sintió en su alma. Erin tragó saliva y, con mucho estoicismo, miró a su padre con los ojos empañados.

—Quiero que sepas que, tanto si eres culpable como si no, y a pesar de lo que acabas de hacer, te seguiré queriendo mientras viva.

Erin dio un tambaleante paso hacia atrás y luego abandonó el despacho de Wayne Mathews casi a la carrera. No fue necesario quedarse a escuchar las palabras que en su momento le dijo a Alice porque su padre se las había dicho de otra manera.

Podía pasar horas y horas contemplando las marismas de Beaufort sin aburrirse. A Alice le habría encantado hallarse allí para volcar en uno de sus lienzos el espectacular paisaje que se desplegaba ante sus ojos. Erin nunca antes había visto tal cantidad de colores ni había respirado tantos olores distintos y atrayentes. Se sabía de memoria la ubicación de cada isla, los nombres de los barcos pesqueros que recorrían a diario el estrecho de Pamlico y hasta se había familiarizado con los patos que nadaban por la zona del embarcadero, a los que les llevaba comida todos los días. La costa de Beaufort tenía magia.

Ese era el tercer día que Erin seguía su ritual. Se levantaba por la mañana temprano, daba un paseo por el estrecho hacia el faro bordeando el océano Atlántico, y luego volvía al embarcadero donde tomaba asiento y esperaba su regreso. Por las tardes hacía lo mismo hasta que la luz se extinguía, los barcos regresaban a tierra y los animales volvían a su refugio. A veces llevaba consigo un libro para que las horas pasaran más rápidas, y otras simplemente permanecía allí sentada observando las marismas. Ahora que estaba de vacaciones y el colegio había cerrado, Maddie Gardner también acudía con frecuencia para hacerle compañía. Los temas de conversación entre las dos eran inagotables, se habían hecho grandes amigas.

Esa tarde las dos tenían los pies metidos en el agua y Erin arrojaba pequeños fragmentos de galletas caseras que los patos se apresuraban a engullir. El sol ya se ponía tras sus espaldas y las islas del estrecho se oscurecían paulatinamente en la lejanía. Una vez más, la esperanza de que Jesse regresara ese día se desvaneció como la luz del atardecer.

—Me siento como Mary Truscott aguardando el regreso de Anthony Main.

—Con la diferencia de que Jesse regresará. —Maddie le dio unos golpecitos animosos sobre el muslo—. ¿Me dejas que te arrastre fuera de aquí? Por hoy ya es suficiente y mamá ha preparado una fuente de *hushpuppies* para chuparse los dedos.

Maddie la tentaba con la comida de su madre para lograr llevársela del embarcadero. Desde que había llegado a Beaufort se pasaba todo el día allí y se negaba a abandonar su puesto de vigilancia salvo para comer y dormir.

Erin asintió.

—Mañana será otro día.

Los acontecimientos se habían desarrollado de manera muy

favorable. Hacía unos días, Erin había telefoneado a Maddie desde Chicago porque la preocupación ante la imposibilidad de ponerse en contacto con Jesse la estaba matando. Intentaba localizarlo desde que el juez dejara el pleito visto para sentencia, pero siempre saltaba su buzón de voz. Le dejó varios mensajes que no tuvieron respuesta y, alertada por la idea de que no quisiera contestar a sus llamadas, Erin se plantó ante su casa para descubrir que había correo acumulado de varios días en el buzón y que las persianas estaban echadas como si su inquilino tuviera pensado ausentarse durante una larga temporada.

Esas señales adversas fueron motivo suficiente para llamar a Maddie y afrontar así el temor que le producía el que se negara a hablar con ella. En contra de lo esperado, la joven Gardner respondió al sonido de su voz como si hubiera deseado largamente esa llamada. Su amabilidad la emocionó y las novedades que le contó disolvieron muchos de los miedos que Erin tenía adheridos en el corazón pero, a la vez, agravaron su desesperación por volver a verlo.

—Jesse está en Beaufort desde hace unos días, aunque ahora mismo se encuentra en paradero desconocido, porque trajo su velero y se hizo a la mar al día siguiente de su llegada. No sé cuánto tiempo piensa estar fuera, pero hizo acopio de provisiones para pasar al menos una semana. Por eso no ha respondido a tus llamadas, su móvil está fuera de cobertura. —Erin no pudo reprimir un suspiro de alivio que hizo sonreír a Maddie—. La noche en que llegó, nos reunió a mamá y a mí en la cocina y nos contó toda la verdad sobre vuestro pacto.

—Siento muchísimo el daño que os haya podido causar con esta historia —se anticipó Erin.

—Tranquila, ni mi madre ni yo tenemos nada que reprocharte. Jesse nos dijo que todo fue idea suya. Tuve ganas de matarlo por habernos mentido y no te puedes ni imaginar la reprimenda que tuvo que soportar de parte de mi madre, pero se nos pasó el enfado cuando nos contó lo que sucedió después entre los dos.

—Ya he hecho mi elección y necesito verle. Voy a ir hasta Beaufort.

Unos minutos después compró un billete de avión para Raleigh.

Maddie Gardner fue a recogerla a la estación de autobuses de Beaufort una soleada mañana del mes de agosto. El vuelo en avión desde Chicago a Raleigh se le había hecho largo y tedioso, al igual que el viaje en autobús por la autopista. Estaba nerviosa e impaciente y hasta la azafata del vuelo le había preguntado si se encontraba bien porque no cesaba de removerse en su asiento. Estaba en permanente tensión, aunque el abrazo de la hermana de Jesse suavizó un poco su ansiedad.

Las mujeres Gardner insistieron en que se quedara en su casa, pero Erin declinó la oferta porque no quería abusar de su generosidad. Tenía la intención de hospedarse en un hotel del pueblo pero, al final, lo arreglaron para que ocupara la casa de Jesse.

Esa noche, entre platos de *hushpuppies* y otros manjares que Gertrude Gardner había cocinado durante la tarde, trataron de sacar temas más animados que las dos noches precedentes, en las que Erin había hablado muy afectada sobre la situación familiar que había dejado atrás en Chicago. El consuelo y la comprensión que había recibido de ambas mujeres, solo fue comparable a la que halló cuando se desahogó con Alice.

Ahora conversaban sobre el éxito que tenían las bufandas de Gertrude en los mercadillos del pueblo.

—Cuando vengas en invierno te darás cuenta de que todo el mundo tiene una bufanda hecha por mí —dijo la mujer con una sonrisa.

«Cuando vengas en invierno», pensó Erin. Cualquier referencia al futuro la sumía en un estado de incertidumbre tal que no podía evitar que se le notara en la cara. Tanto Gertrude como Maddie estaban muy seguras de que Jesse se alegraría inmensamente de encontrarla allí. Las dos coincidían en que él no estaba pasando un buen momento emocional y que cada vez que se había referido a ella, se le había notado abstraído y sus ojos se habían cubierto de un velo de añoranza que delataba sus sentimientos. Pero Erin no estaba tan segura de ello y por eso prefería mostrarse cauta. Todo estaba en el aire hasta que no hablara con él.

Ya hacía rato que estaba tumbada en la cama con los ojos cerrados y el ruido del oleaje de las marismas colándose por la ventana abierta. Le estaba costando conciliar el sueño porque, poco después de apagar la luz, una idea se le había metido tímidamente en la cabeza y ahora era tan persistente que había conseguido desvelarla. ¿Y si Jesse no tenía planeado volver hasta septiembre? Podía recalar en algún puerto, abastecerse de comida y llamar a su familia para comunicarles que todavía no tenía pensado regresar. En ese caso le dirían que Erin estaba allí esperándole, pero ¿cambiaría él sus planes por ella?

Le estaba dando demasiadas vueltas a todo. Ese era el resultado de disponer de tantas horas ociosas.

Erin se levantó de la cama y acudió a la ventana, donde apoyó los brazos en el alféizar y asomó medio cuerpo fuera. La noche era infinitamente oscura más allá de la orilla del estrecho pero aunque no se veía nada, sus ojos siempre se empeñaban en mirar en aquella dirección. El faro a lo lejos lanzaba potentes destellos para advertir a todos aquellos barcos que regresaban de altamar que la costa se hallaba cerca y Erin volvió a pensar en lo identificada que se sentía con Mary Truscott. Era muy enigmático y curioso que estuviera viviendo en sus propias carnes una situación tan similar a la de la mujer que habitó en Beaufort siglo y medio atrás. Esperaba que todas las similitudes terminaran ahí.

Esa mañana se levantó más temprano y regresó a su puesto de guardia al amanecer. De pie junto al borde entarimado del embarcadero, se cruzó de brazos y admiró con ojos embelesados la salida del sol que emergía por detrás de la frondosa vegetación de la isla Carrot. Se había encariñado tanto con ese lugar que no quería pensar en tener que abandonarlo para siempre.

Los pescadores más madrugadores ya habían zarpado en busca de la pesca más fresca. Las aguas eran grisáceas por la escasez de la luz solar y, más allá del estrecho, el océano Atlántico estaba difuminado tras una cortina de bruma plateada. Erin vio perfectamente cómo un velero surgía de entre las profundidades del océano cortando en dos la niebla matinal. Se aproximaba con las velas desplegadas hacia la costa, bordeando las islas para acceder al estrecho.

A pesar de que a diario había visto veleros y otro tipo de embarcaciones que llegaban a la costa, Erin tuvo un fortísimo e inexplicable pálpito de que aquel era el velero de Jesse Gardner. Sus manos se apretaron sobre la barandilla y sus ojos se entornaron para enfocar la vista. Había un tripulante a bordo, un hombre, pero a esa distancia tan lejana Erin todavía no podía discernir sus rasgos. El corazón le bailó dentro del pecho y los pies no podían quedarse quietos sobre el suelo; además, se mordía tan fuerte el labio inferior que sintió sobre la lengua el sabor metálico de la sangre.

El viento soplaba por la popa y propulsaba las velas desplegadas del flamante velero a una velocidad adecuada, por eso no llevaba encendido el motor. Su tripulante hizo sonar la sirena a modo de saludo al cruzarse con otros barcos pesqueros que sondeaban las aguas del estrecho y que respondieron de la misma forma. Una bandada de gaviotas pasó volando entre la distancia que todavía les separaba, y entonces Erin pudo ver con total claridad que el hombre que había detrás del timón era Jesse Gardner.

Su nerviosismo alcanzó un nivel tan elevado que ya no pudo estarse quieta. Se llevó el dedo pulgar a la boca y se mordisqueó la uña hasta destrozársela. ¿La habría visto él? Se dirigía directamente hacia ella y Erin era la única persona que se hallaba a esas horas en el embarcadero, por lo que no pasaba desapercibida. Jesse plegó las velas mayores y el barco disminuyó su velocidad para disponerse a atracar en la orilla, y Erin se sacó el dedo de la boca cuando ya no le quedaba ninguna uña que morder. Solo había tomado un café por la mañana, pero le estaba dando vueltas en el estómago como si hubiera desayunado una copiosa comida.

Ahora que el velero solo se propulsaba con la velas menores, se acercaba con tanta lentitud a la costa que Erin estaba exasperada. Entonces, por fin, sus ojos coincidieron con los suyos, pero la mirada de Jesse fue tan contenida y cautelosa que Erin sintió que se le agriaba el desayuno. ¿Pero qué esperaba? ¿Que se arrojase desde la borda al mar para cruzar a nado la distancia entre los dos con el ánimo de estrecharla entre sus brazos y decirle que la amaba con toda su alma? Para animarse y no perder el impulso, Erin trató de ser realista. Jesse no sabía el motivo por el que ella estaba allí.

Tras un largo periplo que le había llevado a recorrer todos

los puertos de Carolina del Norte en apenas seis días, la última persona a la que él esperaba encontrar aguardándolo en Beaufort era a Erin Mathews. Cuando se despidieron por segunda vez consecutiva después del fin de semana en Fort Sheridan, hubo un acuerdo tácito de que no se verían mientras durara el proceso judicial y faltaba poco menos de un mes para eso. Debía de haber sucedido algo importante en la vida de Erin para que ahora estuviera allí, hermosa como el amanecer y nerviosa y temblorosa como un flan.

Al encontrarse con aquellos anhelantes ojos castaños y con ese cuerpo esbelto y femenino enfundado en unos pantalones cortos y en un top de tirantes, Jesse sintió las palmas de las manos sudadas sobre el timón y un violento cosquilleo por toda la superficie de la piel. Reacciones químicas que intentó por todos los medios que no se le notaran en la cara.

Jesse hacía virar el velero para coger la posición correcta de amarre cuando se produjo un hecho que lo dejó completamente perplejo. Erin se deshizo de sus sandalias blancas y saltó de cabeza al agua cuando todavía los separaban quince metros. En cuanto emergió a la supeficie, orientó sus brazadas hacia el barco y Jesse la observó con las manos paralizadas sobre el timón y el resto de su cuerpo atrapado en el asombro. Lentamente, una sonrisa afloró a sus labios y entonces se dirigió a estribor para lanzar la escalerilla de mano y el ancla. Mientras aguardaba a que llegara, un sentimiento cálido e imposible de refrenar se fue abriendo paso en su interior. Ninguna mujer saltaba al agua a las siete de la mañana para darle a uno calabazas.

Cuando Erin alcanzó la escalerilla estaba apurada y le faltaba el aire, pero su ahogo era el fruto de los nervios más que del esfuerzo físico. Jesse la tomó de la mano y tiró de su cuerpo hasta que ella alcanzó la escalerilla con los pies y pudo trepar por sus propios medios. De todas formas, Jesse no la soltó hasta que sus pies descalzos pisaron la cubierta y, aún después, habría querido continuar sujetándola aunque ya no tuviera ninguna excusa para hacerlo.

—Demonios, no sabía que el agua estuviera tan helada. —Erin se retiró las gotitas saladas de las pestañas y luego se escurrió el pelo formando un charco a sus pies.

—¿Qué has querido hacer al lanzarte así al agua? ¿Emularme? —preguntó en tono irónico.

Jesse fue práctico y le alcanzó una toalla que Erin utilizó para secarse la cara. Cuando alzó la mirada hacia él se quedó sin palabras. El océano había acentuado la parte más rebelde de su atractivo. Le había crecido el pelo y también la barba, y su piel había adquirido una tonalidad muy morena por las largas horas que había pasado bajo el sol. El azul de sus ojos era más intenso ahora y Erin pudo sentir la presión que su mirada ejercía sobre ella. Estaba tan guapo y le quería tanto que se le hacía insoportable mantener las distancias.

—Has terminado tu velero.

Jesse apoyó una mano sobre la barandilla del casco y lo observó con orgullo.

—Es un buen barco y funciona como la seda. Hemos hecho más de seiscientas cincuenta millas por la costa de Carolina.

—Se llama como yo —comentó con aire tímido.

Así que ella había visto el nombre del *Erin* pintado en el casco. No era el momento ni el lugar de contarle la verdadera historia de ese nombre, no le apetecía aniquilar ese entusiasmo tan mal contenido que apreciaba en su rostro.

—Se llama como tú. —Sonrió apenas—. ¿Cuánto tiempo llevas aquí?

—Desde que empezó a amanecer.

—Me refiero a cuánto tiempo llevas en Beaufort.

—Llegué hace cuatro días. Como no contestabas a mis llamadas y tu casa estaba cerrada como si fueras a ausentarte durante una temporada, llamé a Maddie y ella me puso al corriente de todo —le explicó. A continuación, suspiró profundamente y soltó la toalla—. Dije que aguardaría a que el asunto del pleito llegara a su fin para tomar una decisión, pero no he podido soportar la espera y me he visto en la necesidad de anticiparme porque, tanto si el juez resuelve a favor de mi padre como si no, lo que yo siento hacia ti está al margen de todo eso. —Erin se frotó la nuca con gesto distraído—. Hablé con mi padre y se lo conté todo, incluso que escribo en una revista de fenómenos paranormales. Fue horrible, pero al mismo tiempo resultó sumamente liberador. Te quiero, Jesse Gardner, y aunque tú no sientas lo mismo por mí, quiero que sepas que no me arrepiento de lo que he hecho porque, ante todo, lo he hecho por mí.

Al principio, Jesse no se había dado cuenta, pero ahora que la había observado con mucho más detalle, vio en su mejilla los restos amarillentos de un moratón. Jesse alzó la mano y lo acarició suavemente con la punta de los dedos.

—¿Esto te lo ha hecho él?

Erin dudó.

—No tiene importancia.

Jesse supo que sí, que ese maldito bastardo había golpeado a su hija. La rabia que sintió le hizo apretar las mandíbulas, pero Erin le pidió con una mirada suplicante que pasara ese detalle por alto. Tal vez pudiera ignorarlo ahora, cuando había cosas más importantes que decirse, pero ya se encargaría más tarde de hacerle pagar por haberle puesto la mano encima.

Jesse deslizó los dedos en su cabello mojado y le acarició la cabeza. Luego la atrajo hacia él y la besó de forma implacable. Erin apretó los puños cuando la lengua de Jesse invadió su boca y buscó con insistencia el roce húmedo y carnoso de la suya. Después le pasó las manos por la cintura y se apretó contra él hasta que el calor que desprendía su cuerpo se encargó de ahuyentar su frío. Apasionado y frenético, el beso se alargó hasta que un barco pesquero que navegaba cerca tocó la sirena para hacerles ver que no estaban solos.

Jesse sonrió y alzó su rostro por la barbilla. Era preciosa y era suya.

—¿Sabes dónde te metes, Erin? Si te quedas a mi lado has de saber que nunca, jamás, te voy a dejar marchar.

Erin lo miró con embelesamiento y aferró los brazos alrededor de su cintura con más fuerza.

—Estaré contigo hagas lo que hagas y vayas donde vayas.

El cosquilleo que recorría la piel de Jesse se intensificó al escuchar esas palabras de amor incondicional.

—Te quiero, Erin. Estoy tan enamorado de ti que hasta me asusta la dimensión de lo que siento. —Tomó su cabeza con las manos y sondeó la oscura profundidad de sus ojos—. He amado antes pero no de esta forma tan desesperada. No sé qué habría hecho si te hubieras apartado de mi camino.

Erin esbozó una sonrisa tierna y enamorada. Su corazón estaba a punto de estallar de felicidad y los ojos se le llenaron súbitamente de lágrimas.

—No habría podido hacerlo, te amo demasiado.

Jesse volvió a besarla, una y otra vez, hasta que no quedó ni un solo lugar de su rostro sin sentir la caricia impetuosa de sus labios. Luego cogió el móvil, lo encendió por primera vez en días y llamó a su madre. La mujer contestó rápidamente.

—Madre, acabo de llegar a Beaufort pero me vuelvo a marchar. Tengo provisiones para un par de días más pero, esta vez, Erin viene conmigo.

La alegría de la señora Gardner fue tan explosiva que Erin la oyó sin necesidad de acercarse el móvil a la oreja.

Jesse izó el ancla y miró a Erin de una forma nueva para ella, con los sentimientos desnudos.

—¿Nos marchamos en tu velero?

—Así es.

Jesse se colocó detrás del timón y lo hizo virar ciento ochenta grados para buscar la salida del estrecho de Pamlico. Erin acudió a su lado.

—Pero… primero deberíamos ir a tu casa para coger un poco de ropa. Estoy empapada.

—Cariño, en cuanto lleguemos a altamar no vas a necesitar ni lo que llevas puesto. Y esta vez, sí que voy a cumplir mi amenaza.

Erin se agarró a su brazo y le besó el hombro.

—¿Dos días de sexo?

—Intensivos.

—Me gusta la idea.

—A mí me hierve la sangre de pensarlo.

Y lo que no era la sangre también le hervía. Mientras se besaban hacía unos minutos, Erin disfrutó del contacto de su virilidad presionando sobre su vientre y, ahora, con una rápida mirada hacia abajo, descubrió orgullosa que la excitación de Jesse no había menguado ni un solo milímetro.

Hacia la mitad del estrecho, Jesse plegó todas las velas y encendió el motor del velero porque el viento soplaba por la proa. Luego volvió a tocar la sirena para despedirse de los barcos pesqueros mientras navegaban directos hacia la salida del estrecho, que se encontraba más allá de la isla Carrot, entre la isla Shacklerford y la isla Goat.

Al salir al Atlántico el sol ya despuntaba alto y el cielo de agosto estaba completamente despejado. Bordearon la costa durante unos minutos para alejarse de todas las embarcaciones que sondeaban la zona y, cuando estuvieron lo suficientemente lejos de todo y de todos, Jesse lanzó el ancla y condujo a Erin directamente al camarote.

Epílogo

Abandonó la cama poco después de la medianoche, se puso los vaqueros y el suéter que había llevado ese día, y salió del dormitorio de Jesse sin hacer el mínimo ruido. Él no se despertó; dormía profundamente después de haber hecho el amor sin descanso durante las dos últimas horas. Erin creía que la vitalidad de la que últimamente gozaba se debía a eso, al sexo maravilloso con Jesse y al amor que sentían el uno hacia el otro. Gracias a ese amor puro y absoluto, fue mucho más sencillo para Erin enfrentarse a los duros cambios que se habían producido en su vida en las últimas semanas.

Erin descendió las escaleras de puntillas, cruzó el salón y salió a la noche estrellada de finales de septiembre. El viento soplaba desde las marismas y trajo el olor salado a su nariz. Era fresco y húmedo, y la obligó a abrocharse la chaqueta de lana y a cruzar los brazos sobre el pecho mientras se dirigía hacia el sendero que conducía hacia la mansión Truscott. Admiró la milimétrica redondez de la luna llena que estaba suspendida en el cielo justo por encima de su cabeza. La luz que derramaba sobre el bosque de robles era tan intensa, que no fue necesario llevar consigo una linterna. Escuchó los sonidos que hacían los animalillos del bosque y el que producían sus pies al pisar la capa de hojas descompuestas que habían caído al suelo a lo largo de septiembre. El olor del bosque le gustaba e hizo unas inspiraciones profundas para apresar su esencia en lo más profundo de sus pulmones.

Beaufort y Jesse eran la medicina que aliviaba su dolor.

Un dolor que tenía varias dimensiones. Era de añoranza respecto a Alice. Su hermana se había marchado a Nueva York para abrirse camino con sus cuadros, y aunque Chicago y

Nueva York estaban comunicados por unos puentes aéreos formidables, no podía evitar echarla de menos. Era frustrante en cuanto a su madre, que había decidido negar la realidad. Ningún problema era para ella lo suficientemente grave siempre y cuando tuviera una tarjeta con crédito ilimitado en su cartera. Y en cuanto a su padre… era intenso y palpitante.

Ya hacía un mes que el juez falló sentencia condenándolo a él y a su socio, Paul Sanders, a cinco años de prisión por un delito reiterado contra la salud pública, pero el dolor seguía vivo en su corazón. Nunca podría asimilar que el hombre al que ella admiraba por haber levantado un imperio de la nada, que el hombre que proclamaba a los cuatro vientos que todo cuanto poseía se lo había ganado a base de trabajo duro y honrado, se hubiera valido de métodos tan deleznables para amasar su fortuna. Erin fue a visitarlo a la cárcel pero Wayne Mathews no quiso verla. Esperaba que fuera su vergüenza y no su soberbia la que le impedía mirar a los ojos de su hija. El apoyo que recibió de Jesse la emocionó en muchos sentidos. Una vez que el padre de Erin fue declarado culpable, Jesse jamás volvió a referirse a él utilizando descalificativos o insultos. Comprendía el dolor que sentía ella como hija y respetó ese sentir.

Erin metió las manos en los bolsillos de su chaqueta y continuó su avance a través de las profundidades del bosque. Hacía exactamente veintiocho días que había vuelto a la mansión con todo su equipo de cazafantasmas y los resultados de sus grabaciones volvieron a ser infructuosos. Entonces se le ocurrió que, tal vez, Mary Truscott no quería aparecerse cuando había un montón de aparatitos dispuestos a lograr una imagen de ella, y Erin decidió que la próxima vez acudiría sola. No era tan importante lograr una prueba como verla con sus propios ojos.

Desde que puso los pies en el sendero, Erin ya percibió que la noche estaba cargada de incógnitas. El aire parecía más denso y el viento arrancaba susurros a las hojas que parecían pronunciar su nombre. Sentía como si los robles la envolvieran y el bosque la llamara, como si tirara de ella hacia un lugar que quisiera mostrarle. Era una sensación extraña y un tanto indefinida, casi visceral, y no la había sentido antes.

La mansión Truscott le pareció más hermosa que nunca. El

juego de luces y sombras que la luz lunar proyectaba sobre ella le daba una apariencia enigmática que hechizaba a Erin por completo. Sin apartar los ojos de la majestuosa construcción, cruzó los campos de trigo y se detuvo a los pies, con la cabeza alzada hacia el hueco oscuro de la ventana de Mary.

El vello se le erizó y un escalofrío le recorrió la espalda. Era como si sus sentidos intuyeran algo que su cerebro todavía no percibía. Entonces, un rostro hermoso, níveo y nebuloso se fue materializando ante sus ojos atónitos al otro lado de la ventana. Los ojos eran de un verde intenso y el cabello tan negro que contrastaba con la palidez de su cara.

Era Mary Truscott.

Coincidía plenamente con la descripción que Samantha Jenkins había hecho de ella.

Erin quedó tan fascinada que no se atrevió a mover ni un solo músculo mientras seguía los movimientos de Mary Truscott de forma reverencial. Estos eran lentos, y aunque los perfiles de su cuerpo etéreo estaban muy difuminados, le pareció ver que apoyaba los brazos en el marco de la ventana. Solo sus ojos parecían terrenales y la miraban con una mezcla de amor y de padecimiento que a Erin se le formó un nudo en la garganta. Los ojos verdes rompieron el contacto con los suyos, su cabeza se alzó levemente y orientó la mirada afligida hacia la zona de Black Sound, el brazo del océano Atlántico por el que Anthony Main había abandonado esas tierras en el barco de su padre.

Unos instantes después, el espectro de Mary se desvaneció en el aire, y la oscuridad de la ventana volvió a ser infranqueable. Erin no podía moverse, ni siquiera podía parpadear. El impacto de la experiencia le había robado la capacidad de reaccionar. No estaba segura del tiempo que permaneció allí; podrían haber sido minutos, tal vez horas, parecía como si la hubieran catapultado a otra dimensión donde el tiempo perdía toda relevancia. Su alma estaba llena de amor y su rostro surcado de lágrimas.

—Gracias, Mary —susurró con la voz entrecortada por la emoción.

Cuando regresó al dormitorio de Jesse, el reloj de noche indicaba que eran más de las tres de la mañana. Él seguía durmiendo y Erin se desvistió y se tumbó a su lado aun a sabiendas de que ya no podría pegar ojo el resto de la noche. Estaba demasiado emocionada para dormir, acababa de encontrar lo que había buscado y perseguido durante toda su vida, desde que tenía once años.

Erin cruzó las manos por encima de su vientre y miró el techo con una sonrisa en los labios.

—¿Vienes de la mansión? —preguntó Jesse con la voz adormilada.

Erin se dio la vuelta y se puso de cara a él. El resplandor de la luna le permitió apreciar sus rasgos relajados y que tenía los ojos cerrados, pero Erin cruzó un brazo por encima de su cuerpo desnudo y le dijo con la voz excitada:

—Jesse, he visto a Mary Truscott. ¡La he visto!

—¿Qué dices? —murmuró sin entender.

—En la ventana de la mansión, tal y como cuenta la leyenda. Me ha mirado, Jesse. —Lo zarandeó para que se despejara y asimilara sus palabras—. Y luego ha desparecido ante mis ojos.

Los ojos somnolientos de Jesse se abrieron de par en par y la miraron con tanto asombro que Erin se echó a reír y sacudió la cabeza en gesto afirmativo. Jesse le tocó la frente, como si ella estuviera febril y delirara, pero Erin apartó su mano de un manotazo e insistió.

—Ella quería que yo la viera, quería darme la prueba fehaciente no solo de su existencia, sino también de la existencia de mi abuela. Deseaba que apreciara su amor y su tormento, deseaba que creyera que las últimas palabras que me dijo Ava no eran el producto de mi imaginación... Oh, Jesse, estoy tan... impresionada.

No era la primera vez que Jesse manifestaba su escepticismo con aquellos temas ni sería la última. No creía en fantasmas y punto. Sin embargo, creía a Erin. No tenía ni la más remota idea de qué diablos era lo que había visto pero, de lo que estaba seguro, era de que ella creía fervientemente en que se le había aparecido el espectro de Mary Truscott. Nunca antes la había visto tan feliz como en aquel instante.

Jesse la tomó entre sus brazos y Erin rodó en la cama hasta quedar extendida sobre su cuerpo grande y cálido. Él le colocó el pelo detrás de las orejas y sonrió desde las grisáceas sombras que reinaban en el dormitorio. Ella prosiguió hablando.

—Lo voy a consultar con los expertos cuando regresemos a Chicago, pero creo que sé cómo puedo ayudar a liberar su espíritu del mundo terrenal. Ella debería reunirse con Anthony Main para siempre, donde quiera que él esté. —Sus ojos brillaban de emoción.

—Me alegro muchísimo, cariño. Me hace muy feliz que por fin hayas logrado entender la experiencia que tuviste de niña. —La besó tiernamente en los labios—. Te quiero.

—Yo también te quiero. —Sin dejar de sonreír, se abrazó a su cuerpo y refugió la cabeza en el hueco que había entre su cabeza y su hombro.

Jesse se perdió en los placeres del contacto de sus sinuosas formas apretadas contra su cuerpo, mientras Erin continuaba atrapada en la experiencia maravillosa que acababa de vivir.

Al cabo de unos minutos, Jesse abrió los ojos y aguzó el oído.

—¿Has oído eso?

—¿El qué? —murmuró ella contra su cuello.

—Un ruido, como de rotura de cristales.

—Yo no he escuchado nada de nada.

De repente, voces apagadas y más cristales rotos. Susurros masculinos que maldecían en la noche.

Erin levantó la cabeza y se concentró, pero antes de que Jesse consiguiera levantarse de la cama, ella ya estaba dirigiéndose hacia la ventana. Estaba repleta de energía.

Deslizó la cortina, se inclinó y atisbó al exterior, y Jesse demoró la mirada en sus nalgas redondeadas cubiertas por las bragas y en los pechos que se balancearon hacia el vacío en aquella postura tan sensual. Deseó levantarse y penetrarla en esa misma posición, la tentación era muy fuerte.

—Santo Dios, ¡es Neil el mendigo! —exclamó Erin con los ojos muy abiertos.

—¿Qué?

—Neil el mendigo y otro hombre están intentando entrar en la joyería de la esquina —dijo de forma atropellada—. Han roto la ventana.

—¿Neil el mendigo?

—¡Claro que sí! —masculló ofendida por el tono incrédulo de su pregunta—. Tenemos que llamar al *sheriff*.

Jesse saltó de la cama para comprobarlo con sus propios ojos. Quedó atónito cuando vio al mendigo pasando el brazo harapiento por el hueco dentado que habían abierto en el cristal de la ventana. Su compañero, tan andrajoso como él, echaba una mirada a su alrededor para cerciorarse de que todo permanecía en calma.

—¿Será hijo de…? Están intentando desvalijar la joyería de Ronnie.

Jesse agarró unos vaqueros y se los puso con tanta rapidez que Erin dudó de que sus intenciones fueran las de llamar al *sheriff*.

—¿Es que piensas ocuparte tú de la situación?

—Ya lo creo que sí. Ese bastardo nos robó el equipaje y se llevó tu coche. —Se puso la camiseta que había usado el día anterior por la cabeza y se precipitó hacia la puerta del dormitorio—. Nadie le roba el coche a mi futura esposa delante de mis narices y se larga tan tranquilo. Voy a ajustar cuentas con él.

Erin tragó saliva y abrió mucho los ojos.

—¿Has dicho tu futura esposa?

Jesse vaciló. No habría querido decirlo, no al menos en aquel momento ni en aquel instante, pero ya era tarde para retroceder.

—Sí, eso he dicho.

A Erin se le iluminó tanto el rostro que Jesse pudo verlo con perfecta nitidez a pesar de las tinieblas. Su bonita cabeza parecía una bombilla encendida en medio de la oscuridad.

—¿Vienes conmigo o prefieres verlo desde la ventana?

Erin no se lo pensó: volvió a colocarse las ropas y siguió a Jesse escaleras abajo. No se lo perdería por nada del mundo.

RECETA *HUSHPUPPIES* PARA CALMAR EL APETITO

Como habréis tenido ocasión de leer a lo largo de esta novela, el *hushpuppies* es un plato tradicional de la buena mesa sureña de Estados Unidos. Yo no los he probado, pero quienes lo han hecho aseguran que son unos bocaditos tan sabrosos y nutritivos que pueden convertirse perfectamente en platos principales.

Una nota curiosa sobre la procedencia de su nombre:

«El nombre *hushpuppy* viene de la expresión que lanzaban los cocineros al arrojar sobras de masa frita a los perros que gemían a su lado mientras estaban preparando la comida», cuenta Janel Leatherman, administradora del Farmers Market (Mercado de Granjeros) de Virginia Beach.

Ingredientes:

1 taza y media de harina de maíz
Media taza de harina de trigo
1 cucharadita de levadura
1 de taza de leche
1 huevo
1 cebolla blanca o bien 1 puerro
Aceite para freír
Sal, pimienta y queso rallado

↘

Preparación:

En un recipiente se mezcla bien la harina de maíz con la de trigo y se le añade la levadura. Por otra parte, se bate el huevo con la leche y se le añade poco a poco a la mezcla de las harinas. Se le agrega la sal, la pimienta, la cebolla y el queso rallado. A continuación se mezcla bien hasta lograr una masa homogénea y sin grumos.

Se calienta aceite en una sarten a fuego fuerte. Se hacen bolas con la masa, como si fueran buñuelos, y se fríen en la sarten. Cuando están dorados, se retiran y se colocan sobre papel absorbente.

¡Espero que os gusten!

Agradecimientos

Quiero aprovechar estas líneas para agradecer la contribución que han hecho determinadas personas a esta novela. En primer lugar, quiero mencionar a mis personajes, que aunque sé que son ficticios, hay muchos momentos en los que he traspasado con ellos la fina línea divisoria entre la realidad y la ficción, de tal manera, ¡¡¡que a veces he llegado a pensar que realmente existen!!! Gracias por brindarme tantas horas maravillosas.

A mi amiga Salud quiero agradecerle su entusiasmo y su ilusión contagiosa, así como su confianza ciega en mis habilidades como escritora. Tus correos electrónicos diarios han sido una fuente de inspiración enorme para mí a la hora de crear esta novela. Gracias por estar siempre ahí y por permitir que comparta mis sueños contigo.

A Menchu, Ana y Chus les quiero agradecer su labor como correctoras «oficiales» y por estar pendientes de mis despistes. Gracias, chicas, por vuestra ayuda y por estar siempre ahí, al pie del cañón. Sois las mejores.

A Bon Jovi le debo un porcentaje muy alto de mi inspiración. Cualquier bloqueo de escritora se soluciona enchufando el equipo de música y escuchando cualquiera de sus discos. Su música es mi musa. Antes, ahora y siempre.

También quiero mencionar a mi familia y amigos y agradecerles su apoyo. Y a Miguel, con quien recorro mi propio sendero.

Gracias a todos.